AMANDA

Kay Hooper

Nicolette Verhagen

AMANDA

Uitgeverij BZZTôH
's-Gravenhage, 1998

Oorspronkelijke titel
Amanda
Uitgave
Bantam Books, New York
Copyright © 1995 by Kay Hooper

Vertaling
Els Franci
Omslagontwerp
Julie Bergen
Omslagdia's
ABC Press: Mondadori/Fotostock BV

ISBN 90 5501 433 8   NUGI 342

Voor mijn ouders

Proloog

Juli 1975

Donderslagen echoden hol grommend tussen de bergen, zoals altijd wanneer het op warme zomeravonden onweerde. Striemende regen martelde de bomen en roffelde woedend op de ruiten van het grote huis. Het negenjarige meisje rilde. Ze stond stijf rechtop in het midden van de donkere slaapkamer, haar kleddernatte, katoenen nachtjapon aan haar magere lijfje geplakt.

'Mama...'

'Sssst! Stil, baby, je moet heel stil zijn en nog even blijven staan tot ik klaar ben.'

Ze noemden haar vaak baby, haar moeder en haar vader, omdat het zo lang had geduurd tot ze eindelijk was verwekt en ze zo veel van haar hielden. Ze heette Amanda, omdat ze zo perfect was en hun liefde verdiende, had haar vader uitgelegd, terwijl hij haar liet paardjerijden op zijn brede schouders.

Ze voelde zich op dit moment helemaal niet perfect. Ze had het koud en voelde zich leeg vanbinnen en vreselijk bang. En de toon van haar moeders stem, zo ijl en wanhopig, joeg haar nog meer angst aan. Haar vertrouwde wereld was haar als het ware uit handen gerukt en in haar verdoofde verbijstering kon ze het allemaal niet verwerken. Haar grote grijze ogen volgden haar moeder met de meelijwekkende angst van iemand die alles verloren heeft behalve een laatste, fragiele, onbeschrijflijk kostbare band met wat is geweest.

Tussen twee donderslagen door vroeg ze op fluistertoon: 'Waar gaan we naar toe, mama?'

'Weg, ver weg, kleintje.' Het enige licht in de slaapkamer was afkomstig van de woedende natuur, die met felle bliksemflitsen de woelige hemel openspleet, en Christine Daulton propte bij dat licht zoveel mogelijk kleren in een oude, linnen weekendtas. Ze durfde het licht niet aan te doen en de noodzakelijkheid om haast te maken was zo groot, dat ze er bijna door verstikt werd.

Hoewel ze er eigenlijk geen ruimte voor had, stopte ze ook haar dagboeken in de tas, omdat ze *iets* hiervandaan mee wilde nemen, iets van haar leven met Brian. *O, lieve God, Brian...* Ze griste een handvol sieraden uit het kistje op de kaptafel en proefde bloed toen ze hard op haar onderlip beet om te voorkomen dat ze zou gaan gillen. Ze had geen tijd, geen tijd, ze moest Amanda hier weghalen.

'Wacht hier,' zei ze tegen haar dochter.

'Nee! Alsjeblieft niet, mama...'

'Sssst! Goed, kom dan maar mee, maar je moet heel stil zijn.' Even later, in de kamer van haar dochter, pakte Christine op de tast nog meer kleren die ze in de uitpuilende tas propte. Ze hielp het angstig zwijgende, bevende meisje in droge kleren – een gebleekte spijkerbroek en een T-shirt. 'Schoenen?'

Amanda vond een paar afgetrapte tennisschoenen en trok die aan. Haar moeder nam haar bij de hand en trok haar mee de kamer uit. Ze liepen allebei bewust op hun tenen, maar toen ze al boven aan de trap stonden, stootte Amanda opeens een gedempte kreet uit en probeerde ze haar hand los te trekken. 'O, *nee...*'

'Sssst,' siste Christine waarschuwend. 'Amanda...'

Zelfs op fluistertoon was Amanda's stem van een wanhopige intensiteit. 'Alsjeblieft, mama, ik moet iets halen... ik kan het niet hier laten... alsjeblieft, ik ben zó terug...'

Christine had er geen idee van wat zo belangrijk kon zijn, maar ze was niet van plan haar dochter in een dergelijke paniekstemming de trap af te sleuren. Het kind verkeerde al in een shocktoestand en dat kon ieder moment in hysterie omslaan. 'Goed, maar doe het snel. En *zachtjes*!'

Zo snel en geruisloos als een schaduw holde Amanda de gang door naar haar slaapkamer. Nog geen minuut later kwam ze weer te voorschijn terwijl ze iets in de zak van haar spijker-broek stopte. Christine had geen tijd om uit te zoeken wat voor Amanda zo belangrijk was dat ze het niet kon achterlaten; ze greep de vrije hand van haar dochter en liep samen met haar de trap af.

De staande klok op de overloop begon te snorren toen ze er vlakbij waren, en gaf toen met twee sonore slagen aan dat het twee uur was. Het geluid was hun zo bekend dat ze er niet van schrokken en ze haastten zich voort zonder te pauzeren. De voordeur stond nog steeds wagenwijd open en Christine nam niet de moeite hem achter zich dicht te doen, toen ze de brede veranda op stapten.

De wind had de regen tot halverwege de veranda gezwiept. Amanda hoorde haar gympjes zuigende geluidjes maken op de natte stenen. Ze boog haar hoofd tegen de regen en drukte zich dicht tegen haar moeder aan toen ze naar de auto holden die een stukje verderop stond. Tegen de tijd dat ze naast haar moe-der, die nerveus het sleuteltje in het contact probeerde te krij-gen, in de auto zat, was ze weer doorweekt en rilde ze, of-schoon het minstens vijfentwintig graden was.

De motor kwam met een schokje tot leven en meteen priem-den de koplampen hun schuine stralen dwars door de duisternis en de zwiepende regen heen op de met grind bedekte oprijlaan. Amanda keek om toen de auto hobbelend naar de geasfalteerde weg reed en haar adem stokte in haar keel toen ze in de verte, tussen het huis en de stallen, een lichtje zag dat schokkerig op en neer ging, alsof er iemand met een zaklantaarn in zijn hand hun richting uit holde, naar de auto die nu bij de bestrate weg was gekomen, vaart meerderde en het huis achter zich liet.

Amanda keek snel weer voor zich uit en wreef haar koude handen, terwijl ze heftig slikte om het misselijke gevoel dat in haar pijnlijke keel opkwam, terug te dringen. 'Mama? Komen we hier nooit meer terug? Nooit meer?'

Terwijl tranen over haar lijkbleke gezicht stroomden en haar bijna verblindden, antwoordde Christine Daulton: 'Nee, Aman-da. We kunnen nooit meer terugkomen.'

9

1

Eind mei 1995

'Stop hier even.'

Het was meer een verzoek dan een bevel en toen Walker McLellan de auto naar de kant van de geasfalteerde privé-weg stuurde en tot stilstand bracht, zocht hij automatisch naar een diepere betekenis achter de intonatie.

'Durf je niet verder?' vroeg hij op de neutrale toon die hij als advocaat moeiteloos bezigde.

Ze gaf geen antwoord. Ze wachtte tot de auto tot stilstand was gekomen, duwde het portier open en stapte uit. Ze liet het portier achter zich dichtvallen en liep een paar meter langs de weg tot ze bij een plek kwam waar ze zonder moeite de greppel kon oversteken en waar in de omheining van de wei wat planken ontbraken, zodat ze erdoorheen kon.

Walker keek haar na. Ze liep de wei door naar het heuveltje. Hij wist dat je daarvandaan het huis kon zien en vroeg zich af hoe ze dat had geweten.

Na een paar minuten zette hij de motor af en stapte hij uit. Hij nam de sleuteltjes mee, ook al stond de auto veilig op Daulton-land en bestond er geen enkel gevaar dat hij gestolen zou worden of dat iemand eraan zou zitten. Walker had een aantal jaren in Atlanta gewoond, en was daar snel genezen van zijn overtuiging dat andere mensen niet ongevraagd aan je spullen kwamen.

Bovendien had hij als advocaat geleerd weinig vertrouwen te hebben in zijn medemensen, zowel mannen als vrouwen.

'Iedereen zal tegen je liegen,' had zijn favoriete professor

11

onomwonden gezegd. 'Je cliënten, politieagenten, andere advocaten, zelfs pompbedienden. Mensen die voor zichzelf weten dat ze niets te verbergen hebben, zullen je evengoed iets voorliegen. Daar moet je gewoon aan wennen. Je moet erop voorbereid zijn. Je moet ervan uitgaan dat iemand tegen je liegt tot het tegenovergestelde is bewezen. En dat bewijs moet je twee keer checken.'

Een wijze les.

Walker sprong soepel over het drie latten hoge hek, in plaats van de opening te gebruiken zoals zij en liep naar haar toe. 'Hoe wist u dat je hiervandaan het huis kan zien?' vroeg hij langs zijn neus weg, toen hij naast haar op het heuveltje stond.

Ze wierp een zijdelingse blik op hem, maar in haar rookgrijze ogen stond niets te lezen. De terloopse manier waarop hij de vraag had gesteld, bracht haar allerminst van de wijs. Ze zei: 'U bent er vast van overtuigd dat ik een bedriegster ben, nietwaar?'

'Integendeel. Als ik daarvan overtuigd was, zou u hier nu niet staan.'

Ze keek over de sappige weiden uit naar het schitterende huis dat nog zo'n anderhalve kilometer van hen verwijderd was. 'Maar u gelooft niet dat ik Amanda Daulton ben,' zei ze.

Hij koos zijn woorden zorgvuldig. 'Ik heb niet kunnen bewijzen dat u dat niet bent. Twintig jaar geleden was het niet de gewoonte vingerafdrukken van kinderen vast te leggen, zodat dat bewijsmateriaal ons niet is gegund. U hebt de juiste bloedgroep, maar dat betekent alleen dat het *mogelijk* is dat u Amanda Daulton bent, niet dat u het *bent*. U hebt op de meeste van mijn vragen een correct antwoord gegeven. U schijnt redelijk, zij het niet volledig, op de hoogte te zijn van de geschiedenis van de Daultons, en u weet ook vrij veel over de nog levende leden van de familie.'

Ze bleef naar het huis in de verte kijken en glimlachte vluchtig. 'Maar ik heb niet op ál uw vragen antwoord kunnen geven en dat vindt u erg verdacht. Ook al is het twintig jaar geleden dat ik voor het laatst... thuis ben geweest.'

Juist dat soort aarzelingen wekten Walkers wantrouwen op. Deze vrouw kende inderdaad veel details over de familie Daulton, maar de meeste daarvan waren algemeen bekend. Wie zich een klein beetje moeite getroostte, kon er makkelijk achter komen. Zeker iemand als zij. En ze was niet de eerste; Walker had de afgelopen vijf jaar de zogenaamde bewijzen weerlegd van twee andere vrouwen die hadden beweerd dat ze Amanda Daulton waren.

Het vermogen van Jesse Daulton werd geschat op tientallen miljoenen dollars, zodat het geen wonder was dat van tijd tot tijd vrouwen van de juiste leeftijd en met het juiste uiterlijk hoopvol aanklopten met de mededeling dat ze de verloren kleindochter waren. Vooral nu.

Maar deze vrouw, deze Amanda Daulton, dacht Walker, was anders dan de twee bedriegsters die hij tot nu toe had ontmaskerd. Er was niets inhaligs, brutaals of opdringerigs aan haar. Ze gedroeg zich bedaard, bedachtzaam en op haar hoede. Ze had niet geprobeerd hem te charmeren of met hem te flirten. Ze had niet gehakkeld wanneer hij haar vragen stelde, maar rustig antwoord gegeven of gezegd dat ze het niet wist. *Dat weet ik niet. Dat kan ik me niet herinneren.*

Maar was het haar geheugen dat tekortschoot, of haar research? 'Twintig jaar,' zei hij nu en keek naar haar profiel.

Ze haalde haar schouders op. 'Wat herinneren de meeste mensen zich van hun kinderjaren? Vage beelden, bepaalde momenten. Een mengeling van indrukken, als een lapjesdeken. Kan ik me de zomer herinneren van toen ik negen was? Ik herinner me bepaalde dingen. Hoe de zomer begon. Het was toen in mei al erg warm, net als nu. De kamperfoelie rook toen net als nu, net zo zoet. En bijna iedere dag was het benauwd en windstil, net als nu, omdat er een storm op komst was, die al boven de bergen hing. Als je goed luistert, kun je het gerommel van de donder horen. Hoort u het?'

Walker was niet van plan zich te laten beïnvloeden door de dromerige klank van haar stem. 'Het onweert vaak in deze tijd van het jaar,' zei hij.

Een kort lachje ontsnapte haar, nauwelijks meer dan een ademhaling. 'Ja, dat is natuurlijk zo. Zeg meneer McLellan, als u zo aan me twijfelt, waarom hebt u me dan laten komen? U had net zo goed nee kunnen zeggen, of de Daultons kunnen adviseren mijn verzoek om hierheen te komen, te weigeren. U had ook kunnen zeggen dat ik nog een paar weken moest wachten, tot de uitslag van het bloedonderzoek binnen zou zijn. Dat onderzoek kan immers het bewijs leveren dat ik al of niet ben wie ik beweer te zijn.'

'Dat is niet zeker,' zei hij. 'Het DNA-onderzoek staat nog in de kinderschoenen en niet alle rechters zijn ervan overtuigd dat het betrouwbaar bewijs levert, vooral als het gaat om kwesties als de relatie tussen een grootouder en een kleinkind.'

'Ja, het zou makkelijker zijn geweest als mijn vader nog in leven was geweest,' zei ze zachtjes. 'Denkt u dat het waar is, dat er een vorm van erfelijke waanzin in de familie Daulton zit?'

De vraag was niet mogelijk, wist Walker en hij gaf er onverstoorbaar antwoord op. 'Brian Daulton was beklagenswaardig, maar niet waanzinnig. We kunnen nu beter gaan. Uw... Jesse zit al te wachten.'

Ze aarzelde en scheen even te verstijven voor ze zich met een snelle beweging omdraaide en terugliep naar de weg. Walker bleef een ogenblik staan kijken naar de paarden in de wei die de bezoekers hadden gezien en, met de nieuwsgierigheid die paarden eigen is, hun richting uit waren gekomen. Met een peinzend gezicht liep hij terug naar de weg en stapte in de auto.

'Bent u bang voor paarden?' vroeg hij toen hij de motor startte.

Op een wat achteloze toon antwoordde ze: 'O... ik ben er niet dol op. Zei u dat mijn hele familie er vandaag zou zijn?'

Walker wist niet of het feit dat ze meteen over iets anders begon, méér inhield dan dat ze zich in gedachten concentreerde op wat er zo dadelijk ging gebeuren, dus ging hij er niet op door. In plaats daarvan antwoordde hij: 'Jesse zei van wel. Kate is altijd op Glory, en Reece en Sully zijn na hun studiejaren weer thuis komen wonen.'

'Zijn ze geen van allen getrouwd?'

'Nee. Reece had een paar jaar geleden plannen in die richting, maar Jesse heeft dat probleem toen... opgelost.'

Ze keek naar Walker alsof ze hem nog een vraag wilde stellen, maar hij draaide net van de geasfalteerde weg de oprijlaan in, zodat ze al haar aandacht op het huis vestigde dat voor hen oprees. Walker vroeg zich af wat ze ervan vond. Wat ze voelde.

Het was een van de mooiste landhuizen die ooit in het Zuiden waren gebouwd en was oorspronkelijk Daulton's Glory gedoopt – met een verwaandheid die typerend was voor de eigenaar – maar er was nu al honderd jaar niemand meer geweest die het bij de volle naam noemde. Iedereen zei gewoon Glory, waarschijnlijk omdat die naam zo passend was. Het was een indrukwekkend huis, dat een buitengewone uitstraling had. Twee oude, majestueuze magnolia's met wasbleke, ivoorkleurige bloemen flankeerden de cirkelvormige oprijlaan. Het huis was omgeven door reusachtige eiken en bloeiende bomen, waaronder kornoelje en mimosa, en een enorme tuin met heggen van keurig gesnoeide heesters en azalea's.

Maar waar het om ging, was het huis zelf. Het paste even perfect in zijn omgeving als een edelsteen in een gouden vatting. De façade werd gevormd door een opvallende zuilenrij – tien hoge, houten pilaren met kunstig beeldhouwwerk, waarvan de middelste vier iets verder naar voren waren geplaatst onder een fronton, zodat het huis een stap naar voren scheen te doen om bezoekers te verwelkomen. De zuilen waren wit geschilderd, waardoor ze scherp afstaken tegen de zandkleurige muur van de façade, en de zijmuren van het huis waren opgetrokken uit bruine baksteen.

'Weet u iets van architectuur?' vroeg Walker.

'Nee.'

Hij bracht de auto een tikje rechts van de veranda tot stilstand, zette de motor af en keek naar haar, maar ze hield haar ogen op het huis gericht en van haar profiel kon hij niets aflezen. Op conversatietoon zei hij: 'Glory behoort hier in het zuiden van de Verenigde Staten tot het genre landhuizen waarbij pilaren een symbool zijn van rijkdom en macht. In de tijd dat het huis werd gebouwd, gold de regel dat rijke mensen zich vier tot zes zuilen konden veroorloven. De Daultons hadden er tien.'

Ze keek hem nu aan en hoewel haar tere gezichtje uitdrukkingsloos bleef en er al evenmin iets viel af te lezen in de rookgrijze ogen, kreeg Walker opeens de indruk dat ze bang was. Erg bang. Maar haar stem was kalm en klonk alleen maar een tikje nieuwsgierig.

'Bent u een expert wat de familie Daulton betreft, meneer McLellan?'

'Zeg maar Walker.' Hij wist zelf niet waarom hij dat zei, vooral omdat hij juist zijn best had gedaan zijn houding tegenover haar vanaf de eerste keer dat ze bij hem was gekomen, zowel neutraal als formeel te houden. 'Nee, maar de geschiedenis van deze streek is mijn hobby, en de familie Daulton heeft het grootste deel van die geschiedenis op haar naam staan.'

'En jouw familie? Zei je niet dat je vader en je grootvader ook als advocaat voor de Daultons hebben gewerkt?'

Ze wil niet naar binnen. 'Ja, maar wij zijn hier relatief nieuw. Mijn overgrootvader heeft in 1870 tijdens een spelletje poker duizend are van het Daulton-land gewonnen en heeft toen ongeveer anderhalve kilometer ten westen van Glory, aan de andere kant van die heuvel daar, een huis gebouwd. Hij was een Schotse immigrant die bijna zonder cent op zak naar Amerika was gekomen, en uiteindelijk aardig heeft geboerd. Na verloop van tijd hebben de Daultons het hem zelfs vergeven dat hij zijn huis naar die winnende kaarten heeft vernoemd.'

Nog steeds zachtjes zei ze: 'Je vindt zeker dat ik me dat allemaal zou moeten herinneren, maar dat is niet zo. Hoe heet het huis?'

'King High. Zowel het huis als de naam zijn gebleven, maar de rancune is allang vergeten.' Zonder er commentaar op te leveren of ze zich Glory's enige buur in de wijde omgeving had moeten herinneren, stapte hij uit en liep hij om de auto heen naar haar kant. Ze had zich niet bewogen en deed dat ook niet toen hij het portier voor haar openhield. Hij wachtte tot ze naar hem opkeek en zei toen: 'Nu of nooit.'

Na een korte aarzeling stapte ze uit de auto en deed ze een stapje opzij zodat hij het portier kon dichtgooien. Haar ogen rustten op het huis, de vingers van haar ene hand speelden nerveus met de riem van haar schoudertas, en ze bleef dicht bij de auto staan. Ze scheen haar kleding voor deze eerste ontmoeting met zorg te hebben gekozen: een grijze, getailleerde broek en een lichtblauwe, zijden blouse die haar flatteerde en van goede smaak getuigde.

Walker wachtte zwijgend en bleef naar haar kijken.

16

'Het is zo... groot,' zei ze na een poosje.

'Niet groter dan voorheen, althans niet hiervandaan gezien. Kun je je Glory helemaal niet herinneren?'

'Jawel, maar...' Ze haalde diep adem en zei toen zachtjes: 'Iedereen zegt dat de dingen uit je kinderjaren altijd kleiner lijken wanneer je als volwassene terugkomt. Dat is hier niet het geval.'

Geheel onverwachts voelde Walker een steek van medeleven. Of ze nu de echte Amanda Daulton was of een bedriegster, ze stond op het punt een groep volkomen vreemden te ontmoeten, die allemaal zaten te wachten tot ze een fout zou maken en zichzelf verraden. Dat was een hele beproeving, ongeacht wie ze was.

Hij pakte luchtig haar elleboog en zei rustig: 'We kunnen je bagage voorlopig in de auto laten. Als deze... ontmoeting niet goed uitpakt of als je geen zin hebt om hier te blijven, kan ik je altijd naar de stad brengen.'

Ze keek met een eigenaardige uitdrukking op haar gezicht naar hem op, alsof ze door zijn woorden verrast was, maar knikte alleen en zei: 'Dank je.'

Ze liepen over de door lage, gesnoeide struiken omzoomde oprit naar de brede trap tussen de twee middelste zuilen van de veranda. In de koele schaduw van de overkapping stonden zwarte, smeedijzeren tuinmeubelen, die een aangenaam contrast vormden met de lichtgekleurde, stenen vloer. Aan weerskanten van de brede voordeur stonden kunstig gesnoeide miniatuurboompjes in aardewerken bloempotten.

Walker belde niet aan, maar duwde gewoon de rechterkant van de dubbele deur open en liet haar met een gebaar voorgaan. Haar aarzeling was vrijwel onmerkbaar.

Toen ze de koele stilte van de spectaculaire hal binnenstapten, zei hij op een nogal droge toon: 'Jesse houdt niet van antiek, dus zul je niet veel van de originele meubelen van Glory aantreffen. In sommige slaapkamers staat nog wel wat, maar het grootste deel van het huis is in de meeste opzichten helemaal gemoderniseerd. Alleen airconditioning ontbreekt.'

Ze keek naar de brede trap die in een bocht naar de eerste verdieping liep en werd onderbroken door een sierlijke overloop.

17

Toen gleed haar blik naar het prachtige, in gouden en roomkleurige tinten uitgevoerde kleed op de gepolijste houten vloer en vroeg ze aan Walker: 'Blijft het de hele zomer zo koel in huis?'

'Nee,' antwoordde hij. 'Tegen half juli is het hier vrij benauwd, vooral boven. Maar Jesse houdt nu eenmaal van frisse lucht, ongeacht hoe warm en vochtig die is, en Jesse is hier op Glory de baas.' Hij vroeg zich af of ze een waarschuwing in zijn stem bespeurde. Hij vroeg zich ook af of het zijn bedoeling was haar te waarschuwen.

Voor ze iets kon zeggen, werd hun aandacht opgeëist door het geluid van ruziënde stemmen. Een van de dubbele deuren tegenover de trap werd opengerukt en een harde, boze stem riep: 'Sully!' Op hetzelfde moment stormde een grote, donkerharige man, gekleed in een spijkerbroek en een groezelig T-shirt, de kamer uit. Hij smeet de deur met een venijnig gebaar achter zich dicht, zag toen de bezoekers en bleef stokstijf staan.

Hoewel Walker de arm van de jonge vrouw naast hem had losgelaten, voelde hij dat ze verstijfde. Dat kon hij haar niet kwalijk nemen. De woede die Sullivan Lattimore, Jesse's jongste kleinzoon, uitstraalde, was zo sterk dat ze zichtbaar leek, als hitte die boven de weg trilt. En aangezien hij een grote kerel was, die er op dat moment uitzag alsof hij alles op zijn pad wilde vermorzelen, hield zelfs Walker – die wist dat hij Sully best aankon – hem achterdochtig in de gaten.

Een paar seconden lang bewoog Sully zich niet. Hij staarde alleen fel naar Amanda, die haar ogen niet van hem scheen te kunnen afwenden.

In de stilte keek Walker van de een naar de ander, terwijl hij afwachtte wat er zou gaan gebeuren. Het enige wat ze gemeen hadden, dacht hij, was zwart haar en grijze ogen, die beide typerend waren voor de Daultons. Daarmee hield de vergelijking op, hoewel ze geacht werden neef en nicht te zijn. Zij was klein, amper één meter zestig, en had een frêle uiterlijk en een gladde, lichte huid; hij was groot, bijna één meter negentig en had de zware botten en robuuste lichaamsbouw van de Daultons. Hij was bruinverbrand en had eelt op zijn sterke handen. Haar tere gelaatstrekken waren roerloos, beheerst, en lieten niets merken van haar gevoelens; zijn knappe, norse gezicht

18

was zo expressief dat het de verfijndheid van een neonlamp had.

Sully's dunne lippen vertrokken zich smalend, maar hij zei niets. Toen beende hij langs hen heen, de voordeur uit, die hij met een klap liet dichtvallen.

Ze draaide zich niet om toen hij langs hen heen liep, maar Walker zag dat ze haar adem liet ontsnappen toen Sully weg was. Toen keek ze naar hem op en zei ze droogjes: 'Geen veelbelovend begin.'

Walker aarzelde even en haalde toen zijn schouders op. 'Laat je niet door Sully van de wijs brengen. Hij vindt van zichzelf dat hij zo vals is als een straathond, maar dat valt over het algemeen wel mee.'

'Over het algemeen?'

Walker moest glimlachen om haar laconieke toon. 'Je kunt hem beter niet nodeloos kwaad maken, maar als hij boos is, blijft het meestal bij wat schelden en vloeken, en gaat hij niet met dingen gooien. Hij zal nu wel een poosje gaan rijden tot hij gekalmeerd is. Je zult zien dat hij tegen etenstijd weer redelijk te spreken is.'

'Hij wil me hier bij voorbaat al weg hebben.'

'Ja, daar heb je alle kans op.' Walker aarzelde, maar besloot daar niet dieper op in te gaan. Ze zou er vroeg genoeg achter komen – als ze daar zelf nog niet aan had gedacht – dat de komst van Amanda Daulton bij meer dan één lid van de familie in het verkeerde keelgat moest zijn geschoten, en dat de kans groot was dat alleen Jesse echt hoopte dat ze was wie ze beweerde te zijn.

De kamerdeur die Sully had dichtgegooid ging weer open en nu kwam er een lange, donkerharige vrouw naar buiten. Ze stapte de hal in, deed de deur zachtjes achter zich dicht en bleef staan toen ze hen zag. Haar leeftijd was moeilijk te schatten; ze kon net zo goed vijfenveertig als vijfenzestig zijn. In haar donkerbruine haar, dat ze in een modern kort kapsel droeg, zat niet meer dan een enkel grijs haartje, maar haar gebruinde gezicht had dat leerachtige dat je kreeg wanneer je jaar in jaar uit veel in de zon vertoefde. Ze was slank, eerder knap dan mooi, en haar bruine ogen waren verstoken van iedere emotie.

Zonder naar Amanda te kijken of zelfs maar tegen haar te glimlachen, zei ze: 'Wacht je op een uitnodiging, Walker?'

'Nee, Maggie,' antwoordde hij onverstoorbaar, gewend aan de bruuske manier van doen van de al lange jaren in dienst zijnde huishoudster van Glory. 'Ik moest alleen even bijkomen van Sully's stormachtige vertrek.' Hij wilde daar een introductie aan vastknopen, maar besefte opeens dat de enige naam die hij beschikbaar had voor de zwijgzame jonge vrouw aan zijn zijde, er een was die volgens hem vals was. Jezus, moest hij iedere keer dat hij haar aan iemand voorstelde, zeggen: 'Dit is de vrouw die beweert dat ze Amanda Daulton is'?

De huishoudster nam zelf de honneurs waar. Ze richtte haar ogen op de jonge vrouw, bekeek haar met een scherpe blik en zei op dezelfde bruuske toon: 'Ik zal je meteen maar vertellen dat ik niet van plan ben mijn hoofd te breken over wat je je wel of niet herinnert. Twintig jaar is een lange tijd, ongeacht wie je bent. Mijn naam is Maggie Jarrell en ik regel hier de huishouding.'

'Amanda Daulton.' Ze zei het bedaard, niet uitdagend, maar eerder zakelijk.

Maggie tuitte haar lippen en knikte. 'Goed. Hou je van ijsthee?'

'Ja, met twee schepjes suiker en wat citroen, graag,' antwoordde Amanda prompt, en glimlachte erbij.

Maggie knikte weer, wierp Walker een blik toe die hij niet had kunnen doorgronden als zijn leven ervan had afgehangen, en liep een gang in die naar het achterste deel van het huis voerde.

'Walker.'

Hij keek op haar neer, zich er sterk van bewust dat dit de eerste keer was, dat ze hem bij zijn voornaam had genoemd. 'Wat is er?'

'Ik weet dat het voor een man die zich met de precisie van de wet bezighoudt, moeilijk moet zijn iets te accepteren waarvan hij niet gelooft dat het de waarheid is,' zei ze effen, zonder naar hem te kijken, 'maar om het ons allemaal wat makkelijker te maken, zou ik het op prijs stellen als je zo goed zou willen zijn me toch maar Amanda te noemen. Maak je geen zorgen. Ik zal niet zo dom zijn te denken dat dat inhoudt dat je je gewonnen geeft. Ik weet dat je denkt dat ik een bedriegster ben. Dat is best, maar zelfs bedriegsters hebben een naam.' Nu keek ze met haar kalme grijze ogen naar hem op. 'De mijne is Amanda.'

Tot op dat moment was Walker zich er niet van bewust geweest dat hij erin was geslaagd haar helemaal niets te noemen, althans niet wanneer hij met haar alleen was. Hij had dat niet bedoeld als een opzettelijke belediging, maar het was duidelijk dat ze zich, terecht, in haar wiek geschoten voelde.

'Neem me niet kwalijk,' zei hij en hij meende dat echt. Hij maakte een uitnodigend gebaar naar de kamer die Sully en Maggie zojuist hadden verlaten. 'Zullen we... Amanda?'

Ze rechtte haar rug en knikte. Samen liepen ze naar de dubbele deur. Walker klopte aan en toen er meteen 'Binnen' werd geroepen, duwde hij beide deuren open zodat ze naast elkaar naar binnen konden. Het was een half bewust gebaar van zijn kant, impulsief, en toen ze met een vluchtige glimlach van dankbaarheid naar hem opkeek, was hij blij dat hij het had gedaan.

De kamer die ze binnengingen, had ruime afmetingen en leek nog groter door het hoge plafond en de grote ramen. Het meubilair was modern en comfortabel, en de bekleding had lichte, rustgevende kleuren. Op de vloer lag kamerbreed tapijt. Er waren drie mensen aanwezig: twee mannen, die bij de schoorsteenmantel stonden, en een vrouw die op een van de twee lange banken zat, die daar haaks op stonden.

Dit keer aarzelde Walker niet. Hij legde zijn hand weer onder haar elleboog en leidde haar de kamer door naar de langste en oudste van de twee mannen. Toen zei hij eenvoudig: 'Daar is ze dan, Jesse.'

Je gaf Jesse Daulton geen vijfenzeventig, eerder zestig. Hij was bijna één meter negentig lang, fors en breedgebouwd, en leek te blaken van gezondheid; van zijn gevorderde leeftijd waren bijna geen sporen te vinden en hij maakte een onverwoestbare indruk. Zijn gezicht was een romantisch wrak: opvallend knappe gelaatstrekken, die waren getekend door een leven vol driftbuien en uitspattingen, maar hij was nog steeds een bijzonder aantrekkelijke man. Zijn zwarte haar begon nu pas grijs te worden en zijn ogen glansden als dof zilver in zijn bruine kop.

'Amanda,' zei hij. Hij scheen niet in staat te zijn daar iets aan toe te voegen.

Normaal gesproken klonk zijn zware stem vrij ruig; Walker had hem nog nooit zo zacht en onzeker gehoord als nu. Terwijl hij toekeek hoe Jesse's grote, verweerde knuisten de slanke, bleke hand die ze hem toestak, teder omvatten, kreeg hij de indruk dat als ze hem ook maar een tíkje had aangemoedigd, hij haar in een robuuste omhelzing van de vloer zou hebben getild.

Maar ze gedroeg zich gereserveerd, beleefd en behoedzaam en toonde geen enkele behoefte aan vertoon van genegenheid. 'Als ik me niet vergis, noemde ik u vroeger altijd gewoon Jesse,' zei ze terwijl ze zachtjes haar hand uit zijn greep losmaakte. Haar stem klonk rustig, en ze keek naar hem op met een trage en verrassend charmante glimlach.

Voor Jesse iets kon zeggen, reageerde de man aan de andere kant van de schoorsteenmantel op haar opmerking.

'Zo noemen we hem allemaal, zelfs Kate,' zei hij tegen Amanda en toen ze naar hem keek, glimlachte hij enigszins geforceerd. 'Ik ben Reece. Reece Lattimore. Welkom op Glory, nichtje.'

Uit die laatste opmerking trok Walker twee conclusies. Ten eerste dat Jesse de familie duidelijk had gemaakt dat hij deze Amanda als de ware beschouwde totdat het tegendeel was bewezen en dat hij van hen verwachtte dat ze zich dienovereenkomstig zouden gedragen. En ten tweede dat Reece te verstandig was om – zoals Sully – openlijk uitdrukking te geven aan de pijn, frustratie en bitterheid die ook hij ongetwijfeld voelde.

Amanda deed een stap bij Jesse vandaan en stak Reece haar hand toe, alweer met die trage glimlach van haar. 'Reece. Ik geloof... heb jij tijdens een van die zomers niet gezegd dat ik je paard mocht hebben?'

Jesse liet een korte lach horen waar een onmiskenbaar honende ondertoon in lag. Reece kreeg een kleur, maar bleef glimlachen toen hij haar een hand gaf. 'Ja, dat zal best. Ik ben nooit zo'n paardengek geweest als Sully.'

In tegenstelling tot zijn jongere broer, die lichamelijk en emotioneel onmiskenbaar een Daulton was, scheen Reece meer weg te hebben van de familie van hun vader. Hij was weliswaar

22

lang, ruim een meter tachtig, maar had niet het zware gestel en de imponerende fysieke uitstraling van de Daultons. Hij was blond en had blauwe ogen, was niet echt knap, maar aardig om te zien en aan de lachrimpeltjes die vanuit zijn ooghoeken uitwaaierden, kon je zien dat hij sneller lachte dan fronste.

Hij en Sully waren zo verschillend dat ze elkaar niet echt na stonden, maar door de verschillen in hun ambities lagen ze tenminste ook bijna nooit met elkaar overhoop.

Walker tikte op Amanda's arm om haar aandacht te trekken en sprak nu tegen de andere vrouw in de kamer, omdat hij wist dat Jesse dat niet zou doen. 'Kate, mag ik je voorstellen aan Amanda?'

Catherine Daulton stond meteen op en kwam naar hen toe. Ze was het jongste en enige nog levende kind van Jesse en de vrouw die hij luttele dagen na Kates geboorte had begraven. Ze was een meter achtenzeventig lang en had een prachtige lichaamsbouw, weelderig zonder een gram te veel aan vet. Ze had het donkere haar van de Daultons en op veertigjarige leeftijd was haar egaal gebruinde gezicht nog steeds opvallend mooi, met nauwelijks een rimpel die de perfectie verstoorde.

Als hij heel eerlijk was, moest Walker toegeven dat hij geen enkele vrouw kende die zo mooi was als Kate. Op straat keken de mensen haar met open mond na. Hij had ooit gezien dat een man een aanrijding had veroorzaakt doordat hij wezenloos naar haar had gestaard toen ze de straat overstak. Ze had een kapitaal kunnen verdienen als fotomodel en had prinsen op hun knieën kunnen brengen als ze Glory had verlaten en haar geluk elders in de wereld beproefd.

Maar Kate was haar hele leven hier gebleven en hoewel er in de omgeving van Glory veel mannen belangstelling voor haar hadden getoond, en ze nog steeds geen gebrek aan aanbidders had, was niemand erin geslaagd haar hart te veroveren. Ze had nooit naar een huwelijk getaald en ging zelfs bijna nooit uit. Ze hield haar geheimen weggestopt achter de dofzilveren ogen die ze van Jesse had geërfd, en fungeerde, altijd kalm en beheerst, als Jesse's gastvrouw wanneer hij gasten uitnodigde. De rest van haar tijd besteedde ze aan vrijwilligers- en liefdadigheidswerk.

23

Ze stak Amanda haar hand toe en zei beleefd: 'Aangenaam kennis te maken. Welkom op Glory.'

Amanda keek met een volkomen uitdrukkingsloos gezicht naar haar op, glimlachte toen en gaf haar een hand. 'Dank je, Kate.'

Jesse, die zijn ogen niet van Amanda kon afhouden, nodigde haar nu uit te gaan zitten en nam zelf naast haar plaats op de bank tegenover die waar Kate had gezeten. Zijn stem klonk nog steeds zachter dan normaal en Walker had nog nooit zo'n tedere uitdrukking op zijn gezicht gezien.

Kate was weer gaan zitten en zei niets. Reece nam plaats op het andere uiteinde van haar bank. Walker ging bij de open haard staan, met zijn schouder tegen de schoorsteenmantel geleund. Hij voelde zich hier net zo op zijn gemak als in zijn eigen huis en was zo volkomen door de familie geaccepteerd dat hij alleen echt zakelijk deed, wanneer hij met Jesse over diens zaken sprak.

Strikt genomen zat zijn aandeel in dit kleine drama erop. Hij had voorbereidende gesprekken gevoerd met de vrouw die beweerde Amanda Daulton te zijn, haar achtergrond zo goed mogelijk nagetrokken, haar de nodige bloedonderzoeken laten ondergaan en de bevindingen daarvan aan Jesse doorgegeven. Hij had haar verzoek om enige tijd op Glory door te brengen aan Jesse voorgelegd en hem aangeraden te wachten tot ze alle beschikbare vormen van bewijsmateriaal in handen hadden voordat hij haar liet komen. Dat advies had Jesse echter in de wind geslagen, zodat Walker haar nu naar Glory had gebracht, waar ze zou blijven tot de uitslag van het DNA-onderzoek, dat door een privé-laboratorium werd uitgevoerd, binnen was, wat naar verwachting binnen twee weken zou zijn.

Walker had geen reden om nog langer te blijven. Geen legale reden. En het was ook niet zo, dat hij een vrije dag had; op zijn bureau lagen stapels paperassen te wachten, zijn agenda stond vol afspraken en er waren ongetwijfeld telefoontjes binnengekomen die zijn aandacht verdienden. Maar hij had geen zin om weg te gaan en maakte zichzelf wijs dat hij er zo'n beetje bij hoorde en ervoor moest zorgen dat de belangen van zijn cliënt niet geschaad werden.

Hij negeerde het stemmetje in zijn hoofd dat bleef fluisteren dat hij bleef omdat hij Amanda niet aan haar lot wilde overlaten. Dat was natuurlijk belachelijk. Hij stond veel te sceptisch tegenover haar claim om behoefte te voelen haar te beschermen.

Ze keek even naar hem op toen Jesse naast haar ging zitten en hij had kunnen zweren dat hij iets van opluchting in haar ogen zag. Maar dat was meteen weer verdwenen en toen Jesse iets tegen haar zei, richtte ze haar aandacht meteen op hem.

'Je bent dus in het noorden opgegroeid?' Een dergelijke openingszin had makkelijk hol of lomp kunnen klinken, maar dat was niet het geval, omdat Jesse's stem even gespannen was als de blik in zijn ogen. Hij zat half naar haar toe gedraaid met zijn handen op zijn dijen en zijn bovenlichaam iets naar voren geheld, zodat het leek alsof hij zich naar haar toe boog.

'Ja, in Boston,' antwoordde ze prompt, maar voegde er niets aan toe.

Reece lachte kort. 'Dat is niet aan je te horen. Je hebt geen Bostons accent. Je hebt eigenlijk helemáál geen accent.'

Ze keek naar hem en glimlachte vaag. 'Als ik hier maar lang genoeg blijf, ga ik vast met een zuidelijk accent praten.'

'Een aangeleerd accent?' vroeg Kate met een afwezige blik, alsof ze er met haar gedachten maar half bij was, al keek ze wel naar de jongere vrouw.

'Nee, dat bedoel ik niet.' Amanda haalde haar schouders op, niet in het minst beledigd. 'Mijn moeder had een vrij sterk accent en aangezien ik dat zoveel jaar heb gehoord, zal ik waarschijnlijk de weg van de minste weerstand kiezen, als ik het aldoor om me heen hoor.'

Er viel een beklemmende stilte en toen zei Kate, op diezelfde neutrale toon: 'Ik kan me niet herinneren dat Christine een accent had.'

'Nee?' Amanda liet niet merken of ze daardoor van haar stuk was gebracht. In plaats daarvan haalde ze nogmaals haar schouders op. 'Misschien klonk het voor mij zo, omdat we in het noorden woonden.'

'Dat zal het zijn,' besliste Jesse met een knikje. Nu hij Amanda's aandacht weer voor zich had opgeëist, hield hij die meteen vast. Op een bezitterige manier. 'Walker zei dat je je niets kunt herinneren van de avond dat je moeder je bij ons vandaan heeft gehaald. Is dat zo?'

Walker, die zwijgend toekeek, vond dat Amanda een goede getuige zou zijn en dat hij niet zou aarzelen haar bij een rechtszaak in te zetten. Ze ratelde niet meteen een antwoord af op Jesse's abrupte vraag, maar laste een opzettelijke pauze in en keek hem toen recht in de ogen.

'Er zijn veel dingen die ik me niet herinner, inclusief die nacht. De tijd die ik tot die avond hier heb doorgebracht, lijkt bijna een droom. Ik herinner me stukjes en beetjes, flitsen van gebeurtenissen en gesprekken. Ik denk dat ik mijn oude slaapkamer wel zou kunnen vinden, maar ik weet niet hoe ik hiervandaan naar de stad moet komen. Ik herinner me een nest poesjes op de zolder van een van de stallen, maar ik weet niet meer wat voor spelletjes ik met mijn neven gespeeld heb. Ik weet nog dat ik voor een raam geknield naar de storm zat te kijken... ik herinner me dat ik een veulen geboren heb zien worden... ik weet nog hoe mijn vader lachte...' Ze hield haar hoofd een tikje schuin en liet haar stem dalen tot een fluistertoon. 'Maar ik weet niet waarom we Glory moesten verlaten.'

Ze is erg goed, zeg. Dit keer behoorde het stemmetje in Walkers hoofd toe aan de cynische advocaat die had geleerd te wantrouwen. Het verbaasde hem niets dat Jesse's gezicht duidelijke ontroering toonde. Zelfs Reece leek door haar woorden geraakt, zijn sympathie gewekt door Amanda's hardop uitgesproken overpeinzingen. Ze schenen geen van tweeën te beseffen dat haar 'herinneringen' zo algemeen waren dat ze makkelijk verzonnen konden zijn, op een sluwe wijze uit het niets gegrepen.

'Je moet jezelf de tijd gunnen,' zei Jesse en legde zijn hand op de hare.

'Nu je hier bent, komt er vast wel weer het een en ander bij je boven,' viel Reece hem bij.

Alleen Kate leek onaangedaan door de uitstraling van de jongere vrouw. Haar raadselachtige blik gleed van de een naar de ander alsof ze naar een onderhoudend toneelstuk keek.

Walker stopte zijn handen in zijn zakken en dwong zichzelf niets te zeggen. God, ze wond hen nu al om haar pink, in ieder geval de mannen. Die aarzelende, peinzende stem... Hij werd heen en weer geslingerd tussen een beroepsmatige behoefte Jesse er nogmaals aan te herinneren dat er niets was bewezen, en de steeds sterker wordende persoonlijke behoefte een manier te vinden om door Amanda's geslepen, bedrieglijke masker van zelfbeheersing heen te dringen om te zien wat erachter verborgen lag. Want ze hield heel wat verborgen, daar was hij zeker van. Iedere keer dat ze haar mond opendeed, voelde hij instinctief aan dat hij verduiveld goed op zijn qui-vive moest zijn.

Jesse klopte op haar hand met het wat onhandige gebaar van een man die niet gewend is aan dergelijk vertoon van emoties, en toen ze ging verzitten en tegen hem glimlachte, had Walker kunnen zweren dat hij een berekenende flits in de rokerige diepten van haar ogen zag.

'Ja, dat denk ik ook,' zei ze, alsof ze eerder zichzelf geruststelde dan hen.

'Natuurlijk,' zei Jesse, met een laatste klopje op haar hand. 'Dat is niet meer dan logisch.'

Op dat moment kwam Maggie de kamer binnen met een dienblad dat ze op de lage tafel tussen de twee banken zette. Met een strak gezicht deelde ze de glazen ijsthee rond, nam er toen zelf ook een en ging in een stoel zitten, die recht tegenover de open haard stond.

'Heb ik iets gemist?' vroeg ze.

Op kleurloze toon rapporteerde Kate: 'Amanda herinnert zich niets van de avond dat Christine haar hier heeft weggehaald.'

'Word ik geacht dat vreemd te vinden?' Maggie zakte onderuit in haar stoel en legde haar in gymschoenen gestoken voeten op de tafel. Ze was gekleed in een spijkerbroek en een gesteven mannenoverhemd, niet bepaald de gebruikelijke stijl van een huishoudster, maar heel normaal voor haar. 'Dat was twintig jaar geleden, en ze was toen nog maar een kind.'

'Niemand verwacht van haar dat ze zich dat herinnert,' zei Jesse. Hij klopte weer op Amanda's hand en glimlachte tegen haar. 'We waren gewoon nieuwsgierig.' Hij aarzelde en zei toen: 'Je moeder en jij zullen het niet makkelijk hebben gehad, al die jaren.'

Het was niet echt een vraag, maar ze vatte het wel zo op en knikte. 'Dat klopt. Zolang ik op school zat, had mijn moeder aldoor twee baantjes en zelfs toen hadden we nooit veel geld.'

Alsof de vraag hem al heel lang hinderde, zei Jesse: 'Waarom heeft ze de banden met ons zo volledig verbroken? Ik zou haar met plezier geholpen hebben, zelfs als ze vond dat ze niet meer met Brian kon leven. En later, toen hij dood was...'

Amanda schudde haar hoofd en leunde naar voren om haar glas op tafel te zetten. 'Dat weet ik niet. Ze sprak nooit over jullie of over Glory, en het enige dat ze over mijn... over mijn vader zei was dat ze heel veel van hem had gehouden.'

'Maar ze heeft haar naam veranderd, en de jouwe,' zei Jesse, haar van verraad beschuldigend.

Weer schudde Amanda haar hoofd. 'Ik weet niet waarom ze dat heeft gedaan. Ik weet ook niet hoe ze het voor elkaar heeft gekregen. Tot ik vorig jaar na haar dood tussen haar papieren mijn geboortebewijs vond, kon ik me niet eens herinneren dat ik ooit Amanda Daulton was geweest.'

'Hoe kun je je eigen naam nu vergeten?' vroeg Maggie met oprechte nieuwsgierigheid.

Amanda keek haar een ogenblik aan en staarde toen naar iets wat alleen zij kon zien. Zo bleef ze zitten, met wijd open ogen, nietsziend, en haar stem klonk eigenaardig afwezig toen ze weer sprak. 'Hoe kon ik mijn naam vergeten. Dat was... wat mijn moeder wilde. Ze hield domweg vol dat ik Amanda Grant heette. Ik moest de rest vergeten, zei ze. Ik was Amanda Grant.'

'Haatte ze ons dan zo?' vroeg Jesse met pijn in zijn stem.

Amanda knipperde met haar ogen en keerde terug van die verre plaats. Ze keek hem aan, nu weer met een normale blik in haar ogen. 'Dat weet ik niet. Probeer het te begrijpen... ze wilde niet hebben dat ik vragen stelde, dus deed ik dat niet. Het was alsof... ze een wond had en het niet kon verdragen dat iemand daaraan kwam. Misschien zouden we er ooit over gepraat hebben als ze niet was omgekomen bij dat auto-ongeluk, maar dat weet ik natuurlijk niet. Ik geloof nu dat jullie en dit huis voor mijn moeder zijn opgehouden te bestaan in de nacht dat ze is vertrokken.'

28

Er lag een gewonde blik in Jesse's ogen. 'Ze moet geweten hebben dat Brian was omgekomen. Dat moet ze gehoord hebben. Had zijn dood voor haar niets te betekenen?'

Walker kreeg de indruk dat Amanda op het punt stond haar arm troostend om de schouders van de oude man te slaan. Maar ze strengelde haar vingers ineen op haar schoot en keek hem alleen maar aan met een ernstige uitdrukking op haar gezicht.

'Dat heb ik me ook afgevraagd. Tussen haar papieren zat een krantenbericht over zijn dood, maar hij is vlak na ons vertrek verongelukt en zoals ik al zei, herinner ik me van die tijd niet veel. Ik weet niet of mijn moeder zich toen anders is gaan gedragen, of dat ze door zijn dood nóg ongelukkiger was geworden. Ik kan het me gewoon niet herinneren.'

'Heeft ze je destijds niet eens verteld dat hij dood was?' vroeg Reece zich verbaasd af.

Amanda fronste licht. 'Dat... weet ik niet. Ik geloof dat ik het wist, maar ik kan me niet herinneren dat ze het me heeft verteld. Ik weet alleen dat ik niet verbaasd was toen ik dat krantenbericht zag, behalve...'

'Behalve wat?' Walker sprak voor het eerst en keek met een gespannen blik naar haar.

Ze sloeg haar ogen naar hem op en op haar gezicht was een fractie van een seconde geen enkele emotie te bespeuren, tot ze een bedroefde glimlach liet zien. 'Niets. Het verbaasde me alleen dat hij zo jong was. Dat is alles.'

Ze keek weer naar Jesse, en Walker zei niets. Dat laatste was een leugen geweest en dat wist hij. De vraag was wat dat inhield.

2

'Jesse...'

'Ik wil het niet horen, Walker.'

'Je zult wel moeten.' Walker keek naar Jesse terwijl die naar de kleine bar in de hoek van de grote kamer liep en een whisky inschonk. Hij mocht eigenlijk niet drinken, maar dat was nu niet van belang. 'Iemand moet het zeggen: We hebben nog steeds geen enkel bewijs dat ze het is.'

'En haar geboorteakte dan?'

Maggie had Amanda mee naar boven genomen om haar haar kamer te wijzen en Reece had aangeboden de koffers te dragen, zodat alleen Walker en een zwijgende Kate met Jesse waren achtergebleven. Op het gezicht van de oude man lag een koppige trek, en wie hem goed kende, wist wat dat inhield.

'Het is een fotokopie van de geboorteakte,' zei Walker, die het niet snel opgaf. 'Daar kan iedereen aan komen. En de notaris heeft die kopie iets meer dan een jaar geleden getekend – kort voordat Christine zogenaamd is omgekomen.'

'Zogenaamd?'

'Je weet dat we ook dáár nog geen bevestiging van hebben gekregen. Ik heb niet alleen navraag gedaan in Boston zelf, maar in de hele staat Massachusetts en heb onder de verkeersslachtoffers geen Christine Grant kunnen vinden, noch een Christine Daulton. Zelfs niemand met haar meisjesnaam.'

Kate vroeg rustig: 'Wat had Amanda daarop te zeggen?'

'Ze deed vaag,' antwoordde Walker. 'Verdomd vaag. Ze zei dat haar moeder was gecremeerd en de as verspreid. Goed, prima, dat kan best zijn. Maar hoe zit het met het ongeluk zelf? De politie en andere officiële instanties maken daar over het algemeen een rapport over op. Waarom heb ik dat dan niet kunnen vinden? Ze zegt dat het op een snelweg ergens buiten Boston is gebeurd, en dat ze niet weet waar het sterfgeval is opgetekend. Misschien op Rhode Island of in Connecticut. Misschien in New Hampshire. Da's ook een idee.'

'Zo heeft ze dat vast niet gezegd,' zei Kate met een flauwe glimlach.

'Nee,' gaf Walker toe, 'maar het scheelde niet veel.'

'Schei toch uit,' zei Jesse ongeduldig, 'Christines dood moet een vreselijke klap voor haar zijn geweest en er zijn inmiddels maanden overheen gegaan. Misschien herinnert ze zich écht niet waar het precies is gebeurd.'

'Zoals je wilt,' zei Walker, 'maar ik kan je de bocht in de weg aanwijzen waar míjn ouders zijn verongelukt, en dat is bijna tien jaar geleden.'

Er viel een stilte en toen zei Kate rustig: 'Ja, maar jij rijdt bijna iedere dag over die weg. Dan kun je het ook moeilijk vergeten.'

Walker keek haar even aan, maar ging toen snel op iets anders over, boos op zichzelf dat hij iets persoonlijks in het gesprek had laten sluipen.

'Waar het om gaat, is dat bijzonder weinig van wat deze vrouw beweert, nagetrokken kan worden.' Hij wendde zich weer tot Jesse en voegde er nadrukkelijk aan toe: 'Ik geloof niet dat ze Amanda Daulton is.'

'Ze heeft net zulk haar als wij,' zei Jesse.

'Ze lijkt niet op Brian of Christine.'

'Christine was fijngebouwd.'

'Ze was lang. En ze had blauwe ogen.'

'Grijze ogen overheersen bij ons in de familie,' beet Jesse hem toe.

'Ja, en bij jullie in de familie is iedereen lang en zwaargebouwd,' antwoordde Walker op effen toon. 'Volgens de wetten van de genetica zou de ware Amanda lang en vrij fors moeten zijn.'

Jesse keek fronsend neer op zijn glas. 'Ze heeft bloedgroep AB positief en dat is zeldzaam.'

'Drie procent van de bevolking heeft bloedgroep AB positief. In een land met tweehonderdvijftig miljoen mensen biedt
dat heel wat mogelijkheden. Ongeveer zeven en een half miljoen, als mijn berekening juist is.'
Jesse haalde zijn schouders op. 'Als jij het zegt. Maar het is
niettemin zeldzaam en hoe groot is de kans dat iemand die zegt
dat ze Amanda is, juist die bloedgroep heeft? Erg klein, vind je
ook niet?'
'Speculaties interesseren me niet,' zei Walker. 'Ik heb alleen
belangstelling voor dingen die bewezen kunnen worden. Haar
achtergrond is zo lek als een zeef, Jesse. Het kan best zijn dat
Christine er twintig jaar geleden in is geslaagd zichzelf en haar
dochter een nieuwe identiteit te geven door te zeggen dat de
papieren over Amanda's geboorte verloren zijn gegaan bij een
brand in het ziekenhuis en dat haar eigen geboortebewijs verloren is geraakt vanwege de wanordelijke situatie na de Tweede
Wereldoorlog, of iets dergelijks. Er zijn wel vreemder dingen
gebeurd. Maar ik heb bij de lagere scholen van Boston, waar
ze naar eigen zeggen is opgegroeid, geen Amanda Grant kunnen vinden, en het dossier van de middelbare school is onvolledig en heel toevallig zit er geen foto van haar bij.'
Ongeduldig zei Jesse: 'Misschien laat ze zich niet graag fo-
tograferen of was ze toevallig ziek op de dag dat de klassenfoto's werden gemaakt.'
'Ieder jaar, vier jaar lang? Acht jaar eigenlijk, als je het college meerekent, want in die jaarboeken staat ze ook niet. En er
is nog iets vreemds: Amanda Grant heeft als tweede studievak
architectuur gekozen, maar toen ik de jongedame langs mijn
neus weg vroeg of ze daar iets vanaf wist, zei ze van niet.'
'Dan heeft ze je waarschijnlijk verkeerd begrepen,' zei Jesse
op besliste toon.
'Dat denk ik niet.'
'Nou, ik wel!'
Walker zuchtte, maar gaf het niet op. 'Goed, en haar medische achtergrond dan? Ze zegt dat ze geen vaste huisarts hadden, omdat er bij hen in de buurt een kliniek was. Gelukkig voor
haar is die kliniek een paar jaar geleden gesloten en ik ben er
nog steeds niet achter waar de dossiers naar toe zijn gebracht.'

'Wat kan mij haar medische dossier schelen! Denk je soms dat het me iets uitmaakt of ze naar behoren is ingeënt en hoe vaak ze griep heeft gehad?'

Walker hief zijn hand op om de geïrriteerdheid van de oude man te temperen. 'Daar gaat het niet om. Het gaat erom wat normaal is. Mensen laten een spoor van paperassen achter, Jesse, een spoor van foto's en gedocumenteerde feiten. Zij niet. Een mens leeft geen twintig jaar, zelfs niet onder een valse naam, zonder dat er over de verschillende aspecten van zijn leven bepaalde documenten worden ingevuld. Schoolrapporten, een medisch dossier, een bankrekening. Die van haar zijn allemaal opvallend onvolledig of niet-bestaand. Haar bankrekening is nog geen jaar oud. Ze heeft het huurcontract voor haar flat in Boston zes maanden geleden pas getekend. Ze "zegt liever niet" waar ze vóór die tijd heeft gewoond. Ze heeft geen creditcards of spaarrekeningen. Er heeft nooit een auto op haar naam geregistreerd gestaan en ze zegt dat ze haar rijbewijs niet kan vinden.'

'En wat dan nog? Jezus, Walker, ik weet ook niet waar mijn rijbewijs is!'

Walker zei maar niet dat Jesse's rijbewijs allang verlopen was, omdat het dertig jaar geleden was dat hij voor het laatst zelf achter het stuur van een auto had gezeten. 'Ik zeg alleen dat haar verhaal érg verdacht is. Er zijn te veel vraagtekens. Ik weet niet wie ze is, maar ik wil wedden dat ze een achtergrond heeft gefabriceerd met nét voldoende informatie om een leven aan op te hangen. *Zij* kan niet bewijzen dat ze Amanda Daulton is, en *ik* kan niet bewijzen dat ze het níet is. Misschien geeft de uitslag van het DNA-onderzoek de doorslag, maar dat waag ik te betwijfelen, omdat er in de familie Daulton, genetisch gesproken, niets zit wat zo opvallend is, dat je het aan het bloed zou moeten zien. En omdat we jouw bloed als vergelijkingsmateriaal moesten gebruiken in plaats van dat van haar ouders, is het nog veel lastiger. Als we boffen, krijgen we te horen dat er tachtig procent kans bestaat dat ze is wie ze beweert te zijn.'

'Tachtig procent is mij genoeg,' zei Jesse botweg, met felle ogen.

Walker had daarover geen uitleg nodig. Als het enige kind van Jesse's enige zoon had Amanda een heel speciaal plekje in het hart van de oude man. Hij had zoveel van Brian gehouden dat hij zijn andere twee kinderen min of meer links had laten liggen, want Jesse was als vader even meedogenloos als bij alles wat hij deed. Hij had zich vrijwel onbewogen gedragen, toen Adrian en haar man, Daniel Lattimore, in 1970 bij een vliegtuigramp waren omgekomen en hij, Jesse, de opvoeding van haar twee zoontjes op zich had moeten nemen. En Kate kon net zo goed onzichtbaar zijn, als je afging op de aandacht die haar vader haar schonk.

Maar met Brian was het heel anders geweest, en diens dochter was het enige dat Jesse overhad van zijn geliefde zoon.

Als Jesse zichzelf ervan overtuigde dat deze jonge vrouw inderdaad zijn kleindochter was, was hij ertoe in staat haar zijn hele vermogen na te laten en zijn dochter en kleinzoons met een schrale toelage af te schepen. Dat Reece hard werkte als vice-president van Daulton Industries, dat Sully de volbloedpaarden waar de Daultons om bekendstonden zo goed trainde, en dat Kate haar hele leven was opgetreden als de charmante gastvrouw van Glory, maakte allemaal niets uit.

'Jesse...'

'Ze *is* het, Walker. Ik weet het zeker. Ik wist het op het moment dat ze binnenkwam.' Jesse had nog steeds die felle blik in zijn ogen. Hij gooide in één teug zijn whisky achterover, trok een gezicht toen het vloeibare vuur zijn maag bereikte en knikte toen beslist. 'Amanda is weer thuis.'

'Dat weet je niet zeker, nog niet.' Walker wist dat hij niet veel opschoot, maar hij bleef het proberen. 'Gun jezelf in ieder geval nog wat tijd, Jesse. Wacht op de uitslag van de bloedproef en praat intussen met haar. Stel haar vragen over haar leven, haar achtergrond. Ga niet overhaast te werk.'

Jesse lachte kort. 'Je bent al even voorzichtig als je vader. Goed, goed... ik zal mijn testament nog niet veranderen.'

'Mooi zo.' Het was meer dan Walker had durven hopen. 'En nu moet ik nodig terug naar kantoor.'

'Kom vanavond bij ons eten,' zei Jesse, meer als bevel dan als uitnodiging.

Te nieuwsgierig om te doen alsof hij andere plannen had, accepteerde Walker de uitnodiging beleefd.

'Ik loop wel even met je mee,' zei Kate terwijl ze opstond.

Amanda's slaapkamer bleek op de hoek van het huis te liggen en toen ze uit het raam keek, zag ze de advocaat samen met Kate Daulton naar zijn auto slenteren. Ze vormden een knap paar. Hij was met zijn ruim één meter tachtig lange, atletische gestalte een goede partij voor de lange, statige Kate, en zijn donkere uiterlijk en scherpe, knappe gelaatstrekken vulden haar perfecte schoonheid prachtig aan.

Ze bleven bij de glanzende Lincoln staan en praatten een poosje met ernstige gezichten. Amanda wou dat ze wist waar ze het over hadden. Daarstraks, in de zitkamer, had zijn stem steeds erg zacht geklonken wanneer hij het tegen Kate had, en nu had zijn houding iets beschermends, dat Amanda niet bij hem vond passen. Walker McLellan leek haar er niet de man naar om als beschermheer van 'het kleine vrouwtje' op te treden.

Maar hij leek voor Kate een bijzondere genegenheid te koesteren. Zouden ze soms minnaars zijn? Het was mogelijk, zelfs waarschijnlijk, gezien de omstandigheden. Hij was hier op Glory kind aan huis en scheen zo'n beetje als lid van de familie beschouwd te worden; hij en Kate kenden elkaar al hun hele leven; ze waren allebei vrijgezel; en het zat er niet in dat Jesse bezwaar zou hebben tegen een verhouding tussen hen beiden.

Walker was zo'n zeven of acht jaar jonger dan Kate, meende Amanda, maar hij zou leeftijdsverschil waarschijnlijk geen rol laten spelen als hij van een vrouw hield. Maar als ze inderdaad van elkaar hielden, was het vreemd dat ze inmiddels niet getrouwd waren. Wat kon hen daarvan weerhouden, als ze niet alleen hartstocht maar ook genegenheid voor elkaar voelden? Niets kon zo'n huwelijk in de weg staan. Integendeel, aangezien ze allebei bekende burgers waren in een streek waar reputaties nog belangrijk waren en seks vóór het huwelijk niet echt gedoogd werd, moest het lastig, zo niet ronduit ondraaglijk voor hen zijn om een dergelijke affaire lange tijd geheim te houden.

Amanda bleef staan kijken. Ze wilde zien of Walker Kate

zou kussen voordat hij vertrok, en de opluchting die ze voelde toen de advocaat met alleen een nonchalant opsteken van zijn hand in zijn auto stapte, bracht haar een beetje uit haar evenwicht. Dan hadden ze dus géén verhouding, dacht ze, tenzij ze zich verschrikkelijk goed wisten in te houden. En ze was niet *opgelucht*, hield ze zichzelf voor, alleen...

Alleen wat, Amanda? Alleen blij dat de achterdochtige jurist met de scherpe ogen en de lijzige stem, die dacht dat ze een leugenaarster was, geen verhouding met haar tante had?

Ze schudde haar hoofd om haar eigen belachelijke gedachten, keek Walkers auto na en wendde zich toen met een zucht van het raam af. Hij stond niet bepaald aan haar kant in deze hele affaire, maar nu hij weg was, voelde ze zich opeens erg alleen. Dat was niet meer dan normaal, vertelde ze zichzelf, gezien het feit dat hij bij de voorbereidingen die aan haar aankomst hier vooraf waren gegaan, haar enige contactpersoon was geweest.

Ze dacht terug aan de eerste keer dat ze zijn kantoor was binnengelopen, een paar dagen geleden. Weer zag ze voor zich hoe hij was opgestaan uit de grote leren stoel achter zijn bureau. Ze herinnerde zich zijn onbewogen gezicht en de levendige groene ogen die haar opnamen.

'Meneer McLellan. Ik ben Amanda Daulton.'

En zijn nuchtere reactie.

'O ja? Dat valt nog te bezien.'

Met enige moeite zette ze het door wantrouwen getekende gesprek uit haar hoofd en keek ze de kamer rond. Maggie bleek inderdaad niet van raadseltjes te houden. Ze had meteen gezegd dat dit niet de slaapkamer van Brian en Christine Daulton was geweest, noch die waar Amanda als kind had geslapen, maar een gewone kamer, die altijd voor logés werd gebruikt. Het was een van de grootste logeerkamers en Jesse had erop gestaan, dat Amanda er haar intrek zou nemen.

In het kader van de moderniseringen die de afgelopen dertig jaar in het huis waren uitgevoerd, was er aan de kamer een ruime, in prachtige blauwe tinten uitgevoerde badkamer toegevoegd, en er was meer dan voldoende kastruimte. Het meubilair bestond uit het weinige antiek dat op Glory bewaard was gebleven.

Er stonden twee hoge dressoirs en een brede commode met een groot aantal laden, en aan de muur hing een ovale spiegel. Verder was er een nachtkastje met een marmeren blad waarop een leeslamp stond. Het bed was werkelijk prachtig: queensize, op bestelling gebouwd door een beroemde meubelmaker uit New Orleans. Het was gedeeltelijk overkapt, als een hemelbed, had afgeronde hoeken, rococo-ornamenten en een opvallende, gebeeldhouwde sierlijst langs het hoofdeinde. Het baldakijn was van dieprood fluweel en die kleur kwam terug in het patroon van het behang en dat van het vloerkleed dat bijna de hele oppervlakte van de kamer besloeg. Bij het raam stond een tweezitsbankje in dezelfde ingetogen rococostijl.

Amanda mocht niet veel over architectuur weten, van die in het zuiden van de Verenigde Staten of welke dan ook, maar ze had wel een beetje verstand van antiek en wist dat de meubels even kostbaar moesten zijn als ze mooi waren.

Ze vond het een prettige kamer. Ondanks de nogal forse meubelstukken en de wat donkere kleuren maakte de kamer eerder een comfortabele dan een luxueuze indruk en ze voelde zich er op haar gemak. Ze deed het raam open om het briesje binnen te laten en bleef even staan om de vage geur van de kamperfoelie op te snuiven. Ze realiseerde zich bijna onbewust dat Kate weer naar binnen moest zijn gegaan, want ze zag haar buiten nergens. Daarna deed ze de met vitrage bespannen dubbele deuren open die toegang bleken te verschaffen tot een smeedijzeren balkon aan de westkant van het huis. Toen ze naar buiten stapte, ontdekte ze dat het een apart balkonnetje was, waar alleen haar kamer op uitkwam, en dat er een wenteltrap aan vastzat waardoor ze een privé-ingang tot haar kamer had.

Dat was natuurlijk zo ontworpen opdat de gasten die hier logeerden 's avonds laat een wandeling door het bos of over de glooiende weiden konden maken en naar hun kamer terugkeren zonder de rest van het huis lastig te vallen. Het smeedijzeren balkon en de wenteltrap deden echt aan Louisiana denken; het delicate smeedwerk bestond uit verstrengelde wijnranken en kamperfoelie en het balkon rustte op slanke, gotische pilaren. Het geheel maakte een verfijnde indruk en zou niet hebben misstaan in het French Quarter in New Orleans.

Amanda vond het fijn dat haar kamer een privé-ingang had, maar toen ze weer naar binnen ging, keek ze wel of er op de balkondeuren een goed slot zat. Toen, met de deuren open, begon ze haar koffers uit te pakken.

Ze werkte snel en probeerde niet al te veel te piekeren. Ze voelde nu al de spanning van het gedwongen zijn ieder woord af te wegen voor ze het uitsprak, en ze was pas een paar uur in dit huis. Hoe zou ze er over een week aan toe zijn? Over twee weken? Een maand? Hoe lang zou het duren voor ze zich zou verraden, wat onvermijdelijk leek nu er zoveel mensen op haar letten en wachtten tot ze een fout zou maken?

Ze stalde haar toiletspullen in de badkamer uit, hing blouses, broeken en haar weinige zomerjurken en rokken in de ruime kast, en zette de schoenen die ze had meegebracht netjes op een rijtje onderin. Toen vulde ze de laden van de commode met stapeltjes T-shirts, katoenen en gebreide topjes, spijkerbroeken, shorts en ondergoed. De twee dressoirs liet ze voor wat ze waren, want ze had niets om erin te stoppen; toen ze alles had uitgepakt, was ze zich er met quasi-zelfmedelijden van bewust dat al haar bezittingen een bijzonder klein gedeelte van de beschikbare ruimte in beslag namen.

Ze liep naar de deur van de slaapkamer, bleef een ogenblik staan luisteren en draaide toen langzaam de ouderwetse koperen sleutel in het slot om. Ze moest een beetje om zichzelf lachen dat ze die voorzorgsmaatregel nam terwijl ze de balkondeuren wijd openliet, maar hield zich voor dat geen van de zwaargebouwde mensen in dit huis geruisloos die wenteltrap op kon komen, zodat ze gewaarschuwd zou zijn tegen onverwacht bezoek. Dat hoopte ze tenminste.

Ze ging op het bed zitten naast haar grootste koffer, die nu leeg was. Voorzichtig maakte ze de valse bodem los. Handig voor paperassen die niet mochten kreuken, had de verkoper zonder blikken of blozen gezegd. De twee bruine enveloppen die Amanda erin had gelegd, waren inderdaad ongekreukt, net als de drie kleine boekjes met harde kaft.

Ze liet haar vingers langzaam over de boekjes glijden, legde ze toen opzij en deed een van de enveloppen open. Die zat vol fotokopieën van foto's en artikelen uit tijdschriften. Het waren

er heel wat, want Glory was misschien wel het meest gefoto-
grafeerde huis in het hele zuiden en er was ontzettend veel
over geschreven. Ze bladerde in het materiaal, bekeek de foto's
die ze al zo vaak had bestudeerd en liet haar ogen over de artikelen glijden waarin ze met een lichtgevende, gele viltstift hele
passages had gekleurd.

Glory. Het huis was haar inmiddels even bekend als het haar
vreemd was. Ze vermoedde dat ze in staat was geblinddoekt
door het huis te lopen, maar toen ze vanmiddag waren aangekomen, had ze versteld gestaan over de afmetingen ervan. De
grootste slaapkamer, die van Jesse, was door de jaren heen uit-
gebreid beschreven en gefotografeerd, maar Amanda wist niet
waar de andere bewoners van het huis sliepen.

Zou Sully's kamer ook hier aan de voorkant van het huis
zijn, of juist in de vleugel aan de achterkant, zo ver mogelijk
bij Jesse vandaan? En Reece? Waar sliep die? En Maggie, die
duidelijk veel meer was dan alleen maar een huishoudster.
Waar was haar kamer?

Zoveel vragen.

Met een frons stopte Amanda alles terug in de envelop en
legde die opzij. Toen maakte ze de tweede open. Ook daarin
zaten knipsels, hoofdzakelijk uit kranten, en fotokopieën van
oude artikelen uit een uiteenlopende reeks kranten, boeken en
tijdschriften. Tezamen beschreven ze de interessante, kleurrijke
geschiedenis van de familie Daulton vanaf hun eerste dagen in
Amerika, rond de tijd van de Amerikaanse Revolutie, tot aan
het heden.

De naam Daulton was al een begrip geweest voordat de oude Rufus rond 1700 via allerlei speculatieve deals duizenden
hectare land in Carolina had verkregen, want tijdens de Revolutie hadden de tweelingbroers George en Charles Daulton
naam gemaakt als oorlogshelden. Slechts een van de twee had
de oorlog overleefd, want George was verraden door een
vrouw, die Charles later met zijn eigen handen had gewurgd.
Charles was voor de vorm berecht en meteen vrijgelaten, waarop hij met de zuster van de dode vrouw was getrouwd en zeven
kinderen bij haar had verwekt.

Amanda schudde daarover haar hoofd, net als de eerste keer

dat ze dat verhaal met stijgende verbazing had gelezen. Ze wou dat de vrouw een dagboek of brieven had achtergelaten waarin ze haar gedachten en gevoelens over de bizarre samenloop van omstandigheden en het uiteindelijke resultaat ervan had opgetekend. Maar net als de meeste Daulton-vrouwen, had ook deze er het zwijgen toe gedaan. De mannen, met hun overheersende karakters en uitbundige levenswijze, schenen het schitterend te vinden om in iedere generatie de tongen los te maken, maar de vrouwen waren, althans vanuit geschiedkundig oogpunt gezien, niet meer dan voetnoten gebleven.

Wat moest het voor al die vrouwen moeilijk zijn geweest, dacht Amanda, om voor zichzelf op te komen tegenover die grote, donkere, knappe, temperamentvolle Daulton-mannen. En toch waren vrouwen met die mannen getrouwd, hadden ze hun kinderen het leven geschonken, ze verzorgd wanneer ze ziek waren en begraven wanneer hun buitengewone kracht het had laten afweten.

Amanda bladerde in de paperassen, bestudeerde de foto's en las de teksten die ze had overgetrokken. Zachtjes uitgedrukt was het een interessante familie, met heel wat legendes die minstens even bijzonder waren als die over de tweeling. Zoals de meeste zuiderlingen hadden de Daultons van een borrel gehouden, voor hun land gevochten, met hun buren geruzied en generaties lang in vete geleefd met familieleden.

Het was puur geluk geweest dat ze op een goede dag Burley hadden geplant, een veelgevraagde tabaksplant die het in de zanderige bodem tussen de bergen van Carolina goed bleek te doen, maar ze hadden het aan hun eigen schrandere initiatieven te danken dat ze meer bronnen van inkomsten hadden aangeboord, nog vóór de Burgeroorlog veranderingen in ieders leven had gebracht. Naast de tabaksplantages waren ze begonnen met het fokken en trainen van volbloedpaarden; verder hadden ze goud en andere edele metalen gedolven en zich later ook in de textiel- en meubelindustrie gevestigd.

De Daultons hadden op financieel gebied altijd geboft. Ze hadden miljoenen vergaard, terwijl veel van de andere welgestelde families ten onder waren gegaan in de voortdurend wisselende stroomversnellingen van de vooruitgang. En bij de

Daultons had in iedere generatie slechts één paar handen de teugels van het beheer in handen gehouden. Meestal was dat het oudste mannelijke familielid geweest, die, net als de heersers van de oude Engelse en Hollandse handelshuizen in Hongkong, een absolute machtspositie bezat en aan wie iedereen moest gehoorzamen. Hij werd niet *tai-pan* genoemd en zijn autoriteit stond niet beschreven in oude documenten, maar iedereen gehoorzaamde de leider van de Daulton-clan.

Amanda bladerde verder in de knipsels tot ze bij de recentere historie kwam. Als scheiding tussen deze groep artikelen en de oudere diende een vel wit papier waarop met de hand een eenvoudige stamboom van drie generaties was getekend.

DAULTON

Jesse Daulton (1920-   ) × Mary Tessner (1920-1955)

Adrian (1940-1970)   Brian (1942-1975)   Catherine (1955-   )

×   ×

Daniel Lattimore (1938-1970)   Christine Sayre (1940-1994)

Reece (1961-   )   Sullivan (1963-   )   Amanda (1966-   )

Amanda bekeek de stamboom en liet haar vingers over de lijnen tussen de ouders en de kinderen glijden. Haar gedachten namen nu een andere wending. De Daultons schenen in een gevarenzone te komen zodra ze de dertig waren gepasseerd. Adrian was omgekomen toen ze dertig was, Brian was op zijn drieëndertigste verongelukt en hun moeder was op vijfendertigjarige leeftijd in het kraambed gestorven. Reece en Sully waren nu begin dertig en Kate was net veertig geworden. Dit moest dus een spannende periode voor hen zijn, vooral nu de verloren kleindochter opeens was komen opdagen.

Amanda zette die sombere gedachten van zich af, bleef nog even peinzend zitten en stopte toen de enveloppen weer in de koffer. Ze had besloten dat de koffer de veiligste schuilplaats in de hele slaapkamer was, omdat weinig mensen op het idee

zouden komen om in een ogenschijnlijk lege koffer iets te zoeken.

Ze keek naar de drie boekjes en sloeg het bovenste open. Op
het schutblad stond in mooi schuinschrift het woord *Dagboek*.
Iets lager stond in hetzelfde handschrift *Christine Daulton*. En
helemaal onderaan: *1962-1968*.

Het tweede dagboek droeg als datum: *1969-1975*. Beide
dagboeken gingen over Christines leven vanaf de dag dat ze
met Brian Daulton was getrouwd tot het tijdstip van zijn dood.
Het derde en laatste dagboek ging over dezelfde periode, maar
was meer gespecificeerd. Het had als titel *Glory* met daaronder
Zomers en *1962-1975*.

Amanda legde haar hand op de eerste pagina van het derde
dagboek en volgde met haar wijsvinger de letters die de naam
van het huis vormden. Interessant dat Christine de tijd die ze
hier had doorgebracht, apart had beschreven. Zij en Brian hadden na hun huwelijk ieder jaar de zomer hier doorgebracht, van
eind mei tot begin september. Brian was een ruiter van wereldklasse geweest en had met plezier meegedaan aan de concoursen en jachtpartijen die in deze streek werden gehouden, en uit
de dagboeken bleek duidelijk dat Christine veel van Glory had
gehouden.

Amanda had de dagboeken gelezen. Waar ze op hoopte, was
dat sommige van de raadselachtige en dubbelzinnige paragra-
fen duidelijker zouden worden nu ze eenmaal hier op Glory
was. De tekst was soms vaag of indirect, waarschijnlijk omdat
Christine de boekjes meer als een soort logboeken dan dagboeken had geschreven en er geen slotjes op zaten om het geschre-
vene geheim te houden. Het leek wel, vond Amanda, alsof ze
zich er voortdurend van bewust was geweest dat anderen konden lezen wat ze schreef.

Maar wie? Haar echtgenoot? Was Brian Daulton het type
man geweest dat vond dat er geen geheimen mochten bestaan
tussen man en vrouw?

Amanda vond dat een onaangename gedachte. Wanneer kinderen eenmaal volwassen zijn, merken ze vaak dat hun ouders
relatief vreemden voor ze zijn met onvermoede geheimen of
een verborgen verleden, maar Amanda stond voor een nog veel

groter probleem. Brian Daulton was nu al twintig jaar dood en in de dagboeken van Christine Daulton stonden alleen fragmenten van gevoelens en een vage aanwijzing hier en daar dat zij en Brian wel eens ruzie hadden; bovendien had ze na Brians dood geen dagboeken meer bijgehouden en stond er in de andere persoonlijke papieren die ze had achtergelaten niets over haar gedachten of gevoelens wat hem betrof.

Wat hield dat in, áls het iets inhield?

Amanda zette die gedachten van zich af en keek de kamer rond. Naast de deur was een plank met wat boeken en ze overwoog even de dagboeken daartussen te zetten, maar besloot uiteindelijk ze terug te leggen onder de valse bodem van de koffer. De dagboeken zouden misschien niet opvallen tussen de pockets en ingebonden boeken die ter beschikking van de logés stonden, maar ze durfde het risico toch niet te nemen.

Ze deed de koffer dicht en zette hem samen met de andere in de kast. Toen ging ze aan de kaptafel zitten, deed haar make-up-koffertje open en tilde het bakje met borsteltjes en make-up-artikelen eruit. Eronder was een vak voor sieraden. Amanda had weinig kostbare dingen: een ring met kleine diamantjes, een met smaragden, een paar dunne gouden armbanden en kettinkjes en wat oorbellen.

Ze had echter geen oog voor die sieraden, maar haalde uit het vak een fluwelen zakje, waarin een hangertje aan een dunne ketting bleek te zitten. De hanger, die van onder tot boven amper twee centimeter mat, had de vorm van een hart en was bezet met kleine diamantjes. Het was geen duur of indrukwekkend sieraad, maar toen ze het omdeed en in de spiegel boven de kaptafel naar het hartje keek dat in de V van haar blouse hing, had Amanda het gevoel dat ze iets heel zwaars om haar nek had gehangen.

Het was een risico, daar bestond geen twijfel over. Het zou verstandiger zijn om deze eerste dagen weinig te zeggen en goed te luisteren, vooral omdat ze zowel dit huis als deze mensen moest peilen. Waarom zou ze nu al om moeilijkheden vragen? Ze raakte het hartje met de punt van haar vinger aan, aarzelde, slaakte toen een diepe zucht en hield het om.

Peinzend betastte ze een paar andere dingen in het vakje.

Een zegelring, een paar antieke paarlen oorbellen, een ivoren armband – stuk voor stuk sieraden die veel ouder waren dan de andere.

In een hoekje, gewikkeld in vloeipapier, zat een klein, kristallen bijouteriedoosje. Voorzichtig wikkelde ze het papier eraf en zette het op de kaptafel. Ze klapte het dekseltje omhoog en haalde er iets uit dat eveneens in vloeipapier was gewikkeld: een donkergroene, mat uitziende steen.

De steen was niet erg bijzonder om te zien. Hij was drie of vier centimeter lang en had een min of meer ovale vorm met een aantal úitstekende vlakken, wat een typerende eigenschap van kwarts was. Amanda hield hem op haar vlakke hand, betastte de vorm en wreef met haar vingers over de gladde gedeelten. Toen legde ze hem terug in het bijouteriedoosje, samen met de twee ringen en wat oorbellen uit het vak van het make-up-koffertje waar de rest van de sieraden in zat. Zo viel de groene steen niet op. Met een tevreden gezicht deed ze het dekseltje weer op het doosje en na een korte overpeinzing zette ze dat op het glanzende blad van de kaptafel, tussen de spulletjes die ze daar al had uitgestald: haar haarborstel en kam, een flesje parfum en wat make-up-artikelen. Het make-up-koffertje liet ze openstaan.

Toen ze op haar horloge keek, zag ze dat het pas halfvier was, zodat ze nog wat tijd aan zichzelf had. Jesse had gezegd dat ze altijd om zes uur aten en eraan toegevoegd dat ze gerust het huis en de tuin mocht verkennen. Ze had de indruk gekregen dat hij haar het liefst gezelschap had gehouden en zich moest bedwingen om zich niet aan haar op te dringen en haar ruimte en vrijheid te gunnen. Hij had ook gezegd dat er altijd een auto met chauffeur beschikbaar was als ze de stad in wilde, en dat ze het tegen hem of Maggie moest zeggen als ze iets nodig had. Amanda kwam heel even lafhartig in de verleiding om tot het avondeten op haar kamer te blijven, maar weerstond die impuls. Nu ze eenmaal zover was gekomen, moest ze doorzetten.

Ze liet het raam open omdat daar een hor voor zat, maar deed de balkondeuren dicht. De zomer begon volgende maand pas officieel, maar tot ze wist hoe het hier met de vliegen en muggen gesteld was – en dat varieerde van jaar tot jaar had ze gelezen – was ze niet van plan allerlei insecten een uitnodiging te verstrekken om haar kamer binnen te komen. Ze liep naar de deur, deed die van het slot en stapte de gang op.

Ze sloeg linksaf in de richting van de trap, maar liep langzaam om zichzelf de tijd te gunnen rond te kijken. Aan de muren hingen schilderijen, hoofdzakelijk van landschappen. Op de vloer van de lange gang lag vaste vloerbedekking en hier en daar stond een kastje. Ze stond net een spiegel met een prachtige, vergulde lijst te bewonderen en was nog minstens zeven meter bij de trap vandaan, toen ze een zacht, grommend geluid hoorde dat de haren in haar nek overeind deed komen.

Heel langzaam keek ze om. Nog geen twee meter bij haar vandaan, tussen haar en de deur naar haar kamer, stonden twee honden. Ze hadden een zwarte vacht en een lichtbruine neus en zagen er, zoals alles op Glory, groot, gespierd en sterk uit. Het waren dobermannpinchers en ze waren niet blij haar hier te zien.

Amanda dacht snel na over haar keuzemogelijkheden en vond dat het enige wat ze níet moest doen, was hier blijven staan en om hulp roepen. Je had grote kans dat de nors uitziende dieren dan woest zouden worden en bovendien wilde ze beslist niet dat een van de grote, en ongetwijfeld moedige bewoners van dit huis haar gillend en verstijfd van angst zou aantreffen.

Dus dwong ze zichzelf kalm te blijven en draaide ze zich om naar de honden. Langzaam liet ze zich op haar knieën zakken. 'Dag, jongens,' zei ze rustig. 'Zullen we vriendschap sluiten?'

Het kostte haar bijna tien minuten en al het geduld dat ze kon opbrengen, maar ze slaagde erin het tweetal te paaien, misschien omdat ze van honden hield. Of het nu door haar stem, haar geur of haar houding kwam, de honden besloten haar te accepteren.

En toen die beslissing eenmaal was gevallen, werden ze zelfs onstuimig en uiteindelijk moest ze een van hen (diplomatiek) van haar schoot duwen om overeind te kunnen komen. De honden hadden allebei een zilveren halsband om en toen ze naar de namen keek die in de naamplaatjes gegraveerd stonden, mompelde ze: 'Ik hoop dat jullie niet weten wat daarachter steekt.' Ze trok een gezicht en vroeg zich af of ze zojuist een glimp had opgevangen van een kwaadaardig – of in ieder geval onaangenaam sarrend – trekje in iemands karakter. Van wie zouden de honden zijn en wie had ze dergelijke namen gegeven?

Ervan overtuigd dat die vragen op een gegeven moment vanzelf beantwoord zouden worden vervolgde Amanda haar weg naar beneden, met de honden links en rechts naast zich. Ze bleef even staan om de oude staande klok op de overloop aan te raken. Toen schudde ze zachtjes haar hoofd en liep ze door.

Ze stapte net van de laatste tree op de glimmende vloer van de hal, toen Maggie de gang uitkwam die naar het achterste deel van het huis leidde. Maggie keek verbaasd naar het drietal.

'Asjemenou,' zei ze. 'Heb je al vriendschap gesloten met die duivels?'

'Ik had weinig keus,' antwoordde Amanda een tikje opgewonden. 'Ze stonden opeens achter me toen ik boven door de gang liep.'

Maggie fronste. 'Ze hadden op Jesse's kamer moeten blijven tot hij jullie aan elkaar had voorgesteld.'

Waarmee de vraag van wie de honden waren, meteen was beantwoord.

'Misschien heeft hij ze toch losgelaten,' opperde Amanda.

'Nee, dat zou hij nooit doen. Bovendien is hij naar de stallen om een paar nieuwe paarden te bekijken.' Maggie keek onderzoekend naar de honden die vlak naast Amanda stonden zodat haar vingertoppen hun glanzende zwarte vacht raakten, en schudde traag haar hoofd. 'Dit is de eerste keer dat ze sympathie tonen voor iemand anders dan Jesse. Ze tolereren de rest van ons alleen maar.'

'Ik hou van honden.'

'Daar bof je dan mee. Ben je de boel aan het verkennen?'

'Ja, dat leek me wel leuk. Als het mag.'

Maggie trok haar wenkbrauwen op en zei: 'Ik dacht dat Jesse dat duidelijk had gemaakt. Je mag hier doen wat je zelf wilt, Amanda.' En toen voegde ze er opgewekt aan toe: 'De tuin is erg mooi in deze tijd van het jaar. Als je die gang neemt, kom je vanzelf bij de serre uit. Maar haast je niet, bekijk alles op je gemak.'

'Dank je. Dat zal ik doen.'

Ze passeerden elkaar omdat Maggie op weg was geweest naar boven. Toen de huishoudster haar voet op de onderste tree zetten, riep ze Amanda nog even terug.

46

'Ja?' vroeg Amanda.

'Dat kettinkje dat je om hebt. Christine had er net zo een.'

'Ja.' Amanda's stem klonk vast. 'Dat klopt.'

Maggie keek haar aan en zei toen: 'Hou de honden bij je. Die zullen je beschermen.'

Amanda voelde een rilling over haar rug lopen. 'Me beschermen? Waar moet ik hier nu bang voor zijn?' vroeg ze.

'Voor slangen.' Maggie glimlachte. 'Je moet oppassen voor slangen. De zwarte doen niets, maar de koperkoppen zijn giftig.' Toen liep ze de trap op.

Weer alleen, afgezien van haar zwijgzame metgezellen, haalde Amanda diep adem. Ze keek op de honden neer. 'Kom op, jongens. Laten we Glory eens gaan bekijken.'

Het bergpad was smal en kronkelig. Hier en daar werd de weg versperd door omgevallen bomen, roestige vaten of schimmelige balen hooi, die eenvoudige maar effectieve hindernissen vormden. Alleen een ervaren ruiter met een goed getraind paard, of een paard dat zo gehoorzaam was dat het bereid was tot zelfmoord, zou zich aan deze ruige route wagen, en dan nog alleen in een bedaarde korte galop.

Beslist niet in een gestrekte galop.

Maar de grote moor besteeg het pad als een klipgeit, sprong soepel, met zijn oren plat tegen zijn hoofd, over de hindernissen en galoppeerde zo gelijkmatig dat de man op zijn rug de oneffenheden van het pad nauwelijks voelde.

Alleen buitengewoon grote, sterke paarden konden Sully lange tijd dragen, zeker wanneer ze op topsnelheid door ruig terrein draafden. Dat was de voornaamste reden waarom hij al vóór zijn twintigste was gestopt met de competities. Hij was zo groot en zwaar dat de meeste springpaarden geen eerlijke kans kregen als hij hen bereed, en het concours hippique was de enige vorm van ruitersport waar hij echt van hield. En dit soort ritten. Op dit paard, het enige dat hij momenteel bezat dat in staat was met hem op zijn rug dit pad te volgen.

Beau zeilde over de laatste hindernis, een baal hooi waar zaailingen uit ontsproten en schudde met heftige bewegingen zijn hoofd toen Sully de teugels liet vieren. Geleidelijk aan gehoorzaamde hij echter aan de bedreven en geduldige hand van zijn berijder en tegen de tijd dat ze op het punt waren waar het bochtige pad weer richting Glory voerde, liep de hengst stapvoets.

Sully wou maar dat zijn eigen felle temperament even makkelijk beteugeld kon worden. Niet dat de hand op *zijn* teugels erg geduldig was, maar als het om het afdwingen van gehoorzaamheid ging, kende Jesse geen gelijke. Je moest het die ouwe nageven: zelfs op zijn laatste benen hield hij de touwtjes nog stevig in handen.

Zonder er bewust bij na te denken leidde Sully zijn paard van het pad af en even later stonden ze op een uitkijkpunt boven op een klip in de granieten rotswand. Daarvandaan had hij een schitterend uitzicht op de vallei in de diepte. Een schitterend uitzicht op Glory.

Toen Sully nog studeerde, had een van zijn vrienden op de universiteit de bons gekregen van het meisje met wie hij al sinds de middelbare school verkering had gehad. 'Ze heeft mijn hart gebroken,' had hij dof gezegd. Sommige van de andere jongens hadden gelachen, maar Sully niet. Die wist hoe het voelde om ergens zoveel van te houden dat je er bang van werd en dat je er kapot van zou zijn als je het verloor of zelfs maar dreigde te verliezen. Hij wist precies hoe dat voelde.

Het landgoed was zo mooi dat zijn borst er bijna ondraaglijk pijn van deed. Het huis en de tuin, de glooiende weiden bestippeld met glanzende paarden, de keurige stallen die als een waaier de heuvel aan de achterkant van het huis bedekten en daarachter de trainingspiste die hij zelf had ontworpen en bijna eigenhandig gebouwd. Het was meer dan zijn thuis, het was zijn ziel, zijn bloed. De jaren die hij op de universiteit had doorgebracht, waren een hel geweest en hij kon zich letterlijk niet voorstellen ooit ergens anders te moeten wonen.

Sully zag Beau's oren naar achteren draaien en voelde het dier onrustig verstappen. Toen realiseerde hij zich pas dat een vloek zo fel aan zijn lippen was ontsnapt, dat het paard er instinctief op had gereageerd. Hij dwong zichzelf tot kalmte en boog zich naar voren om de glanzende, zwarte nek te strelen.

'Rustig maar, jongen, rustig.' De ongedurige hengst was in

staat op eigen initiatief van de klip te springen en dan zouden ze, met al hun botten gebroken, aan de voet van de berg terechtgekomen zijn. Daarmee zouden zijn problemen voor eens en voor altijd opgelost zijn. Als hij er niet meer was, zouden Reece en Kate, zodra Jesse zijn ogen had gesloten, hun krachten kunnen bundelen om het testament te bevechten waarin de ouwe nu zonder enige twijfel al zijn bezittingen zou nalaten aan zijn weergekeerde kleindochter Amanda.

Sully streelde zijn paard met zachte hand en keek fronsend naar de vredige schoonheid van Glory. Amanda. Maar was het Amanda wel? Walker McLellan dacht van niet en hoewel hij zelfs voor een advocaat allemachtig achterdochtig was, was hij niet gek als het op mensen aankwam. Uiterlijk kon ze het zijn, al was ze maar half zo groot als de meeste Daultons, maar Sully was zo woedend geweest toen hij haar had gezien, dat hij zich niet veel méér herinnerde dan zwart haar en grijze ogen.

Niet dat dat iets uitmaakte. Het ging erom of Jesse dacht dat ze het was en die had nog vóór ze was aangekomen al duidelijk gemaakt dat hij dat inderdaad geloofde – ondanks de leemten in haar verhaal en Walkers herhaalde waarschuwingen dat ze niet over één nacht ijs moesten gaan.

Jesse wilde per se zijn geliefde Amanda terug voor hij zijn ogen zou sluiten en zou zich door niets en niemand laten weerhouden haar terug te krijgen.

Toen Sully weer sprak, deed hij dat zachtjes om het energieke paard niet nerveus te maken, maar de inhoud van zijn woorden was daarom niet minder fel.

'Denk maar niet dat je Glory van me kunt afpikken. Als je dat probeert, zal ik je leven tot een hel maken.'

3

De honden leken niet van plan te zijn van haar zijde te wijken. Toen Amanda langzaam door het huis slenterde, onderweg in alle kamers kijkend om zich te oriënteren, liepen ze met haar mee. Ze streelde ze soms of krabde ze even achter hun puntige oren, maar lette meer op haar omgeving dan op de honden.

De grote zitkamer waar ze Jesse en de anderen had ontmoet, nam een groot deel van het voorste gedeelte van het huis in beslag. Aan de andere kant van de lange gang was een kamer waarvan de deur op slot zat. Ze durfde er iets om te verwedden dat dat Jesse's studeerkamer was en ze vond het interessant dat hij het nodig vond om in zijn eigen huis deuren op slot te doen. Er was nóg een zitkamer, waar een dure stereo-installatie en televisie met videoapparatuur stond, uiteraard compleet met de allernieuwste snufjes. Verder was er een badkamer en een grote, formele eetkamer.

Tegenover de eetkamer lag de keuken, waar Amanda zichzelf beschroomd voorstelde aan de lange, broodmagere kokkin van Glory, een vrouw van middelbare leeftijd, genaamd Earlene. De kokkin zat aardappelen te schillen en in antwoord op Amanda's aarzelende vragen legde ze uit dat er drie dienstmeisjes waren die het huis schoonhielden. Ze kwamen iedere ochtend en waren altijd om twaalf uur klaar.

'Precies om twaalf uur?' vroeg Amanda verbaasd.

'Ja. Meneer Jesse houdt er niet van dat mensen hem voor de voeten lopen, dus komt het personeel, inclusief de tuinmannen en de klusjesmannen, altijd vroeg, zodat ze om twaalf uur hun werk af hebben. Dat geldt natuurlijk niet voor mij. Maar met koken zit ik hem niet in de weg en ik heb de keuken graag voor mezelf alleen. Maggie helpt met het opdienen en afruimen, en meer hulp heb ik over het algemeen niet nodig.' Met het automatische gebaar van iemand die geboren is om anderen te eten te geven, gaf ze Amanda een schijfje rauwe aardappel.

Afwezig op de harde traktatie knabbelend, zei Amanda: 'Dan moet ik 's ochtends zeker vroeg op?'

'Welnee, kind, je mag opstaan wanneer je wilt. De meisjes doen altijd eerst de benedenverdieping en de onbezette kamers boven. Ze zullen je nooit storen. Maggie heeft ze goed opgeleid. Ze mogen boven niet eens de stofzuiger aandoen voordat meneer Jesse wakker is en aan zijn ontbijt zit, en dat is meestal pas om een uur of tien. Laat je slaapkamerdeur maar open wanneer je naar beneden gaat, dan weten ze dat ze aan de slag kunnen.'

'Goed dat ik het weet. En de tuinmannen doen hun werk dus ook 's ochtends?'

'Ja, al bewaren ze het grasmaaien voor het laatst, tot iedereen wakker is. En zelfs dan komt de hoofdtuinman, Sherman, voor alle zekerheid aan mij of Maggie vragen of het al kan. Meneer Jesse zou het niet leuk vinden als hij wakker werd van het lawaai van een van die helse machines.'

'Nee, dat zal wcl niet. Zijn er veel tuinmannen?'

'Vier. Luke gaat eigenlijk over het zwembad, maar hij helpt de anderen wanneer hij daarmee klaar is.'

'Is er dan een zwembad?'

Earlene leek een beetje geamuseerd door al die vragen, maar niet echt verbaasd. 'Ja, meneer Jesse heeft dat ongeveer tien jaar geleden laten aanleggen, vlak voordat ik op Glory ben komen werken. Als je door de serre naar buiten gaat, zie je het vanzelf.'

Amanda kreeg nog een plakje aardappel en keek schuldbewust naar beneden toen een van de honden tegen haar been leunde en zachtjes piepte. 'Ik neem aan dat die hier eigenlijk niet mogen komen, hè?' zei ze tegen de kokkin.

'Ze mogen komen waar ze willen.' Earlene concentreerde zich weer op haar werk. 'Zo te zien mogen ze je graag. Dat zal meneer Jesse fijn vinden.'

'Zijn het waakhonden?' vroeg Amanda.

'Ja. Als er een vreemde ongevraagd op hun terrein komt, zijn ze in staat hem een arm van het lijf te rukken. Aardige namen heeft hij ze gegeven, hè?'

Er lag geen sarcasme in haar kalme stem, maar Amanda's antwoord was wrang. 'Zeg dat wel. Wil hij daar iets mee bewijzen, of nietsvermoedende bezoekers de stuipen op het lijf jagen?'

'Dat moet je maar aan meneer Jesse vragen.' Earlene zweeg even en voegde er toen weloverwogen aan toe: 'Hij is niet makkelijk te doorgronden. Sommigen vinden hem streng, maar in mijn ogen is hij rechtvaardig.' Ze keek naar Amanda op en glimlachte. 'Maar ik weet dan ook wat zijn lievelingsmaaltjes zijn, dus krijg ik meestal zijn goede kant te zien.'

Amanda glimlachte terug. 'Nou, ik zal je niet langer van je werk houden. Bedankt, Earlene. Kom op, jongens, dan gaan we de serre en het zwembad bekijken.'

Ze liep door naar het eind van de gang en merkte dat ze daar een hoek moest omslaan om bij de serre te komen, een voormalige patio, die zo'n vijftien jaar geleden was dichtgebouwd. Het plafond was voor de helft van glas om zoveel mogelijk licht binnen te laten en ook de muren bestonden bijna geheel uit glasplaten, die voor een deel opzij geschoven konden worden als tuindeuren. Er stonden tuinmeubelen van smeedijzer en wit pitriet met gebloemde kussens die een prachtige combinatie vormden met de weelde aan planten en bloemen in de decoratieve aardewerken potten en rieten manden. Gezien het feit dat de serre aan het noordelijke uiteinde van de romp van het huis lag en aan de westkant half beschaduwd werd door de vleugel die Glory zijn L-vorm gaf, was duidelijk dat de kamer was ontworpen als een plek waar het van de vroege ochtend tot de late namiddag goed vertoeven was. En te oordelen naar de smeedijzeren tafel met het glazen blad die plaats bood aan zes tot acht personen, at de familie hier vaak. Dat hoopte Amanda tenminste, want de serre was veel gezelliger en heel wat minder intimiderend dan de officiële eetkamer.

Een van de tuindeuren stond open. Ze stapte naar buiten, de felle zon in en daalde een brede trap af op zoek naar het beloofde zwembad. Daar zag ze hem al, een symmetrische ovaal die op dezelfde schaal was aangelegd als al het andere hier, omgeven door keramiektegels die aan twee kanten van het zwembad uitliepen in een breed terras dat weer aansloot bij het huis, en een prachtige tuin met een werkelijk schitterende waterval die in het zwembad kletterde.

Met de honden nog steeds plichtsgetrouw aan haar zijde slenterde Amanda over de tegels langs het zwembad en bleef aan het eind ervan staan. Het huis stond op een lage heuvel en het land achter het zwembad liep geleidelijk af. Toen ze over de speels aangelegde tuin uitkeek, zag ze ongeveer anderhalve kilometer ten noordoosten van het huis de stallen. En in het noorden, in het verlengde van de tuin, lag tussen de bergen die tegen elkaar leunden alsof ze niet voldoende ruimte hadden, een onafzienbare vallei van glooiend weideland.

Dat alles behoorde toe aan de Daultons. Zover ze kon zien was het Daulton-land. De bergen die boven het dal uittorenden waren van de Daultons, evenals de valleien ertussen. Zelfs de kleine stad vijftien kilometer verderop had de naam Daulton gekregen, naar de familie die had geholpen haar te stichten en in stand te houden...

Amanda vocht tegen een plotseling opkomend gevoel van paniek en hield zich fel voor dat ze zich *niet* zou laten intimideren door deze reuzen van mensen met hun sterke karakters en moeiteloze macht. *Ze zou zich niet laten kisten.*

Het paniekgevoel trok langzaam weg en Amanda bewoog haar stijve schouders methodisch in een poging zich te ontspannen. Ze streelde de zachtjes jankende honden en zei: 'Laten we verder gaan, jongens.' Ze volgde een grindpad de tuin in. Het was, zoals Maggie had gezegd, een prachtige tuin met een overvloed aan bloemen en bloeiende planten in vele kleuren. Hier en daar stond een stenen bankje, en in de noordwesthoek bood een grote eikenboom schaduw aan planten en mensen die daar behoefte aan hadden. De kronkelpaden nodigden je als het ware uit om op je gemak door de hele tuin te slenteren.

Ze was niet van plan geweest verder te gaan dan de tuin, in ieder geval niet vandaag, maar haar escorte dacht daar anders over. Toen ze op een punt kwam waar het tuinpad verder liep in de richting van de stallen, draaide ze zich om, maar de honden verzetten zich met kracht en bleven jankend staan.

Ze wilden blijkbaar naar hun baas toe en om onduidelijke redenen wilden ze dat Amanda bij hen bleef, en hoewel ze er geestelijk nog niet aan toe was om naar de stallen te gaan, had ze nog minder zin om tegen hun wensen in te gaan. Ze wist niet precies wat een waakhond als zijn plicht opvatte en was niet van plan haar nieuwe vrienden op de proef te stellen om te zien hoe ze zouden reageren.

'Nou, vooruit dan maar, maar als we in de buurt van een paard komen, ben ik weg,' zei ze nerveus tegen de honden.

Het was niet erg ver lopen naar de stallen en het was een mooi pad. En omdat Amanda zoals gewoonlijk gemakkelijke instappers droeg, hoefde ze zich geen zorgen te maken over hoge hakken die in de grond zakten of over grasvlekken op dure schoenen. Ze deed haar best er zo bedaard mogelijk uit te zien, want ze wist dat een kalme façade absoluut noodzakelijk was, maar nog voor ze bij de stallen was, dreef de geur van paarden op de wind naar haar toe en voelde ze haar maag omdraaien.

Paarden. Waarom hadden ze nu juist *paarden*?

Het pad voerde naar het centrum van de vier stallen die samen de vorm van een waaier hadden. Amanda slaakte een zucht van verlichting toen ze Jesse tegen de omheining van een kleine trainingspiste tussen de twee middelste stallen geleund zag staan; ze hoefde dus niet de stallen zelf in. Jesse stond te kijken naar een vos die aan een lang touw in de rondte werd geleid door een knappe man met een wat verweerd gezicht en blond haar, die al net zo lang en forsgebouwd was als de rest van de mensen hier. Kate stond buiten de ring en hield een ander paard aan de teugel.

'Andere kant op, Ben,' riep Jesse en zag toen Amanda aankomen. Hij lachte tegen haar, maar zijn gezicht betrok toen hij de honden zag, en hij zei met een stem waarin tederheid en strengheid om de voorrang streden: 'Ik ben blij dat ze je aardig vinden, liefje, maar je had moeten wachten tot ik ze aan je had voorgesteld. Het is gevaarlijk om getrainde waakhonden te benaderen zolang die je nog niet kennen.'

Amanda aarzelde, haalde toen haar schouders op en bleef een paar meter bij hem vandaan staan. 'Ik vrees dat ik geen keus had. Iemand moet ze per ongeluk vrijgelaten hebben.'

Jesse fronste. 'In mijn huis doet niemand zoiets doms, Amanda.'

Ze haalde weer haar schouders op. Ze had geen zin om er een punt van te maken. 'Het is in ieder geval goed gegaan. Ze wilden per se hierheen komen, dus ben ik maar met ze meegegaan.' De honden draaiden om Jesse heen, blij hem te zien, wat interessant was, gezien het feit dat hij hen niet streelde en niet eens iets tegen hen zei. Amanda keek langs hem heen naar Kate en knikte tegen haar, wat aarzelend, omdat ze er zo onnatuurlijk kalm bij stond.

Kate knikte terug, maar zei alleen: 'Je houdt niet van paarden, hè?'

'Natuurlijk wel,' zei Jesse op felle toon, zonder naar zijn dochter te kijken.

Amanda, die had gehoopt dat haar schichtige blikken in de richting van het paard in de ring niemand waren opgevallen, glimlachte zwakjes. 'Nee, eerlijk gezegd niet, Jesse. Het spijt me als ik je daarin teleurstel.'

Zijn gezicht betrok. 'Je was als kind dol op paarden. En je zag geen gevaar. Je reed op alle paarden, ongeacht hoe wild ze waren en ging overal met ze naar toe. We konden je nauwelijks uit de stallen weghouden.'

'Niets is zo veranderlijk als de mens.' Ze wist dat het als een cliché klonk, maar meer kon ze er niet van maken.

'Je krijgt vast wel weer zin in paardrijden als je eenmaal...'

'Nee.' Amanda deed onwillekeurig een stap achteruit, maar bleef staan toen ze doorkreeg dat hij niet van plan was haar te grijpen en op het eerste het beste paard te zetten. 'Nee, ik hou echt niet van paarden, Jesse. En ik ga nu maar terug naar het huis, denk ik.'

'Wacht even, dan gaan we samen.' Jesse was duidelijk teleurgesteld, maar deed niet minachtend, zoals tegen Reece toen die had gezegd dat paarden hem niet erg interesseerden. Hij keek nog even aandachtig naar het paard in de ring, knikte toen en riep: 'Oké, Ben, zo is het genoeg.'

'Ik geloof dat hij Sully's gewicht nu wel kan hebben,' riep de blonde man terug terwijl hij het paard tot stilstand liet komen en het lange touw om zijn arm wond.

Jesse bromde: 'Misschien.' Hij wachtte tot de man de vos aan de omheining had gebonden en zei toen tegen Amanda: 'Liefje, dit is Ben Prescott, een van onze trainers. Ben... mijn kleindochter, Amanda.' Bij die laatste drie woorden klonk zijn stem vol trots en hij lachte stralend.

Het zat Amanda een beetje dwars dat hij haar steeds zo demonstratief 'liefje' noemde en ze was zich sterk bewust van Kate die zwijgend toekeek, maar ze glimlachte tegen de blonde man en zei: 'Dag, Ben.'

'Prettig kennis te maken, Amanda,' antwoordde hij beleefd. Hij was ongeveer van haar leeftijd, misschien een of twee jaar ouder, en de openhartige manier waarop hij haar aankeek, beviel haar meteen. Ze vond het ook fijn dat hij geen enkel teken van laatdunkendheid toonde, en zelfs niet liet merken dat hij zich ervan bewust was dat ze langzaam achteruitschuifelde, bij de omheining en het paard vandaan.

'Zet hem voorlopig maar bij Sully's paarden,' zei Jesse tegen Ben. 'De andere vos moet Kathy maar voor haar rekening nemen; die zal hem goed aanvoelen.'

'Zoals je wilt.' Ben leidde de vos naar het hek aan de andere kant van de ring. Hij knikte tegen Kate toen hij langs haar liep en zei: 'Ik zal deze even op stal zetten en dan jouw vos naar stal vier brengen.'

'Ik doe het zelf wel,' antwoordde ze.

Amanda keek eerst naar Jesse en toen naar Kate. 'Ga je niet mee terug naar huis?' vroeg ze aan haar.

'Nog niet.' Kate glimlachte opeens. 'Ik heb nog het een en ander te doen.'

Amanda aarzelde nog even, draaide zich toen om en voegde zich bij Jesse die al naar het begin van het pad naar Glory was gelopen, samen met de waakhonden die hij Bundy en Gacy had genoemd, naar de twee wreedste moordenaars die de wereld ooit had gekend.

Boven ieder van de vier stallen was een kleine woonruimte die ongeveer een kwart van de zolderverdieping in beslag nam. De woningen konden bereikt worden via een buitentrap en via een trap in de stal; iedere woning had stromend water en elektriciteit en alle andere moderne voorzieningen, behalve airconditioning, want volgens Jesse zouden de paarden daar last van hebben.

De kamers waren bedoeld voor de trainers, voor zover die er belangstelling voor hadden en lang genoeg op Glory werkten om er aanspraak op te kunnen maken. De meeste trainers gaven er, net als de ruiters, weliswaar de voorkeur aan om in de nabijgelegen stad te wonen, maar een aantal vond het juist makkelijk om op het terrein te blijven, zelfs op hun vrije dagen.

Nadat Kate de vos in een van de hokken in stal vier had gezet, ging ze naar de woning boven die stal. Ze deed het niet stiekem, maar zorgde er wel voor dat niemand haar de buitentrap op zag lopen en de kleine woning binnengaan. In de stal beneden klonken geluiden: het snuiven en hinniken van de paarden, de opklinkende lach van een van de trainers of jonge ruiters, het gekletter van een ketting en de bons van iets zwaars dat op de grond viel.

Ze hoefde niet lang te wachten. Het was klaarlichte dag en dus niet de beste tijd om op privacy te kunnen rekenen, maar dat kon haar niets schelen. Zodra hij binnenkwam, duwde ze de deur dicht en drukte ze zich tegen hem aan. Hij rook naar leer en paarden en zon, sterke, aardse geuren die haar bloed deden koken en haar hart wild tegen haar ribbenkast bonken.

Zijn mond perste zich tegen de hare; ze kreunde terwijl haar vingers met koortsachtige haast de knopen van haar blouse losmaakten. Ze voelde hem aan zijn eigen kleding frunniken, maar de hitte tussen hen vlamde zo snel tot zo'n laaiende hoogte op dat ze zich geen van beiden de tijd gunden zich helemaal uit te kleden. Haar beha, die een haakje aan de voorkant had, hing los aan haar schouders te bungelen en hoewel ze erin slaagde haar slipje uit te trekken, waren de knopen van haar rok zo weerbarstig dat hij het kledingstuk gewoon omhoogtrok tot rond haar middel, haar tegen de muur drukte en met zijn knieën haar benen spreidde. En hoewel hij erin was geslaagd

57

zijn overhemd uit te trekken, had hij zijn spijkerbroek en ondergoed alleen maar zo ver als nodig laten zakken.

Maar hoe verhit ze ook waren, hij deed automatisch een condoom om; ze had haar wensen wat dat betreft bijzonder duidelijk gemaakt en het was inmiddels een gewoonte geworden. Wanneer hij zich 's ochtends aankleedde, stopte hij met net zo'n geroutineerd gebaar als waarmee hij zijn sokken aantrok een paar condooms in zijn zak, voor het geval hij Kate die dag zou zien.

'Ja,' fluisterde ze toen hij zijn armen om haar heen sloeg, zijn handen onder haar billen legde en haar optilde. 'Ja, Ben.' Haar benen sloten zich om hem heen, grepen hem vast, en hij kreunde toen haar hete, glibberige schede zijn kloppende vlees omvatte.

Met haar rug tegen de muur en haar benen rond zijn middel droeg hij het grootste deel van haar gewicht en ze was geen kleine vrouw. Maar hij was sterk en zo opgezweept door zijn begeerte dat hij daar helemaal geen erg in had terwijl hij zijn heupen ritmisch bewoog. Ze fluisterde gejaagd dat hij sneller moest gaan, haar zachte stem gespannen en hees tussen de kreunen door en ze kenden elkaars reacties zo goed dat hun klim naar het orgasme snel en perfect gesynchroniseerd was.

Toen ze klaarkwamen, bijna precies tegelijkertijd, deden ze dat met de onderdrukte kreten van twee mensen die zich altijd bewust waren van de noodzakelijkheid hun activiteiten zo stil mogelijk te laten verlopen.

Een paar ogenblikken bleven ze zo samengeklonken staan, hijgend en trillend, overeind gehouden door de muur en Bens wilskracht. Toen ontspande ze haar benen en liet ze ze langs de zijne glijden. Hij steunde haar toen hun lichamen zich van elkaar losmaakten en haar voeten, nog steeds in de keurige, damesachtige espadrilles gestoken, de grond raakten.

Ben deed een stap achteruit en keek naar haar. Haar haar was nog steeds netjes opgestoken in de vertrouwde Franse knot, haar gezicht stond even kalm als altijd, al lag er nu een sensuele blos op haar klassieke jukbeenderen en had ze een lome blik in haar ogen, terwijl haar mond zachter en roder was dan anders.

Hij kuste haar traag en voelde, zoals altijd, een nog grotere begeerte naar haar; na seks met Kate, hoe wild, opwindend en bevredigend het ook was geweest, werd zijn verlangen naar haar altijd juist groter in plaats van minder. Maar vandaag merkte hij aan de ontspannen manier waarop ze hem kuste, dat het bij één keer zou blijven en omdat hij zich niet aan haar wilde opdringen, maakte hij zich van haar los.

Hij trok zijn spijkerbroek half omhoog en liep naar de badkamer om zich te wassen. Toen hij even later terugkwam, met zijn gulp weer dicht en een nat washandje in zijn hand, had ze haar beha weer vastgemaakt en was ze bezig haar blouse dicht te knopen, waardoor haar prachtige borsten aan zijn gezicht werden onttrokken. Hij zuchtte spijtig.

'Je was er hard aan toe,' zei hij, toen hij zich bukte om haar slipje op te rapen.

'Jij niet dan?' Haar stem klonk eerder laconiek dan verdedigend. Hij lachte.

'Altijd. Je weet best dat ik er nooit genoeg van krijg. Pas maar op, want als je nog lang zo blijft staan met je rok omhoog...'

'Nee, ik moet naar huis.' Ze nam het washandje van hem aan en waste zich met de snelle bewegingen van een kat. Toen gaf ze hem het washandje terug, pakte haar slipje aan en trok de rest van haar kleren recht.

Hij bleef naar haar kijken, haar schoonheid indrinkend, gefascineerd door haar zelfbeheersing. Ze had zich vanaf de allereerste keer volkomen natuurlijk gedragen, volkomen op haar gemak en met een wellustige nieuwsgierigheid naar zijn lichaam, en dat was voor Ben een welkome verandering geweest. Alle andere vrouwen die hij had gekend, hadden zich er na de seks opeens verschrikkelijk druk over gemaakt hoe ze er naakt uitzagen en hoe ze zich voelden of geacht werden zich te voelen, en hoe *hij* zich voelde of geacht werd zich te voelen.

Kate niet. Ze kwam bij hem om te neuken, heel eenvoudig. Hij was niet haar eerste en wist verdomd goed dat hij ook niet de laatste zou zijn, en toen hij eenmaal over de logische angst heen was dat hij zijn baan erdoor kon verliezen, had hij net zo van hun veelvuldige copulaties genoten als iedere andere gezonde dertigjarige man zou doen. Hun affaire duurde nu al meer dan een halfjaar en hij had nog geen tekenen gezien dat ze genoeg van hem had.

'Het komt door Amanda, hè?' polste hij toen ze haar rok gladstreek over de lange, slanke benen waar hij zo gek op was. 'Je bent zo gespannen omdat zij er is.'

'Denk je dat ik alleen bij jou kom wanneer ik gespannen ben?' Haar stem klonk kalm en had niets meer van de hese kreun die haar in haar hartstocht was ontsnapt.

'Ik geloof dat je *meestal* bij me komt wanneer je gespannen bent. Ik ben als een glas warme melk, Kate. Ik ben een prettige manier om na een zware dag te relaxen.'

Ze keek hem met een bevreemde blik aan. 'En dat vind je niet vervelend?'

Ben haalde zijn schouders op. 'Waarom zou ik? Ik slaap zelf ook veel beter nadat je bent geweest. Als je alleen maar iets presentabels aan je arm wilde om mee uit te gaan, zou ik het wel degelijk vervelend vinden. Dan was ik allang weggeweest. Ik ben geen speeltje. En ik ben ook geen gigolo die onderhouden wil worden en bereid is als schoothondje van een rijke vrouw te fungeren. Maar zolang je pret wilt maken tussen de lakens, of tegen de muur, zou ik gek zijn als ik dat zou weigeren.'

Ze bleef bedachtzaam, peinzend kijken. Automatisch controleerden haar slanke vingers of alle knopen van haar blouse dichtzaten, of de blouse netjes in haar rok zat en de rok recht hing. Ze voelde aan haar haar om zich ervan te vergewissen dat het niet was losgeraakt.

Op en top een lady, dacht Ben. Maar ze *had* iets, iets dat niets te maken had met de manier waarop ze zich kleedde en bewoog, iets dat boven de kalme schoonheid van haar gezicht en de koele intelligentie van haar stem uitsteeg. Catherine Daulton was het soort vrouw waar je als man instinctief respect voor had, zelfs als je toekeek wanneer ze zich na een heet nummertje seks aankleedde.

'God, wat ben je mooi,' zei hij hoofdschuddend.

Dat verraste haar en een vluchtige glimlach streek over haar lippen. 'Voor een ouwe taart, bedoel je?'

Nu keek Ben op zijn beurt verbaasd. 'Is er iemand die je

oud vindt? Ik niet. Ik weet niet eens hoe oud je bent en dat kan me ook niets schelen, zolang we allebei maar meerderjarig zijn.' 'Je hebt gelijk, het maakt niets uit,' zei ze na een korte pauze. 'Wacht een paar minuten nadat ik weg ben gegaan; we hoeven niet met opzet nog meer tongen los te maken.'
'Over ons? Niemand praat over ons, Kate, althans niet openlijk. Je weet het misschien zelf niet, maar de meeste mensen hier mogen je graag.'

Daar gaf ze geen antwoord op, maar Ben kreeg de indruk dat hij haar voor de tweede keer had verrast. En dat verbaasde hem niet. Hij was geen psycholoog, maar je hoefde ook geen psycholoog te zijn om te weten waarom het Kate verbaasde dat mensen haar aardig vonden.

Haar eigen vader gaf niets om haar en het interesseerde hem geen donder dat iedereen dat wist.

Bij de deur draaide ze zich plotseling om. 'Kom vanavond naar het huis.'

Ben wist heel goed dat hij niet op het avondeten werd uitgenodigd. 'Je weet hoe ik daarover denk, Katie.'

'Noem me niet Katie,' zei ze meteen. 'Dat heb ik je al eens gezegd.'

Dat had ze hem inderdaad gezegd; wat haar naam betrof was ze even bezeten als ten aanzien van het gebruik van voorbehoedsmiddelen. Misschien, dacht Ben, vond ze dat het verkleinnaampje haar op de een of andere manier minderwaardig maakte. Hij wist het niet en had er nooit naar gevraagd.

Hij knikte en keerde toen terug naar de kwestie of hij al dan niet naar het huis zou komen. 'Afgezien van het risico dat ik die bloeddorstige mormels van Jesse tegen het lijf loop, sluip ik liever niet als een dief in de nacht naar je slaapkamer.'

'Vind je dat niet opwindend?'

'Ik hoef geen stiekeme dingen te doen om jou opwindend te vinden. Daar gaat het niet om.'

'Nee? Waar gaat het dan om?'

Ben merkte opeens dat hij nog steeds met het washandje in zijn hand stond. Hij gooide het in de richting van de badkamer. 'We weten allebei waar het om gaat,' zei hij wrang. 'Je hebt de moed niet om Jesse over onze verhouding te vertellen, maar je zou het prachtig vinden als hij ons zou betrappen. Misschien zou je dan eindelijk een reactie van hem loskrijgen.'

'Hou je mond.' Haar ogen schoten vuur.

Ben besloot er niet op door te gaan en haalde zijn schouders op. 'Kate, ik werk voor Jesse en ik hou van mijn werk. Als je denkt dat ik in het aas zal happen dat je voor mijn neus laat bengelen, ben je stapelgek. Ik neem nu al risico's genoeg.'

Ze zweeg even en zei toen zachtjes: 'Eigenlijk ben je een ellendige klootzak, Ben.'

'Ja.' Hij lachte. 'Maar wel een geile, zoals je heel goed weet. Ik ga morgen een van de nieuwe paarden inwerken. Ik denk dat ik een ritje met hem maak over het pad naar de watervar. Er staan voor morgen geen andere terreinritten gepland, dus zal het daar lekker rustig zijn. Stil en verlaten. Ik denk dat ik er om ongeveer halfvier zal zijn. Als je rond die tijd soms een tourtje met Sebastian wilt maken...'

'Misschien.' Ze haalde diep adem. 'Ja, misschien doe ik dat.' Toen glipte ze de deur uit.

Bens glimlach stierf weg en hij bleef lange tijd roerloos staan. Het was misschien beter voor haar als hij haar de waarheid vertelde, maar daar had hij nog steeds niet de moed voor kunnen opbrengen. Hij had er namelijk niet echt bezwaar tegen om naar haar slaapkamer te sluipen en hij was ook niet bang dat hij zijn baan kwijt zou raken als Jesse erachter kwam.

Jesse wist het namelijk al. Hij had alles van Kates mannen af geweten, en het kon hem geen donder schelen.

Toen ze net terug waren, kreeg Jesse een telefoontje en trok hij zich terug in zijn studeerkamer. Amanda's vermoeden dat de gesloten kamer zijn studeerkamer was, bleek juist te zijn. Jesse had de sleutel in zijn zak. Amanda bleef dus weer in haar eentje achter met de honden. Het verbaasde haar een beetje dat ze bij háár bleven, maar ze besloot dat als een gunstig teken op te vatten; het was altijd voordelig om met waakhonden op goede voet te staan. Ze gedroegen zich kameraadschappelijk, bleven dicht bij haar zonder dat ze haar in de weg liepen, en schenen tevreden te zijn met een aai of een vriendelijk woord op z'n tijd.

Ze schenen zich allerminst beledigd te voelen dat ze hen met 'jongens' bleef aanspreken in plaats van ze bij hun naam te noemen.

Ze had er nog steeds een beetje moeite mee zich in het grote huis te oriënteren, maar wist toch de weg naar de korte poot van de L te vinden en zette daar haar ontdekkingstocht voort. Deze vleugel was er later bij aangebouwd, maar was niettemin meer dan honderd jaar oud en was inmiddels net als de rest van het huis helemaal gemoderniseerd.

Op de begane grond waren een huiskamer – die ze misschien zitkamer of televisiekamer noemden, dat wist ze niet – en een enorme hobbykamer met een biljart en een pingpongtafel. Ook stonden er een aantal pinballmachines die ouderwets aandeden en op een goede dag waarschijnlijk een kapitaal waard zouden zijn. De hobbykamer kwam uit op de patio bij het zwembad. Verder waren er een aantal logeerkamers, die je eigenlijk suites moest noemen, want ze hadden ieder een gezellig ingerichte zitkamer, slaapkamer en badkamer.

Amanda aarzelde toen ze bij het eind van de lange gang was gekomen, waar een buitendeur toegang gaf tot de tuin en waar een smalle, maar erg mooie trap naar de bovenverdieping voerde. Ze nam aan dat daar slaapkamers waren, maar tot ze wist of die bezet waren, door leden van de familie of Maggie, wilde ze er niet in haar eentje gaan rondsnuffelen.

Bijna afwezig liet ze haar hand op de dikke, gebeeldhouwde pilaar van de balustrade rusten en wreef ze met haar duim over de wat versleten richels van het krullerige, abstracte houtsnijwerk. Het huis was imponerend, zo imponerend dat ze het gevoel kreeg dat ze heel klein was. Zo woonden de mensen vandaag de dag niet meer, althans niet veel mensen.

Ze wilde net teruggaan naar het voorste deel van het huis toen zware voetstappen op de trap haar deden verstijven. Ze keek snel naar de honden, maar die bleven rustig staan en blikten met een niet meer dan flauwe interesse naar boven, wat ze opvatte als een teken dat ze degene die de trap afkwam, niet als een bedreiging beschouwden.

Amanda wou dat ze dat van zichzelf ook kon zeggen.

Hij bleef op de overloop staan toen hij haar zag en zijn gezicht trok een beetje strak, maar uitte lang niet zoveel emotie als eerder op de dag. Zijn zwarte haar was nog nat van de douche waar hij blijkbaar net onder vandaan kwam en in zijn donkere pantalon en witte overhemd zag hij er heel wat netter uit dan daarstraks. Hij was bezig de mouwen van het overhemd op te rollen over zijn sterke, gebruinde onderarmen, en bleef op de overloop staan om fronsend op haar neer te kijken, terwijl hij de laatste omslag maakte.

Toen liep hij verder de trap af. Hij zei niets tot hij naast haar op de glanzende houten vloer stond. Hij negeerde de honden volkomen en die gedroegen zich tegenover hem al even onverschillig. 'Jij bent dus Amanda.' Hij had een zware stem, die een wat ongeduldig timbre had, maar niet de aangeboren geprikkeldheid van Jesse scheen te hebben.

Ze knikte kort. 'En jij bent Sully.'

Zonder de moeite te nemen een schijn van beleefdheid op te houden, bekeek hij haar van top tot teen, snel maar grondig. 'Nou, je hebt onze kleur haar en ogen,' stelde hij wat spottend vast, 'maar dat wil nog niet zeggen dat je Amanda Daulton bent. Je neemt het me zeker niet kwalijk, dat ik daarover mijn twijfels heb?'

Amanda was zo opgelucht dat hij in een redelijk humeur scheen te verkeren, dat ze zich zijn achterdocht liet aanleunen. 'Nee, ik had niet anders verwacht,' antwoordde ze.

'Meen je dat?' Sully glimlachte humorloos. 'Maar ik ben zeker een van de weinigen die hardop zeggen dat ze je niet vertrouwen. Afgezien van Walker, natuurlijk, want het is zijn taak om achterdochtig te zijn. Kate blijft zoals altijd de kalmte zelf, Maggie stelt zich neutraal op en Jesse is er al van overtuigd dat je zijn geliefde Amanda bent. En ik wil wedden dat mijn broer het woord "nichtje" al heeft laten vallen, want die durft nu eenmaal nooit tegen Jesse in te gaan.'

Ze besloot daar niet op te reageren. In plaats daarvan zei ze: 'Hoor eens, ik ben hier echt niet naar toe gekomen om... om iemand van zijn plaats te verdrijven.'

Hij haalde zijn schouders op, niet onverschillig maar als een teken van ongeloof en de blik in zijn grijze ogen werd opeens hard. 'O nee? Waarom dan wél?'

Vreemd genoeg had alleen Walker McLellan haar tot nu toe die vraag gesteld en ze gaf Sully hetzelfde antwoord: 'Omdat ik pas achter mijn ware naam ben gekomen toen mijn moeder is gestorven en ik de rest wil weten. Wie ik ben, waar ik vandaan kom, wie mijn familie is. En waarom mijn moeder midden in de nacht is gevlucht, weg van dit huis en van haar man, en nooit meer is teruggekeerd.'

Sully keek fronsend op haar neer. 'En waarom denk je dat je het antwoord op die laatste vraag hier zult vinden? Christine is er niet meer, en Brian ook niet, en het is twintig jaar geleden. We hebben nooit geweten wat er tussen Christine en Brian is voorgevallen en aangezien hij een paar weken later is verongelukt, zullen we dat waarschijnlijk ook nooit weten.'

'We verschillen niet veel in leeftijd. Hoe weet je zo zeker wat je je wel of niet herinnert van wat er twintig jaar geleden is gebeurd?'

'Ik was twaalf en ik herinner me heel veel. Maar ik zat toen al de hele dag bij de paarden en was vaak weg voor concoursen. Ik had er geen idee van wat de volwassenen allemaal deden en dat interesseerde me ook niet erg, maar ik kan me niets bijzonders herinneren over die zomer of die dag. Zoals ik al zei, zullen we waarschijnlijk nooit te weten komen wat er is gebeurd.'

'Dat kan best zijn.' Amanda haalde haar schouders op en vroeg zich af waarom ze niet geloofde dat Sully inderdaad zo weinig belangstelling had voor die zomer van twintig jaar geleden. Misschien kwam het door de klank van zijn stem of door de gesloten trek op zijn expressieve gezicht. 'Maar door hierheen te komen hoop ik in ieder geval meer over mijn familie te weten te komen. Dat misgun je me toch niet?'

Sully glimlachte weer op een humorloze manier. 'Ik misgun je niets... Amanda. Voorlopig niet, tenminste. Ik zal je zelfs erkentelijk zijn als je de ouwe, zolang hij nog te leven heeft, wat afleiding bezorgt, zodat hij niet aldoor op me zit te vitten.'

'Zolang hij nog te leven heeft?' Ze kreeg een onbestemd gevoel. 'Wat bedoel je daarmee? Hij is oud, maar hij ziet er erg gezond uit.'

'Ik heb me laten vertellen, dat sommige mensen er tot hun dood kerngezond uitzien,' zei Sully. Hij hield haar scherp in de gaten. 'Toe nou, zeg, je gaat me toch niet vertellen dat je het niet weet? Volgens Walker wist een van die andere nep-Amanda's er alles van. We hebben het weliswaar nog steeds uit de kranten weten te houden, maar hier in de buurt is iedereen ervan op de hoogte, en wie nieuwsgierig is naar ons, kan er makkelijk genoeg achter komen.'

'Waarachter?'

'Dat Jesse kanker heeft. Volgens de artsen zal hij de kerst niet halen.'

Amanda was blij dat ze de pilaar van de balustrade nog steeds vasthield. Ze wist dat ze naar Sully staarde, maar ze zag hem niet echt.

'Bravo, de perfecte reactie van een liefhebbende kleindochter,' was Sully's venijnige commentaar. Maar toen zei hij, op heel andere toon: 'Hé, gaat het een beetje?'

Ze knipperde en zag de bezorgdheid op zijn gezicht. Op hetzelfde moment werd ze zich bewust van zijn grote hand om haar arm. Had ze op haar benen staan zwaaien? Maar de plotselinge duizeligheid trok al weg en met enige inspanning slaagde ze erin hem weer in de ogen te kijken. 'Ja, dank je. Het gaat alweer.'

Sully liet haar arm los en deed een stapje achteruit, maar hij bleef haar onderzoekend bekijken. 'Je wist het echt niet, hè?'

'Nee.' Ze schraapte haar keel. 'Nee, ik wist het niet.'

'Nou, eh... sorry dan dat ik het je op zo'n manier heb verteld.' Sully klonk korzelig, maar leek toch oprecht. Hij aarzelde en zei toen: 'Jesse praat er niet graag over, maar je kunt aan alles merken dat hij zelf ook gelooft dat de artsen dit keer gelijk zullen krijgen. Hij vecht er nu al meer dan twee jaar tegen en in het begin dacht hij dat hij het wel zou redden, maar nu niet meer.'

'Wat zeggen de dokters precies?'

'Dat hij met veel geluk nog zes maanden heeft. Misschien haalt hij de kerst nog, maar daar rekent eigenlijk niemand op.'

'O.' Ze wilde daarover nadenken, want dat hield in dat de situatie heel anders lag, dat de tijdsfactor nog belangrijker was dan ze had gedacht, maar ze was zo in de war dat ze niet helder kon denken.

Sully keek haar nog even aan en wierp toen een blik op zijn

horloge. 'Het is al over vijven. Misschien heeft niemand het je verteld, maar we komen altijd rond deze tijd in de zitkamer bijeen voor we aan tafel gaan.'

Dat hadden ze haar inderdaad verteld. En ze wilde zich nog verkleden, een jurk aantrekken of in ieder geval iets dat minder op vrijetijdskleding leek. *Een harnas, ik wou dat ik een harnas had.*

Ze knikte en liep de gang door naar de voorkant van het huis, met Sully links van zich en de honden stilletjes aan haar rechterhand. En hoewel Sully niets van de woede toonde waar ze eerder op de dag getuige van was geweest, kreeg ze het gevoel dat hij niet alleen veel gevaarlijker maar vooral ook veel gecompliceerder was dan de honden.

'Wat doe je hier?'

Amanda keek met een ruk om en zag Walker McLellan met een argwanend gezicht in de deuropening van Jesse's studeerkamer staan. Een beetje overrompeld zei ze: 'Ik kwam hier toevallig langs omdat ik via de achtertrap naar beneden was gekomen... en ik was hier nog niet geweest.' *Ik klink schuldig. Verdomme nog aan toe!*

'Jesse doet de deur meestal op slot,' zei Walker. In zijn lijzige stem lag nog steeds weinig warmte. Hij kwam de grote studeerkamer in. Het grootste deel van de muren ging schuil achter boekenkasten en boven de marmeren schouw hing een groot olieverfschilderij, waar Amanda naar had staan kijken. Walker kwam naast haar staan. Zijn nabijheid had een storende uitwerking op haar, en ze hield het er maar op dat dat kwam omdat hij minder formeel gekleed was dan ze hem tot nu toe had meegemaakt, in een wit overhemd met het bovenste knoopje los en de mouwen opgerold, en een donkere broek. Zonder stropdas en colbert. Maar het ondoorgrondelijke gezicht en de scherpe, groene ogen bleven hetzelfde, dacht ze. Hij was ook nu de achterdochtige advocaat.

'Ik denk niet dat hij het erg vindt dat ik even binnen ben gelopen,' zei ze, hopend dat het niet al te verdedigend klonk.

'Nee, dat denk ik ook niet.'

Om zijn ogen te vermijden keek ze weer naar het schilderij.

Het was een prachtig, opvallend levensecht portret van Brian Daulton, zijn vrouw Christine, en een driejarige Amanda met grote ogen en een snoezige glimlach. Een gegraveerd koperen plaatje aan de onderrand van de lijst vermeldde dat het in 1969 was geschilderd.

'Ik lijk niet erg op mijn moeder,' zei Amanda, voordat Walker het zou zeggen.

De vrouw op het schilderij had weliswaar net zulk donker haar als Amanda, maar was een stuk groter dan zij, hoewel ze erg slank en tenger, bijna broos, was. De zomerse, goudbruine teint van haar gladde huid deed haar lichtblauwe ogen met de zwarte wimpers nog beter uitkomen, en haar mond, waar een vage glimlach omheen speelde, had een opvallend wellustig trekje, waardoor ze een ontegenzeglijk erotische indruk maakte.

Christine Daulton was... als een overtreffende trap van Amanda zelf. Van de drie mensen op het schilderij, hoe levensecht ze alledrie ook waren, viel zij het meeste op en eiste ze meer dan haar man en kind de aandacht op. Het was duidelijk dat de schilder door haar gefascineerd was geweest, zo niet volkomen in haar ban geraakt.

Hij had haar ziel geschilderd.

Ze zag er pittig en levenslustig uit. De energie leek van haar af te stralen, en je kreeg de indruk dat ze opeens hardop kon gaan lachen of zich bewegen of je met haar slanke vinger wenken. Ze was koket; in de gebogen lijn van haar wenkbrauwen lag een provocatief gevoel voor humor en in de vorm van haar lippen een speelse verleidelijkheid.

Ze zag er niet uit als een moeder. Ongeacht wiens moeder.

Net als Glory was de vrouw op het schilderij magnifiek en eigenaardig overweldigend, en hoewel ze beslist geen weelderig figuur had, bezat ze een opvallende sensualiteit, die zij noch de schilder had geprobeerd te verdoezelen. Het was een vrouw die nooit vergeten zou worden, vooral niet door mannen die haar hadden gekend.

'Ze was toen erg mooi,' zei Walker emotieloos. 'Ze zeggen dat Brian haar ter plekke ten huwelijk heeft gevraagd toen hij haar voor het eerst zag. Hij was toen amper twintig en zat nog op de universiteit.'

'Dat zal Jesse niet leuk gevonden hebben,' zei Amanda omzichtig, zonder in te gaan op de vraag of zijn opmerking bedoeld was als een stilzwijgende instemming met wat ze had gezegd. 'Ik bedoel, dat zijn enige zoon halsoverkop trouwde met een serveerster die twee jaar ouder was dan hij en niet... uit dezelfde sociale kringen kwam.'

Walker haalde zijn schouders op. 'Dat heb je zeker uit de kranten en tijdschriften uit die tijd; die stonden vol smeuïge artikelen. Dan weet je zeker ook dat alhoewel Jesse woedend was, alles was vergeven toen Brian met Christine thuiskwam. Ik herinner het me zelf niet, maar ze zeggen dat ze iedere man moeiteloos om haar pink wist te winden. En niemand heeft ooit beweerd dat Jesse immuun was voor vrouwelijke charmes. En wat de sociale kringen betreft, ze scheen zich hier volkomen thuis te voelen.'

Hij sprak op de lome, emotieloze toon waar ze inmiddels aan gewend was geraakt, maar die haar nu ergerde. Hij was constant aan het denken, aan het analyseren. Met dat nuchtere, rationele brein van hem ontleedde hij iedere zin die uit haar mond kwam en zette hij vraagtekens bij ieder woord, ook al bleef hij zich neutraal opstellen en bekeek hij haar met een koele belangstelling. Het begon haar allemaal danig te irriteren.

Toen ze opzij keek, zag ze hem snel van haar wegkijken en besefte ze dat hij de ketting met het diamanten hartje had gezien, die identiek was aan de ketting die Christine Daulton op het schilderij droeg.

'Ja, het is dezelfde,' zei ze en raakte het hartje even aan. 'Al kan ik dat natuurlijk niet bewijzen. Ik kan best een foto van dit schilderij in een van die kranten of tijdschriften hebben gezien en zo'n zelfde hartje hebben laten maken.'

'Inderdaad,' stemde hij in, onaangedaan door haar spottende toon.

Ze wendde met enige moeite haar blik af van zijn ondoorgrondelijke gezicht en keek weer naar het schilderij. Ze concentreerde zich nu op Brian Daulton. Hij was zevenentwintig geweest toen het schilderij werd gemaakt, maar zag er een stuk ouder uit. Hij had het donkere haar en de grijze ogen van de

Daultons, maar was met zijn een meter tachtig een flink aantal centimeters kleiner geweest dan de meeste van zijn voorvaders en was eerder pezig dan fors. Maar hij leek precies op zijn vader, net zo knap, hoewel zijn gezicht, zelfs op die jonge leeftijd, al sporen van een losbandig leven had getoond.

'Dronk hij?' vroeg Amanda opeens.

'Brian? Alleen op feesten en partijen, geloof ik. Als je dat vraagt vanwege die rimpels op zijn gezicht, die kun je voor tachtig procent toeschrijven aan erfelijkheid en voor twintig procent aan het feit dat hij voortdurend buiten was, in de zon. Al heeft zijn temperament er waarschijnlijk ook toe bijgedragen.'

Amanda aarzelde en zei toen: 'Voor ik hierheen ben gekomen, heb ik inderdaad wat over de familie gelezen.' Ze keek tersluiks naar Walker, zag dat hij haar aandachtig opnam en ging snel door, voordat hij kritiek kon leveren op het feit dat ze toegaf dat ze er een studie van had gemaakt. 'Ik heb begrepen dat de mannelijke leden van de familie Daulton door de eeuwen heen nogal opvliegende karakters hebben gehad.'

'Dat zegt men, ja.'

'Ik kan me niet herinneren dat mijn vader zo was.'

'Nee?' Walker scheen te overwegen of hij, ongetwijfeld op zijn achterdochtige manier, iets moest zeggen over wat ze zich al dan niet zou moeten herinneren, maar zag daar blijkbaar van af, want hij haalde alleen zijn schouders op en zei: 'Ik geloof ook niet dat hij erg temperamentvol was.'

Amanda had daar graag meer over gehoord, maar besloot het onderwerp voorlopig te laten rusten. Ze keek naar het meisje op het schilderij, met het korte, zwarte haar dat zorgvuldig was gekruld en gesierd met een roze strik, de grote, grijze ogen waar alleen maar onschuld uitstraalde, en die lieftallige glimlach.

Zonder opzij te kijken wist Amanda opeens dat de lange man naast haar ook naar het meisje op het schilderij keek en wist ze ook, zo zeker alsof hij het hardop had gezegd, wat hij dacht. Het verbaasde haar dan ook niet dat ze zichzelf automatisch commentaar hoorde leveren op de twijfels die zo zwaar tussen hen in lagen.

'De meeste mensen veranderen erg wanneer ze volwassen worden. Maar jij bent er evengoed van overtuigd dat ik nooit dat kleine meisje ben geweest. Ik heb steil haar, terwijl dat van haar krult. Mijn mond is niet zo rond. En staan haar oren niet een tikje hoger dan de mijne? Dat denk je allemaal, nietwaar, Walker?'

Na een lange pauze zei hij: 'Zo ongeveer.'

Ze draaide zich naar hem toe zodat ze hem recht in de ogen kon kijken. Zijn gezicht stond strak en ze vroeg zich af of ze het zich eerder op de dag alleen maar had verbeeld dat hij een vleug van medeleven of sympathie voor haar had gevoeld. En als ze zich dat níet had ingebeeld, was het blijkbaar van korte duur geweest. Met opzet deed ze niets om zijn twijfels te ontmantelen. In plaats daarvan zei ze kalmpjes: 'Worden we niet geacht in de zitkamer bijeen te komen voordat we aan tafel gaan?'

'Dat is hier de gewoonte, ja,' zei hij, even gladjes als zij.

Maar toen hij een stap opzij deed om haar voor te laten gaan, was ze er zo goed als zeker van dat ze een vonk van woede in zijn ogen zag. Het was, dacht ze, het eerste haarscheurtje in zijn masker van onverstoorbaarheid.

Nu moest ze alleen nog uitzoeken of ze er goed aan deed Walker McLellan boos te maken, te prikkelen of op een andere manier te provoceren, tot hij in staat was niet alleen te *denken* wat haar betrof, maar ook gevoelens te ontwikkelen.

4

'We kunnen het beste een feestje geven,' zei Jesse op besliste toon, tussen de salade en het hoofdgerecht. 'Om Amanda opnieuw voor te stellen aan onze vrienden en buren. Maggie, Kate, regelen jullie dat even. Zaterdag over een week.'

'Best,' zei Kate.

'Het wordt al warm,' zei de praktisch ingestelde Maggie, die bezig was Earlene te helpen de maaltijd op te dienen. 'We kunnen wel een barbecue houden.'

'Lampionnen bij het zwembad?' opperde Reece.

'Ik heb volgend weekend een concours hippique,' zei Sully.

Walker keek naar Amanda, die tegenover hem zat aan Jesse's rechterhand. Hij kreeg de indruk dat ze helemaal geen zin had in een feest om aan de buren te worden voorgesteld. Niet dat ze geërgerd of onthutst keek, maar er lag een achterdochtige blik in haar ogen en een zweem van onbehagen op haar gezicht.

'Jesse, misschien...' begon ze, maar haar zachte stem werd overstemd toen Jesse tegen zijn jongste kleinzoon uitviel: 'Je bent helemaal niet verplicht om naar dat concours hippique te gaan. Dat ben je trouwens nooit. Je doet er niet eens aan mee.'

Sully's opstandige gezicht werd nog norser en hij keek zijn grootvader met felle ogen aan. 'Ik train die paarden en ik wil erbij zijn wanneer ze rijden. De competitie duurt drie dagen en twee van mijn ruiters hebben dat parcours nog nooit gereden.'

'En wat dan nog? De anderen kennen het toch? En doe alsjeblieft niet net alsof het een voorronde voor de Olympische spelen is. Het wordt nota bene gesponsord door een barbecue-restaurant.' Jesse lachte honend. 'Het prijzengeld stelt niets voor en...'

'Het is een goede gelegenheid voor mijn paarden en ruiters om ervaring op te doen,' viel Sully hem op afgemeten toon in de rede. 'Ik moet erbij zijn.'

'Nee, je moet hier zijn. Heb je dat goed begrepen?' Jesse wachtte een ogenblik en herhaalde toen heel opzettelijk: 'Heb je dat goed begrepen, Sully?'

Een blos kroop op vanuit Sully's nek en zijn grijze ogen stonden op storm. Maar hij gaf zich over. 'Ja,' zei hij, half binnensmonds.

Geen van de mensen rond de tafel zei iets tot Maggie weer was gaan zitten en opmerkte: 'Ik snap eigenlijk niet waarom je zo graag wilde gaan, Sully. Zou je niet net met de training van wel twaalf nieuwe paarden beginnen?'

Haar nonchalante toon was precies wat ze nodig hadden. De spanning ebde weg en Sully pakte de reddingsboei dankbaar aan.

Met een vluchtige glimlach naar haar zei hij: 'Ja, daar heb je eigenlijk wel gelijk in.'

'Om even op het feest terug te komen,' zei Kate. 'De gebruikelijke gasten, Jesse?'

Jesse knikte. 'We zullen ze mooie biefstukken geven. En we nemen de band uit Nashville, die we de vorige keer hadden.'

'Twee weken is kort dag,' merkte Walker op. 'Die band staat voor dat weekend vast al geboekt. Dat zal je veel geld kosten, Jesse.'

'En wat dan nog?' zei de man die zich nog geen twee minuten geleden geringschattend had uitgelaten over het bescheiden prijzengeld van een plaatselijk concours hippique. Zich absoluut niet bewust van die tegenstrijdigheid glimlachte Jesse tegen Amanda. 'Je zult onze vrienden en buren vast aardig vinden, liefje.'

'Dat zal best,' zei ze zachtjes.

Walker vroeg zich af of ze van haar protesten had afgezien, omdat ze zich had bedacht, of omdat Sully's mislukte poging om onder het feest uit te komen haar duidelijk had gemaakt dat het zinloos was om tegen Jesse in te gaan. Hij wist het niet en werd niets wijzer van de uitdrukking op haar gezicht.

Haar ontegenzeglijk mooie gezicht. Ze deed zelfs niet voor Kate onder. Haar fijngetekende, tere gelaatstrekken hadden niets van de Daultons, maar waren op zich aantrekkelijk genoeg. Meer dan aantrekkelijk. Ze was echt mooi. En temidden van al deze grote, gebruinde, robuuste mensen leek ze met haar bleke, exquisiete schoonheid op een teer poppetje. Zelfs haar eenvoudige zomerjurk had iets zachts, en plooide zich liefdevol om haar lichaam.

Op haar smaak viel voorlopig niets aan te merken.

De rest van de maaltijd moest Walker steeds naar haar kijken. Hij zag haar kleine slokjes nemen van de rode wijn die Jesse had gekozen om, zoals hij zelf had gezegd, haar thuiskomst te vieren, terwijl hij met een half oor luisterde naar Reece die haar inlichtte over de beroemde tuinfeesten, waarvan ze er op Glory ieder jaar vier of vijf hielden, en over de band uit Nashville die zo in de smaak was gevallen. Reece scheen zich voorgenomen te hebben Sully's onbehouwen zwijgzaamheid te compenseren, want hij gedroeg zich bijzonder voorkomend tegen zijn nichtje. Wat dat betreft had Jesse zich niets beters kunnen wensen.

'Rij je nog steeds, Amanda?' vroeg hij tegen het eind van de maaltijd.

'Nee, niet meer.' Ze glimlachte toen ze het zei, maar gaf verder geen uitleg.

'Jammer. Om sommige van de mooiste plekjes van Glory te kunnen zien, moet je eigenlijk te paard gaan. Er is bijvoorbeeld een bergpad dat bij een waterval uitkomt.'

'Daar kom ik heus wel, hoor,' verzekerde ze hem. 'Te voet. Ik hou van wandelen.'

Ze had erg tere handen, zag Walker. Smalle handen, met lange, tengere vingers die uitliepen in keurige ovale nagels. Sierlijke handen, waar geen kracht in leek te zitten. Als ze behalve haar grijze ogen ook de felle kracht van de Daultons had geërfd, was dat niet aan de buitenkant te zien, dacht hij, en besefte toen pas waar zijn gedachtengang onbewust terecht was gekomen.

Wat had hij toch? Hij had vanavond niet méér reden om te geloven dat ze de echte Amanda was dan op welk moment ook in de afgelopen weken. Minder juist, omdat ze zelf had gezegd dat ze helemaal niet op Christine Daulton leek, en dat er amper

74

overeenkomsten bestonden tussen haar en het kleine meisje dat ze geacht werd te zijn geweest.

Na haar opmerking over het ontbreken van een gelijkenis had ze zelfs geen enkele poging gedaan om daar een verklaring voor te geven. Maar het maakte haar natuurlijk niets uit of híj haar geloofde, dacht Walker grimmig, want gezien de manier waarop ze op Glory was binnengehaald, kon ze er vrijwel zeker van zijn dat Jesse haar geloofde.

En dat Jesse haar geloofde, was het enige wat belangrijk voor haar was.

'Er is ook een mooi pad naar King High,' vertelde Kate Amanda nu op haar bedaarde toon. 'Halverwege is een riviertje met een brug en een klein prieel. Je kunt ook wandelingen maken in het dal, als je het niet erg vindt om af en toe een wei over te steken.'

Zelfs Kate accepteert haar.

Walker hoorde zichzelf zeggen: 'Dat wil ze vast niet. Ze is immers bang voor paarden?' Het verbaasde hem nauwelijks dat hij net zo chagrijnig klonk als Sully op een kwaaie dag.

Amanda keek hem aan met iets van verbazing in haar ogen, maar zei alleen, met een kalme waardigheid die zijn opmerking in een ongerechtvaardigde beschuldiging veranderde: 'Ik weet dat ik vroeger dol op paarden was, maar ik ben een keer van een paard gevallen en erg ongelukkig terechtgekomen. Ik was toen een jaar of twaalf. Sindsdien blijf ik bij paarden vandaan. Het spijt me als ik iedereen daardoor teleurstel.'

Walker voelde zich opeens een uitgesproken schoft, ook al hield hij zichzelf nog zo nadrukkelijk voor dat ze waarschijnlijk zat te liegen dat het gedrukt stond. Hij had kunnen weten dat ze een smoesje klaar had waarom ze zo bang was voor paarden, terwijl de ware Amanda niet uit de stallen weg te slaan was geweest.

Jesse klopte op Amanda's hand. 'Daar hebben we echt wel begrip voor, liefje,' zei hij. Hij klonk opgelucht dat er een gegronde reden was voor haar on-Daultonse angst. 'Wie een lelijke val van een paard maakt, kan daar een bepaalde angst aan overhouden. Maar wie weet? Nu je thuis bent en weer tussen de paarden zit, krijg je misschien vanzelf zin om weer eens in het zadel te klimmen.'

Ze keek weifelachtig, maar glimlachte tegen hem. 'Misschien. Maar ik denk dat ik de weiden voorlopig toch maar laat voor wat ze zijn.'

'Er zijn genoeg andere wandelpaden,' zei Reece opgewekt. 'En ik heb een kaart waar ze allemaal op staan,' voegde Jesse daaraan toe en klopte weer zachtjes op haar hand. 'Help me straks even herinneren dat ik je die geef, liefje. Hij ligt op mijn studeerkamer.'

'Wil er iemand een toetje?' wilde Maggie weten.

Om even na achten kondigde Amanda aan dat ze moe was van de lange dag en liever naar haar kamer ging. Ze zaten allemaal in de zitkamer, behalve Sully die na het eten zonder een woord was verdwenen. In plaats van regelrecht naar haar kamer te gaan, glipte ze echter de voordeur uit en liep ze over de veranda naar een van de witte zuilen, waar ze tegenaan geleund bleef staan terwijl ze uitkeek over het gladde gazon van Glory.

Eind mei was het 's avonds nog vrij koel en hoewel met de ingang van de zomertijd de zon een uur later onder behoorde te gaan, verdween die hier evengoed vrij snel achter de bergen en begon het al te schemeren. Het was lekker fris, en nog licht, zonder dat felle van overdag, en de volle maan begon net op te komen.

Gedachten, vragen en vermoedens tolden door haar hoofd, maar ze wist dat ze eigenlijk te moe was om erover na te denken. *Laat vanavond alles gewoon bezinken*, zei ze in gedachten tegen zichzelf. *Morgen kun je beginnen er een lijn in te zoeken.*

Maar ondanks haar vermoeidheid was ze te rusteloos om naar haar kamer te gaan, en de gedachten in haar half verdoofde brein weigerden tot de volgende dag te wachten om ontleed te worden.

Ze kon nauwelijks geloven dat ze pas een paar uur op Glory was. Het leek veel langer. Toch voelde ze zich duidelijk een buitenstaander en moest ze voortdurend oppassen niets verkeerds te zeggen of te doen. Ze hielden haar constant in de gaten, stuk voor stuk, met gezichten die een emotioneel scala lieten zien van Maggies neutrale blik tot Sully's vijandige houding.

De grootste hindernis had ze al overwonnen: Jesse. Die

straalde letterlijk van geluk wanneer hij haar zag. Het kon best zijn dat hij, zoals ze slim vermoedde, meer vanwege zijn slechte gezondheidstoestand zo graag bereid was te geloven dat ze zijn Amanda was, dan door het karige bewijsmateriaal dat ze hem had gegeven, maar het uiteindelijke resultaat was waar het haar om ging.

Tenzij er iets drastisch gebeurde dat zijn vertrouwen in haar aan het wankelen zou brengen – zoals een negatieve uitslag van het DNA-onderzoek – zou Jesse zich niet door twijfels van anderen laten beïnvloeden.

Ook niet door die van Walker McLellan.

Walker had zichzelf in dit huiselijke drama de rol van waarnemer toebedeeld en was blijkbaar van plan zich bij de verdere ontwikkelingen afstandelijk en oplettend op te stellen. De onpartijdige advocaat, losstaand van een ingewikkelde situatie en lastige emoties. Maar bij de beste plannen kon er een kink in de kabel komen: Walker scheen er moeite mee te hebben zich aan zijn voornemens te houden.

Hij hield haar nog scherper in de gaten dan de anderen, vaak met ingehouden maar merkbare ergernis, en hoewel ze tevreden over zichzelf kon zijn dat ze zowel zijn emoties als zijn analytische geest in verwarring had gebracht, werd die kleine triomf bedorven door de wetenschap dat hij haar voor geen cent vertrouwde.

Ze hoorde achter zich de voordeur opengaan en toen ze over haar schouder keek, zag ze Walker over de veranda naar zich toe komen.

'Ik zie je auto nergens,' zei ze, om iets te zeggen, en keek weer naar het gazon.

'Ik ben komen lopen.' Hij knikte in de richting van het westen en toen ze zijn blik volgde, kon ze nog net het begin van een pad zien dat bij de rand van het gazon in het bos verdween.

'Handig,' zei ze.

'En goede lichaamsbeweging.' Zijn stem klonk weer koel.

Toen hij geen aanstalten maakte om weg te gaan, zocht Amanda snel naar een veilig onderwerp van gesprek. 'Waarom doet Sully niet aan de concoursen mee? Is hij niet goed genoeg?'

'Hij is zo ongeveer de beste springruiter in heel South Carolina,' zei Walker, nog steeds emotieloos. 'Maar hij is te groot
en te zwaar. De paarden zouden veel te veel moeite hebben om
over de hindernissen heen te komen. Dus traint hij ze alleen en
doen andere ruiters mee aan de wedstrijden.'

'Wat... afschuwelijk,' zei ze langzaam. 'Niet te kunnen doen
waar je het meeste van houdt.'

'Medelijden is aan hem niet besteed. Het is bovendien mis-
plaatst. Waar Sully het meest van houdt, is Glory. Zolang hij
dat heeft, is wat hem betreft alles in orde.'

'Maar hij heeft Glory niet. Ik bedoel...' *Verdomme, waarom
zei ze dat nou?*

'Ik weet wat je bedoelt.' Zijn neutrale stem kreeg een duivelse ondertoon. 'Glory is van Jesse en die kan ermee doen wat
hij wil. Dat weet iedereen hier heel goed. Kate, Sully, en Reece, die hier zijn opgegroeid en alledrie hun hele leven erin hebben geïnvesteerd, kunnen van de ene dag op de andere buitenspel gezet worden. *Als* Jesse daartoe besluit. En wanneer hij
zijn wensen eenmaal bekendmaakt, zal geen enkele rechter een
aanvechting van zijn testament steunen. Wilde je dát weten?'

Amanda keek naar hem op voordat ze antwoord gaf en
schrok een beetje toen ze hoorde hoe onvast haar stem klonk.
'Ik weet dat je me niet gelooft, maar ik wil Glory helemaal
niet. Niet het geld en ook niets anders. Ik wil alleen mijn verleden, en mijn naam. Is dat zoveel gevraagd?'

Walker glimlachte zonder warmte. 'Je hebt gelijk. Ik geloof
je niet.'

Dat verbaasde haar niets, behalve dat zijn botte opmerking
haar een onverwachte steek van... van wat?... van pijn bezorgde?
'Waarom geloof je me niet?' hoorde ze zichzelf vragen. 'Waarom
kan ik in jouw ogen alleen maar gedreven zijn door hebzucht?'

'De minst onwaarschijnlijke uitleg blijkt meestal de waarheid
te zijn,' antwoordde hij droogjes. 'En hebzucht is een grote
waarschijnlijkheid. Je moest eens weten hoeveel mensen ik heb
zien vechten om het testament van een overledene. Doodgewone, redelijke mensen, die normaal gesproken goed met elkaar
kunnen opschieten. Het is een uitzondering wanneer er tijdens
het voorlezen van een testament niemand een protest laat horen.'

'Dat kan best zijn, maar ben je echt niet in staat te geloven dat er voor mij belangrijker dingen zijn dan geld?' Enigszins ongerust besefte Amanda dat ze zich veel te veel aantrok van wat deze achterdochtige advocaat van haar dacht. Hoe was dat opeens zo gekomen?

'Ik zou het kunnen geloven,' zei hij, nog steeds zo droog en emotieloos als stof, 'als je wat de rest betreft de waarheid had verteld. Maar dat is niet zo... Amanda. Je zogenaamde achtergrond zit vol hiaten, je doet vaag en ontwijkend over wat je je al dan niet herinnert en niemand weet waar je de afgelopen twintig jaar hebt gezeten. Je bent plompverloren en zonder veel uitleg uit de lucht komen vallen en doet net of je aan een soort geheugenverlies lijdt, terwijl er een fortuin op het spel staat. Moet ik doorgaan?'

'Nee.' Ze keek weer naar het serene landschap dat zich voor hen uitstrekte en wou dat het in haar binnenste net zo rustig was. 'Je hebt je mening heel duidelijk gemaakt.'

'Dan begrijpen we elkaar. Ik geloof niet dat je Amanda Daulton bent en zal pas van gedachten veranderen als je heel wat meer bewijs levert dan je tot nu toe hebt gedaan.'

'Dan,' zei ze, 'is het maar goed dat Jesse hier de baas is en niet jij.'

'Pas op,' waarschuwde hij haar met een tikje scherpte in zijn lome stem. 'Als je denkt dat Sully en Reece rustig zullen toekijken terwijl jij je klauwen in Glory zet, laat je research over de familie Daulton heel wat te wensen over.'

Hij liep abrupt weg, stak het gazon over naar het pad, en verdween tussen de bomen.

Lange tijd bleef Amanda roerloos staan. Ze deed ook geen pogingen meer de situatie te ontleden. Maar haar vermoeide geest kwam niettemin tot één conclusie waar ze verder over moest nadenken. Walker McLellan begon gevoelens voor haar te ontwikkelen.

Maar ze had niet de indruk dat ze erg bij hem in de smaak viel.

'Pas op dat je niet verbrandt,' waarschuwde Maggie, die via het terras de kortste weg nam van de zijvleugel naar het voorste deel van het huis. Ze bleef staan en keek naar Amanda.

'Ik heb me met drie verschillende zonnebrandcrèmes inge-smeerd, waarvan er twee waterbestendig zijn,' antwoordde Amanda. Ze zette haar badtas naast een van de ligstoelen bij het zwembad. 'Dat doe ik net zo automatisch als me aankle-den, want ik verbrand al als ik op een zwaarbewolkte dag bin-nenshuis zit. Maar dit prachtige zwembad lonkt nu al drie da-gen naar me en ik kan de verleiding echt niet meer weerstaan.'

Maggie glimlachte. 'Dan is het maar goed dat je nu begint en niet in juli; zodra je een beetje bruin bent, kun je vanzelf be-ter tegen de zon.'

'Laten we het hopen. Jesse zei dat hij wat werk te doen had en ik had wel zin om een duik te nemen. Tussen haakjes, mag je hier 's avonds ook zwemmen?'

'Het mag wel, maar dat kun je beter niet in je eentje doen. Het huis is zo groot dat niemand je zou horen als je in moei-lijkheden zou raken.'

'Da's waar,' stemde Amanda in. 'Tussen haakjes, gaan de honden wel eens het water in?'

De huishoudster keek naar de twee grote dobermanns, die, sinds Amanda op Glory was aangekomen, niet van haar zijde waren geweken en nu aan weerskanten van de ligstoel zaten, wachtend op de dingen die komen gingen.

'Misschien doen ze dat vandaag,' zei Maggie. 'Normaal ge-sproken blijven ze bij het water vandaan, maar ze schijnen zich voorgenomen te hebben dicht bij je te blijven. Ik heb begrepen dat ze zelfs voor de deur van je kamer slapen.'

Amanda keek met voorgewende ergernis naar haar nieuwe vrienden. 'Ze zouden het liefst ín mijn kamer slapen, en nog liever bij me in bed, maar ik denk niet dat dat Jesse's bedoeling is geweest toen hij ze heeft gekocht.'

'Nee, ze worden geacht 's nachts door het hele huis te lopen.'

'Net wat ik dacht.'

'Niet dat Jesse er iets van zou zeggen als je hen in je kamer toeliet.'

Amanda glimlachte. 'Dat weet ik nog niet zo zeker. Ik breng hem sowieso al lichtelijk tot wanhoop, want ik breng niet veel terecht van zijn meest geliefde spel: schaken.'

'Trek je daar maar niet al te veel van aan. Hij heeft het ons jaren geleden allemaal geleerd, maar Walker is de enige die een beetje partij voor hem is. Hij vindt mij te voorspelbaar, Sully te roekeloos, Reece te voorzichtig, en die arme Kate brengt er helemaal niets van terecht.'

Arme Kate. Zeg dat wel. Amanda had binnen vierentwintig uur al doorgehad, dat Jesse zich tegenover zijn dochter opstelde met een onverschilligheid die haar nog erger leek dan haat, en dat Kate zich daar net zo scherp van bewust was als de rest van het huishouden.

'Nou,' zei Amanda, 'in ieder geval kan ik wel redelijk bridgen en pokeren, zodat ik niet helemáál een hopeloos geval ben.'

'Als je zou pianospelen,' zei Maggie, 'zou je helemaal perfect zijn.'

Amanda maakte de ceintuur van haar badjas los, trok hem uit en gooide hem op de stoel. Ze stapte uit haar slippers en antwoordde nonchalant: 'Helaas is dat iets wat mijn moeder me nooit heeft geleerd.'

Ze droeg een eenvoudige zwarte bikini die naar hedendaagse maatstaven vrij bescheiden was, maar toch het grootste deel van haar slanke lichaam vrijliet, en toen ze op zichzelf neerkeek wenste ze, zoals iedere zomer, dat bruin worden niet alleen ongevaarlijk was en geen rimpels veroorzaakte, maar dat ook zíj ervan kon genieten. Ze had zelfs een keer bruinmakend spul uit een flesje geprobeerd, maar haar huid had op een vreemde manier op de crème gereageerd en een allesbehalve flatteuze, gelige kleur gekregen. En zonnebaden was voor haar nu eenmaal taboe.

Het feit dat ze er vrijwel zeker van kon zijn dat haar huid veel langer rimpelloos en soepel zou blijven, omdat ze niet in de zon kon liggen bakken, was een schrale troost; ze zou dolgraag bruinverbrand willen zijn en vond het vreselijk dat ze altijd zo wit was en er zo... teer uitzag.

En dat ze zo snel blauwe plekken kreeg.

Opeens realiseerde ze zich dat Maggie al een paar minuten niets had gezegd. Toen ze naar de oudere vrouw opkeek, wist ze meteen dat er iets mis was. *O, lieve hemel, wat zou het zijn?* Christine Daulton had zelf wel pianogespeeld. Zou het...

Maggie glimlachte. 'Dat is waarschijnlijk maar goed ook,'

zei ze. 'Persoonlijk vind ik perfectie nogal saai. Maar goed, blijf dus niet te lang in de zon, Amanda.'

'Nee, ik pas wel op.'

De huishoudster liep over het terras naar de openstaande deuren van de serre en verdween in het huis.

Amanda draaide zich om en liep de brede trap af het water in. De honden leken een ogenblik te aarzelen en in de verleiding te komen ook het water in te gaan, maar bleven uiteindelijk op de rand van het bad zitten terwijl ze haar scherp in de gaten hielden. Dat had Amanda eigenlijk net zo lief. Ze ging even kopje onder en begon toen met trage bewegingen te zwemmen.

Het zwembad was zo lang dat je zelfs baantjes kon trekken en ze zwom methodisch heen en weer, steeds sneller naarmate haar spieren warm werden. Ze was dol op zwemmen en kon het goed, zodat ze er echt van genoot.

Toen ze er genoeg van had, zwom ze nog een paar langzame baantjes om haar spieren af te laten koelen en liet ze zich heel even drijven, met gesloten ogen en haar gezicht naar de zon. En meteen begon ze te piekeren.

Ze had iets gezegd waar Maggie van was geschrokken. Verdorie! Wat kon dat nu zijn? Net nu alles zo goed leek te gaan!

Want de afgelopen drie dagen waren uitzonderlijk goed verlopen. Ze was hier op dinsdag aangekomen en nu was het zaterdag, en de tussenliggende tijd was veel minder gespannen geweest dan ze had durven hopen. Jesse wilde zoveel mogelijk tijd met haar doorbrengen en zij had hem op haar beurt aangemoedigd haar veel te vertellen over Glory en de Daultons, en over de geschiedenis van de streek in het algemeen, want die kende hij goed en wist hij smeuïg te brengen.

Urenlang hadden ze over fotoalbums met opeenvolgende generaties Daultons gebogen gezeten, en over plakboeken vol knipsels uit kranten en tijdschriften waarin mijlpalen en prestaties gedetailleerd waren beschreven, door Jesse aangevuld met anekdotes uit de rijke historie van de familie.

Amanda was niet alleen heel wat meer over het huis en de bewoners te weten gekomen, maar was er tegelijkertijd in geslaagd vragen over gevoelige onderwerpen te omzeilen.

De houding van de andere leden van het huishouden was sinds die eerste avond niet veel veranderd. Maggie gedroeg zich vriendelijk maar neutraal; Kate was vrij teruggetrokken, maar deed aardig tegen Amanda wanneer ze elkaar tegenkwamen, wat, toevallig of opzettelijk, zelden gebeurde; Sully zat praktisch de hele dag in de stallen en kwam alleen thuis om te eten, en zijn houding ten opzichte van Amanda kon het beste als strijdlustig worden beschreven; en Reece was zo jongehondjesachtig vriendelijk dat Amanda hem principieel wantrouwde.

En dan had je Walker. Tot nu toe was hij iedere avond komen eten. Amanda nam aan dat hij daartoe een vrijblijvende uitnodiging had, hoewel ze dat niemand had horen zeggen. Hij zat voortdurend naar haar te kijken en, vermoedde ze, te wachten tot ze een fout zou maken, maar hoewel ze er zo goed als zeker van was dat ze meer dan eens woede in zijn ogen had zien opvlammen, hadden zich tussen hen geen verdere vijandigheden voorgedaan.

Daar moest ze waarschijnlijk blij om zijn.

Ze wist inmiddels goed de weg in het huis, kende de bewoners redelijk, en vond dat de tijd rijp was om op zoek te gaan naar de antwoorden waar ze voor was gekomen. Volgende week was het al juni, de dagen vlogen voorbij, meegevoerd op de steeds warmer wordende wind die uit het zuiden over de bergen kwam aanwaaien.

Met tegenzin verliet ze de vredige kom van het zwembad. Ze dobberde naar de trap, zette haar voeten op de bodem en liep traag de brede treden op naar de warme tegels van het terras, onderhand haar haar uitknijpend. Ze stak haar hand uit naar haar handdoek, maar haar vingers hadden die nauwelijks aangeraakt toen de honden gromden. Een langgerekt gefluit deed haar met een ruk omkijken. Ze rukte de handdoek naar zich toe voor ze zich naar de bewonderaar omdraaide.

Hoewel haar bikini vrij bescheiden was, voelde ze zich onaangenaam onbedekt en kwetsbaar, en dat gevoel werd nog sterker toen ze zich omkeerde en de man zag, die op een paar meter afstand naar haar stond te kijken. Ze had gedacht dat de tuinmannen hun werk hier rond het zwembad al hadden gedaan en allemaal aan de voorkant van het huis aan het werk waren, maar dat had ze blijkbaar mis.

Toen realiseerde ze zich dat deze man helemaal geen tuinman was. Hij was een jaar of veertig, slank en knap, en hoewel hij gekleed was in een spijkerbroek en een denim shirt met korte mouwen, had hij rijlaarzen aan. Zou hij een van de trainers of jockeys zijn?

'Jij,' zei hij met een zware, hese stem, 'bent zeker Amanda.'

Ze voelde dat haar gezicht begon te gloeien, en dat had niets te maken met de warme zon. Zijn blauwe ogen hadden de handdoek opzij gegooid, de bikini van haar lijf gerukt en haar met een snelle blik van top tot teen bekeken. Zijn stem was zo doordrenkt van wellustige waardering dat het net was alsof hij haar met wat eenlettergrepige woorden en een hand op haar achterste in bed had proberen te krijgen. Nog nooit had ze een man ontmoet waar de seks zo vanaf straalde en tot haar ergernis merkte ze dat, ofschoon ze geestelijk en emotioneel voor hem terugdeinsde, haar lichaam op hem reageerde als op een primitief dierlijk signaal waar het aan moest gehoorzamen.

'Ja, ik ben Amanda.' Ze gooide noodgedwongen de handdoek op de ligstoel en trok haar badjas aan, met spijt dat die niet wat langer was en wat meer terrein bedekte. 'En jij bent?'

'Victor. Victor Moore.' Zijn stem klonk nog steeds hees, suggestief. 'Ik heb de leiding over de fokkerij hier op Glory.'

Daarmee bedoelde hij natuurlijk de *paarden*fokkerij. Of misschien ook niet. 'Aha.' Ze had, gelukkig met weinig moeite, haar lichamelijke reactie op de man weer onder controle gekregen; het was een korte, instinctieve reactie geweest, dacht ze nu, te vergelijken met een reflex wanneer je een slang of een spin ziet.

'Ik moet Jesse even spreken,' zei hij alsof ze ernaar had gevraagd. Hij liep over de tegelrand naar haar toe. 'Ik ga morgen op reis om paarden te kopen. Ik heb het zo druk gehad met de voorbereidingen daarvoor, dat ik geen gelegenheid heb gehad om de terugkeer van de verloren kleindochter mee te vieren. Voor het geval je je dat afvroeg.'

Amanda gaf zich een houding door in de ligstoel te gaan zitten en in haar badtas naar haar zonnebril te zoeken. 'Ik dacht dat Sully de paarden kocht,' zei ze, meer om iets te zeggen dan uit belangstelling.

'Hij koopt de paarden voor de springconcoursen. En hij is verantwoordelijk voor het trainingsprogramma. Maar ik ga over de fokpaarden. Jesse houdt ervan om... de taken te verdelen, als je begrijpt wat ik bedoel.'

Dat begreep ze heel goed. Het was haar al opgevallen dat Jesse Daulton ervoor had gezorgd dat niemand hier op Glory al te veel macht in handen had, behalve hijzelf. Sully kon het volledige beheer over alles wat met de stallen te maken had best aan, en Reece had ongetwijfeld meer in zijn mars dan wat hij als onderdirecteur van Daulton Industries aan capaciteiten nodig had, maar Jesse scheen geen van zijn beide kleinzoons zoveel macht te willen geven dat ze wezenlijke invloed konden uitoefenen op het vermogen van de familie. Niet zolang hij nog leefde in ieder geval.

'Nou, je bent een aanwinst voor de familie, moet ik zeggen,' zei Victor en ging grijnzend in een ligstoel dicht bij de hare zitten.

De honden hielden hem, na hun aanvankelijke gegrom, scherp maar schijnbaar zonder achterdocht in de gaten.

'Dank je.' Amanda was blij dat ze haar zonnebril op had. Die hielp haar een neutrale uitdrukking op haar gezicht te houden. De honden vonden de man blijkbaar geen bedreiging, maar ze was zelf een andere mening toegedaan. Victor had op zijn linkeronderarm een tatoeage van een hengst die een merrie dekte. Artistiek gezien was het plaatje verrassend gedetailleerd, maar daarom was het ook erg grof.

Victor had geen erg in haar ironische toon, of trok zich daar gewoon niets van aan. Hij knikte en zei: 'Ja, een hele aanwinst. Niet gek om voor de verandering eens een Daulton-vrouw van een klein formaat te zien.'

Amanda vroeg zich af of hij zonder meer aannam dat ze was wie ze beweerde te zijn, of dat hij het verstandig vond daarover Jesse's beslissing te aanvaarden. Maar dat interesseerde haar lang niet zoveel als de bedekte belediging aan Kates adres.

'Ik zou niet weten waarom klein beter is dan lang,' zei ze droogjes. 'Vooral niet als je lang bent en er zo uitziet als Kate.'

Victor glimlachte en zei toen heel fijntjes: 'Over smaak valt niet te twisten. Persoonlijk hou ik van tengere vrouwen.'

Een visje uitgooien heeft bij hem dus geen zin. Victor, dacht ze, zou doodgemoedereerd aan het aas knabbelen en misschien zélf een visje uitgooien, maar zou niet zo dom zijn openlijk een van de Daultons te beledigen en daarmee zijn positie hier in gevaar brengen, ongeacht hoe hij over hen dacht. Amanda wist niet hoe ze dat zo zeker wist, maar vertrouwde op haar intuïtie, die al vaker betrouwbaar was gebleken.

Ze was er ook redelijk zeker van dat Victor, ondanks zijn suggestieve opmerkingen en ondanks het feit dat hij ongetwijfeld van een actief seksleven hield, waarschijnlijk zo verstandig zou zijn bij haar niet verder te gaan dan dergelijke praatjes, omdat hij anders zijn carrière vaarwel kon zeggen. Zijn sensuele manier van praten en de wellust in zijn ogen stoorden haar daarom ook minder dan anders het geval zou zijn geweest. Ze besloot op iets anders over te gaan zonder te reageren op zijn opmerking over zijn voorkeur voor kleine vrouwen.

Als ze antwoorden op haar vragen wilde, moest ze het ijzer smeden als het heet was.

'Werk je hier allang?'

'Meer dan twintig jaar. Ik ben hier als stalknecht en hulpje van de trainers begonnen toen ik nog op school zat. Weet je dat niet meer, Amanda? Ik herinner me jou wel. Je was een mager ding met kapotte knieën, je haar zat altijd in de war en je scheen voortdurend tanden aan het wisselen te zijn. In de stallen liep je iedereen de hele dag voor de voeten en als ik je weg wilde hebben, noemde ik je gewoon Mandy. Dat vond je vreselijk.'

'Dat vind ik nog steeds.' Ze sprak afwezig, maar was nu volkomen op hem geconcentreerd. 'Was je die zomer hier? Die avond?'

'Weet je dat zelf niet meer?'

Ze schudde haar hoofd. 'Ik herinner me stukjes en beetjes, maar het is allemaal erg vaag. Was je erbij?'

'Ja.' Hij schudde zijn hoofd een beetje, fronste en zei toen: 'Je kunt je Matt toch wel herinneren?'

'Matt?'

'Matt Darnell. Die was destijds de hoofdtrainer.'

Nu fronste Amanda, hoewel ze hoopte dat de zonnebril verborg hoe verbijsterd ze was. 'Kinderen letten over het algemeen niet zo op de volwassenen om zich heen,' zei ze toen.

'Toch vind ik het vreemd dat je je hem niet herinnert.' Zijn glimlach was veranderd en had een bijna spottend trekje. 'Want dat zou toch wel moeten. Als je inderdaad Amanda Daulton bent.'

Ze wist haar ontspannen houding slechts met moeite te bewaren. 'O ja? Kun jij je alle mensen herinneren die je hebt gekend toen je negen jaar was? Zelfs mensen die je maar oppervlakkig kende?'

'Nee. Maar ik denk dat ik me mijn stiefvader toch wel zou herinneren. Of is Christine niet met hem getrouwd nadat Brian was verongelukt?'

Het zonlicht op het water danste voor Amanda's ogen, zo fel en scherp dat ze er duizelig van werd. Ze hoorde haar eigen stem, die ongelooflijk kalm klonk en van heel ver leek te komen: 'Waar heb je het over?'

'Je moeder had een verhouding met Matt Darnell, Amanda. En dat moet zo zijn gebleven nadat ze was vertrokken... want hij heeft tegelijk met haar Glory verlaten.'

Wat was die schittering fel. Het deed pijn aan haar ogen. Het deed pijn in haar hoofd en maakte het denken moeilijk. 'Dat heb je mis,' hoorde ze zichzelf zeggen. 'Ze... we zijn die avond met ons tweeën weggegaan. Er was niemand anders bij.'

'Nee? Dan is het zeker puur toeval dat Matt diezelfde avond zijn koffers heeft gepakt en is verdwenen. Hoor eens, ik *weet* dat Matt verliefd was op Christine, niet alleen omdat dat duidelijk op zijn gezicht te lezen stond, maar ook omdat ik een paar keer heb gehoord dat hij haar smeekte samen met hem weg te gaan. En ik weet ook dat ze met elkaar naar bed gingen, want dat deden ze in de stallen. Ik heb ze zelfs met mijn eigen ogen een keertje bezig gezien, twee dagen voordat ze is vertrokken, in een zadelkamer, boven op een stapel paardendekens. En dat was voor hen niet de eerste keer, dat mag je van mij aannemen. Ze waren al weken aan het rampetampen.'

De man met de grove tatoeage van copulerende paarden op zijn arm stak zijn aangeboren boersheid niet onder stoelen of banken; ondanks haar verbijstering besefte Amanda dat hij het leuk vond om het overspel van haar moeder zo duidelijk voor haar af te schilderen.

'Als hij niet samen met haar is vertrokken,' zei Victor, 'is hij haar nagereisd.'

'Ik geloof er niets van,' zei ze.

'Zoals je wilt... Amanda. Ze hadden in ieder geval een verhouding. Als je daar bewijs van wilt...'

'Victor?'

Ze keken allebei om en zagen Maggie in de deuropening van de serre staan. Het was niet duidelijk of ze het laatste deel van hun gesprek bij het zwembad had gehoord; haar verweerde gezicht stond kalm en haar stem verried niets.

'Jesse zit op je te wachten,' zei ze tegen Victor.

Victor stond op en keek nog even op Amanda neer. 'Het was leuk om even met je te praten, Amanda,' zei hij op een beleefde, aangename toon.

Amanda zei niet insgelijks. Ze zei helemaal niets. Ze keek hem na toen hij over het terras naar Maggie liep en samen met haar in het huis verdween. Lange tijd bleef ze roerloos zitten, maar toen ze zich bewoog, bewoog ze zich snel. Ze pakte haar badtas en stak tegelijkertijd haar voeten in haar slippers. Toen stond ze op en liep ze het huis in.

Ze ging via de achtertrap naar boven en liep naar haar slaapkamer, blij dat ze onderweg niemand tegenkwam. De dienstmeisjes waren blijkbaar in een ander deel van het huis aan het werk, maar ze hadden Amanda's kamer al gedaan en er hing een citroengeur van boenwas.

Amanda deed de deur achter zich op slot, liet haar badtas op de grond vallen en haalde haar koffer uit de kast. Binnen een minuut lag de koffer open op haar bed en had ze een van Christine Daultons dagboeken in haar hand.

Ze herinnerde zich de passage vaag; hij stond in het dagboek over Glory en was aan het begin van die laatste zomer geschreven. Na een paar minuten bladeren had ze hem gevonden. Het was een korte paragraaf, gedateerd op de derde juni.

Vannacht droomde ik dat ik door onweer was overvallen. Het donderde zo hard dat ik er doof van werd en de bliksem-

schichten waren zo fel dat ze me verblindden, en ik wist bij-
na niet wat ik moest doen... behalve ergens schuilen en
wachten tot het voorbij zou zijn. Ik vraag me af of ik door de
storm gevangen ben, of erin mijn toevlucht zoek.

Er stond eigenlijk niets bijzonders in de tekst en Amanda had
hem pas een tikje vreemd gevonden, toen ze de dagboeken
voor de derde of vierde keer had gelezen. En dan nog alleen
omdat Christine tot dan toe nooit iets over dromen had geschreven; maar na die datum, tijdens haar laatste weken op
Glory, had ze het vaak over de storm.

Een droom over een storm... een metafoor voor een romance?

Amanda bladerde in het dagboek en liet haar ogen over de
tekst glijden. Ze las alleen bewust wanneer een sleutelwoord
haar aandacht trok. *De wind striemde zo, dat ik het nauwelijks*
kon verdragen... de slagregen prikte in mijn huid als naalden
van vuur... de donder scheen als een hartslag door mijn hele li-
chaam te echoën... ik werd meegesleurd door de storm... op de
wind gedragen... gevangen in natuurkrachten, machteloos... ik
moest buigen, me overgeven, me onderwerpen aan een kracht
die groter was dan de kracht die ik kon opbrengen om ertegen
te vechten...

Onder de lyrische beschrijvingen die op zich erg afweken
van haar normale schrijfstijl, sluimerde een duidelijke, opvallende sensualiteit. De beelden die ze opriep, waren vervuld met
emoties en een soort primitieve woede die inderdaad een storm
uitbeeldden – maar misschien was het de stormachtige, intense
kracht van een romance.

Amanda deed het boek dicht en bleef er op haar bed naar
zitten staren. Ze bedacht, zoals al zo vaak tevoren, dat er van
geheimhouding geen sprake was geweest. Op geen van de dagboeken zat een slotje en Christine had ze waarschijnlijk gewoon in een bureaula of de la van haar nachtkastje gelegd, zodat iedereen ze had kunnen lezen. En dat misschien ook had
gedaan.

Juist omdat ze een dagboek had bijgehouden dat iedereen
kon lezen, dacht Amanda, had ze goed opgepast wat ze schreef
en hoe ze dingen beschreef.

Had Christine Daulton, die de overweldigende emotie van een geheime verhouding aan het papier had willen toevertrouwen, maar op een zodanige manier dat nieuwsgierige huisgenoten niets in de gaten zouden krijgen, een eigen geheimtaal bedacht? Was de terugkerende droom over een onweer en bliksem een metafoor voor hartstochtelijke ontmoetingen? En zo ja, waren de andere cryptische aantekeningen op die gelijnde pagina's dan ook metaforen voor intieme onderwerpen en gebeurtenissen die ze op een slimme manier voor spiedende ogen verborgen had gehouden?

Over bepaalde onderwerpen was ze juist openhartig geweest. Voordat Amanda naar Glory was gekomen, had ze al geweten dat Christine die laatste jaren niet erg gelukkig was geweest. Ze had geen poging gedaan haar ontevredenheid over haar bestaan te verdoezelen. Ze had in de dagboeken meer dan eens geschreven – voornamelijk in het begin van haar huwelijk en tijdens dat laatste jaar – dat ze zich als mens 'volkomen nutteloos' voelde en dat ze er spijt van had dat ze haar studie niet had afgemaakt. Ze had ook haar mening over de mensen om haar heen op papier gezet, openhartig en, besefte Amanda nu ze een deel van die mensen kende, vaak met een scherpe intuïtie.

Maar tussen die ontboezemingen zaten hele pagina's die gevuld waren met een soort vage uitstorting van gevoelens waar Amanda niet goed uit wijs kon, *tenzij* Christine Daulton inderdaad haar meest intieme gevoelens, gedachten en ervaringen verborgen had achter een sluier van obscure verwijzingen en metaforen.

Wat het schiften van de belangrijke en onbelangrijke dingen er niet makkelijker op zou maken.

Amanda deed het dagboek over Glory weer open en las de laatste aantekening, die Christine twee dagen na hun vertrek had geschreven.

Amanda heeft bijna de hele weg geslapen, het arme kind. Ik geloof dat ze nog in een shocktoestand verkeert. Maar ze is in ieder geval veilig, weg van Glory. We zijn nu allebei veilig. En we kunnen nooit teruggaan. We kunnen geen van beiden ooit teruggaan.

'Verdomme,' zei Amanda zachtjes in de stilte van haar slaapkamer. 'Wat nu?'

Daar kon niemand haar antwoord op geven. Ze stopte het dagboek weg en zette de koffer weer in haar kast. Daarna ging ze onder de douche om het chloor van het zwembad van zich af te spoelen, droogde haar haar en bond het met een zijden sjaaltje tot een losse staart. Toen trok ze een spijkerbroek, een crèmekleurige blouse met korte mouwen en een spijkervest aan.

Terwijl ze zich aankleedde dacht ze voortdurend aan wat Victor haar had verteld. Kon ze hem geloven? Of, nauwkeuriger gezegd, kon ze het zich veroorloven hem *niet* te geloven? Want wat had hij eraan om te liegen over iets wat twintig jaar geleden was gebeurd, vooral nu de hoofdrolspelers van het drama dood of verdwenen waren? Niets, voor zover ze kon beoordelen. En hoewel de aantekeningen in de dagboeken weliswaar niets echt bevestigden, leken ze in ieder geval de mogelijkheid dat Christine een verhouding had gehad, te onderstrepen.

En waarom ook niet? In 1975 was Christine Daulton midden dertig geweest en moest ze een gezond verlangen naar seks hebben gehad, ongeacht hoe een meisje van negen haar had gezien. Amanda wist uit de dagboeken dat haar huwelijk niet probleemloos was verlopen en dat Brian Daulton zijn vrouw 's zomers vaak wekenlang hier op Glory had achtergelaten terwijl hij meedeed aan springwedstrijden.

Christine had niet echt van paarden gehouden, en hoewel ze had leren rijden, had ze dat blijkbaar niet vaak gedaan; het zou ironisch zijn geweest als haar verhouding zich had afgespeeld in 'die stinkende stallen', zoals ze ze vaak had beschreven.

'Als je bewijs wilt...'

Amanda vroeg zich af wat voor bewijs Victor bedoelde. Hij zou zich toch niet in de stallen hebben verstopt en foto's hebben gemaakt? Hoewel... waarom niet? Misschien had dat hem seksueel opgewonden, of was hij uit geweest op een salarisverhoging en had hij gedacht dat hij dat met chantage kon bereiken.

Maar misschien beoordeelde ze Victor nu te negatief.

Ze wilde hem in ieder geval nog een keer spreken. Hij wist iets, of meende iets te weten, over wat er die zomer was gebeurd, en had misschien die bewuste avond iets gezien waarmee ze geholpen zou zijn. De kans was klein, maar ze wilde het hem toch vragen. Ze moest erachter zien te komen wat er die avond was gebeurd; dat was immers een van de redenen waarom ze hierheen was gekomen.

Amanda ging naar beneden en zag Maggie in de hal bij een marmeren tafel de post sorteren. Ze vroeg of Victor er nog was.

'Nee, die is weg,' antwoordde Maggie. 'Naar Kentucky. Daar heeft iemand een aantal merries te koop.'

'Wanneer komt hij terug?'

Maggie haalde haar schouders op. 'Op z'n vroegst over een week, maar hij zal waarschijnlijk wel langer wegblijven. Maar hij heeft een autotelefoon, dus als je hem wilt bellen...'

'Nee.' Amanda toverde een glimlach te voorschijn. 'Ik wilde alleen... ik bedoel, hij werkte hier twintig jaar geleden ook al en ik had gehoopt dat hij me kon helpen wat lege plekken op te vullen.'

'Zaten jullie daarover te praten bij het zwembad? Ik dacht dat hij probeerde je te versieren.'

'Dat ook,' zei Amanda, 'maar ik had het gevoel dat hij dat automatisch deed.'

'Zo erg is het nu ook weer niet. Hij probeert niet álle vrouwen te versieren, alleen die onder de vijfenzestig. Maar hij houdt te veel van zijn werk om domme dingen uit te halen, dus heb je van hem niets te vrezen.'

Amanda knikte en vroeg toen aarzelend: 'Maggie? Kun jij me soms iets meer vertellen over die zomer? Jij was immers hier.'

Maggie was doorgegaan met het sorteren van de post en keek ook nu niet op. 'Ik was hier, ja. Maar als je met die vraag bedoelt of ik weet waarom Christine is weggegaan, moet ik je teleurstellen. Ze gedroeg zich die zomer net zo als altijd.'

Amanda wachtte een ogenblik en zei toen: 'Hadden zij en... en mijn vader geen ruzie gehad?'

'Niet meer dan gebruikelijk.'

'Ik kan me niet eens herinneren dat ze ooit onenigheid hadden.'

Nu keek Maggie haar aan. 'Dat geloof ik graag. Ondanks hun problemen waren Brian en Christine goede ouders. Ze maakten nooit ruzie als jij erbij was. Ze maakten zelfs nooit ruzie als een van ons erbij was.'

'Maar toch wist je dat ze soms onenigheid hadden,' zei Amanda langzaam.

Maggies mond krulde zich tot een vage glimlach. 'Dit is een groot huis en de muren zijn dik, maar als je samen onder één dak woont, leer je elkaar toch wel goed kennen. Ik woon hier nu al veertig jaar. De Daulton-mannen zijn bezitterig wat hun vrouwen aangaan en dat zijn ze altijd geweest. Soms wordt dat zelfs een obsessie. Dat was volgens mij bij Brian het geval. Helaas was Christine... nogal een flirt. Ze hield van mannen en vond het leuk als mannen naar haar keken. En soms zorgde ze ervoor dat Brian het zag wanneer andere mannen naar haar keken. Althans, die indruk had ik.'

'Waarom zou ze dat gedaan hebben?'

'Om hem jaloers te maken of om zijn aandacht te trekken... ik weet het niet. Het is allemaal lang geleden en ik heb er destijds niet zo op gelet. Het waren mijn zaken niet. Christine en ik waren niet wat je noemt dikke vriendinnen, dus nam ze me niet in vertrouwen. Ik had het druk met mijn eigen leven en ik heb verder nergens op gelet. Niemand wist dat die zomer belangrijk zou worden, Amanda. Als we dat hadden geweten, hadden we wel beter opgelet. Maar we wisten het niet.' Ze haalde haar schouders op. 'Het spijt me dat ik je niet kan helpen.'

'Dat spijt mij ook.' Amanda glimlachte. 'Maar ik had niet verwacht dat het allemaal van een leien dakje zou gaan. Uitzoeken wat er gebeurd is, bedoel ik. Zoals je die eerste dag al zei, twintig jaar is een lange tijd.'

Maggie knikte en gaf Amanda toen een stapeltje brieven. 'Wil je deze soms even naar Jesse brengen? Hij zit in zijn studeerkamer.'

'Zodat hij me kan klemzetten voor een nieuw lesje schaken?'

'Dat is niet meer dan je plicht,' zei Maggie.

5

In de tijd die restte tot de lunch kreeg Amanda inderdaad weer een les in schaken en ze bracht het er zo goed vanaf dat Jesse haar met een glimlach beloonde. Ze snapte eerlijk gezegd niet goed waarom hij de moeite nam haar het spel te leren en waarom hij überhaupt zelf speelde, nu hem nog maar zo weinig tijd restte. Ze ging er maar vanuit dat hij haar lesgaf, omdat het een manier was om haar vaak bij zich te hebben, en dat hij zelf speelde omdat hij een zo normaal mogelijk leven wilde leiden.

Ze wist ook niet precies hoe ze tegenover zijn ziekte stond, waar hij haar trouwens nog niets over had verteld. Hij was eigenlijk nog een vreemde voor haar, waardoor ze over het algemeen in staat was zich afstandelijk, en niet emotioneel, tegenover hem op te stellen; droefenis speelde nog geen rol, en ze wist ook niet of dat ooit zou gebeuren.

Voor zover ze kon beoordelen was Jesse niet bepaald een sympathieke man. Hij negeerde zijn dochter, behandelde zijn ene kleinzoon met een zweem van minachting en speelde de baas over de andere. Zijn werknemers respecteerden hem en waren hem trouw, maar Amanda had al gemerkt dat ze verder niet veel om hem gaven. Maar dat kon hem blijkbaar niets schelen, want hij deed geen enkele poging in de smaak te vallen bij de mensen om hem heen.

Voor Amanda scheen hij echter zijn beste beentje voor te zetten, hoewel ze er geen idee van had of dat hem veel moeite kostte. De tijd die ze samen doorbrachten, was daardoor in ieder geval aangenaam, vooral omdat hij haar onvoorwaardelijk als zijn kleindochter beschouwde.

Na de lunch vertelde Jesse aan Amanda dat hij die middag voor zaken naar Asheville moest en pas tegen de avond zou terugkomen. Asheville was de enige noemenswaardige stad in de wijde omgeving, maar Jesse vroeg niet of Amanda soms mee wilde. Pas nadat ze hem hadden uitgewuifd, hoorde Amanda van Maggie dat die 'zaken' in werkelijkheid de wekelijkse behandeling voor Jesse's ziekte waren, en dat hij daar altijd in zijn eentje naar toe ging.

'Hij wil per se niemand mee hebben,' legde de huishoudster uit nadat de grote Cadillac, met Jesse vorstelijk achterin, uit het gezicht was verdwenen.

'Ik neem aan dat hij zich na zo'n behandeling erg ziek voelt,' zei Amanda, die er huiveringwekkende verhalen over had gehoord. Toen ze zo naast Maggie op de veranda stond te staren naar de plek waar de auto was verdwenen, voelde ze een steek van medelijden.

'Nogal ja,' zei Maggie. 'De artsen laten uiteraard geen enkel middel onbeproefd. Dat moet wel, als ze hem willen genezen.' Amanda keek de oudere vrouw verbaasd aan. 'Genezen? Maar ik dacht... dat wil zeggen... Sully zei dat hij ongeneeslijk ziek was.'

Nu keek Maggie verbaasd, zelfs geërgerd. 'Welnee. Er is meer voor nodig dan een paar tumors om Jesse klein te krijgen. Hij redt het best. Dat zul je zien.'

'Laten we het hopen,' zei Amanda langzaam.

Maggie glimlachte tegen haar. 'Wacht maar af. Zei je niet dat je een wandeling wilde maken, Amanda?'

'Ja, dat leek me wel een goed idee. Ik wil iets meer van het terrein verkennen.'

'Heb je de kaart bij je?'

Amanda klopte op de zak van haar spijkerbroek. 'Jesse heeft er een kopie van gemaakt. Maak je alsjeblieft geen zorgen, ik verdwaal heus niet.'

'Blijf in ieder geval op de paden en pas op voor slangen.'

Amanda glimlachte bevestigend en wachtte tot Maggie naar binnen was gegaan, voor ze het brede bordes afliep. Zoals gewoonlijk gingen de honden met haar mee en zoals gewoonlijk praatte ze onderweg tegen ze.

'Welke kant zullen we op gaan, jongens?' De dobermanns keken naar haar op, attent, maar niet erg behulpzaam. Het waren erg stille beesten; ze had ze nog nooit horen blaffen. Amanda zuchtte en keek naar het pad dat naar King High voerde. Onbewust schudde ze haar hoofd. Nee. Niet die kant op.

De kaart liet een wirwar van paden zien. De meeste waren ruiterpaden, die gebruikt werden om paarden te trainen voor cross-country-evenementen. Dat vond ze een beetje eng, maar gelukkig waren paarden geen dieren die stilletjes aankwamen en plotseling voor je neus stonden, zodat ze tijd genoeg zou hebben om opzij te springen als er een kwam aangalopperen.

'Noordwest,' besliste ze nadat ze de kaart had bekeken. 'In de heuvels daar zijn heel wat paden waar ik uit kan kiezen. Goed, jongens?'

Aangezien het antwoord van de jongens uit niet meer dan een trouwe blik bestond, ging ze met fikse pas op stap, de naar kamperfoelie geurende lucht opsnuivend. Het was nog niet echt warm, al kon je voelen dat de hitte van de zomer in aantocht was. Het zachte briesje was net genoeg om de lucht te verplaatsen, en de zon stond hoog. Amanda had haar zonnebril niet meegenomen, omdat ze wist dat ze het grootste deel van de tijd in de bossen zou lopen, en moest daarom haar ogen tot spleetjes knijpen tot ze in de schaduw van de bomen was gekomen die de berghellingen in de noordwesthoek van het landgoed bedekten.

Ze had er geen enkele moeite mee het pad te volgen, want dat was duidelijk gemarkeerd door de vele hoeven die er al jaren overheen denderden. Het liep slingerend tussen de bomen en werd hier en daar versperd door hindernissen, zoals een omgevallen boom of een door mensenhanden gemaakte horde, waar Amanda zich een weg omheen moest zoeken. Ze glimlachte inwendig om de honden die zelf een taakverdeling schenen te hebben gemaakt: terwijl de ene dicht bij haar in de buurt bleef, stoof de andere in een uitbarsting van energie het bos in. Een paar minuten later kwam hij dan weer te voorschijn om zijn partner af te lossen.

Amanda vroeg zich af waartegen ze meenden haar te moeten beschermen, maar schudde die gedachte van zich af.

Het pad steeg zo geleidelijk, dat ze verbaasd keek toen ze bij een klip uitkwam en zag hoe hoog ze stond. Door een opening tussen de bomen zag ze de achterkant van het huis en een deel van de tuin, groene weiden met grazende paarden, en daarachter, in de verte, de eerste van de vier stallen.

Ze zag ook...

Amanda knipperde met haar ogen, kneep ze tot spleetjes en tuurde in de verte. Ja hoor, ze zag twee mensen in de tuin. Vanaf de begane grond waren ze waarschijnlijk tegen nieuwsgierige ogen beschermd, want ze bevonden zich in een afgelegen hoekje van de tuin, op een lapje gras, dat omgeven was door hoge heggen en een schutting van latwerk waar rode en witte klimrozen tegen groeiden. Het gras was door die beschutting vast erg zacht.

Dat laatste hoopte Amanda tenminste voor het tweetal, want zelfs vanaf deze afstand was overduidelijk wat ze aan het doen waren.

'Kijk eens aan,' zei ze geamuseerd tegen de hond die op dat moment bij haar was. 'Als de kat van huis is, dansen de muizen op tafel. Ik denk niet dat Jesse het goedvindt, dat er zoiets in zijn tuin wordt gedaan. En nog wel op klaarlichte dag.'

Die Kate... dat had ze nooit achter haar gezocht. Want het móest Kate wel zijn; het glanzende zwarte haar, dat onkarakteristiek los om haar schouders hing, maakte zelfs op deze afstand een vorstelijke indruk. Bovendien had Amanda op Glory geen andere vrouw met gitzwart haar gezien.

'Stille wateren,' zei Amanda vertrouwelijk tegen haar metgezel. 'Zo zie je maar weer.' Ze vond het nogal grappig en voelde zich onverklaarbaar vrolijk.

Met een slechts oppervlakkig schuldgevoel dat ze niet meteen wegkeek (ze kon immers niets zien dat echt van belang was, suste ze haar geweten), bekeek Amanda nu de man. De man die geen donker haar en een haviksneus had, daar was ze zeker van. Integendeel, hij was hoogblond. En aangezien zijn brede schouders momenteel niet bedekt werden door een overhemd, zag ze ook dat hij lekker bruin was.

Amanda had weliswaar nog niet met iedereen op Glory kennisgemaakt, maar...

'Ik durf er iets om te verwedden,' zei ze tegen de hond, 'dat ik weet wie dat is. Wat een stiekemerds; daar heb ik niets van gemerkt. Waarom denk je dat Kate in het geheim met een van de trainers aan de rol gaat? Ze is oud genoeg om te doen wat ze wil en ik denk niet dat het Jesse veel kan schelen met wie ze naar bed gaat. Denk je dat ze haar reputatie hoog wil houden?'

De hond – het was Gacy; ze kon ze inmiddels uit elkaar houden – luisterde aandachtig, maar bracht natuurlijk geen eigen mening te berde. Even later kwam Bundy terug en wisselden de dieren weer van plaats. Gacy holde weg om een eindje verderop een doornstruik te inspecteren, terwijl Bundy naast Amanda ging zitten en haar vragend aankeek.

'Het is je eigen schuld dat je niets hebt gezien,' zei Amanda streng tegen hem. 'Had je maar eerder moeten komen.' Ze lachte een beetje om zichzelf en draaide zich om, Kate en haar minnaar weer alleen latend in hun besloten hoekje.

Als ze nog wat hoger klom, kon ze vast heel Glory in de diepte zien liggen, dacht ze, en besloot door te lopen tot ze zo'n plek had gevonden. Niet dat ze Kate en Ben wilde bespioneren; ze wilde alleen Glory van een grotere afstand en zo mogelijk van een neutralere plek bekijken.

Het pad werd allengs steiler, zodat ze af en toe moest blijven staan om op adem te komen. Ze bedacht wrang dat het leven in de stad de zintuigen afstompte en de benen veel te afhankelijk maakte van wielen om ergens te komen.

Opeens merkten Amanda en de honden dat ze niet meer alleen waren. Amanda hoorde het geluid van naderende hoeven en voelde, lang voordat ze de paarden zag, de grond onder haar voeten trillen, zodat ze voldoende tijd had om bij het pad weg te komen. Ze was er al zo'n acht tot tien meter van verwijderd, verder bergopwaarts klimmend, toen drie paarden langsgaloppeerden. De ruiters, hun kwetsbare menselijke hoofden beschermd door valhelmen, zaten ineengedoken en naar voren geleund in de stijgbeugels terwijl de paarden het steile pad namen.

Vanaf haar hoge positie kon Amanda hen ongemerkt bekijken en ze voelde niet meer dan een vage, afstandelijke belangstelling. Zo te zien waren het ervaren ruiters, twee jonge vrouwen en een jongeman. Een van de vrouwen reed voorop op een grijs paard, terwijl de anderen haar op roodbruine paarden volgden. Geconcentreerde menselijke gezichten, machtige spieren die onder glanzende pelsen bewogen, denderende hoeven, zwoegend snuiven, het tikken van metaal op metaal en het kraken van leer.

Toen, op het moment dat de paarden om een bocht in het pad verdwenen, draaide de wind en rook Amanda de warme, ietwat muffe geur van paarden, zweet en leer. Haar maag kromp pijnlijk ineen en ze werd zo duizelig dat ze op haar benen stond te zwaaien en zich aan een tak moest vastgrijpen om haar evenwicht niet te verliezen. Ze hief haar hand op om het koude zweet van haar bovenlip te vegen. Haar ademhaling leek erg luid in haar eigen oren.

'Het wordt steeds erger,' mompelde ze, en die wetenschap was zowel onrustbarend als dreigend.

In het begin was het meegevallen, maar tijdens haar derde dag op Glory was een korte windvlaag uit de richting van de stallen of de weiden voldoende geweest om haar een misselijk en beverig gevoel te geven. En gisteravond was ze wakker geschrokken uit een nachtmerrie waarvan ze zich niets herinnerde, behalve dat alles naar paarden had geroken en ze doodsbang was geweest.

Ze wist niet wat het betekende, alleen dat die vreemde gewaarwordingen – haar reactie op paarden en de nare droom – een gevoel van paniek en misselijkheid in haar opwekten, dat haar lange tijd bijbleef, zodat ze soms uren later nog een bijna niet te beheersen aandrang voelde om de benen te nemen, te vluchten voordat...

Voordat wat? Amanda wist het niet, net zo min als ze wist waarom ze zo bang was voor paarden. Ze kon zich niet herinneren of ze ooit van een paard was gevallen of op een andere manier gewond was geraakt vanwege een paard. Daarover had ze Jesse en de anderen gewoon iets op de mouw gespeld. Ze wist alleen dat ze bang was voor paarden; en niet eens voor de dieren zelf, maar voor hun geur.

Ze probeerde het angstgevoel van zich af te zetten, maar dat lukte haar niet. De geur van de paarden was door de wind allang weer meegenomen, maar ze beefde nog steeds.

'Laat Glory vandaag maar zitten,' zei ze tegen de honden en hoorde zelf de trilling in haar stem. Ze kon een andere keer wel naar een uitkijkpunt zoeken. Ze vouwde met beverige vingers de kaart open en zocht naar een voetpad, dat haar ver van de ruiterpaden terug zou voeren naar het huis. Nog geen minuut later, met de zichtbaar ongeruste honden vlak naast zich, draaide Amanda zich om en begon ze de berg weer af te dalen.

'We zijn stapelgek,' zei Kate. 'Op het gras als een stelletje tieners... Iedereen kan ons hier betrappen, weet je dat?'

'Niemand zal ons betrappen,' zei Ben. 'De tuinmannen zijn klaar met hun werk, Maggie zit binnen en je zei dat Amanda een eind is gaan wandelen. Alle ruiters en trainers blijven nog minstens een uur weg, Sully is samen met de hoefsmid aan het werk en Jesse komt vanavond pas terug. Bovendien zitten we hier veiliger dan op veel van de andere plekjes waar we zijn geweest.'

'Het is onbehoorlijk. En ik krijg die grasvlekken natuurlijk nooit uit mijn blouse,' zei Kate, maar ze maakte niet de indruk dat die dingen haar erg dwarszaten. Ze rekte zich lui uit, waardoor haar naakte borsten rezen en haar buik onder haar ribbenkast een holletje vormde. Ben keek met puur genot naar haar.

'Je bent erg mooi, Katie.'

'Noem me niet zo,' zei ze meteen.

'Dat vind ik juist leuk,' zei hij.

'Ik niet.'

Zoals gewoonlijk hadden ze zich slechts gedeeltelijk ontkleed. Ben had zijn schoenen nog aan en had nu zijn spijkerbroek weer omhooggetrokken, maar de gulp stond nog open. Zijn overhemd, waaraan nu minstens twee knopen ontbraken, hing scheef over het stenen bankje naast hen. Kate had haar rok weer naar beneden getrokken, maar haar blouse hing nog los.

Ze had geen slipje of beha gedragen en toen Ben dat had beseft, had hij als een razende in de tuin naar een beschut hoekje gezocht. Hij had er geen moment aan gedacht dat ze wel erg dicht bij het huis waren – dichterbij dan ooit tevoren – en dat kon hem ook nu niets schelen.

Het grasveldje lag op dit uur van de dag half in de schaduw, maar de zon stond nog hoog zodat het gebladerte van de bomen vlekkerige lichtplekjes op de grond wierp en verleidelijke schaduwen over Kates gouden huid liet spelen. Ben vond het heerlijk om naar haar te kijken en wou maar dat ze een keer de tijd zouden hebben en een plaats konden vinden waar hij haar helemaal naakt kon zien, en net zo lang naar haar kon kijken als hij wilde.

Een bed zou fijn zijn. Een hele nacht in een bed zou nog fijner zijn. Naast Kate wakker worden, dacht Ben, zou het allerfijnst zijn. Hij vroeg zich af hoe ze op hem zou reageren, nog maar net wakker, haar slanke lichaam loom van de slaap. Opeens werd hij gegrepen door een diep verlangen om dat te verwezenlijken.

Maar hoe moest hij dat voor elkaar krijgen, zolang Kate de tijd die ze samen doorbrachten per minuut afmat?

'Waarom kunnen we nooit een hele nacht bij elkaar blijven?' hoorde hij zichzelf vragen.

'Je mag van mij best naar het huis komen,' bracht ze hem in herinnering, 'maar dat wil je niet.'

'Ook dan zou je het niet goedvinden dat ik de hele nacht bleef.'

Haar zwijgen was een bevestiging.

'Ik heb een bed, weet je,' verklaarde Ben. 'Een heel fijn bed in een leuke, rustige kamer. Waarom slapen we daar nooit de hele nacht?'

'Ik ben te oud om bij dageraad stiekem naar mijn kamer terug te gaan,' zei Kate, met iets van bitterheid in haar stem. Ze trok haar blouse dicht, hief haar handen op naar haar haar en fronste. 'Wat zullen we nu krijgen?'

Ben grinnikte en boog zich over haar heen om haar te kussen. 'Sorry, maar ik zie je zo graag met je haar los. Ik heb de spelden eruit getrokken, omdat ik het wilde zien bewegen toen je boven op me zat.'

En het had vast nogal wild bewogen toen ze boven op hem zat, dacht Kate, want ze was bijzonder... actief geweest. Tot haar verbazing voelde ze haar wangen gloeien; ze had gedacht dat ze de leeftijd van blozen allang te boven was, zeker wanneer ze bij een man was, en ze had zich nooit gegeneerd gevoeld om iets wat ze met Ben had gedaan of tegen hem had gezegd, maar nu scheen hij toch iets gevonden te hebben waarmee hij haar in verlegenheid kon brengen.

'Verdomme,' mompelde ze. Ze ging zitten en probeerde enige orde in haar haardos te brengen. 'Je weet best dat ik geen haarborstel bij me heb. Wat zal Maggie wel denken...'

'Ze is je kindermeisje niet meer, Kate, al heel lang niet.' Ben trok haar weer naast zich neer en begon genietend met zijn lange vingers haar losse haar te kammen.

Ze wist dat ze moest protesteren, of in ieder geval opstaan. Ja, ze moest opstaan, haar kleren rechttrekken, op een luchtige manier afscheid van hem nemen en snel weggaan, zoals ze altijd deed.

Maar ze wilde niet opstaan. Niet nu. Nog niet. Het voelde zo heerlijk aan, zijn handen op haar hoofdhuid, het sussende en tegelijkertijd prikkelende gevoel wanneer hij haar haren liet uitwaaieren en terugvallen. Ze kon zo de hele dag wel blijven liggen. Hij duwde de panden van haar blouse opzij om haar borsten weer te ontbloten en begon haar traag te strelen, terwijl zijn mond zich weer op de hare sloot met kussen zo diep dat ze het gevoel kreeg dat ze helemaal in hem opging.

Er was altijd een ogenblik, het moment waarop het verlangen naar hem in haar opwelde, dat Kate zich eigenaardig onzeker voelde. Dat had ze bij andere mannen nooit gehad, dat gevoel van kwetsbaarheid dat zich als een kort ogenblik van holle paniek manifesteerde, en wanneer ze met Ben samen was, duurde het nooit lang genoeg om haar de gelegenheid te geven het te analyseren. Maar iedere keer dat het gebeurde, werd ze er zo nerveus van dat ze dacht: *Dit is de laatste keer.*

Tot de volgende keer.

'Nu is het mijn beurt,' zei hij zachtjes met zijn mond op de hare, 'om al het werk te doen.' Hij hief haar armen op tot ze in het gras boven haar hoofd lagen. 'Nu moet je je niet bewegen. Alleen maar voelen.'

Dat deed ze en het gevoel van paniek verdween als sneeuw

voor de zon. Begeerte, scherp en hongerig, stroomde door haar heen en schoof al het andere opzij.

Ze kreunde toen hij zijn gezicht langzaam tegen haar borsten op en neer wreef. De contrasterende prikkelingen van zijn zachte lippen en zijn lichte stoppelbaard maakten haar helemaal wild. Ze gaf zich volledig aan hem over, met gesloten ogen, halfnaakt op het gras uitgestrekt als een dom, gewillig, heidens offer.

Hij kende haar goed. Wetende vingers streelden haar en vonden moeiteloos de weg naar de gevoeligste plekjes van haar lichaam, plekjes die alleen een onzelfzuchtige minnaar had kunnen ontdekken. Hij wist dat als hij zijn lippen vlak onder haar linkeroor heen en weer liet glijden, haar hele lichaam begon te beven van genot. Hij wist dat de zijdeachtige huid aan de binnenkant van haar ellebogen supergevoelig was, net als de onderkant van haar borsten, en de hele oppervlakte rond haar navel.

Hij wist dat ze een kreunend geluid van begeerte zou maken als hij haar onderlip zachtjes tussen zijn tanden pakte, en dat ze naar adem zou snakken als hij aan het kleine moedervlekje vlak onder haar linkerborst likte, en dat ze zou gaan kreunen en haar rug krommen als hij zijn vingertoppen over haar ruggengraat liet glijden.

Ben wist dat allemaal en gebruikte die kennis nu om Kate zo op te winden dat ze er bijna gek van werd. Hij ging dit keer zelfs nog verder en prikkelde haar op een manier die hij nog nooit eerder had gebruikt, iedere streling rekkend tot ze kronkelde van begeerte.

Toen hij eindelijk toegaf aan haar hese smeekbeden en zich tussen haar trillende dijen plaatste, had hij zichzelf zo lang moeten inhouden dat zijn eigen begeerte hem wild en een beetje ruw maakte. Hun hartstocht was altijd explosief, maar dit keer had het iets fels en primitiefs.

Kate had het verschil in de gaten, maar kon er niet over nadenken; haar lichaam was volkomen overgeleverd aan wat het voelde en haar geest werd erdoor geplet als door de pure kracht van een orkaan. Ze rook de bedwelmende geur van rozen en hoorde vogels zingen, en toen haar hoogtepunt eindelijk kwam, schreeuwde ze onsamenhangende dingen en vergat ze stil te zijn. Ook Ben slaakte een kreet, terwijl zijn machtige lichaam sidderde van genot, en Kate klampte zich aan hem vast met een plotseling gevoel van paniek, het gevoel dat ze absoluut geen controle meer had over de situatie, en zichzelf.

Ben was de eerste die zich daarna weer bewoog. Langzaam duwde hij zich omhoog. Hij kuste haar niet, zoals hij na de seks meestal deed, en er lag een ongewoon gespannen uitdrukking op zijn gezicht. Hij bleef op zijn knieën tussen haar benen zitten, hees zijn spijkerbroek omhoog en trok de rits dicht, terwijl hij zwijgend op haar neerkeek.

Zonder aanwijsbare reden voelde Kate opeens iets van angst over zich heen komen. Het aangename, lome gevoel dat altijd op haar orgasme volgde, was veel te kort; ze moest haar uitgebluste spieren dwingen haar bevelen op te volgen. Ze ging zitten en schoof wat achteruit over het gras zodat er ruimte tussen haar en Ben kwam en ze haar benen kon sluiten, terwijl door die beweging tegelijkertijd haar rok teruggleed over haar heupen en bovenbenen. Ze trok de panden van haar blouse over haar borsten en begon de knoopjes dicht te maken, volkomen geconcentreerd op die taak.

'Kate.'

Hij had haar haarspelden natuurlijk her en der in het gras laten vallen, dacht ze. Die vond ze nooit meer terug. Hoe moest ze nu haar haar opsteken? Iedereen die haar zou zien, zou *weten*...

'Kate, kijk me eens aan.'

Dat deed ze, maar ze sprak voordat hij iets kon zeggen. 'We kunnen elkaar de komende tijd niet meer ontmoeten,' zei ze, alsof het om iets onbelangrijks ging. 'Ik krijg het erg druk.'

Ben was allerminst verbaasd. 'Begint het te intiem te worden?' 'Ik snap niet waar je het over hebt.' Maar de ontkenning kwam te snel, te fel, en Kate wist dat.

'Doe je het altijd op deze manier?' Bens stem bleef eigenaardig effen. 'Een minnaar wil te veel, begint je anders te bekijken of vraagt waarom hij niet de hele nacht bij je kan blijven, dus kap je met hem.'

'Ik zei niet dat het uit is tussen ons, alleen dat...'

'Je zult het deze zomer niet drukker krijgen dan anders.'

'Ik werk drie middagen in de week als vrijwilligster op de kliniek,' zei ze. 'Ik heb beloofd mee te helpen met het inzamelen van geld voor het nieuwe park en...'

'Kate, je hoeft niet meteen in de verdediging te gaan. Ik zei niet dat je het niet druk hebt. Ik weet dat je veel tijd besteedt aan liefdadigheidswerk en dat je ook de boekhouding van Glory doet. Daar gaat het niet om. Waar het om gaat, is dat je nu al zes maanden lang wél altijd tijd hebt gevonden om bij me te komen.'

'Ik wil meer tijd vrijmaken voor Jesse. Hij...'

'Jesse,' zei Ben ijzig, 'wil zijn tijd aan Amanda besteden.'

De adem stokte in haar keel alsof ze een stomp in haar maag had gekregen. 'Ik wist wel, dat je een vuile schoft bent.'

'Omdat ik je de waarheid vertel? Kate, wanneer zul je het feit accepteren – het *feit* – dat er tussen Jesse en jou niets zal veranderen, ongeacht wat je doet? Tot hij in zijn graf wordt gelegd, zal hij voor jou niets anders voelen dan onverschilligheid, en hoe eerder je dat beseft, hoe eerder je een eigen leven zult krijgen.'

'Ik heb een eigen leven!'

'Je leeft voor Jesse. Je loopt als een plichtsgetrouwe dochter achter hem aan, met een gretige behulpzaamheid, bereid om alles te doen wat hij verlangt, altijd lief en bedaard, en altijd een gewillig doelwit als hij zijn woede ergens op wil afreageren. Je staat in zijn schaduw en hoopt tegen beter weten in dat hij een keer naar je zal glimlachen of iets aardigs tegen je zal zeggen, maar dat zal nooit gebeuren.'

Kate lachte, maar het deed pijn in haar keel. 'Wie heeft jou een vergunning gegeven om als psycholoog op te treden?'

'Niemand, maar ik heb als bijvak psychologie gestudeerd. Ik leef niet alleen voor paarden, weet je. Althans, dat zou je hebben geweten als je genoeg om me had gegeven om naar zulke dingen te vragen.' Hij keek haar aan alsof hij inderdaad een psychiater was en zij bij hem op de sofa lag. 'Je wilt pappa's kleine meisje zijn, Kate, maar dat kan pappa geen donder schelen. En als dat ene, maar grote verschil er niet was geweest, zou je een van die befaamde ouwe vrijsters zijn geworden die we allemaal uit boeken kennen, verzuurde vrouwen die hun pappa lang nadat hij is gestorven, nog aanbidden en te zijner eer en glorie in een mausoleum leven.'

Met lippen zo strak dat ze als verdoofd aanvoelden, vroeg ze: 'Welk verschil bedoel je?'

Hij glimlachte humorloos. 'Dat jij geen maagd bent. Integendeel.'

Ben greep haar pols toen ze haar hand ophief om hem te slaan, en beantwoordde de vlammende blik in haar zilverachtige ogen met dezelfde onontkoombare kracht. 'Beledigd, Kate? Niet nodig. Het maakt mij geen donder uit hoeveel mannen je hebt gehad. Ik vind het zelfs niet erg om gebruikt te worden als een object waar je op kunt afreageren, wanneer je dat nodig hebt. Maar denk niet dat ik lijdelijk zal toelaten dat je me aan de kant schuift, omdat ik meer wil dan jij bereid bent te geven. Ik heb je al vaker gewaarschuwd, Kate, ik ben geen stuk speelgoed, ik ben een man.'

Ze lachte met een broos geluid. 'Je hebt gekregen wat je wilde, en zeg niet dat dat niet waar is.'

'Dat was zo in het begin. Maar nu wil ik meer.'

'O, ik snap het.' Kates glimlach was bitter. 'Je wilt niet het schoothondje van een rijke vrouw zijn, maar je hebt niets tegen een vergoeding voor al je extra... werk. Hoeveel?'

Ben duwde haar arm met een gebaar van walging van zich af en keek haar woedend aan. 'Als je zulke dingen denkt, kun je voor mijn part naar de hel lopen.' Hij stond op, pakte zijn overhemd en trok dat met nijdige gebaren aan. 'Zoek maar een andere dekhengst.'

'Dat zal ik doen,' beet ze hem toe.

'Ga je gang. Maar als je probeert Jesse te straffen door van de ene man naar de andere te hollen, kun je je de moeite besparen. Dat kan hem geen barst schelen.'

'Ik snap niet waar je het over hebt,' zei ze met een stem waar de ijspegels vanaf dropen.

'O nee? Dan zal ik het je uitleggen. Jesse weet het van ons. Hij heeft altijd alles over je mannen geweten.'

Ze knipperde geschrokken en haar verontwaardigde woede stroomde uit haar weg alsof er een bres in haar verdedigingswerken was geslagen. 'Nee... hij heeft nooit gezegd...'

'Het is waar. Het kan hem niets schelen.' Bens stem klonk scherp, afgebeten. Hij stopte met rukkerige bewegingen zijn overhemd in zijn broek.

Kate schudde haar hoofd. 'Wel waar. Al was het maar... vanwege onze reputatie,' zei ze, bijna fluisterend.

Ben schudde medelijdend zijn hoofd. 'Jesse's reputatie is onaantastbaar, ongeacht wat de rest van de familie doet, en dat weet hij. Bovendien hebben de Daultons altijd bekendgestaan om hun... amoureuze capriolen. Dat heeft hij zelf tegen me gezegd, Kate. Hij wenste me veel geluk met jou. Hij zei dat niemand het ooit lang volhield. Hij zei zelfs dat hij erover zat te denken officieel een taak toe te voegen aan de plichten van Glory's trainers. Een goede trainer moet een dozijn paarden en ruiters tegelijk in de gaten kunnen houden. Ze voorbereiden op concoursen. Goede resultaten boeken. En Kate neuken.'

'Dat is niet waar...'

'Jawel. Dat heeft hij letterlijk gezegd.'

'Dat geloof ik niet,' zei ze dof.

'Jawel, je gelooft het wel. Want wanneer je je roze bril afzet, zie je hem net zo als iedereen, en weet je dat hij ertoe in staat is.'

Kate keek Ben met een blik vol haat aan. 'Ga weg. Hoor je me? Ga weg en blijf weg!'

'Graag.' Hij liep langs de klimrozen, keek bij de opening in de heg nog even om en verdween toen. Kate bleef in haar eentje achter op het beschaduwde gras.

Ze zat daar op de grond, met haar lange benen naar een kant gevouwen, haar rok gladgetrokken en haar blouse netjes dichtgeknoopt en ingestopt. Opeens hoorde ze een jammerend kreetje en merkte ze tot haar grote schrik dat het van haarzelf afkomstig was. Ze drukte haar vingers hard tegen haar lippen om de pijn te stillen en het beven tegen te gaan, en om voldoende zelfbeheersing terug te krijgen om op te kunnen staan en naar de veiliger beschutting van haar slaapkamer te vluchten.

God, wat deed dat pijn. Het deed pijn omdat ze ieder afgrijselijk woord dat Ben haar naar het hoofd had geslingerd, geloofde, en omdat ze wist dat hij de waarheid had gesproken.

107

Het deed pijn omdat wat hij haar over Jesse had verteld – over wat Jesse tegen hem had gezegd – het ultieme verraad was, een ongekend kille reactie van een vader op de seksuele gevoelens van zijn dochter. Het deed pijn omdat daarmee het laatste wankele restje hoop dat ze nog had gekoesterd, dat Jesse ondanks al het bewijs van het tegenovergestelde, van haar hield, de grond in was geboord.

Ze betekende niets voor hem. Minder dan niets.

Haar hele lichaam deed pijn.

Ze dwong zichzelf overeind te komen en toen ze op haar trillende benen stond, leidde een nieuwe schok haar af van haar leed. Voor het eerst van haar leven voelde ze het warme, vochtige zaad van een man langs haar dijen druipen en besefte ze dat Ben tijdens die tweede hartstochtelijke gemeenschap geen condoom had gebruikt.

Ze had daarop moeten letten, want het was net zo goed haar verantwoordelijkheid als de zijne. Waarom had ze dat dan niet gedaan? Twintig jaar lang had ze zich niet één keer zo volkomen aan een man overgegeven, dat ze er niet aan had gedacht te controleren of hij een condoom gebruikte; ze had er geen zin in gehad geconfronteerd te worden met de problemen van een ongewenste zwangerschap.

En alhoewel ze zich nu geen zorgen hoefde te maken dat ze zwanger zou worden, omdat ze al bijna een jaar aan de pil was vanwege een storing in haar hormoonbalans, was ze danig van streek over dit ongehoorde gebrek aan voorzichtigheid. Waarom had ze Ben er niet aan herinnerd? Waarom had ze het niet eens *gemerkt?*

En waarom had Ben, die haar wensen tot nu toe altijd zo stipt in acht had genomen, het dit keer vergeten?

Kate wreef verontrust haar voorhoofd, deed een flauwe poging om haar haar in model te krijgen en keek op zichzelf neer. De rug van haar blouse was waarschijnlijk één grote groene vlek en er zat vast en zeker ook gras in haar haar. Ze wist dat haar lippen gezwollen waren, want ze waren warm en gevoelig, en haar borsten voelden zwaar, kwetsbaar en gevoelig aan. Ze wist dat iedereen aan haar zou kunnen zien dat ze net seks had gehad.

'Dat jij geen maagd bent. Integendeel.'

Dat je goedkoop bent, had hij bedoeld. Ze was goedkoop. Ze had zich aan te veel mannen gegeven, meestal om de verkeerde redenen, en wat had ze aan die korte verhoudingen overgehouden? Niets.

Haar leven verstreek in een razend tempo en wat had ze nu eigenlijk? Geen carrière, geen interessante hobby om haar tijd mee te vullen, geen talent om te ontwikkelen. Ze had geen man, geen kind, geen eigen huis, want Jesse liet Glory nu natuurlijk na aan Amanda, of, als dat niet mocht lukken, aan een van de jongens, waarschijnlijk aan Sully. En als het toch Amanda werd en als die zou willen dat zij, Kate, hier bleef wonen, zou dat niet haalbaar zijn.

Ze kon ergens een huis kopen, dacht ze vaag. Ze had het geld dat ze had geërfd van de moeder die ze nooit had gekend. Dat was meer dan genoeg voor een huis... en een zelfstandig leven.

Maar het huis zou Glory niet zijn en het leven... Wat voor leven zou het zijn? Ook wat dat betreft had Ben gelijk. Ze had geen eigen leven. En wanneer Jesse zijn laatste adem uitblies, zou zelfs wat ze nu had, samen met hem in het graf verdwijnen.

Ze had haar hele leven geprobeerd haar vader te dwingen naar haar te kijken, haar te *zien* – zo niet als een geliefde dochter, dan in ieder geval als iemand die meetelde, maar wat ze ook deed, hoe hard ze er ook voor had gewerkt, het was nooit genoeg geweest.

Het zou nooit genoeg zijn.

Kate voelde zich op dat moment erg eenzaam en de pijn was ondraaglijk.

Walker zag eerst de hond en bleef staan toen het grote bruinzwarte dier naar hem toe holde. 'Dag, Bundy. Wat doe jij zo ver van huis?' De dobermanns waren getrainde waakhonden en bleven meestal dicht bij het huis; hij kon zich niet herinneren ze ooit hier helemaal te hebben gezien.

Bundy liet zich achter zijn kleine, spitse oren krabben, draaide zich toen met een sprongetje om en liep een paar meter weg. Hij bleef staan en keek kwispelstaartend om naar Walker.

'Goed, Lassie,' zei Walker, om zichzelf lachend dat hij in het gedrag van de hond menselijke intelligentie, of in ieder geval een vermogen tot nadenken, zag. 'Ik ga wel mee.'

Hij liep achter het dier aan en pas toen hij boven op een heuvel stond waar hij uitzicht had over een vrij stuk terrein, besefte hij dat hij onbewust al had verwacht Amanda samen met de andere hond aan te treffen. Het was hem de afgelopen dagen, wanneer hij 's avonds op Glory was, al opgevallen dat de honden haar hadden geadopteerd, en Jesse had trots gezegd dat Amanda hun hart had veroverd.

Na een korte aarzeling liep Walker de lage heuvel af naar haar toe. Ze had hem niet in de gaten. Ze stond met haar handen in haar zij en een lichte frons op haar voorhoofd het kale terrein te bekijken.

'Dit noemen ze hier een kale kop,' zei Walker.

Ze schrok hevig en keek woedend naar hem om. 'Godallemachtig, sluip je altijd zo stiekem op mensen af?'

Het was de eerste keer sinds ze elkaar hadden leren kennen dat ze naar hem keek zonder die argwanende blik in haar ogen en Walker zag tot zijn genoegen dat ze opeens een heel ander mens leek. Levendiger en levenslustiger. Jonger, leek het wel, al kwam dat misschien ook omdat ze een spijkerbroek droeg en haar haren met een kleurig zijden sjaaltje tot een losse staart had gebonden.

'Ik deed niet stiekem,' zei Walker, 'je hoorde me alleen niet.'

Hij was twee meter bij haar vandaan blijven staan. Amanda bekeek hem achterdochtig. 'Doe de volgende keer dan maar een bel om,' zei ze.

Daar reageerde hij niet op. 'Dergelijke kale plekken,' herhaalde hij met een kort gebaar naar het open terrein, 'heten kale koppen.'

Met een schouderophalen accepteerde ze het feit dat hij het onderwerp van gesprek veranderde. 'Ik heb er daarstraks ook al een gezien,' zei ze. 'Worden hier met opzet alle bomen gekapt?'

'Nee, hier willen geen bomen groeien, al weet niemand waarom. De bergen zitten vol met zulke plekken. Op sommige groeit alleen wat gras en onkruid en wilde bloemen, en die

110

noemen we graskoppen. Er zijn ook plekken waar nog wel wat struikgewas wil groeien, en die heten heidekoppen. Maar bomen zul je er niet zien.'

'Wat eigenaardig,' zei ze op een peinzende toon.

Walker haalde zijn schouders op. 'Bijgelovige mensen zeggen dat de kale koppen zijn ontstaan toen de duivel door de bergen liep; iedere voetafdruk werd een kale plek, want geen enkele plant van enige betekenis zou het wagen in de voetafdrukken van de duivel wortel te schieten.'

'Niet alleen eigenaardig, maar ook mysterieus.' Ze keek naar het schitterende landschap dat zich achter de kale plek uitstrekte en voegde eraan toe: 'En... bijna geloofwaardig. Ik vraag me af waarom.'

'Waarschijnlijk omdat dit oude bergen zijn en ze dat is aan te zien. Ze waren er al toen de wereld nog jong was. Toen mysterieuze dingen mogelijk waren. Toen er reuzen over de aarde zwierven.' Hij zweeg even en zei toen: 'Dinosaurussen misschien.'

Amanda glimlachte zwakjes. 'Ik dacht heel even dat je in sprookjes gelooft. Dat is niets voor jou, Walker. Dinosaurussen, zei je?'

'Ze zaten bijna overal.'

Ze lachte en schudde haar hoofd, maar of dat om zijn woorden was of om zijn vertrouwen in de wetenschap ten aanzien van moeilijk te bewijzen veronderstellingen, wist hij niet.

'Wat doe je hier eigenlijk?' vroeg ze en keek toen fronsend om zich heen. 'Ik ben toch nog wel op Daulton-land?'

'Ja, hoor. Ik kom hier wel vaker. Ik hou van wandelen. Net als jij, zie ik.' Hij haalde even zijn schouders op. 'Soms maak ik een rit te paard, maar mijn trouwe beestje heeft van de week een hoef verloren, dus...'

Hij maakte de zin niet af en zag de argwaan als een schaduw terugkeren in haar ogen. Ze stopte haar handen in de zakken van haar spijkerbroek en keek hem aan met een vage glimlach waarin veel minder humor en geloof lag dan een paar seconden geleden.

'Ik had me jou nog niet op een paard voorgesteld, maar ik heb inmiddels al door dat iedereen hier rijdt. Doe je ook aan wedstrijden mee?'

'Nee, ik ben een zondagsrijder,' zei hij, verbaasd over het steekje van spijt dat hij bij die woorden voelde. 'Ik kan rijden, maar daar is ook alles mee gezegd. Ik doe het dan ook alleen voor mijn plezier. Ik heb een gepensioneerd wedstrijdpaard dat bereid is een kalm ritje met me te maken wanneer ik daar zin in heb, wat de laatste tijd steeds minder voorkomt. Als hij niet samen met de fokmerries in de wei had gekund, zodat hij gezelschap heeft en voldoende beweging krijgt als ik geen tijd of geen zin heb om er met hem opuit te gaan, had ik hem jaren geleden al verkocht.'

'Welke fokmerries?'

'Die van Glory. Aanstaande moeders schijnen beter te floreren als ze in een rustige omgeving de komst van hun veulen kunnen afwachten en in de stallen en op de weiden van Glory krijgen ze geen rust, omdat daar altijd gewerkt wordt. Daarom hebben Jesse en mijn vader jaren geleden een overeenkomst gesloten, nog vóór ik was geboren. Jesse heeft indertijd mijn vader een som gelds gegeven om de oude stallen van King High, die al jaren alleen voor afgedankte paarden waren gebruikt, op te knappen en om een nieuwe omheining te bouwen. In ruil daarvoor kreeg hij weidegrond en stalrechten voor zijn fokmerries. Zodoende heb ik altijd paarden om me heen, wat ik heel prettig vind, terwijl ik niet voor ze verantwoordelijk ben. Bovendien houden ze het gras mooi kort.'

'En hebben ze een rustig plekje om te werpen.'

'Precies. De veearts komt regelmatig bij ze kijken, een paar staljongens maken de stallen schoon en houden een oogje op de merries, en een van Jesse's trainers komt zo om de dag een kijkje nemen.'

'Victor?'

'Hij of iemand anders. Je hebt Victor dus ontmoet?'

'Ja.' Ze ging er verder niet op in.

Walker bekeek haar bedachtzaam. 'Hij is erg goed met paarden. Met mensen gaat hij daarentegen wat ruw om.'

Amanda knikte alleen en haar ogen stonden nog behoedzamer dan voorheen. Voor hij erop door kon gaan, begonnen de honden op een indringende manier te janken om hun aandacht op te eisen.

'Het is al laat,' zei Amanda toen ze op haar horloge keek. 'Ze hebben honger. Rustig maar, jongens, we gaan al.'

Ze keek vluchtig opzij naar Walker, maar nam geen afscheid van hem, en hij maakte zichzelf wijs dat dat de reden was waarom hij met haar meeliep toen ze zich van de kale plek afwendde en een pad insloeg dat terugvoerde naar het huis.

'Jesse heeft de plattegrond van het terrein voor me gekopieerd,' zei ze.

'O ja?'

'Ja, opdat ik niet verdwaal. Voor het geval je je dat afvroeg.'

'Nee, dat vroeg ik me niet af.' Walker kwam niet met een smoesje waarom hij met haar meeliep naar Glory, omdat hij geen smoesje wist te verzinnen.

Weer wierp ze een vluchtige blik op hem en toen ze zijn bedaarde gezicht zag, zei ze snel: 'Maggie zegt steeds dat ik moet oppassen voor slangen, maar ik heb er nog niet één gezien.'

Hij vroeg zich af waarom ze daar opeens over begon, maar besloot er niet naar te vragen. 'Er zitten hier koperkoppen, die giftig zijn, maar je zult eerder zwarte slangen zien en die zijn niet gevaarlijk. Hou gewoon je ogen open en pas op waar je je voeten neerzet. In deze tijd van het jaar, nu alles groen is, vallen de koperkoppen met hun rode strepen snel op.'

Amanda knikte met een ernstig gezicht. 'Bedankt voor de tip. Ik kan trouwens in het vervolg beter wandelschoenen aandoen wanneer ik erop uitga.'

Walker, die zelf bergschoenen aan had, keek naar haar gympjes en knikte instemmend. 'Ja, dat is een stuk veiliger, en waarschijnlijk beter voor je voeten. Sportschoenen zijn ontworpen voor gladde oppervlakten.'

Ze liepen een paar minuten zwijgend door. Het pad dat ze volgden, kronkelde tussen hoge bomen door en daalde geleidelijk. Opeens zei Amanda: 'Ik weet dat Jesse kanker heeft.'

Walker was niet erg verbaasd, niet over die opmerking noch over zijn onvermogen van haar kalme gezicht af te lezen wat dat haar deed, en óf dat haar wel iets deed.

'Heeft Maggie je dat verteld?'

'Nee, Sully.'

'Het zat erin dat je het van iemand zou horen. Ik wist wel dat Jesse er zelf niets over zou zeggen.'

'Waarom niet?'

'Omdat hij geen medelijden wil. Zeker niet van jou.'

Ze verwerkte dat in stilte en zei toen: 'Sully zei... dat hij de kerst waarschijnlijk niet haalt.'

Op effen toon zei Walker: 'Dat zeggen de dokters.'

'Weet Maggie dat?'

'Natuurlijk. Hoezo?'

Amanda schudde haar hoofd. 'Ik... volgens mij weigert ze dat te geloven.'

Walker haalde zijn schouders op. 'Dat kan best zijn. Ze woont al heel lang op Glory, sinds de geboorte van Kate. Ze is de enige hier die min of meer tot Jesse's generatie behoort en ze begrijpen elkaar.'

'Jij begrijpt hem toch ook?'

Hij keek voor zich uit naar de honden die zigzaggend over het pad liepen, nooit ver bij Amanda vandaan, en wierp toen een korte blik op haar. 'Redelijk. Waarom vraag je dat?'

'Zomaar. Het was zomaar een vraag,' zei ze en haar stem was nu even ondoorgrondelijk als haar ogen. 'Je hoeft niet meteen in de verdediging te springen, alsof ik je een groot geheim probeer te ontfutselen.'

'Deed ik dat? Sorry. Risico van het vak.'

'Was het dat maar. Jij weet net zo goed als ik dat er méér achter zit. Ik probeer geen informatie van je los te krijgen, Walker. Ik ben alleen maar belangstellend.'

'Ik zei toch dat het me speet?' Hij voelde een spanning, een plotseling verscherpt bewustzijn tussen hen dat door hun wederzijdse wantrouwen nog intenser werd. Hij was zich plotseling zo sterk van haar bewust dat hij haar bijna kon horen ademhalen.

'Ja, dat zei je.' Haar stem verried niets.

Stilte weer, dit keer geladen. Het stond Walker helemaal niet aan, maar hij zei niets. Even later kwamen ze bij een smalle rivier. Amanda bleef met een frons aan de rand van het water staan. Aangezien er grote, platte stenen in het water lagen, daar door de natuur of door mensenhanden gedeponeerd om makke-

114

lijk en veilig aan de overkant te kunnen komen, ging hij ervan uit dat haar iets anders dwarszat.

'Wat is er?' vroeg hij zo neutraal mogelijk.

'Dit lijkt wel een nieuwe rivier. De bodem is nauwelijks uitgehold. Zijn we daarstraks niet door een oudere, opgedroogde rivierbedding gekomen?' vroeg ze, op een opzettelijk neutrale toon.

Hij knikte.

'Hebben bevers de loop van de rivier veranderd of...'

'Dat doen ze wel eens, maar dit is het resultaat van een overstroming van vorig jaar. In de lente en de vroege zomer zijn hier vaak overstromingen. De kracht van het water is dan zo groot dat er takken en hele struiken worden meegesleurd, waardoor de rivier op een bepaald punt geblokkeerd kan worden en een nieuwe route moet zoeken. Bij een volgende overstroming kan alles weer veranderen, of in de oude staat worden teruggebracht.'

'Aha.' Ze stapte op de eerste platte steen om het riviertje over te steken.

'Je bent erg oplettend,' merkte hij op terwijl hij achter haar aanliep.

'Ik ben gewoon nieuwsgierig van aard.' Ze zweeg even en voegde er toen met opzet aan toe: 'Over een heleboel dingen. Ik stel altijd veel vragen.'

'Dat zal ik onthouden.'

Haar glimlach was kort. 'Dat zal best.'

Het zat hem dwars dat ze geen vertrouwen in hem had. 'Kun je me niet wat tegemoetkomen?' vroeg hij. 'En een paar antwoorden geven in plaats van alleen maar vragen te stellen?'

Ze bleef staan op het punt waar het pad uitkwam op het noordwestelijke gedeelte van het gazon en keek de honden na die al in de richting van het huis holden. Alsof ze hem niet had gehoord, zei ze: 'Ze nemen de kortste weg, zie ik, dwars door de tuin heen.'

Walker greep haar arm vast toen ze achter de honden aan wilde gaan. 'Eind van de discussie?' vroeg hij cynisch.

Ze keek met een uitdrukkingsloos gezicht naar hem op en trok haar arm los. Toen zei ze: 'Dat lijkt me wel, ja. Waarom zou ik je tegemoetkomen, terwijl jij niet eens de beleefdheid kunt opbrengen me bij mijn naam te noemen?'

Hij keek haar na toen ze wegliep en maakte zichzelf wijs dat haar woorden alleen dienden als een geschikte rechtvaardiging voor haar geheimzinnige gedrag, haar uitvluchten en haar weigering hem meer over haar verleden te vertellen. Hij hield zichzelf dat nadrukkelijk voor. *Hij* was niet de boosdoener, maar *zij*.

Waarom voelde hij zich dan zo in de verdediging gedrukt?

'Verdomme,' mompelde hij, en liep achter haar aan.

6

Amanda had niet gedacht dat hij achter haar aan zou komen en toen hij haar bij de rand van de tuin inhaalde, wist ze zelf niet hoe ze daarop zou reageren.

'Amanda, wacht even.'

'Je weet dus hoe ik heet,' zei ze schamper. Het klonk scherper dan ze bedoeld had.

Hij probeerde haar niet tegen te houden, maar liep met haar mee over het brede pad dat zigzaggend tussen de bloemperken door naar het huis voerde.

'Ik heb je naam niet met opzet vermeden,' zei hij.

'Dat maakt het nog erger.'

'Stel me niet verantwoordelijk voor mijn onderbewustzijn. Je weet dat ik er niet van overtuigd ben dat je Amanda Daulton bent.'

Ze bleef staan en keek hem aan. Ze wou dat dit haar niet zo dwarszat, maar kon het moeilijk wegdenken. 'Ik kan niet bewijzen dat ik als Amanda ter wereld ben gekomen, evenmin als ik kan bewijzen dat ik een Daulton ben. Maar ik heet echt Amanda. Zo heeft iedereen me altijd genoemd. Dat kun je toch wel geloven?'

Hij keek haar in de ogen en knikte toen. 'Goed. Je heet Amanda.'

'Dank je.'

Ze wist niet of hij dit wél geloofde, maar slaagde erin het sarcasme grotendeels uit haar stem te weren. Ze liep weer door, achter de ongeduldige honden aan, die haar nog steeds geen moment uit het oog wilden verliezen en daarom in het doolhof van de tuin niet al te ver vooruit konden lopen. Amanda was zich sterk bewust van Walker naast haar; het beviel haar niets dat hij haar zo makkelijk uit haar evenwicht kon krijgen.

Maggie begroette hen bij de deur van de serre en zei tegen Amanda dat ze de honden mee zou nemen om ze hun eten te geven. Hoewel de dobermanns uit zichzelf vriendschap hadden gesloten met Amanda, waren ze zorgvuldig getraind met veiligheid als belangrijkste oogmerk, en hadden ze onder andere geleerd alleen van Jesse en Maggie voedsel aan te nemen.

'Blijf je eten, Walker?' vroeg Maggie.

'Ben ik welkom?' Hij keek naar Amanda.

Amanda ging op de rand van een rotanbank zitten en trok het sjaaltje uit haar haar, zich afvragend of ze dat deed om zich te kunnen verbergen achter de haarsluier. Kalmpjes zei ze: 'Kate is de vrouw des huizes, niet ik.'

Maggie keek met een geamuseerde blik van Amanda naar Walker en zei toen tegen de jurist: 'We eten vanavond pas om zeven uur, omdat Jesse laat thuiskomt. Je bent uiteraard van harte welkom.'

'Dank je,' zei hij droogjes.

De huishoudster riep de honden bij zich en liep weg. Walker ging in een smeedijzeren stoel naast Amanda's bank zitten en keek haar aan.

In antwoord op zijn blik zei ze, even droog als hij daarnet: 'Hoe kan ik iemand uitnodigen, als ik hier niet eens thuishoor?'

'Was dat je reden?' vroeg hij.

Amanda keek neer op het sjaaltje. Ze streek de zijde glad en vouwde de rechthoek toen losjes op. Maar Walker bleef met zijn gebruikelijke geduld op antwoord wachten, zodat ze het sjaaltje uiteindelijk naast zich op het gebloemde zitkussen legde en hem recht in de ogen keek.

'Je zult het misschien niet geloven, maar dat is min of meer de reden. Jesse accepteert me, maar de anderen nog niet en ik wil niet vrijpostig zijn.'

Walker liet niet merken of hij haar geloofde of niet; hij zei alleen: 'Jesse is er vanavond niet bij om... de teugels in handen te houden.'

Daar had Amanda ook al aan gedacht en ze keek dan ook niet bepaald naar de maaltijd uit, maar haalde haar schouders op. 'En jij denkt dat dat tot onderhoudende situaties kan leiden? Goed. Kom dan maar kijken. Als je maar niet denkt dat ik van plan ben iemand op stang te jagen.'

Walker stond beleefd op toen ze overeind kwam, maar liep niet met haar mee naar de deur. Pas toen ze de gang in wilde lopen, zei hij: 'Amanda?'

Ze bleef staan en keek om.

'Als je toevallig een harnas hebt meegebracht, zou ik dat vanavond aandoen, als ik jou was.' Zijn stem klonk spottend.

'Bedankt voor de tip.' Ze liep de serre uit, maar voor ze de hoek omsloeg naar de gang, zag ze in de spiegel tegenover de deur van de serre haar gespannen gezicht en verweet ze zichzelf dat zij zich juist aldoor door hém op stang liet jagen. Waarom voelde ze zich altijd zo... prikkelbaar wanneer hij in de buurt was?

Ze moest zo snel mogelijk leren een onverschillige houding tegenover de advocaat aan te meten. Dat kon niet al te moeilijk zijn, stelde Amanda zichzelf gerust. Zolang ze maar in gedachten hield wat de reden was waarom ze hierheen was gekomen. Dat moest genoeg zijn.

Ze was de hoek al omgeslagen toen ze merkte dat ze haar sjaaltje was vergeten en omdat het een van haar lievelingssjaaltjes was, wilde ze het liever niet in de serre laten liggen. Met een zucht liep ze terug, in de hoop dat Walker er niet meer was.

Omdat ze geen zin had in een nieuwe confrontatie met hem, keek ze in de spiegel voordat ze de hoek omging naar de serre; ze had al ontdekt dat je vanuit een bepaalde hoek een groot deel van de serre in de spiegel kon zien.

Walker was er nog.

Amanda bleef staan en bespiedde hem zonder dat hij haar in de gaten kreeg. Ze vond het een beetje belachelijk dat ze niet de moed kon opbrengen hem weer onder ogen te komen, maar had er echt geen zin in, niet tot ze tijd had gehad om op haar onverschillige houding te oefenen. Hij stond bij de rotanbank waarop ze had gezeten.

Hij keek niet erg gelukkig, dacht ze. Hij zag er zelfs nogal gedeprimeerd uit. Opeens bukte hij zich en toen hij zich weer oprichtte, hield hij haar sjaaltje tussen zijn lange vingers.

Met nogal schokkerige bewegingen vouwde hij de smalle rechthoek van zijde op en hij liet zijn vingers over de zachte stof glijden. Toen hief hij zijn hand naar zijn mond en liet hij de zijde een paar keer heen en weer glijden over zijn lippen. Hij snoof de geur van het sjaaltje op. Zijn oogleden zakten half dicht, op een sensuele manier, en de spieren van zijn kaak spanden zich.

Toen vloekte hij zachtjes, liet het sjaaltje op de bank vallen en verdween via de tuindeuren.

Amanda leunde met haar schouder tegen de muur en staarde naar het spiegelbeeld van de serre waar nu geen lastige – en onrustbarende – advocaten meer waren. Ze luisterde naar haar onregelmatige ademhaling. Haar benen voelden slap aan en haar hart scheen in haar hele lichaam te kloppen. Toen ze haar hand tegen haar wang legde, voelde ze dat haar huid gloeide. En haar hand trilde.

Een onverschillige houding had ze zich willen aanmeten.

'Wat nu?' fluisterde ze.

In het begin van de avond leek het erop dat Amanda's bange voorgevoelens en Walkers waarschuwing ongegrond waren. Vóór het eten kwam de familie bijeen in de zitkamer, een gewoonte die op Glory diep verankerd zat. Niemand had iets bijzonders te melden, maar de stiltes die zo nu en dan vielen waren tenminste niet onaangenaam geladen.

Walker had naast Kate op een van de banken plaatsgenomen en praatte zachtjes met haar. Kate scheen opgewekter dan anders – of misschien was Walker vanavond erg onderhoudend, dacht Amanda. Ze leken in ieder geval erg op elkaars gezelschap gesteld. Maar omdat de advocaat zo zacht praatte, had Amanda er geen idee van waar ze het over hadden.

Zelf luisterde ze naar Reece die haar gedetailleerd uitlegde wat de plichten en verantwoordelijkheden van een onderdirecteur van een miljoenenbedrijf inhielden, en ze trok een geïnteresseerd gezicht, omdat ze wist dat Sully hen met een duivelse blik zat te bekijken.

Tegen de tijd dat Maggie aankondigde dat ze aan tafel konden, had Amanda het liefst gezegd dat ze moe was, om naar haar kamer te kunnen vluchten, maar dat zou laf zijn, en dat genoegen gunde ze Walker niet.

Jesse's stoel aan het hoofd van de formele eetkamertafel bleef natuurlijk leeg; Amanda dacht niet dat het ook maar in iemands hoofd zou opkomen daar te gaan zitten. Net zo min als er ooit iemand aan het andere uiteinde van de tafel ging zitten, op de plaats die gereserveerd moest zijn geweest voor Jesse's vrouw Mary, die nu al veertig jaar dood was. Vanavond waren dus alleen de beide lange kanten van de tafel bezet: Amanda, Reece en Maggie aan de ene kant, met Walker, Kate en Sully tegenover zich.

Tijdens de soep en de hors d'oeuvres werd Amanda door Reece getrakteerd op nog meer verhalen over zijn zakelijke beslommeringen, en weer was ze zich bewust van spottende blikken in haar richting, deze keer van Walker. Sully en Maggie hadden het over paarden, maar Kate en Walker schenen uitgepraat te zijn. Kate's opgewekte houding van daarstraks was verdwenen en in plaats daarvan stond haar mooie gezicht wat gespannen.

Toen de honden, die achter Amanda's stoel hadden gelegen, plotseling overeind sprongen en naar de voordeur holden, met het rappe tikken van hun nagels op de houten vloer, hoefde niemand te vragen waar ze naar toe gingen en waarom.

'Daar heb je Jesse,' zei Maggie. Ze leunde naar voren en keek voor Reece langs naar Amanda. Op radde toon zei ze: 'Als hij zich goed voelt, komt hij bij ons zitten. Zo niet, dan moeten we hem met rust laten. En zeg niets over waar hij is geweest.'

'Goed.' Amanda was haar dankbaar voor de uitleg, al verbaasden Jesse's instructies haar allerminst. Iedere dag hoorde ze wel een paar keer 'Dat moet van Jesse' of 'Dat mag niet van Jesse', ongeacht wat het onderwerp van gesprek was. Ze vroeg zich opeens af of de volgende eigenaar, of eigenaresse, van Glory net zoveel macht zou uitoefenen over zoveel aspecten van het gezinsleven.

Even later kwam Jesse de eetkamer binnen. Hij zag er dodelijk vermoeid uit, was erg bleek en leek zich wat stram te bewegen, al kwam dat misschien niet alleen door de behandeling die hij in het ziekenhuis had gekregen, maar ook door de lange rit in de auto. Hij liep naar het hoofd van de tafel, legde onderweg zijn hand even op Amanda's schouder en glimlachte tegen haar. Tegen de anderen knikte hij. Hij ging niet zitten, maar bleef staan met zijn handen op de rugleuning van zijn stoel.

'Ik zal even tegen Earlene zeggen dat ze iets voor je op moet warmen,' zei Maggie en maakte aanstalten om op te staan.

Jesse gebaarde dat ze moest blijven zitten. 'Nee, ik heb geen trek.' Hij keek de tafel rond. Zijn zilverachtige ogen waren ondoorgrondelijk. 'Ik heb jullie allemaal iets te vertellen en dat kan ik net zo goed nu meteen doen.'

Amanda legde haar vork neer en strengelde op haar schoot haar vingers ineen. Ze had nooit echt in telepathie geloofd, maar op dat moment was ze er absoluut zeker van dat ze wist wat Jesse ging zeggen. En ze dacht niet dat ze de enige in het vertrek was die met helderziendheid was gezegend, want de spanning was opeens te snijden.

'Jesse...' begon Walker.

'Ik ben blij dat je er bent, Walker. Wil je na het eten even naar mijn studeerkamer komen?'

'Natuurlijk, maar...'

'Ik wil de details namelijk vanavond nog uitwerken.' Hij keek de tafel rond met een flauwe glimlach rond zijn dunne lippen. 'Ik zie geen reden om het nog langer uit te stellen nu Amanda thuis is gekomen. Ik heb besloten mijn testament te wijzigen.'

Amanda deed even haar ogen dicht en toen ze ze weer opende, keek ze strak naar haar bord. Ze durfde de anderen niet aan te kijken. Ze durfde amper adem te halen.

'Jesse,' zei Walker langzaam, 'ik zou als advocaat tekortschieten als ik je niet adviseerde hier goed over na te denken.'

'Ik heb er al over nagedacht. Ik weet wat ik doe, Walker.' Hij keek weer de tafel rond en zijn glimlach kreeg een duivels trekje. 'Ik weet heel goed wat ik doe.'

Sully stootte een zware vloek uit, duwde zijn stoel naar achteren en stormde de kamer uit. Jesse riep hem niet terug. Hij lachte alleen kort en zei tegen Walker: 'Eet rustig af.' Toen liep ook hij de kamer uit.

Er volgde een lange stilte. Toen zei Walker zachtjes: 'Neem me niet kwalijk,' en stond op om zich bij Jesse te voegen in diens studeerkamer.

Kate was de volgende die overeind kwam. Met haar bedaarde stem zei ze, even beleefd als altijd: 'Neem me niet kwalijk,' en vouwde haar servet op. Ze maakte geen haast.

Reece, die niets had gezegd maar wit was weggetrokken en stram was blijven zitten, was de volgende.

Nu pas keek Amanda op. Ze gluurde opzij naar Maggie. Op het onverstoorbare gezicht van de huishoudster was niets af te lezen, maar Amanda voelde niettemin een steek van pijn toen Maggie haar stoel achteruitschoof en zonder een woord te zeggen de kamer uitliep.

'Verdomme.' Amanda duwde haar bord van zich af en zette haar ellebogen op tafel.

Earlene kwam de keuken uit en keek verbaasd de vrijwel lege kamer rond. 'Ik heb perziktaart voor toe,' zei ze nogal beteuterd. 'Wat is er gebeurd?'

Amanda keek haar aan en zei bitter: 'Orkaan Jesse.'

Walker keek van zijn volgekrabbelde schrijfblok op naar Jesse, die rusteloos door de studeerkamer heen en weer liep.

'Heb je dat allemaal genoteerd?' vroeg Jesse bevelend.

'Ja.' Walker leunde achterover in de grote leren stoel achter Jesse's bureau en zuchtte. 'Maar ik zeg je nogmaals dat het geen goed idee is, Jesse. Waarom wacht je niet op de uitslag van het DNA-onderzoek?'

'Niemand hoeft in reageerbuisjes te turen om mij te vertellen dat Amanda mijn kleindochter is.'

'Wacht dan in ieder geval...'

Met een abrupt gebaar legde Jesse zijn handen op het bureau en leunde naar voren. Hij keek Walker dreigend aan. 'Waarop? Hoe lang? Tot Pasen en Pinksteren op één dag vallen? Tot jij ieder woord hebt gewikt en gewogen en er zeker van bent dat je duizend regels uit die muffe wetboeken van je hebt toegepast?'

'Tot we het zeker weten,' beet Walker hem toe.

'*Ik weet het al zeker!*' bulderde Jesse. Opeens vertrok zijn gezicht van pijn en hapte hij naar adem. Op rustiger toon zei hij: 'Walker, ik heb niet veel tijd meer over. De dokters zeggen... dat ik van geluk mag spreken als ik de kerst haal. Begrijp je wat dat inhoudt? Ik streep de dagen van mijn leven met rode inkt af en er zijn er niet veel meer over.'

Walker knikte kort en toen hij sprak, klonk ook zíjn stem weer kalm. 'Dat begrijp ik, maar ik maak me evengoed zorgen, Jesse, en niet alleen omdat je Amanda zonder voldoende bewijsmateriaal zo volledig hebt geaccepteerd. Het gaat ook om de rest.' Hij wees naar de aantekeningen op het schrijfblok.

'Trek jij mijn beslissingen over mijn eigen bezittingen in twijfel? Dat heb je nog nooit gedaan. Mijn brein is nog volkomen gezond, Walker.'

Walker wachtte tot Jesse in een van de stoelen tegenover het bureau was gaan zitten. Toen zei hij: 'Ik weet best dat je brein nog gezond is, maar volgens mij heb je dit niet volledig doordacht. Je hebt het legaat aan Maggie niet veranderd, maar... Sully, Reece en Kate, wat zullen die ervan denken? Hoe zullen die zich voelen?'

'Die zullen niets tekortkomen,' zei Jesse effen.

'Ze verliezen datgene wat het allerbelangrijkste voor ze is. Het enige wat ze eraan overhouden is een *baan*, Jesse. Met ieder wat geld en wat land en aandelen. Sully mag met de paarden blijven werken, maar ze zullen niet zijn eigendom zijn; Reece houdt zijn baan, maar krijgt geen echte zeggenschap in de firma en je hebt ervoor gezorgd dat hij dat ook nooit zal krijgen; en Kate...'

'Die heeft geld van haar moeder,' zei Jesse hardvochtig. 'Meer dan genoeg. Ze kan zich makkelijk ergens anders vestigen. Tenzij Amanda haar zal uitnodigen hier te blijven.'

'Luister toch eens naar jezelf,' zei Walker. Hij slaagde er slechts met moeite in kalm te blijven praten. 'Hoor je wat je zegt? Kate is je dochter. Mijn God, ze is in dit huis geboren; zelfs als Amanda is wie ze beweert te zijn, is ze nog altijd níet hier geboren. Ze heeft hier alleen maar 's zomers gelogeerd toen ze nog klein was, ze heeft hier níet haar hele leven doorgebracht. Ze is bang voor paarden en ik wil wedden dat alles wat ze over de meubel- en textielindustrie en de zakenwereld in het algemeen weet, in een vingerhoed past.'

'Het is haar geboorterecht,' zei Jesse.

Walker vloekte bijna hardop, gefrustreerd door de onwil van de oude man om méér te zien dan zijn geliefde Amanda. Toen zei hij: 'Er is nog iets anders dat je in overweging moet nemen. Iedereen heeft heel goed begrepen wat je met die aankondiging van daarnet bedoelde. Ze weten dat je van plan bent je hele vermogen aan Amanda na te laten.'

'En wat dan nog? Het is van mij en ik mag ermee doen wat ik wil.'

'Daar heb je gelijk in. Maar daarmee dwing je Amanda het hoofd te bieden aan een heleboel afkeer en bitterheid, Jesse. Zolang je er nog bent, zul je er misschien in slagen Sully en Reece in het gareel te houden, en God weet dat Kate je nooit iets in de weg heeft gelegd, maar hoe moet dat wanneer je dood bent? Denk je werkelijk dat Amanda je dankbaar zal zijn wanneer ze voor de rechtbank moet verschijnen om een dergelijk onrechtvaardig testament te verdedigen?'

Jesse snoof. 'Er is geen rechter in deze hele staat die mijn testament nietig zal verklaren...'

Walker bedacht dat hij precies hetzelfde tegen Amanda had gezegd. 'Als je je bezittingen op een eerlijke manier zou verdelen, zou ik het met je eens zijn. Maar laten we even aannemen dat de uitslag van het DNA-onderzoek niet beslissend blijkt of zelfs aangeeft dat haar claim vals is.'

'Dat gebeurt niet.'

'Je weet dat de uitslag niet *per se* doorslaggevend hoeft te zijn, zelfs niet als ze de ware Amanda is. Stel je die situatie eens voor. Dan hebben Kate, Reece en Sully gegronde redenen om het testament te betwisten op grond van verdenking van zwendel en bedrog. Dat zou ik ze zelfs adviseren.'

'Wat...'

'Ik ben de advocaat van de *familie* Daulton,' zei Walker effen. 'Ik behartig de belangen van al mijn cliënten. Als Amanda niet is wie ze beweert te zijn, heeft ze geen wettelijk recht op welk deel van je erfenis dan ook, en zeker niet op het overgrote deel ervan. Dan zou ik *zelf* de zaak aanhangig maken. De rechter zal zich wellicht afvragen of je zieker was dan je zelf dacht, Jesse, zo ziek dat je dingen zag die er niet waren. Dat je alleen maar wilde geloven dat ze Amanda was omdat je dagen geteld waren.'

De oude man was bleek, maar zijn zilverige ogen stonden fel. 'Luister, Walker, luister heel goed. Ik wil mijn testament precies zo veranderd hebben als ik je heb gedicteerd en ik wil niet dat er weken overheen gaan voor ik het kan tekenen. Ik kan je nu al vertellen dat ik brieven ga sturen naar een aantal invloedrijke mensen in deze staat. In die brieven zal ik hun uitleggen waarom ik besloten heb mijn bezittingen op deze manier te verdelen, en ik zal erbij zetten dat sommige van mijn hebzuchtige familieleden waarschijnlijk een poging zullen doen het testament aan te vechten, en dat ik dat heel erg zou vinden. Op al die brieven zal ik ook nog een telefoontje laten volgen, zodat die invloedrijke personen heel goed zullen begrijpen – en daar zo nodig in de rechtbank onder ede een verklaring over kunnen afleggen – dat ik weet wat ik doe. Aanstaande zaterdag, tijdens Amanda's feest, zal ik een praatje maken met rechter Ferris en met de sheriff, en met zoveel mogelijk vrienden en buren. En niet alleen op het feest, maar bij iedere gelegenheid die zich daarna nog zal voordoen.

Ik zal gaan praten met de burgemeester, de leden van de gemeenteraad, de artsen en verpleegsters van de kliniek, zelfs met de bibliothecaresse.' Jesse haalde raspend adem. 'Ik zal ze allemaal hetzelfde vertellen, Walker. Dat Amanda mijn kleindochter is, omdat *ik dat zeg*. Ik zal erbij zeggen dat het me geen donder kan schelen dat het bloed in haar aderen genetisch gezien niet onfeilbaar is. Ze is mijn kleindochter. En ik ben van plan mijn eigendommen aan haar na te laten.'

'Jesse...'

'Ik zal er ook nog bij zeggen dat er van Amanda's kant geen sprake is van zwendel of bedrog. Ze heeft me om geen cent gevraagd, Walker, en ik denk ook niet dat ze dat zal doen. Ik wilde een auto voor haar kopen, maar dat heeft ze geweigerd. Zelfs toen ik zei dat ik wel een tijdelijk rijbewijs voor haar zou kunnen krijgen, tot ze rijexamen kon doen, zei ze dat ze geen

126

auto nodig had. Ze wil geen lopende rekening bij de winkels in de stad en geen creditcard. Vind je nu nóg dat ze een hebzuchtig kreng is?'

'Dat heb ik nooit beweerd.'

Jesse negeerde dat. 'Als je nu nog steeds vindt, dat je de anderen de raad moet geven het testament aan te vechten, dan moet je dat maar doen. Veel plezier ermee. Maar voordat het zover is, verwacht ik dat je de documenten zo spoedig mogelijk klaar zult maken, zodat ik ze kan tekenen.' Daarmee zette hij Walkers bezwaren definitief aan de kant.

Walker wist dat de oude man moe was en waarschijnlijk pijn leed en dat hij eenvoudigweg niet naar rede zou luisteren, in ieder geval niet vanavond. Misschien zou hij hem er later van kunnen overtuigen hoe unfair, en gevaarlijk, dit was.

Misschien.

Met de volgekrabbelde blocnotevellen opgevouwen in zijn hand verliet Walker de studeerkamer en liep hij naar de voordeur. Hij wilde niemand zien en met niemand praten, maar uiteraard was degene die hij het minst van al had willen zien, juist degene die door de hal liep, op weg naar de trap.

'Walker?' Amanda's stem klonk aarzelend.

Hij bleef midden in de hal staan en keek naar haar, terwijl hij zich afvroeg of zijn gezicht er net zo stug uitzag als het aanvoelde. 'Als je van plan bent iets te vieren,' zei hij kil, 'zou ik daar nog even mee wachten. Je hebt voorlopig nog niets geërfd.'

'Ik wil niet dat Jesse zijn testament verandert,' zei ze.

'O nee?'

Ze deed weifelend een stap in zijn richting. Die grote ogen van haar leken erg donker en er lag een gekwelde blik in. Walker voelde een vreemd soort woede in zich opwellen. Jezus, ze keek zo benauwd, zo verdomd bedrukt... *waarom geloofde hij nu opeens dat dat geen komedie was?*

'Hij heeft het toch nog niet gedaan?' zei ze. 'Ik bedoel... er gaat zeker wel wat tijd in zitten voordat...'

'Ik ga er maandag meteen aan beginnen. Ook zonder de veranderingen was het al een ingewikkeld document, dus zullen er wel een paar dagen tot een week overheen gaan voordat ik alles heb uitgewerkt,' zei Walker zo bars dat zijn keel er pijn van deed. 'Intussen zal ik mijn uiterste best doen Jesse tot rede te brengen. Begin dus nog maar niet je geld te tellen.'

Zonder op antwoord te wachten, liep hij de hal door en de voordeur uit. Dat hij die niet achter zich dichtgooide, kwam alleen omdat hij zich op het allerlaatste moment wist te beheersen.

De Daultons waren lid van de plaatselijke baptistenkerk, maar Kate, merkte Amanda, was de enige die op zondag naar de kerk ging. Jesse was gul met geld en kwam altijd als eerste met een contributie over de brug wanneer er een dak vernieuwd moest worden of er een nieuwe schoolbus moest komen, maar had er een hekel aan om 'naar preken te moeten luisteren' en ging daarom nooit naar de kerk. Reece ging alleen met Kerstmis en Pasen; dat vond hij blijkbaar voldoende om zich van een plaats in de hemel te verzekeren. Sully ging nooit en verontschuldigde zich daar ook niet voor. Maggie was, en daar keek Amanda echt van op, cynisch ingesteld wat religie betrof.

Amanda hoorde dat allemaal van Maggie toen ze op zondagochtend in de serre aan het ontbijt zaten, met z'n tweeën, want er was niemand anders komen opdagen. Aangezien Amanda zich in het gezelschap van de huishoudster niet echt op haar gemak voelde sinds hun gesprek bij het zwembad en ze er geen idee van had wat Maggie van Jesse's aankondiging van de avond tevoren vond, had ze besloten zich net zo neutraal op te stellen als ze tot nu toe had gedaan.

'Jesse slaapt nog,' zei de huishoudster in antwoord op Amanda's vraag. 'Kate is al weg; die helpt voor de mis altijd op de zondagsschool. Sully is aan het werk met een van de jonge paarden en Reece slaapt op zondag meestal uit. Als jíj soms naar de kerk wilt, Amanda, kan Austin je wel even brengen.'

'Nee, dank je.' Amanda nam een slokje koffie en haalde haar schouders op. 'Ik ga liever niet in mijn eentje.'

Maggie knikte begrijpend en zei: 'Eerlijk gezegd valt het me van dominee Bliss een beetje tegen dat hij nog niet is langsgekomen om kennis met je te maken.'

'Wat is hij voor iemand? Preekt hij een beetje gezellig?'

'Op feestjes en bij andere gelegenheden kan hij heel aardig uit zijn woorden komen,' zei Maggie. 'Op de preekstoel heb ik hem nog nooit meegemaakt. Ik heb geen geduld voor godsdienst. Religie biedt te veel makkelijke en stompzinnige verklaringen voor de spelingen van het lot, als je het mij vraagt.'

'Zoals?' vroeg Amanda nieuwsgierig.

'O... dat er een reden moet zijn voor alle ellende in de wereld. Zolang er onschuldige mensen doodgaan en kinderen worden misbruikt, kan er geen god bestaan, vind ik. Daarom geloof ik niet in religie.' Maggie glimlachte opeens. 'Maar ik ben als baby wel gedoopt en dus verlost.'

'Voor alle zekerheid?'

'Het valt niet mee om een volslagen atheïst te zijn. Ben jij gedoopt, Amanda?'

Amanda zette haar kopje neer en glimlachte flauwtjes. 'Mijn moeder vond dat ik daar zelf over moest beslissen. Toen ik zestien was, heb ik een besluit genomen.'

Maggie vroeg niet wat dat besluit inhield; ze knikte alleen en ging op iets anders over, namelijk de gastenlijst voor de barbecue die voor aanstaande zaterdag op het programma stond. Amanda merkte dat alle belangrijke personages uit de wijde omtrek waren uitgenodigd en ongetwijfeld ook allemaal zouden komen om haar te bekijken en voor zichzelf uit te maken of ze een bedriegster was of niet.

Niet dat Maggie dat ronduit zei. Ze kleedde het als volgt in: 'Ze zijn maar wat blij dat je hierheen bent gekomen, want sinds onze vorige dominee in bed is betrapt met de vrouw van een van de diakenen, hebben ze niets sappigs meer gehad om over te roddelen.'

'Dan hoop ik dat ik ze niet teleurstel,' zei Amanda en trok een gezicht.

'Vast niet. Veel mensen hebben je trouwens al in de stad gezien op de dag dat Walker je hierheen heeft gebracht, dus een deel van de nieuwsgierigheid is al bevredigd. Tussen haakjes, ze zullen ons net zo scherp in de gaten houden als jou, en je zult heel wat vragen moeten beantwoorden, en dat zullen geen subtiele vragen zijn.'

Amanda knikte. 'Ik had niet anders verwacht.'

'Het zal best een leuk feest worden,' stelde Maggie haar gerust. 'De mensen hier zijn over het algemeen erg aardig. Veel van de vrouwen zullen een taart meebrengen als dessert; aangezien hier nooit kunstmarkten of kermissen en dergelijke worden gehouden, krijgen ze alleen op tuinfeesten als die van ons de gelegenheid met elkaar te wedijveren. Dat is al jaren een ongeschreven traditie.'

Amanda glimlachte onwillekeurig. 'En reikt Jesse dan een blauwe rozet uit?'

'Niet precies, maar er zal heel wat over te doen zijn wie de lekkerste taart heeft gemaakt. Ze hebben er wel eens slaande ruzie om gekregen. Wat het feest natuurlijk aardig opluistert. Tussen haakjes, om niemand voor het hoofd te stoten, kun je het beste van alle taarten proeven. Dat doen we allemaal, maar iedereen kijkt natuurlijk met argusogen of jij wel overal een stukje van neemt.'

'En ik ben helemaal geen taartenliefhebber,' zei Amanda met een zucht. 'Een stukje bessen- of perziktaart lust ik nog wel, maar de rest doet me niet veel.'

'Dan bof je. Sharon Melton maakt altijd een bosbessentaart waar je je vingers bij aflikt, en Earlene staat bekend om haar heerlijke perziktaarten. Neem maar gewoon overal een klein puntje van en kijk alsof je erg onder de indruk bent. Je bent zo tenger dat niemand van je zal verwachten dat je erg veel eet.'

'Soms zijn het de kleine dingen die 't hem doen – als ik het zo eens mag zeggen.'

Maggie glimlachte. 'Het had erger kunnen zijn. Als Jesse had besloten er een zogenaamde boerenmaaltijd van te maken, had iedereen minstens twee gerechten meegebracht, en zou je tot over je oren in de meest vreemdsoortige pasteien hebben gezeten.'

'Dan bof ik dus nog.'

'Zeg dat wel. Vorig jaar leek het wel of er een wedstrijd was uitgeschreven wie de meest indrukwekkende broccolischotel kon maken. Het was een erg *groene* zomer.'

'Dat ik dát nu net heb gemist!'

Maggie lachte en vertelde haar nu iets over de mensen die zouden komen. Amanda luisterde maar met een half oor, want ze kreeg langzaam maar zeker het onaangename gevoel dat Maggie niet meer zo neutraal tegenover haar stond als in het begin. Ondanks Maggies rustige gesprekstoon en het feit dat ze Amanda scheen te hebben geaccepteerd, was Amanda ervan overtuigd dat de huishoudster haar aandachtiger, bijna achterdochtig bekeek, en meer op haar woorden paste.

Maar waarom? Omdat Jesse had gezegd dat hij zijn testament ging veranderen? Nee, Amanda was zich daarvóór al bewust geweest van een lichte verandering in de houding van de huishoudster tegenover haar. Kwam het omdat Amanda tijdens dat korte gesprek bij het zwembad onnadenkend had gezegd dat haar moeder haar nooit had leren pianospelen? *Wat was er dan met die piano, verdomme?*

Amanda wist het niet en durfde het niet te vragen. Ongerust, maar niet in staat iets aan het probleem te doen, dwong ze zichzelf ogenschijnlijk kalm naar Maggie te luisteren. Maar ze lette pas weer echt op tegen het eind van hun maaltijd.

'Jesse zei gisteravond dat hij graag had dat je vanmiddag even bij hem kwam,' zei Maggie. 'Ik geloof dat hij wil beginnen je het een en ander uit te leggen over zijn bedrijven.'

Amanda knikte, maar zei: 'Ik wilde niet dat hij zijn testament zou veranderen, Maggie. Dat is niet de reden waarom ik ben gekomen.'

'Het zat erin.' Maggies stem klonk neutraal. 'Het is geen geheim dat hij niet tevreden is over Reece's manier van zakendoen, en Sully heeft behalve voor zijn paarden nergens belangstelling voor.'

'En Kate dan? Kate is zijn dochter.'

Met een volkomen uitdrukkingloos gezicht, zei Maggie: 'Wat Jesse betreft, heeft Kate Mary's dood veroorzaakt.'

'Was zijn vrouw soms in haar eentje zwanger geworden? Had híj daar niets mee te maken?' vroeg Amanda verbijsterd. Ze kon er niet over uit hoe onbillijk dat was.

'Dat zou je bijna denken.' Maggie haalde haar schouders op. 'Hij moest íemand de schuld geven toen hij haar had verloren en hij is er niet de man naar om zichzelf zoiets aan te rekenen. Ondanks het feit dat ze er niets aan kon doen, was Kate er de oorzaak van. En al is het nu veertig jaar geleden, hij denkt er nog precies hetzelfde over. In ieder geval tolereert hij Kate nu; toen ze klein was, kon hij het niet eens verdragen om haar bij zich in de buurt te hebben. Ik ben hier oorspronkelijk als haar kindermeisje komen werken.'

'Ja, dat weet ik.'

'In het begin was het een erg eenzaam baantje. Jesse was gek van verdriet en wilde niets met de baby te maken hebben. Adrian was vijftien, Brian amper dertien. Omdat Mary er niet meer was, was er niemand die de huishouding regelde, dus heb ik dat zo goed en zo kwaad als het ging, op me genomen. Tegen de tijd dat Kate naar school ging, was dit een thuis voor me geworden. Jesse vond dat ik een goede huishoudster was en heeft toen gevraagd of ik wilde blijven.'

'Je moet erg jong zijn geweest toen je hier kwam,' zei Amanda.

'Ik was net eenentwintig geworden.' Maggie glimlachte. 'In die dagen was alles anders; van kinderverzorgsters werd niet verwacht dat ze een diploma hadden. Zolang ze maar van wanten wisten. Ik kwam uit een groot gezin en had een hoop jongere broertjes en zusjes, en dat was genoeg. Duncan McLellan, Walkers vader, is eigenlijk degene geweest die me heeft aangenomen; Jesse was niet in staat dergelijke beslissingen te nemen.'

Amanda aarzelde en zei toen: 'Jij bent dus de enige moeder die Kate ooit heeft gekend.'

'Ik heb haar grootgebracht, maar vanaf het moment dat ze oud genoeg was om te kunnen begrijpen dat haar eigen moeder was gestorven, heeft ze me nooit als een moeder beschouwd. Als ze íemand als een moeder beschouwde,' voegde Maggie er afstandelijk aan toe, 'was dat Christine. Kate was zeven of acht toen Brian voor het eerst met Christine hier de zomer doorbracht, en jij kwam pas vier jaar later. Christine hield van kinderen. Het is dus logisch dat Kate zich meteen tot haar aangetrokken voelde.'

Amanda schudde zachtjes haar hoofd. 'Ik... kan me Kate amper herinneren.'

Maggie hield haar neutrale toon aan. 'Jesse stuurde haar iedere zomer een paar weken op zomerkamp, zodat je haar nauwelijks hebt meegemaakt. Hij had haar het liefst het hele jaar naar een kostschool gestuurd, maar ik heb hem kunnen overhalen daarvan af te zien. Zoals ik al zei, ze was al bijna volwassen voordat hij het kon velen haar bij zich in de buurt te hebben.'

'Wat... wreed,' zei Amanda zachtjes. 'En zo onbillijk.'

'Jesse heeft Kate gegeven wat hij kon,' zei Maggie, hem stug verdedigend. 'Ze is nooit iets tekortgekomen en hij heeft haar nooit geslagen.'

Amanda wilde zeggen dat emotionele verwaarlozing ook mishandeling was, maar besloot het onderwerp te laten rusten. In plaats daarvan zei ze: 'Ik heb geen schilderij van Mary gezien. Is er nooit een portret van haar geschilderd?'

'Jawel. Het hangt op zijn slaapkamer.' Maggie verontschuldigde zich, stond op en liep met haar bord naar de keuken.

Toen Amanda haar nakeek besefte ze opeens dat Maggie verliefd was op Jesse en dat ze dat waarschijnlijk al heel lang was.

Het was Jesse aan te zien dat de behandeling in het ziekenhuis veel van hem had gevergd en Amanda slaagde erin het gesprek waar hij om had gevraagd op te schorten door te zeggen dat ze te rusteloos was om op zo'n mooie dag binnen te zitten. Ze pantserde haar hart tegen zijn teleurstelling en werd daar later voor beloond toen ze hoorde dat hij na de lunch op aandringen van Maggie een dutje was gaan doen.

Het was uitstel, wist Amanda, geen afstel. Ze zou evengoed met Jesse de strijd moeten aanbinden en daar had ze helemaal geen zin in. Hij zou het niet begrijpen en kwaad worden om wat ze hem zou vertellen.

Het ergste was dat ze er niet zeker van was dat ze erin zou slagen hem te overtuigen. Wat inhield dat ze haar toevlucht zou moeten nemen tot dreigementen, en Jesse was geen man die je zonder ampele overwegingen en zorgvuldige voorzorgsmaatregelen in een hoek kon drukken.

Toen ze die middag met haar trouwe metgezellen door de tuin slenterde, dacht ze over het probleem na. Jesse's aankondiging was zo vroeg gekomen, dat ze zich er niet op had kunnen voorbereiden. Ze was er vrijwel zeker van geweest dat hij zijn testament zou veranderen, maar niet zo snel, en met zijn dramatische aankondiging had hij haar in een lastig parket gebracht.

Niet dat hij daar bij stil had gestaan. Net zoals niemand in *zijn* huis zo dom kon zijn om zonder zijn toestemming de honden los te laten – hoewel iemand dat toch beslist had gedaan op de dag dat ze hier was aangekomen – zo ook zouden de leden van zijn huishouden het niet wagen tegen zijn wensen in te gaan. Zelfs niet als ze wisten dat hij van plan was ze te onterven.

Dat was Jesse's zwakke plek, dacht Amanda. Hij was zo overtuigd van zijn eigen onoverwinnelijkheid dat het geen moment bij hem was opgekomen dat hij, door zijn plannen bekend te maken, figuurlijk een doelwit op Amanda's borst had geplakt.

Amanda koesterde geen illusies. Er stond heel veel geld op het spel, afgezien van de glorie van Glory, en er waren wel moorden gepleegd om minder. Een prettige gedachte. Ze kende geen van de huisgenoten goed genoeg om te kunnen raden of een van hen tot moord gedreven kon worden, maar ze vond dat Jesse zijn uiterste best deed om iemand daartoe aan te zetten.

Het had ook geen zin om zelf openlijk te verklaren dat ze de erfenis niet wilde hebben, omdat niemand haar zou geloven, zeker niet nu Jesse al opdracht had gegeven zijn testament te veranderen.

De tijd, die altijd al zo snel ging, vloog nu voorbij en ze was nog geen stap dichter bij de antwoorden gekomen die ze gehoopt had hier te vinden. En nu kon ze het zich niet meer veroorloven alleen maar oplettend te zijn en op een goede gelegenheid te wachten; Jesse had haar dat onmogelijk gemaakt.

Een paar dagen, had Walker gezegd, hooguit een week. Ze wist dat hij de zaak zo lang mogelijk zou rekken, maar uiteindelijk zou Jesse's nieuwe testament toch gereed zijn om te worden ondertekend. En als zij hem in de tussentijd niet tot rede kon brengen, wat dan?

Het smoesje over rusteloosheid was geen leugen geweest en aan dit geslenter had ze ook niets. Ze besloot te gaan zwemmen en liep terug naar het huis om haar bikini aan te trekken. Toen ze bij het zwembad aankwam, zag ze Kate in het water en ze aarzelde even voor ze haar badtas naast een ligstoel neerzette, die een paar meter verwijderd was van de stoel waarop Kate haar badjas en handdoek had neergelegd.

Kate zag er soepel en sierlijk uit in haar zwarte badpak.

134

Amanda keek toe hoe ze snelle baantjes trok, terwijl ze zelf haar badjas uitdeed en zich insmeerde tegen de felle zon. Tegen de tijd dat ze daarmee klaar was, kwam Kate net het water uit. Met oprechte bewondering zei Amanda: 'Wat heb jij een geweldig figuur.'

Kate bleef een ogenblik staan. Ze liet haar blik over Amanda glijden en keek haar toen aan met een eigenaardige uitdrukking op haar gezicht. Ze scheen ietwat verbaasd over wat Amanda had gezegd, maar toen kreeg haar gezicht weer de vertrouwde, serene kalmte terug en liep ze over de tegels naar haar stoel om haar handdoek te pakken. 'Dank je. Dat zit bij ons in de familie.'

'Maar je leidt ook een actief leven. Ik zie dat je goed kunt zwemmen. En je doet zeker ook veel aan paardrijden?'

'Ik rij meestal een paar keer per week.' Kate ging op de ligstoel zitten en droogde haar gebruinde armen terwijl ze naar Amanda keek. De dofzilveren ogen die ze van Jesse had geërfd stonden ondoorgrondelijk.

Amanda glimlachte. 'Ik wou dat ik niet zo bang was voor paarden. Toen ik er gisteren te voet op uit ben gegaan, zag ik eigenlijk pas goed hoe uitgestrekt Glory is. Als ik zou paardrijden, zou ik er veel meer van kunnen zien.'

'Dat klopt.'

Amanda zette haar zonnebril op en besloot het met een andere aanpak te proberen. 'Die barbecue die Jesse zaterdag wil houden... zoiets geeft jou en Maggie natuurlijk een hoop extra werk.'

'We geven 's zomers altijd feesten.'

'Als ik soms ergens mee kan helpen...'

'Nee, dank je,' zei Kate beleefd, 'je hebt al genoeg gedaan.'

Daarop volgde een langdurige stilte en toen zuchtte Amanda. 'Kate, ik weet dat je geen enkele reden hebt te geloven dat ik de ware Amanda Daulton ben, maar...'

'Ik weet wie je bent.' Kates stem klonk opeens vlak. Er lag een eigenaardige glimlach in haar ogen. 'En ik weet ook dat je hier bent gekomen om deze familie te vernietigen.'

'Dat is niet waar. Kate...'

Kate stond op, trok haar badjas aan en stapte in haar slippers. De uitdrukking op haar gezicht was kil, hoewel haar ogen nog glansden. 'Wat? Moet ik begrip tonen? Reken daar maar niet op. Ik wou dat je nooit was gekomen. Het zou veel beter zijn geweest als je niet was gekomen.'

'Als je je zorgen maakt over Jesse's testament...' begon Amanda, maar ze zweeg toen Kate een korte lach uitstootte.

'Zijn testament? Dat interesseert me niets. Ik wilde alleen...' Ze zweeg halverwege haar zin en had zichtbaar moeite haar zelfbeheersing te bewaren. Toen zei ze op kalme toon: 'Je hebt geen idee wat je hebt gedaan.' Ze pakte haar handdoek en liep het huis in.

'We moeten hem ervan afbrengen,' zei Reece.

Sully, die een nerveus jong paard aan het borstelen was, keek naar zijn broer en zei: 'Kun je niet wat zachter praten?'

Reece gromde iets, maar liet zijn stem dalen; het schichtige veulen had al geprobeerd hem te schoppen toen hij langs haar was gelopen en hij moest niets hebben van de manier waarop ze nu naar hem keek. Hij had niets van Sully's aangeboren gave om met paarden om te gaan; het tegendeel was waar. Hij scheen paarden net zo nerveus te maken als zij hem.

'En hoe denk je dat te kunnen doen?' vroeg Sully.

'Dat weet ik niet. We moeten iets verzinnen. Het is zo goed als zeker dat we eruit liggen.' Reece liep rusteloos heen en weer, op een veilige afstand van het jonge paard. Hij bleef in de deuropening van de zadelkamer staan, frunnikte wat aan de stijgbeugels die aan een haak hingen en haalde afwezig zijn vinger over een stoffige plank met roskammen.

Sully gooide de borstel waar hij mee bezig was geweest in een emmer en keek naar zijn oudere broer, terwijl hij het paard bleef strelen. 'Als hij alles zou nalaten aan een tehuis voor bejaarde katten, zouden we er ook niets tegen kunnen doen. Jij vindt het misschien nog steeds vreemd dat hij zijn hele vermogen aan Amanda nalaat, maar ik niet.'

'Je gaat me toch niet vertellen dat je dat niet erg vindt? Hé, zeg, ik ben het, je eigen broer. Ik weet hoe graag jij Glory wilt hebben. Misschien denk je nu dat je het wel kunt verdragen dat zij hier de baas zal zijn, maar stel dat ze besluit de boel te ver-

136

kopen? Jij kunt het huis en de stallen, of zelfs alleen maar een van de twee, net zo min kopen als ik de fabrieken. We zouden allebei op straat komen te staan, terwijl hier andere mensen komen te wonen.'

'Ze verkoopt Glory niet. Niemand zou zo gek zijn om Glory te verkopen.'

Reece lachte kort. 'Dat jij nu toevallig vindt dat Glory het middelpunt van het heelal is, wil nog niet zeggen dat iedereen daar zo over denkt. Zelfs als ze de ware Amanda is, is ze hier in geen twintig jaar geweest, en ik denk niet dat Christine ons erg gunstig heeft afgetekend. Voor ons lieve *nichtje* is Glory niets meer dan een melkkoe.'

Sully pakte een andere borstel en ging door met de verzorging van het paard. De zachte bewegingen van zijn handen en zijn kalme stem vormden een sterk contrast met de diepe frons op zijn verbeten gezicht. 'Daar geloof ik niets van. Niet als ze Daulton-bloed in haar aderen heeft.'

'Ja, maar volgens mij heeft ze dat niet.'

'Dat zal het DNA-onderzoek dan wel uitwijzen.'

Reece haalde zijn schouders op. 'Misschien, maar misschien ook niet. Je weet dat ze gezegd hebben dat de uitslag niet per se doorslaggevend hoeft te zijn, ongeacht wie ze is. En voor het geval het je nog niet was opgevallen, is de ouwe helemaal niet van plan om op de uitslag te wachten. Hij laat zijn testament nu al veranderen.'

'Zover is het nog niet. Walker rekt dat vast zo lang als hij kan; hij is er zelf ook niet gelukkig mee.'

'En wat moeten we intussen? Wachten tot de voorzienigheid zich ermee bemoeit en de lieve Amanda van de trap laat vallen?'

'Probeer je leuk te zijn?'

'Wat moeten we dan? Jesse is nergens over van gedachten veranderd sinds hij aanvankelijk Nixons zijde had gekozen bij de Watergate-affaire, en zelfs toen gaf hij zijn ongelijk pas toe *nadat* de man was afgetreden. Hij zal zich wat Amanda betreft niet laten ompraten en zal met zijn testament doen wat hij wil, tenzij iemand onomstotelijk kan bewijzen dat ze een bedriegster is. En zodra hij het testament ondertekent, liggen wij eruit.

Ik heb je verteld wat ik gisteravond heb gehoord; het zal zo goed als onmogelijk zijn het testament aan te vechten als hij al die verdomde brieven schrijft en met zijn vriendjes gaat praten.'

'Er is nog nooit iemand geweest die Jesse ervan heeft kunnen weerhouden te praten,' zei Sully zonder een greintje humor, 'en het is wettelijk verboden om brieven te onderscheppen.'

'Doe even serieus. We moeten er iets op verzinnen.'

Sully zette het paard zwijgend op stal. Toen liep hij langs Reece heen de zadelkamer in om de emmer met borstels weg te zetten.

'Zeg eens iets,' commandeerde Reece hem kwaad.

'Wat moet ik zeggen?' Sully was net zo kwaad als zijn broer. 'Ik weet dat *ik* er nooit in zal slagen Jesse van gedachten te laten veranderen, en ik betwijfel het ten zeerste dat hij naar jou zal luisteren. Als je dus een goed idee hebt, wil ik dat graag horen.'

'Misschien moeten we het probleem op een andere manier aanpakken,' zei Reece. 'Als we met Jesse niets kunnen beginnen, kunnen we ons misschien beter op Amanda concentreren.'

'Haar beleefd vragen Glory en de business aan ons over te doen nadat ze die heeft geërfd?'

'Doe niet zo idioot. We moeten bewijzen dat ze een leugenaarster en een bedriegster is.'

'Maar we weten niet zeker of ze dat is,' zei Sully laconiek.

'Schei toch uit. Je gelooft toch niet dat ze de ware Amanda is? Die na twintig jaar opeens uit de lucht komt vallen, vlak voor de ouwe het loodje legt? Jezus, man, heb je haar wel goed bekeken? In de hele familie Daulton is er nog nooit iemand geweest die onder de één meter zeventig bleef, zowel de mannen als de vrouwen. Die bleke huid heeft ze ook niet van de Daultons en Christine werd al bruin als je het woord *zon* maar noemde.'

'Dat kan ik me niet herinneren,' zei Sully.

'Ik wel. Bovendien kun je dat duidelijk zien op het schilderij en op alle foto's die Jesse heeft bewaard. Nee, onze kleine indringster is niet wie ze beweert te zijn.'

'Dat weet je niet zeker, Reece.'

'O nee? Is het je niet opgevallen dat ze links is?'

Sully fronste. 'Nee. Maar wat dan nog?'

'Amanda was rechts.'

Sully's frons verdiepte zich. 'Weet je dat zeker?'

'Heel zeker.'

'En dat is niemand anders opgevallen?'

Reece haalde zijn schouders op. 'Blijkbaar heeft niemand erop gelet, waarschijnlijk omdat iedereen zit te wachten op de zogenaamde wetenschappelijke resultaten van dat DNA-onderzoek. Ik weet het toevallig, omdat het die laatste zomer veel regende en Amanda altijd ergens in een hoekje tekeningen van paarden zat te maken. Met haar *rechterhand*.'

'Zeg dat dan tegen Jesse.'

'Zodat hij me voor leugenaar kan uitmaken? Het is geen bewijs en je zult zien dat niemand anders zich dat kan herinneren, omdat het zo lang geleden is. Maar ik weet het zeker en dus weet ik dat ze een bedriegster is. Als ze een dergelijke fout heeft gemaakt, kunnen we vast nog meer slippertjes vinden. Als we maar goed zoeken.'

'En als we iets vinden, denk je dan dat dat Jesse iets kan schelen?' Sully klonk ongeduldig. 'Hij vecht tegen de klok en wil Amanda zo graag terughebben dat hij waarschijnlijk voor alles wat we tegen haar inbrengen, een redelijke verklaring weet te verzinnen. En als je Jesse van je vervreemdt, kom je er misschien helemáál bekaaid af. Volgens mij kunnen we beter niets doen, Reece. Stel Jesse niet voor een keuze, want dan verlies je het gegarandeerd.'

'Al die jaren heb ik me uit de naad gewerkt om het Jesse naar de zin te maken, en ik ben niet van plan alles nu zomaar uit handen te geven,' zei Reece. 'Als jij het niet wilt proberen, zal ik dat zelf wel doen. Ik zal alles doen wat in mijn vermogen ligt om mijn belangen te beschermen.'

Sully volgde zijn broer van de zadelkamer naar de deur van de stal en keek hem na toen hij met grote stappen in de richting van het huis liep. Toen beende hij met een onderdrukte vloek naar stal drie en probeerde hij zich te concentreren op het veulen dat als volgende op zijn lijst stond.

139

Hij keek niet om en zag dus niet dat Ben Prescott, die net de trap af was gekomen vanuit zijn kamer boven de stal, hem nakeek.

Jesse zat midden in een telefoongesprek toen Amanda tegen het eind van die middag zijn studeerkamer binnenkwam, maar hij glimlachte en wenkte haar, dus deed ze de deur achter zich dicht en liep ze langzaam de kamer in. Ze bleef voor het portret van Brian, Christine en Amanda Daulton staan.

Een leuk gezin. Maar geen perfect gezin, zoals nu was gebleken. Christine was rusteloos geweest en had die laatste zomer waarschijnlijk een minnaar gehad. Brian scheen zijn vrouw soms langdurig te hebben verwaarloosd, en was dan weer obsessief bezitterig geweest.

En Amanda... wat wist een kind nu van dergelijke dingen? Een kind wist dat bedden zacht waren en eten lekker en dat pappa en mamma er altijd waren. Dat vuurvliegjes na hun dood bleven gloeien, dat de zomer een specifieke geur had, dat donderslagen geen kwaad konden en dat nieuwe schoenen kraakten als je ze voor het eerst aan had. Dat er geen kleurkrijt bestond waarmee je de heldere zomerlucht precies kon tekenen, dat vlinders op je vinger bleven zitten als je je heel stil wist te houden en dat pasgeboren veulentjes komisch rondliepen op wankele beentjes. Dat je rivierkreeften kon vangen door ze aan het schrikken te maken, waardoor ze achteruit in een jampot schoten. Dat nachtmerries niet echt waren, ook al leken ze dat wel.

'Je moeder had een koppig karakter,' zei Jesse.

Amanda keek naar hem om. 'Dan heb ik dat zeker van haar. Ik kan ook erg hardnekkig zijn.'

'Het tegenovergestelde zou me verbaasd hebben, liefje.'

Ze liep de kamer door en ging met een ernstig gezicht in de stoel tegenover zijn bureau zitten. 'We moeten praten, Jesse.'

'Waarover?'

'Over je testament.'

7

'Ze heeft de hele avond geen enkele fout gemaakt,' zei Sully.

'Dat heb ik gemerkt.' Walker keek naar Amanda die aan de andere kant van het terras met dominee Bliss stond te praten. De goede dominee was er zoals altijd op gebrand zieltjes te redden – of die nu gered moesten worden of niet – en Amanda stond beleefd en met een aandachtig gezicht naar hem te luisteren, een onschuldig glas limonade in haar hand. Haar eenvoudige zomerjurk was smaakvol, bescheiden en flatteus.

Ze had haar glanzende zwarte haar gekruld en losjes opgebonden met behulp van een van de zijden sjaaltjes waar ze zo van hield, zodat de krullen luchtig rond haar gezicht dansten. Door die kleine verandering in haar uiterlijk leek ze opvallend veel op het kleine meisje op het schilderij, wat, dacht Walker, natuurlijk haar bedoeling was geweest.

'Ja, ik heb gemerkt dat je het hebt gemerkt.'

Walker draaide zich om naar Sully en zag de wat spottende blik in zijn grijze ogen, maar zei alleen: 'Verbeeld ik het me, of is de sfeer tussen haar en Jesse wat gespannen?'

Sully legde zich er met een schouderophalen bij neer dat Walker op een ander onderwerp oversprong. 'Ik was vergeten dat je hier de hele week niet bent geweest.'

'Jesse heeft me overladen met werk voor dat bouwproject.' Niet voor het eerst vroeg Walker zich af of Jesse hem zoveel werk bezorgde, opdat hij geen tijd zou hebben om met hem over de veranderingen in het testament te kibbelen. 'Wat is er aan de hand?'

'Ik weet het niet precies.' Sully nam een slok uit zijn glas en keek met een somber gezicht naar Amanda, die nu door Maggie van dominee Bliss werd verlost om voorgesteld te worden aan de burgemeester en zijn vrouw, die zojuist waren gearriveerd. 'Ik heb van geen van tweeën iets gehoord en er wordt nergens openlijk over geruzied. En dat is niets voor Jesse.'

'Zeg dat wel.'

Sully haalde weer zijn schouders op. 'Ik heb zo het idee dat onze kleine Amanda Jesse in een hoek heeft weten te drukken. Ik weet niet hoe, maar hij is zo gefrustreerd dat hij scheel ziet.'

Walker fronste. 'Zo ken ik Jesse niet.'

'Nee, maar toch moet het zoiets zijn. Ik geloof dat hij haar... ergens toe wil overhalen, en dat zij voet bij stuk houdt. Hij heeft de hele week geen goed woord voor ons overgehad en zij zorgt dat ze bij hem uit de buurt blijft. En niet alleen bij hem, trouwens.'

'Wat bedoel je daarmee?'

'Net wat ik zeg. Amanda heeft volgens mij een nogal enerverend weekje achter de rug. Niet alleen is Jesse kwaad op haar, maar Kate verandert in een ijspegel wanneer ze bij haar in de buurt komt, en zelfs Maggie doet geen moeite meer om aardig tegen haar te zijn.'

'Je hebt je ogen niet in je zak gehad, merk ik,' zei Walker.

Sully's glimlach had iets duivels. 'Dat komt omdat ik deze week de helft van de tijd in huis heb gezeten. Op wie denk je dat de ouwe zijn woede afreageert? Gisteren heeft hij me speciaal uit de stallen weggeroepen om me een halfuur lang uit te kafferen over de trainingspiste die dit jaar nog niet is geschilderd. En wie denk je dat de volle laag kreeg toen Victor belde om te zeggen dat hij een paar dagen later terugkomt dan gepland was?'

Walker keek hem peinzend aan. Ze stonden aan de rand van het terras bij een lange tafel waarop de nagerechten stonden uitgestald, en er was niemand anders bij hen in de buurt. Sully was uit zichzelf naar Walker toe gekomen, blijkbaar omdat hij iets op zijn lever had, en aangezien Walker het niet van hem gewend was dat hij zich beklaagde over de manier waarop zijn grootvader hem behandelde, nam hij aan dat hij nog ergens anders mee zat, en dat hij daarmee pas over de brug zou komen wanneer hij er gereed voor was.

De barbecue was nu al twee uur in volle gang; rond de tuin stonden fakkels die zowel de duisternis terugdrongen als vervelende insecten op een afstand hielden. Veel van de gasten slenterden op hun gemak over het gazon of door de tuin, veelal om de grote steaks en gegrilleerde groenten te laten zakken. Boven het terras hing een lichte waas van rook en de lucht was nog gevuld met het kruidige aroma van het gegrilleerde vlees, dat zich nu mengde met de verleidelijke geur van versgebakken cakes en vruchtentaarten.

Een deel van de gasten zat nog aan de tafels die op het terras waren opgesteld. Sommigen praatten, anderen luisterden naar de strelend zachte klanken van de band uit Nashville. Die speelde zo zachtjes omdat Jesse een hekel had aan harde muziek en daarom het podium een eind bij de tafels vandaan had laten plaatsen en de musici bovendien had verboden versterkers te gebruiken. Dit was geen rockconcert, had hij gezegd; hun muziek mocht de gesprekken van de gasten niet overstemmen en ze hoefden ook geen applaus te verwachten.

De musici, die niet alleen een zeer ruime gage opstreken, maar bovendien van de malse steaks konden genieten en op Glory bleven overnachten, hadden zich niet beklaagd, en de gasten stelden het erg op prijs dat ze konden praten zonder te hoeven schreeuwen. Er waren er zelfs bij die bij de langzame nummers een dansje maakten, waardoor de tegelvloer rond het zwembad automatisch in een dansvloer was veranderd.

Wat de eregaste betrof, die speelde haar rol perfect. Samen met Jesse had ze de gasten op een vriendelijke, maar niet overdreven manier begroet, waarbij ze Jesse op een charmante en heel natuurlijke manier de honneurs had laten waarnemen. Walker had veel mensen horen opmerken hoezeer ze (nog steeds) leek op het kleine meisje op het beroemde portret en hoe fijn het voor Jesse was dat hij zijn geliefde kleindochter eindelijk terug had.

De mensen uit de stad twijfelden er blijkbaar niet aan dat ze de ware Amanda was.

Amanda zelf leek zich volkomen op haar gemak te voelen.

Ze gedroeg zich tegenover iedereen hoffelijk en charmant, leek oprechte interesse te tonen voor wat men tegen haar zei, sprak op zachte toon en kwam zo prettig over, dat ze iedereen meteen voor zich innam. Ze kreeg zelfs al een zuidelijk accent.

Walker vond haar een goede actrice.

Walker wist dat de gespannen sfeer tussen haar en Jesse hem alleen was opgevallen, omdat hij hen voortdurend in de gaten hield, en dat de wrijving tussen hen voor buitenstaanders waarschijnlijk niet eens merkbaar was. Hij had Jesse twee keer iets tegen Amanda zien zeggen, waarop ze met een licht hoofdschudden had gereageerd, wat Jesse duidelijk niet naar de zin was geweest.

Walker wist niet wat er aan de hand was, maar het zat hem helemaal niet lekker.

Kate kwam naar de desserttafel om te controleren of alle borden, vorken en servetjes naar behoren waren uitgestald. Zoals gewoonlijk vervulde ze al haar kleine en grote plichten met de precisie die van haar zo'n uitmuntende gastvrouw maakte. Niets in haar houding verried of ze Amanda's aanwezigheid en het feit dat die in het spotlicht stond, vervelend vond, en van de kilte waar Sully het over had gehad, was ook niets te merken.

'Er heeft nog niemand van de taarten geproefd,' zei ze tegen Walker, de perfecte gastvrouw die zich ongerust maakte dat haar gasten niet tevreden waren.

'Dat komt nog wel. De steaks moeten eerst zakken.'

Ze trok een gezicht. 'Doe me een lol en zeg in ieder geval tegen Sharon dat haar bosbessentaart erg lekker is. Ze heeft een nieuw recept uitgeprobeerd en ik kan er zelf niet van proeven, omdat ik allergisch ben voor bosbessen, zoals je weet.'

'Sorry, ik griezel van bosbessen,' zei Walker.

'Meen je dat? O ja, dat is waar ook. Gek, dat ik dat vergeten was. Sully, kun jij...'

'Ik hou niet van taart,' zei Sully.

'Ach, waarom ben je toch altijd zo lastig?' vroeg ze op klagende toon. 'Ga eens even met Niki Rush dansen. Die zit al de hele avond naar je te lonken.'

Sully bleef onaangedaan staan en zei: 'Ik hou ook niet van

dansen. Zeker niet met volwassen vrouwen die hun naam opeens modern spellen.'

Kate trok een gezicht tegen Walker en liep weg om te proberen haar verzadigde gasten naar de desserttafel te lokken.

'Is Kate afgevallen of vergis ik me?' vroeg Walker aan Sully.

'Kan best zijn. Zoals ik al zei, deze twee weken zijn voor geen van ons een lolletje geweest, en de afgelopen paar dagen waren nog het ergste. Is Jesse's nieuwe testament al klaar?'

Walker keek hem aan. 'Nog niet helemaal. De hard disk van de computer moet vervangen worden, dus kan het nog wel even duren.'

'Computers zijn handige dingen.'

'Zolang ze het doen.'

'En soms als ze het niet doen.' Sully haalde zijn schouders op en zei toen abrupt: 'Hij heeft me zeker onterfd?'

'Je weet best dat ik daar geen antwoord op kan geven.'

Sully trok zijn mondhoeken omlaag. 'Altijd even discreet.'

'Dat ben ik verplicht, Sully.'

'Ja.' Sully zette zijn glas op de desserttafel en gromde: 'En ik vind dat ik hier mijn plicht heb gedaan. Meer kan de ouwe niet van me verlangen.' Hij deed een paar stappen in de richting van het huis, bleef toen staan en draaide zich om naar Walker. 'Tussen haakjes,' zei hij, 'volgens Reece was Amanda twintig jaar geleden rechtshandig.'

Walker staarde hem aan.

Sully glimlachte. 'Interessant, hè? Tot kijk, Walker.'

'Toen was de kliniek er nog niet; Jesse heeft het geld daarvoor ongeveer vijftien jaar geleden beschikbaar gesteld. Tot dan had de dokter zijn praktijk aan huis in de Main Street,' legde dokter Helen Chantry uit. 'En ik was nog niet eens droog achter de oren, om zo te zeggen. Pas afgestudeerd en blakend van energie, maar nog echt een groentje. Dokter Sumner was in 1974 met pensioen gegaan en ik had zijn praktijk in januari van dat jaar overgenomen.'

Amanda knikte. 'U was... u bent er dus bij geroepen, toen mijn vader was verongelukt?'

'Ja.' Dokter Chantry's intelligente donkere ogen bekeken

145

Amanda aandachtig, en toen zei ze op neutrale toon: 'Ik kon niets meer voor hem doen. Hij had door de val zijn nek gebroken.'

'Maar hij was zo'n goede ruiter,' zei Amanda zachtjes.

'Zelfs ruiters van wereldklasse vallen soms van hun paard. Hij had de pech dat hij erg hard reed en het hek onder zo'n hoek raakte dat de val, die hem anders hooguit wat blauwe plekken zou hebben opgeleverd, fataal was. Hij is op slag gedood.'

Amanda zei niets. Ze luisterde met een half oor naar de muziek en liet haar blik over de tafels op het terras glijden waar veel van de gasten nu van de taarten zaten te proeven. Serveersters liepen rond om asbakken te legen en glazen bij te vullen, en bij het zwembad waren drie stelletjes traag aan het dansen.

'Het spijt me,' zei dokter Chantry.

Amanda keek haar aan en glimlachte. 'Ik heb er zelf naar gevraagd. Bovendien is het twintig jaar geleden en kan ik me hem amper herinneren. Het interesseert me gewoon omdat... omdat er in de krantenartikelen over het ongeluk stond, dat hij is verongelukt omdat hij probeerde een jong paard over een veel te moeilijke hindernis te krijgen. Dat lijkt me niets voor een ruiter van wereldklasse.'

'Nee, maar soms doen mensen domme dingen, vooral als ze erg van streek zijn.'

De arts zei er niet bij dat Christines abrupte vertrek een paar weken daarvóór heel goed de reden kon zijn geweest dat Brian Daulton zo'n domme stunt had uitgehaald. Ze hoefde dat niet te zeggen.

'Ja, dat neem ik aan.' Amanda aarzelde en vroeg toen: 'Kunt u zich mijn moeder nog herinneren?'

Helen Chantry, die ongeveer net zo oud was als Christine Daulton nu zou zijn geweest, knikte. 'Ja, maar ze was geen patiënte van me. Ik heb haar nooit wegens een of andere kwaal behandeld.'

Weer aarzelde Amanda en begon toen: 'Dokter...'

'Helen.'

'Helen. Dank je. Heb je er enig idee van... waarom mijn moeder zo plotseling is vertrokken?'

'Ik heb van Jesse gehoord dat je je veel dingen niet herinnert, maar... heeft je moeder je dat zelf niet verteld?'

'Nee.'

'Wat gek.' Helen keek haar peinzend aan. 'Ik wou dat ik je kon helpen, Amanda, maar ik kan je op die vraag geen antwoord geven. Zoals ik al zei, heb ik haar niet als patiënte gehad. We waren ook niet bevriend. Volgens mij had ze geen echte vriendinnen. Daar was ze het type niet naar, als je begrijpt wat ik bedoel.'

Langzaam zei Amanda: 'Ze was erg mooi. Ze had grote aantrekkingskracht op mannen. Bedoel je dat?'

Helen glimlachte. 'Min of meer. Het was niet alleen dat ze op mannen een grote aantrekkingskracht had, Amanda. Mannen werden door haar gefascineerd. Ze raakten als het ware... in haar ban. Ze had iets over zich, dat hen murw maakte, al geloof ik niet dat ze daar zelf moeite voor deed of dat ze het uitbuitte. Ik heb gelukkig getrouwde, volkomen evenwichtige mannen meegemaakt, die haar met glazige ogen nakeken wanneer ze op straat voorbijkwam. Het was een beetje griezelig, moet ik zeggen.'

'Zo was ze later niet.' Amanda duwde afwezig haar bord met de restanten van een punt perziktaart en een stuk appelgebak van zich af. Ze moest nog minstens zes taarten proeven en wilde een paar minuten respijt voor ze daaraan begon.

'Hoe bedoel je?' vroeg Helen.

Amanda zette haar zwervende gedachten op een rijtje. 'Eh... ze was ... je zou het terughoudend kunnen noemen. Helemaal niet provocerend. Op zichzelf. Erg stilletjes.'

Nieuwsgierig zei Helen: 'Als je vindt dat het me niets aangaat, moet je het zeggen, maar... is ze nooit hertrouwd?'

'Voor zover ik weet, is er nooit een andere man in haar leven geweest nadat we hier weg zijn gegaan.' *Of wel? Hoe zat het met Matt Darnell?* 'Het kan natuurlijk zijn dat ik daar in het begin geen erg in heb gehad, want kleine kinderen letten niet op zulke dingen, maar later zou ik het toch wel gemerkt hebben.' Wat Helen daarop had willen zeggen, zouden ze nooit weten, want op dat moment riep Jesse, die aan een andere tafel zat, haar bij zich om een geschil over een medische kwestie op te lossen.

'De baas roept,' zei ze met een glimlach tegen Amanda.

Amanda stond tegelijk met de oudere vrouw op. 'En ik moet maar eens terug naar de desserttafel. Er wachten me nog een aardbeientaart, een bosbessentaart en vier taarten met andere soorten bessen.'

Daar moest Helen om lachen. 'Ik merk dat je bent gewaarschuwd.'

'Dubbel en dwars. Ik heb zelf ezelsbruggetjes verzonnen om te onthouden welke taart van wie afkomstig is, want ik wil niemand beledigen.'

'Als je alles weet te onthouden, stellen we je kandidaat bij de volgende burgemeestersverkiezingen.'

Amanda liep glimlachend naar de desserttafel. Ze had gehoopt dat de rest van het gebak inmiddels op zou zijn, maar er was van iedere taart nog genoeg over om te proeven. Met een zucht pakte ze een schoon bord en sneed ze overal een miniem puntje af.

De aardbeientaart was van Mavis Sisk, die rood haar had. De bosbessentaart was van Sharon Melton, die blauwe, topazen oorbellen en een blauwe haarband droeg. Amy Bliss, de vrouw van de dominee, had de frambozentaart meegebracht, en om de een of andere reden kostte het Amanda geen moeite dat zonder ezelsbruggetje te onthouden. En de prachtige kruisbessenvlaai was afkomstig van een erg lieve, oude dame met spierwit haar die Betty Lamb heette. Een oud besje, een kruisbesje dan maar; iets beters wist Amanda niet te verzinnen.

'Ga je dat allemaal opeten?'

Amanda keek op naar Walker McLellan en voelde haar goede humeur wegebben. Ze voelde ook haar hart een slag missen. Ze was zich de hele avond van hem bewust geweest, had gevoeld hoe hij haar in de gaten hield. Ze had geweten dat hij vroeg of laat naar haar toe zou komen, ongetwijfeld met een nieuwe aantijging of een variatie op de inmiddels vertrouwde.

De herinnering aan hun laatste ontmoeting, aan zijn kille gezicht en scherpe stem, deed haar haar rug rechten en haar kin opheffen, wat haar alleen maar ten goede kon komen. Ze voelde zich akelig kwetsbaar en alle hulp was welkom. Hij was boos; ze kon het niet zien, ze voelde het.

'Ik moet overal van proeven,' zei ze, een opgewekte toon aanslaand. 'Ik mag geen van de dames beledigen.'

148

'Je begint steeds meer een zuidelijk accent te krijgen,' zei hij.

'Dat lijkt maar zo, omdat je me een paar dagen niet hebt gehoord.' Amanda wenste meteen dat ze die opmerking kon inslikken, boos op zichzelf dat ze Walker liet weten dat het haar was opgevallen dat hij de hele week niet op Glory was geweest.

'Ik heb het druk gehad,' zei hij. 'Waarom vraag je me niets over het testament?'

'Misschien omdat het testament me niet interesseert.'

'Of misschien omdat je het je kunt veroorloven rustig te wachten, omdat je weet dat het nu alleen nog maar een kwestie van tijd is voor je alles krijgt.'

Amanda wilde weglopen, maar hij pakte haar bij haar arm. 'Laat me los, Walker,' zei ze op effen toon.

'Ik wil je iets vragen.'

'Laat me los.' Ze was blij dat vanwege de muziek niemand kon horen wat ze zeiden, maar ze was zich er scherp van bewust dat meer dan één paar ogen hen nieuwsgierig bekeek. Dat was het laatste waar ze behoefte aan had, een openlijke ruzie met de advocaat van de Daultons.

Hij keek haar lange tijd in de ogen, terwijl hij haar arm nog vast had. Toen liet hij haar los. 'Het is een heel eenvoudige vraag. Ben je niet linkshandig?'

'Ja.'

'Amanda Daulton,' zei hij, 'was rechts.'

Ze glimlachte. 'Het valt me van je tegen dat je daar nu pas mee komt. Stond dat niet op de lijst van dingen die gecontroleerd moesten worden? Zwart haar, grijze ogen, bloedgroep AB positief, rechtshandig.'

'Nee, dat stond niet op mijn lijst.' Zijn stem klonk afgemeten.

'Begin je te verslappen, meneer de advocaat?' Amanda liep terug naar haar tafel, waar niemand meer zat nu Helen was weggeroepen, en probeerde een welwillende uitdrukking op haar gezicht te houden vanwege de nieuwsgierige ogen. En dat waren er veel. Ze zette haar bord op de tafel, maar voordat ze kon gaan zitten, stond Walker naast haar en pakte hij haar hand.

'Dans met me,' zei hij kortaf.

Het was het laatste wat Amanda wilde, maar ze kon moeilijk

149

haar hand losrukken of protesteren nu er zoveel mensen naar hen keken en dat wist hij, de ellendeling. Hij leidde haar naar de tegelvloer bij het zwembad, waar nog meer paartjes op een langzaam, nogal erotisch nummer aan het dansen waren, en trok haar vastbesloten in zijn armen.

Amanda was nog nooit zo dicht bij hem geweest en was zich overweldigend bewust van dat feit. Zijn lichaam was harder dan ze had verwacht, zijn armen sterker en, vreemd genoeg, gretiger. Hij rook naar iets scherps en kruidigs, een mengeling van een aftershave met een woudgeur en pijptabak, meende ze, hoewel ze hem nooit een pijp had zien roken. Het was in ieder geval een lekkere geur.

Te lekker.

Hij bewoog zich soepel op de maat van de muziek, leidde haar met gemak. Hij keek op haar neer; dat voelde ze aan, zoals ze altijd aanvoelde wat hij deed. Ze hief haar gezicht pas met tegenzin naar hem op, toen ze meende in staat te zijn haar gedachten voor hem verborgen te houden.

'Je hebt tijd gehad om erover na te denken,' zei hij tegen haar, nog steeds afgemeten. 'Laat dus maar eens horen. Hoe is een rechtshandig meisje in een linkshandige vrouw veranderd?'

'Ben je er zo zeker van dat ik daarop antwoord kan geven?'

'Ik verwacht niet anders.'

Amanda verbaasde zich enigszins over dat antwoord, waarvan ieder woord werd afgebeten, maar vertelde het hem evengoed. 'Een paar jaar nadat we hier waren weggegaan, heb ik mijn rechterarm gebroken. Het duurde lang voordat de breuk was geheeld en ik heb er schade aan wat zenuwen in die arm aan overgehouden. Ik heb daarom moeten leren alles links te doen. Mijn rechterarm is nog steeds zwakker dan mijn linker.'

'Was dat hetzelfde ongeluk dat je zo bang heeft gemaakt voor paarden?' vroeg Walker spottend.

Ze negeerde de hoon. 'Nee. Ik was uit een boom gevallen.'

'Wat dom van je.'

Amanda wist zich slechts met moeite te beheersen. 'Ja, heel dom. Ik wilde alleen maar een vogelnest van binnen bekijken. Het was nota bene nog leeg ook, maar onderhand had ik er een gebroken arm en een hersenschudding aan overgehouden.'

Hij knikte, maar het was het gebaar van een man die had gekregen wat hij had verwacht en daarom geenszins verbaasd was. 'Heel goed. Eenvoudig, maar vol creatieve details. Geloofwaardig. En ik wil wedden dat als ik Helen ernaar zou vragen, ze zou zeggen dat het medisch gezien heel goed mogelijk is.'

Het ritme van de muziek werd nog trager en Amanda vocht tegen een impuls om zich van hem los te maken. Ze vond het vreselijk om zijn armen om zich heen te voelen terwijl zijn stem zo bijtend klonk en er in zijn ogen een honende blik lag. Afschuwelijk was dat.

'Het is de waarheid,' zei ze.

'Jij zou de waarheid niet eens herkennen als je erover struikelde,' zei Walker.

Amanda voelde achter haar ogen een doffe pijn opkomen. *O God, als ze nu maar geen migraine kreeg.* Maar dat was het vast, dat zou je altijd zien. Ze had in haar hele leven nog maar een paar migraineaanvallen gehad, maar die zou ze nooit vergeten. Ze waren allemaal veroorzaakt door stress. En ze voelde zich op dit moment erg gespannen.

Toen het nummer met een sierlijk akkoord werd beëindigd, maakte Amanda zich met meer haast dan gratie van Walker los, nu zonder zich er iets van aan te trekken wat de anderen ervan dachten. Ze keerde terug naar haar tafel, waar de taartpunten op haar wachtten. Als hij achter haar aankwam en aan haar hoofd bleef zeuren, dacht ze, zou ze het bord met de taartpunten in zijn schoot omkeren.

Hij kwam niet meteen achter haar aan, maar dook even later op met twee glazen. Wijn.

'Nee, dank je,' zei ze beleefd en proefde van de aardbeientaart. Die was lekker, erg lekker. 'Ik wil geen wijn.' De bosbessentaart was nog lekkerder en de kruisbessentaart was uitmuntend.

'Omdat je je hoofd koel wilt houden?' vroeg hij spottend. Hij nam op de stoel naast haar plaats met het air van een man die alle tijd van de wereld heeft.

'Zoals je wilt.'

Amanda hoopte dat Amy Bliss in andere dingen beter was dan in taarten bakken, want haar frambozentaart leek nergens op, al kon ze haar dat natuurlijk niet vertellen. Ze vroeg zich wanhopig af wat ze er dan wél van moest zeggen. Dat de korst lekker knapperig was?

'Amanda, zou je even willen ophouden met dat zinloze geprik in die taarten en me aankijken?'

'Ik prik niet zinloos, ik proef.' *Hij heeft me in ieder geval bij mijn naam genoemd.* Hij kon er nog steeds amper toe komen haar naam uit te spreken. Je zou waarachtig denken dat hij op straffe daarvan geradbraakt zou worden.

De doffe pijn zeurde achter haar ogen en nu werd ze zich bewust van een brandend, tintelend gevoel dat door haar hele lichaam trok. Haar tong voelde vreemd aan, bijna... verdoofd. En ze begon onpasselijk te worden.

O God, stel je voor dat ze ziek was geworden van die afschuwelijke frambozentaart die Amy Bliss had meegebracht. Dat zou helemaal het toppunt zijn. Daar zou ze dan met de beste wil van de wereld niets complimenteus meer over kunnen verzinnen.

'Amanda...'

Ze stond met een ruk op en liep met haar bord naar de desserttafel. Halverwege werd het misselijke gevoel erger en was ze opeens helemaal duizelig. Ze wist nog net de tafel te bereiken, zette haar bord met een klap neer en strompelde naar de azalea's die langs de rand van het terras stonden.

Ze moest zien dat ze bij al die mensen vandaan kwam. Had ze maar iets om op te steunen, want nu begonnen haar benen hevig te trillen. Zo hevig dat ze haar ene been niet meer voor het andere kon krijgen.

'*Amanda.*'

Alles zag er opeens verwrongen uit en Amanda werd bevangen door een kil gevoel van angst. Dit leek haar niet normaal. Haar mond en keel voelden verdoofd aan en het gevoel van misselijkheid werd steeds sterker. Met een machteloze kreun boog ze zich voorover en begon ze tussen de azalea's te braken.

Sterke handen hielden haar schouders vast terwijl ze overgaf en kokhalsde en toen ze eindelijk alles had uitgekotst wat ze ooit in haar leven had gegeten, hielp hij haar overeind en hield hij haar zodanig vast dat ze achterover tegen hem aan kon leunen. Ze voelde zijn hand op haar voorhoofd, zacht en heerlijk koel.

Ze besefte vaag dat het om haar heen opeens erg stil was. De band speelde niet meer. Ze nam aan dat de gasten achter haar met geschrokken gezichten het tafereel bekeken. Zelfs de krekels zwegen.

Brave burgers van Daulton... mag ik u even voorstellen? Amanda Daulton.

'O God,' fluisterde ze.

'Rustig maar.' Walkers stem klonk zacht, kalm. 'Je hebt een beetje te veel tegelijk te verwerken gekregen, dat is alles. En daar heb ik ook schuld aan.' Zijn hand gleed naar haar wang.

Haar gêne werd op slag verdrongen door een gevoel van paniek, want het was alsof zijn vingers de wang van iemand anders raakten, in plaats van de hare. Ze had geen gevoel in haar gezicht. De wereld om haar heen was nog steeds verwrongen en ze kreeg steeds meer moeite met ademhalen.

'Walker, ik...' Een felle pijnscheut sneed door haar middenrif. Ze slaakte een kreet.

'Amanda?'

Ze kon geen antwoord geven. Er gebeurde iets met haar dat haar doodsangst aanjoeg en ze kon er niets tegen doen. Ze kreeg het gevoel dat haar benen haar niet langer droegen, en toen meende ze een ogenblik dat ze Walkers ongeruste ogen zag en wist ze dat ze hem iets heel belangrijks moest vertellen.

Opeens leek het of het licht uitging en kreeg ze het gevoel dat alle kracht uit haar lichaam werd gezogen. Er lag een loodzwaar gewicht op haar borst, dat haar strafte voor iedere ademtocht die ze wist binnen te zuigen. Toen werd alles donker en stroomde een kilte door haar heen, alsof haar aderen gevuld werden met ijswater.

Ze had het verschrikkelijk koud.

'Wat is er met haar?'

'Dat weet ik niet. Verdomme. Helen...'

'Ze kan geen adem krijgen. Hou haar half overeind. Maggie, mijn tas... dank je. Haar hartslag is zwak en veel te traag.'

Wacht even, dan zal ik... Jezus, haar bloeddruk zakt als een gek.'

'Doe iets!'

'Laten we haar naar binnen brengen. Snel.'

Amanda begreep, op cen bepaald niveau van haar bewustzijn, wat er om haar heen gebeurde. Mensen. Bewegingen. Geluiden. Ze hoorde Jesse's stem, streng en bars, als onweer in de verte. Ze hoorde een onbekend timbre in Walkers lome stem, die scherp en gebiedend klonk. Ze hoorde de haar nu bekende stem van Helen, kordaat en vakkundig.

Ze zakte steeds weg. Ze had het koud, zo koud dat ze dacht dat ze nooit meer warm zou worden en lange tijd deed het ademhalen haar pijn. Er werden onaangename dingen met haar gedaan, maar ze had geen fut om zich ertegen te verzetten en kon niets zeggen om hen te laten ophouden. Ze voelde naalden in zich prikken en er werd een smerig drankje in haar keel gegoten en toen moest ze tot haar grote ellende weer overgeven. Ze huilde zwakjes, omdat ze het niet kon uitstaan dat ze zo hulpeloos was, en al die tijd probeerden stemmen haar te troosten.

De stem van Maggie. Van Kate. En van Jesse. Jesse was er aldoor bij. Ze meende ook Walker steeds te horen, al klonk zijn stem anders. Helen zei dat ze zich nergens zorgen over hoefde te maken. Zo nu en dan hoorde ze een onbekende stem.

Waarom lieten ze haar niet met rust? Waarom gingen ze niet weg zodat ze vredig kon sterven?

'We kunnen ze beter loslaten en hierheen halen, anders breken ze de boel af.'

'Maar de dokter...'

'Op mijn verantwoordelijkheid. Ze weten dat er iets mis is en ze hebben geen rust voor ze bij haar zijn.'

Na een poos kreeg ze het iets warmer en werd het zware gewicht van haar borst weggenomen. Dat was een hele verbetering. Ze was niet meer zo paniekerig, zo bang dat ze haar lichaam niet kon beheersen. Haar hart bonsde niet meer zo waanzinnig en de pijn zakte weg. Het ding waar ze haar op hadden neergelegd, zwierde ook niet meer door de kamer.

Ze was nu doodmoe en voelde zich vreselijk zwak, en ze wilde alleen nog maar slapen.

154

'Nog zeker twaalf gevallen, zegt Helen. Sommigen zijn er erger door getroffen dan anderen, maar niemand is er zo ernstig aan toe als Amanda. Deze barbecue zullen ze niet snel vergeten, Jesse.'

'Waar is het door gekomen? Zat er bedorven vlees bij?'

'J.T. heeft van alle etenswaren een monster naar een laboratorium gestuurd, voor het geval er sprake is van opzet, maar volgens Helen gaat het om wolfsbesvergiftiging.'

'Meen je dat?'

'Ja. Sharon Melton heeft de bosbessen voor haar taart bij een kraampje langs de weg gekocht en het kan best zijn dat er wolfsbessen tussen hebben gezeten. Die lijken erg op bosbessen...

'... het verschil alleen als je heel goed kijkt. Sharon heeft er geen erg in gehad. Ze zit er vreselijk over in, dat snap je.' Walker sprak op zachte toon, omdat de deur van Amanda's kamer openstond en hij haar niet wilde storen, ook al leek ze nu in een diepe slaap verzonken te zijn.

Jesse leunde tegen de deurpost, zijn ogen onophoudelijk gericht op het stille figuurtje in het grote, antieken bed. Hij was al meer dan twaalf uur bijna geen ogenblik van haar kamer geweken en had de hele nacht geen oog dichtgedaan.

'Je hoeft je nu niet meer ongerust te maken, Jesse.'

De oudere man keek Walker met ogen als brandend zilver aan. 'Heb je niet gehoord wat Helen heeft gezegd? Als ze niet zo misselijk was geworden en niet meteen had overgegeven, had ze eraan dood kunnen gaan.'

'Maar ze is er niet aan doodgegaan. Straks wordt ze wakker, alsof er niets is gebeurd, en morgen zal ze weer helemaal de oude zijn.'

'Alsof er niets is gebeurd.' Jesse keek weer naar het bed waar de dobermanns zich aan weerskanten van Amanda's benen hadden geïnstalleerd. Naast het bed stond een metalen standaard met een infuuszakje waaruit vloeistof haar lichaam binnendruppelde, ter vervanging van het vocht dat ze had verloren en om het evenwicht van de elektrolyten te herstellen.

'En je had het onmogelijk kunnen voorkomen,' zei Walker

nogmaals, al had hij Jesse dat nu al meerdere keren voorgehouden. 'Het was een ongelukje. Het gebeurt wel vaker dat wolfsbessen voor bosbessen worden aangezien, en dit zal ook niet de laatste keer zijn.'

Jesse knikte maar leek er met zijn gedachten niet bij. 'Als ik haar weer was kwijtgeraakt... ik was boos op haar, Walker, weet je dat?'

'Ik weet dat jullie op gespannen voet met elkaar stonden.'

'Weet je ook waarom?'

'Nee.'

Jesse keek hem aan met een verwrongen glimlach. 'Weet je nog dat ik je heb verteld dat ze me nergens om had gevraagd?'

Walker knikte. 'Bedoel je dat ze...'

'Ze wil helemaal niets. *Niets*. Ze wil Glory niet. Snap je dat nou?'

'Wat bedoel je daar precies mee, dat ze Glory niet wil?'

'Daarmee bedoel ik dat ze op een stoel voor mijn bureau is gaan zitten en ronduit heeft gezegd dat als ik een nieuw testament teken waarin ik het landgoed of de firma's aan haar nalaat, ze weggaat en nooit meer terugkomt. En als ik het stiekem toch doe, zei ze, zal ze na mijn dood een akte van schenking laten opmaken waarin ze alles overdoet aan Kate, Reece en Sully.'

'En dat geloof jij?'

'Ze was heel serieus. Ik heb de hele week geprobeerd haar van gedachten te laten veranderen, maar ze wil er niets over horen. Ze zei dat ze hoopte dat ze altijd op Glory mocht komen logeren, maar dat het nooit haar thuis zou zijn, niet zoals voor de rest van de familie.'

Walker bekeek Jesse onderzoekend; hij wist dat de woede een dekmantel was geweest voor teleurstelling; de oude man zou nooit kunnen bevatten dat er mensen waren – en zeker niet als het om een Daulton ging – die Glory niet de mooiste plek op de hele wereld vonden. Daarentegen had Jesse respect voor pit en het was duidelijk dat Amanda met haar wilskracht zijn respect had gewonnen.

Walker tastte echter volkomen in het duister. 'Daar snap ik niets van,' zei hij langzaam. 'Waar zou ze op uit zijn?'

'Heb je er wel eens aan gedacht, dat ze heel misschien nergens op uit is? Je bent veel te cynisch voor je leeftijd, Walker. Je bent zelfs te cynisch voor een advocaat.' Jesse zag er opeens dodelijk vermoeid uit. Hij zuchtte diep en zei: 'Ik denk dat ik maar een poosje ga liggen. Maar als...'

'De verpleegster zal je meteen roepen wanneer Amanda wakker wordt,' zei Walker met een blik in de slaapkamer. De verpleegster die (volgens Helen onnodig, maar op Jesse's aandringen) naast het bed zat, knikte.

Jesse wilde al weglopen, maar draaide zich nog even om. 'Doe me een plezier, Walker. Geef even aan de anderen door dat mijn oude testament voorlopig blijft gelden.'

'Zal ik doen.' Walker bleef in de deuropening van Amanda's kamer staan en keek naar het stille figuurtje dat zo klein leek in het grote bed, en het hem onbekende gevoel van verbijstering werd nog groter. Vragen en gissingen warrelden door zijn hoofd.

Zoveel dingen klopten niet. Ze was te klein en te tenger, links in plaats van recht, en gedroeg zich veel te behoedzaam en mysterieus voor een vrouw die na twintig jaar thuis was gekomen. Er waren dingen die ze zich zou moeten herinneren, maar die haar niets zeiden. Er lagen geheimen in haar ogen, ze had een te groot deel van haar verhaal achtergehouden, en te veel vragen onbeantwoord gelaten.

En toch... er waren ook veel dingen die wél klopten. Haar zwarte haar en grijze ogen, haar bloedgroep, de dingen die ze wist, een 'herinnering' hier en daar. Als je je arm brak, kon je daar een beschadigde zenuw aan overhouden, waardoor het nodig was dingen met je andere hand te gaan doen. En tussen al die generaties grote, forse Daultons kon best een klein, tenger exemplaar zitten.

En misschien... heel misschien... had hebzucht niets te maken met de reden waarom ze hierheen was gekomen.

Walker bleef nog even aarzelend op de drempel staan en dacht terug aan dat angstaanjagende ogenblik gisteravond toen hij zich voor het eerst had gerealiseerd dat er iets mis was met haar, iets wat niets met nervositeit te maken had; toen ze tegen hem aangeleund had gestaan en opeens in elkaar was gezakt, en hij haar had opgetild en ze hem een ogenblik had aangekeken met de volkomen weerloze blik van een angstig kind.

Daarop waren in snel tempo nog meer angstige momenten gevolgd. Haar koude, lijkbleke gezicht toen ze in een shocktoestand raakte. Haar gevecht om lucht in haar longen te krijgen en haar scherp dalende bloeddruk. Haar onregelmatige hartslag en het gekreun waaruit ze hadden begrepen dat ze pijn leed, en een paar bijzonder angstige minuten toen ze was gaan stuiptrekken.

Net als Jesse was Walker de hele nacht opgebleven en was hij niet van Amanda's stille slaapkamer geweken.

Het was een jachtige, bange nacht geweest en hij was nu te moe om dit allemaal uit te pluizen. Hij was te moe om te denken. Daar kwam het natuurlijk door, dat moest het zijn, want waarom deed zijn borst anders zo'n pijn wanneer hij naar haar keek? Waarom had hij er moeite mee haar ook maar éven alleen te laten om naar beneden te gaan? Hij was het liefst op de rand van haar bed gaan zitten om te wachten tot ze haar ogen opendeed en iets tegen hem zou zeggen.

Hij wilde gerustgesteld worden.

Dat was natuurlijk belachelijk. Helen had gezegd dat alles helemaal in orde zou komen en Helen was een goede arts. Amanda zou weer helemaal gezond worden. En er was absoluut geen reden om hier te blijven rondhangen en naar het slapende figuurtje te staren, terwijl de verpleegster steeds verwijtend naar hem opkeek.

'Ik ga even naar beneden,' zei hij.

Mevrouw Styles knikte onverstoorbaar. 'Dat is goed, meneer. Maakt u zich nu maar geen zorgen. Het komt heus wel in orde met haar.' Met het onaangename gevoel dat de verpleegster op het punt had gestaan te zeggen dat ook met *hem* alles wel weer in orde zou komen, maakte Walker zich eindelijk van de deurpost los en ging hij naar beneden om een verpletterende aankondiging te doen.

Amanda's ogen vlogen open. Ze zag het baldakijn van haar bed, rood fluweel met franje. De franje leek wat te dansen, maar dat hield meteen weer op.

'Zo, bent u wakker?'

Dat ze haar hoofd zo snel omdraaide, was helemaal fout; ze kreeg het gevoel dat er tien hamers tegelijk op haar hoofd neerkwamen. Ze deed haar ogen snel dicht en toen ze even later weer keek, zag ze een vrouw van middelbare leeftijd – een verpleegster – die opstond en naar haar toe kwam.

Twee zware grommen klonken op toen de verpleegster bij het bed kwam staan. Amanda draaide verbaasd haar hoofd weer terug en toen ze het iets ophief zag ze Bundy en Gacy aan weerskanten naast zich op het bed liggen.

'Beginnen jullie nu niet weer,' zei de verpleegster op strenge toon tegen de honden. 'Ik ben hier om haar te helpen, niet om haar kwaad te doen. Hou je dus maar koest.'

Amanda trok haar linkerarm onder de dekens vandaan en reikte naar de honden om ze te aaien. 'Het is wel goed, jongens.' Was dat haar stem? Zo... zwak?

'We zullen u een tikje overeind zetten,' zei de verpleegster. Ze legde haar arm rond Amanda's schouders en tilde haar behendig overeind. Toen plaatste ze snel een extra kussen achter haar hoofd en schouders en liet haar weer zakken. 'U bent nu waarschijnlijk wat duizelig, maar dat gaat snel over.'

Dat klopte. Toen het draaierige gevoel ophield, deed Amanda voorzichtig haar ogen open. Dat ging goed. Ze keek naar haar rechterarm waar een infuusnaald in zat. Wat was dat nou?

Toen begon het allemaal boven te komen. De barbecue. Een zee van hoofdzakelijk vriendelijke gezichten. Nieuwsgierige vragen, maar ze had overal een antwoord op gehad. Het gevoel dat ze zich kon ontspannen, een voorbarig gevoel, zoals nu was gebleken. De onaangename woordenwisseling met Walker. De plotseling opkomende misselijkheid waar – dat bleek nu – meer achter moest hebben gezeten dan taart.

'Het infuus mag er straks uit, juffrouw Daulton. Ik ben mevrouw Styles; ik werk op de kliniek van dokter Chantry.'

Amanda keek haar aan. 'Ik kan me niet goed herinneren... wat is er met me gebeurd?'

'Een domme samenloop van omstandigheden.' De verpleegster schudde haar hoofd. 'Wolfsbessen die voor bosbessen zijn aangezien en zijn meegebakken in een taart. Wolfsbessen zijn erg giftig, ziet u, en je kunt ze bijna niet van bosbessen onderscheiden; beide soorten groeien hier 's zomers in het wild en zijn dit jaar allebei vroeg gerijpt. Er zijn nóg twaalf mensen ziek geworden van die taart.' Ze glimlachte. 'Ik wist niet eens dat je meer dan twaalf punten uit één taart kon halen.'

'Dat kan als je alleen wilt proeven.' Amanda wist een wrang glimlachje te voorschijn te toveren. 'Iedereen wilde van zoveel mogelijk taarten proeven. Niemand heeft een hele punt genomen.'

'O, zat het zo. Ja, dat maakt een heel verschil, natuurlijk.'

Amanda ging iets gemakkelijker liggen en wenste dat ze niet zo'n hoofdpijn had. Een nevenreactie op de giftige bessen, nam ze aan. Of de naweeën van de heftige manier waarop haar lichaam op het gif had gereageerd.

'Voor u het weet, bent u weer helemaal de oude,' verzekerde mevrouw Styles haar. 'Dokter Chantry komt over een uurtje bij u kijken en ik denk dat u daarna wel iets licht verteerbaars mag eten.'

Aangezien haar maag nauwelijks in opstand kwam bij de gedachte aan eten, vond Amanda zelf ook dat ze wel kon proberen iets naar binnen te krijgen; eerlijk gezegd had ze best trek. Met een zucht zei ze: 'Ik heb vast een verpletterende indruk gemaakt op de gasten.'

Mevrouw Styles begreep de angst die achter die woorden zat, want ze legde haar hand op Amanda's arm en zei geruststellend: 'Als ik u was, zou ik me daar nu maar niet al te druk over maken, juffrouw Daulton. Iedereen was erg van streek. Ik heb van dokter Chantry gehoord, dat uw gasten zo ongerust waren nadat meneer McLellan u naar binnen had gedragen, dat ze pas naar huis zijn gegaan toen zeker was dat u buiten levensgevaar verkeerde, en dat was na middernacht.'

'Dat was... erg aardig van ze.'

De verpleegster glimlachte tegen haar. 'Voelt u zich in staat bezoekers te ontvangen? Meneer Jesse is op van de zenuwen; hij heeft gezegd dat ik hem moest roepen zodra u wakker was.'

Amanda knikte en keek mevrouw Styles na toen die snel de kamer uitliep. Alleen achtergebleven keek ze naar de waakza-

160

me honden. Met haar vrije hand bleef ze hun glanzende, zwarte pels en fluweelachtige snuit strelen. Twee paar heldere, donkere ogen keken haar aan.

'Hij heeft me gedragen,' zei ze zachtjes.

'Je hebt veel geluk gehad,' zei Helen Chantry. Ze knipte haar dokterstas dicht en ging op de rand van Amanda's bed zitten. 'Je hebt op eigen kracht het grootste deel van het gif uit je lichaam gekregen.'

'Herinner me daar alsjeblieft niet aan,' zei Amanda. Behalve de twee vrouwen was er niemand op de slaapkamer; Jesse had op verzoek van Helen de honden meegenomen en mevrouw Styles was naar beneden gegaan om toezicht te houden op de bereiding van een lichte maaltijd voor Amanda.

Helen glimlachte. 'Zoiets is natuurlijk gênant, maar je bent er door gered, Amanda. Het gif heeft zo kort in je maag gezeten dat er niet veel van door je lichaam is opgenomen. Eerlijk gezegd heb ik nog nooit iemand er zo snel en zo heftig op zien reageren, en ik heb door de jaren heen heel wat gevallen van wolfsbesvergiftiging meegemaakt.'

Amanda wreef haar rechterarm. Er zat een pleister op de plek waar de naald van het infuus had gezeten. 'De verpleegster zei... dat nog meer mensen ziek waren geworden.'

'Ja, maar gelukkig pas uren later, toen we jou weer een beetje op peil hadden. Ik ben de hele nacht in de weer geweest. Maar geen van de anderen was er zo slecht aan toe als jij en we mogen van geluk spreken dat niemand een dodelijke dosis van het gif naar binnen heeft gekregen.' Helen glimlachte opeens. 'Tussen haakjes, misschien is het een troost voor je dat ik iedereen die van die taart heeft geproefd, heb gedwongen te braken. Ik wilde geen enkel risico nemen.'

'Ik hoop dat Jesse dat niet hoefde...'

'Nee, hij had er niet van gegeten. Hier op Glory zijn jij en Maggie de enigen geweest die van de taart hebben geproefd. De andere slachtoffers zijn allemaal onder de gasten gevallen.' Helen grinnikte. 'En zodra ze doorhadden wat mijn bedoeling was, probeerden sommigen me wijs te maken dat ze er niet van hadden gegeten. Amy Bliss hield bij hoog en bij laag vol dat ze

161

de bosbessentaart niet had aangeraakt, tot ze zonder mijn hulp begon te kotsen.'

'Zo te horen ben je vannacht overal een graag geziene gast geweest.'

'Nou en of.'

Amanda glimlachte onwillekeurig. 'Ik dacht dat het door die afgrijselijke frambozentaart van Amy kwam.'

'Dat dachten er wel meer. Veel mensen zeiden er zelfs bij dat ze hadden gehoopt dat Amy daardoor meteen genezen zou zijn van haar pogingen eetbare taarten te produceren. Hoewel...'

Amanda zei langzaam: 'Weet je... ik herinner me bijna alles; er is veel bovengekomen nu ik tijd heb gehad om erover na te denken. Ik bedoel, ik had mijn ogen dicht en kon niets zeggen, maar ik heb bijna alles gehoord. Ik geloof dat ik een deel van de gesprekken zelfs letterlijk zou kunnen herhalen.'

'Dat is interessant.' Helen fronste licht.

'Waarom?'

'Omdat dat niet de gebruikelijke reactie van mensen met een dergelijke graad van wolfsbesvergiftiging is; in de meeste gevallen raakt de patiënt buiten bewustzijn. Je hartslag was ook erg traag.'

'Wat bedoel je daarmee?'

Helen aarzelde en zei toen: 'De symptomen van wolfsbesvergiftiging lijken erg op die van vingerhoedskruidvergiftiging. Jij leed aan de meeste van die symptomen. Misselijkheid, overgeven, stuiptrekkingen, shock. Maar dat je bloeddruk zo sterk daalde... Was je in het begin duizelig?'

'Ja.'

'Voelde je pijnscheuten in je hoofd?'

'Vlak voordat ik zo misselijk werd, had ik hoofdpijn gekregen. Maar het was een doffe pijn. Ik dacht dat er een migraine kwam opzetten. Daarna trok er een... een brandend, tintelend gevoel door me heen. En mijn tong voelde raar aan, verdoofd.' Amanda fronste geconcentreerd. 'Toen werd ik duizelig en misselijk en zag ik alles verwrongen. Daarna begon ik over te geven. Het verdoofde gevoel in mijn mond breidde zich over mijn hele gezicht uit; daar werd ik eigenlijk pas echt bang van. Toen het om me heen steeds donkerder begon te worden, wist ik dat het niet aan een stukje bedorven taart kon liggen.'

'Je had ook moeite met ademhalen.'

Amanda knikte. 'Ja, dat was vreselijk.'

'Pijn in je borst?'

'Dat geloof ik wel, ja. Alles deed me pijn. Mijn maag bleef zich samentrekken, ook toen ik allang niets meer had om over te geven, en...'

'Wat?'

'Ik had het koud. Verschrikkelijk koud.' Toen Amanda de arts zo ernstig zag kijken, werd ze bevangen door een ander soort kilte. 'Wat denk je dat dat betekent?'

Helen bleef een poosje zwijgend zitten en zei toen omzichtig: 'De behandeling in gevallen van vergiftiging is altijd in grote lijnen hetzelfde: je probeert eerst de patiënt te laten braken om het gif naar buiten te krijgen; als dat niet mogelijk is, probeer je het gif te neutraliseren en behandel je daarna de symptomen. Dat heb ik met jou ook gedaan. Veel tijd om erover na te denken was er niet. Maar nu ik daar wel tijd voor heb en jij me kunt vertellen wat je voelde, moet ik zeggen, Amanda, dat de meeste van die symptomen niet kenmerkend zijn voor wolfsbesvergiftiging.'

'Waar zijn ze dan wel kenmerkend voor?'

Weer aarzelde Helen. 'Als ik niet toevallig zes weken geleden een cursus toxicologie had gevolgd, zou ik het antwoord op die vraag waarschijnlijk niet hebben geweten; er zijn zoveel soorten gif.'

'Maar je denkt aan een speciaal soort?'

'Het kan natuurlijk van alles zijn geweest, maar... het verdoofde gevoel en het feit dat je alles verwrongen zag, de lage bloeddruk en trage hartslag, de moeizame ademhaling en vooral het gevoel dat je het koud had... dat alles wijst op monnikskapvergiftiging. Ik kan zo gauw niet op een ander gif komen dat precies dezelfde symptomen veroorzaakt. En als het monnikskap was... kan het niet per ongeluk in een taart terecht zijn gekomen.'

Amanda zweeg lange tijd en toen ze weer sprak, klonk haar stem kalm: 'We speculeren over dingen die we niet zeker weten. Zijn er monsters naar een laboratorium gestuurd?'

'Ja, dat doen we bij dit soort incidenten altijd, voor het geval het om botulisme of een ander soort voedselvergiftiging gaat.' Helen schudde haar hoofd. 'Helaas zitten ze op alle laboratoriums tot over hun oren in het werk; daarom is de uitslag van jouw DNA-onderzoek er ook nog steeds niet. Er kunnen weken overheen gaan voor we antwoord krijgen.' Ze pauzeerde en voegde er toen op een neutrale toon aan toe: 'Tenzij ik aan J.T. vertel dat ik vermoed dat er opzet in het spel is geweest. Dan kan hij, als sheriff, het laboratorium verzoeken dit onderzoek voorrang te geven.'

Amanda schudde haar hoofd al voordat Helen was uitgesproken. 'Ik heb gewoon vreemd gereageerd op wolfsbesvergiftiging. Dat is toch mogelijk? Zelfs waarschijnlijk?'

'Mogelijk, ja. Waarschijnlijk? Volgens mij niet.'

'Je zei dat geen van de anderen zo ziek is geworden als ik, en dat meer dan twaalf mensen van de taart hadden geproefd. Dus...'

Helen schudde haar hoofd. 'De symptomen van de anderen waren heel duidelijk die van wolfsbesvergiftiging. Daarom vind ik het zo eigenaardig, tenzij jij nog iets anders binnen hebt gekregen. Tenzij er iets aan jouw stukje van de taart is toegevoegd nadat je het op je bord had gelegd en voordat je het hebt opgegeten. Is dat mogelijk? Ik bedoel, kan iemand de gelegenheid hebben gehad met je bord te knoeien toen je niet keek?'

Amanda herinnerde zich dat ze met Walker was gaan dansen nadat ze haar bord op de tafel had gezet. Ze wist nu niet meer of ze tijdens het dansen naar de tafel had gekeken en had er geen idee van wie er langs kon zijn gelopen met een snuifje – hoe heette het ook al weer? Monnikskap? In principe kon het bijna iedereen geweest zijn. Walker was eigenlijk de enige die het niet gedaan kon hebben, er nog altijd van uitgaande *dat* er inderdaad iemand was geweest die had geprobeerd haar op die manier te vergiftigen.

'Amanda...'

'Helen, het moet een toevalligheid zijn geweest. Gewoon een ongelukje.' Amanda sloeg haar ogen niet neer voor de sceptische blik in de ogen van de arts. 'Tot het tegendeel is bewezen, houden we het daarop.'

164

'En ik neem aan,' zei Helen, 'dat je liever niet hebt dat ik er tegen de anderen iets over zeg?'

'Liever niet, nee. Ze zouden het zich erg aantrekken, vooral Jesse.'

'Het staat me helemaal niet aan.'

Amanda aarzelde en zei toen: 'Helen, gisteren had men inderdaad een reden om mij... om zich van mij te ontdoen. Vandaag is dat niet meer zo. Ik heb Jesse van het begin af aan verteld dat ik niets van hem wil erven en vandaag heeft hij gezegd dat hij mijn wensen zal respecteren en zijn testament niet zal veranderen. Dat weten de anderen nu ook.'

'Het zit me evengoed niet lekker,' zei Helen. 'Als we niets doen, loopt er iemand rond die ongestraft een poging tot moord heeft kunnen doen.'

'Maar stel dat we er wél iets aan doen, dat we een hoop ophef maken en zeggen dat ik met opzet ben vergiftigd, en dat daarna blijkt dat we het bij het verkeerde eind hadden? De familie heeft het al moeilijk genoeg.'

'Misschien is het verstandig om een paar weken weg te gaan,' stelde Helen voor. 'Tot we het zeker weten. Om niemand in de verleiding te brengen, zeg maar.'

Amanda schudde haar hoofd. 'Nee, dat kan ik niet doen.'

Helen keek haar onbewogen aan. 'Omdat je vanwege de uitslag van het DNA-onderzoek misschien nooit meer terug zult kunnen komen?'

Amanda speelde het klaar daarom te glimlachen, al was het wat moeizaam. 'Heb jij me niet als eerste gewaarschuwd dat de uitslag ook onbeslist kan zijn als ik liters Daulton-bloed in mijn aderen heb?'

'Ja, maar ik heb je ook verteld dat als je géén Daulton-bloed hebt, het onderzoek dat zo goed als zeker zal uitwijzen.'

'Ik dacht dat je me geloofde, dat ik een Daulton ben.'

'Dat klopt. Daar ben ik zelfs vrijwel zeker van.'

Amanda bekeek Helens ernstige gezicht wat achterdochtig. 'Waarom klinkt dat zo positief en toch zo voorwaardelijk?'

Helen glimlachte vluchtig. 'Mijn mening doet er helemaal niet toe. Waar het om gaat, is dat Jesse je heeft geaccepteerd en dat je daardoor een bedreiging vormt voor ieder ander die zijn zinnen heeft gezet op een deel van de erfenis, en vooral op Glory. Waarom ga je dus niet een paar weken weg, Amanda?'

'Dat kan ik niet doen. Jesse heeft niet erg lang meer te leven. En... als ik deze kans om uit te zoeken wat er twintig jaar geleden is gebeurd, nu niet aangrijp, kom ik er misschien nooit achter.'

'Waarom niet?'

'Dat weet ik niet, zo voel ik het aan. Ik moet hier blijven, ik moet hier zijn.' Ze schudde haar hoofd. 'Bovendien trekken we allebei voorbarige conclusies. Het was waarschijnlijk een doodgewoon ongelukje en ik heb gewoon vreemd op het gif gereageerd. Meer niet.'

'Een van de dingen die ik inmiddels heb geleerd, Amanda, is dat niets ooit zo eenvoudig is als het lijkt. Zolang Jesse nog leeft, kan hij op ieder willekeurig moment zijn testament veranderen. We weten allemaal dat hij dat wil. We weten ook dat hij altijd zijn zin krijgt.'

'Maar ik ben net zo'n stijfkop als hij,' antwoordde Amanda.

Na een ogenblik zei Helen: 'Toen je met Walker naar de kliniek kwam voor het bloedonderzoek, had ik meteen door dat je een intelligente vrouw bent. Stel me dus niet teleur, Amanda. Wees voorzichtig.'

Amanda kon daarop alleen maar knikken. Maar toen ze in haar eentje in de slaapkamer was achtergebleven, nog steeds met hoofdpijn, vroeg ze zich af of ze wel zo intelligent was.

8

Later die avond werd ze wakker van een onweersbui. Donderslagen rolden knetterend door de hemel met een kabaal alsof
de wereld uiteen werd gereten. Het duurde een paar seconden
voor ze besefte waar ze was en toen bleef ze liggen kijken hoe
de kamer werd verlicht door de felle bliksemschichten. Ze luisterde naar de roffelende regen en de donderslagen, terwijl ze de
honden aaide die voor één keer op haar bed mochten slapen.

Het was de eerste onweersbui sinds ze hier bijna twee weken geleden was aangekomen. Omdat het zo'n rustige lente
was geweest, zei iedereen, zou de zomer waarschijnlijk wissel-
vallig worden.

Amanda was niet bang voor onweer, maar voelde zich altijd
wat rusteloos en gespannen wanneer het stormde. Bovendien
had ze de hele dag in bed gelegen, zodat ze nu nog rustelozer
was dan anders. Ze zag op de klok op haar nachtkastje dat het
even over twaalven was en ze wist dat het lang zou duren voor
ze de slaap weer zou kunnen vatten.

Ze ging rechtop zitten en duwde de deken van zich af, met
behoedzame bewegingen om te zien of ze er nog duizelig van
zou worden. Het was een hele opluchting toen ze eenmaal
naast het bed stond en merkte dat ze zich weer volkomen normaal voelde. Ze stapte in een paar donzige pantoffels, pakte
haar ochtendjas van de stoel naast het bed en verliet, in gezelschap van de honden, haar slaapkamer. De gang was schemerig
verlicht door muurlampen die op de laagste stand gedraaid waren. Amanda liep geruisloos de gang door; ze hoefde zich wel-

iswaar geen zorgen te maken dat ze iemand wakker zou maken, aangezien geen van de kamers tussen de hare en de trap
bezet was, maar na alle opschudding van gisteravond wilde ze
geen enkel risico lopen dat ze iemand uit zijn slaap haalde.

Boven aan de trap bleef ze even staan. De honden daalden al
over de loper naar beneden toen ze vanuit haar ooghoek iets
zag bewegen.

Helemaal aan het andere eind van de gang was de deur van
Jesse's slaapkamer, met daarnaast een trap die naar de achterkant van het huis voerde. Amanda zag een streep licht onder de
deur. Er brandden geen lampen in dat deel van de gang, maar
Maggie was in haar dunne, witte nachtpon duidelijk te herkennen. Ze liep naar Jesse's kamer, deed de deur open en glipte
naar binnen. Even later ging het licht in de kamer uit.

Amanda bleef even verbaasd staan kijken en zei toen in
zichzelf: *Ach, waarom ook niet*? Misschien was het hun om de
seks te doen, of misschien alleen maar om elkaars gezelschap.
Als ze steun zochten bij elkaar, kon niemand daar verbaasd
over staan. Ondanks zijn kracht en autocratische manier van
doen, was Jesse een man die oog in oog stond met de dood, en
op zulke momenten hadden zelfs sterke mannen iemand nodig
om op te leunen, ook al kon dat maar voor korte tijd zijn en
moest het in het geheim gebeuren. En als het alleen vanwege
de seks was... ach, waarom ook niet?

Jesse was al veertig jaar weduwnaar en als hij een typische
Daulton was, moest seks belangrijk voor hem zijn, om niet te
zeggen van levensbelang. Amanda had gelezen dat de Daulton-
mannen tot aan het graf seksueel actief waren. Sommigen van
hen hadden kinderen verwekt toen ze al over de tachtig waren,
en afgaande op Jesse's energie, zelfs in deze laatste maanden
van zijn leven, was het heel goed mogelijk dat hij nog steeds
evenveel van seks genoot als van de andere genoegens die het
leven te bieden had.

Maggie was als een vrijgezelle en ongetwijfeld aantrekkelijke jonge vrouw naar dit huis gekomen en was waarschijnlijk algauw verliefd geworden op Jesse, die toen pas vijfendertig was
geweest en ongetwijfeld op het hoogtepunt van zijn viriliteit
had gestaan; hij had kort daarvoor zijn geliefde echtgenote ver-

loren en kon Maggie best op een gegeven moment benaderd hebben, omdat hij behoefte had aan troost – of aan seks.

Met een lichte frons op haar voorhoofd liep Amanda achter de honden aan de schemerige trap af. Ze vroeg zich onwillekeurig af of Maggie had gehoopt dat Jesse nog eens met haar zou trouwen. Vast wel; een vrouw van haar generatie had zich natuurlijk geen leven als eeuwige maîtresse kunnen indenken, zeker in een tijd en in een deel van het land waar zoiets streng veroordeeld zou zijn, als het bekend was geworden.

Bovendien, dacht Amanda, had Maggie waarschijnlijk nooit gedacht dat de verhouding zo lang zou duren. Ze was er natuurlijk van uitgegaan dat het tot een huwelijk zou komen, en had zich uiteindelijk, onlangs, gerealiseerd dat er ongemerkt veertig jaren waren verstreken.

Jesse was stervende... en Maggie zou nooit zijn vrouw worden.

Mijn fantasie slaat op hol. Wat weet ik er nu van?

Maar als ze gelijk had, dacht Amanda, was het, in ieder geval van buitenaf gezien, weer een minpunt voor Jesse. Om een vrouw zoveel jaren bij zich te houden, eerst als kinderverzorgster voor de baby en vervolgens als huishoudster, om haar voor dat werk te betalen en haar tegelijkertijd vanwege zijn eigen, egoïstische redenen in zijn bed te nemen, was... middeleeuws.

Amanda bleef op de overloop staan toen een bliksemschicht de oude staande klok verlichtte. Ze keek naar de klok zonder hem echt te zien, schudde haar hoofd en liep door.

Het ging haar allemaal niets aan. Maggie was een volwassen vrouw die ieder moment kon opstappen als ze dat wilde; ze was geen slaaf of aankomend bediende. En Amanda wist helemaal niet of haar veronderstellingen juist waren. Het kon net zo goed zijn dat Maggie het huwelijk juist verachtte, dat ze geen wettelijke bindingen wenste, en dat Jesse wél met haar had willen trouwen.

Het probleem was alleen dat Jesse altijd kreeg wat hij wilde.

Al die gedachten en fantasieën verdwenen toen Amanda bij de keuken aankwam. Er brandde licht, maar ze was toch verbaasd toen ze Kate met een mok voor zich aan de kleine, houten tafel zag zitten. Kate droeg een zijden kamerjas over haar nachtpon en haar haar hing los over haar schouders, waardoor ze er een stuk jonger en erg kwetsbaar uitzag.

'Neem me niet kwalijk,' zei Amanda. Ze bleef met de honden op de drempel staan. 'Ik wist niet dat er nóg iemand op was.'

Kate schudde haar hoofd een beetje. 'Ik heb een hekel aan onweer,' zei ze. 'Ik had gehoopt dat een kopje kruidenthee zou helpen om me te ontspannen.' Ze glimlachte kort. 'Dat is helaas niet zo.'

Amanda wachtte even tot een nieuwe donderslag was weggestorven en zei toen: 'Ik ben er ook niet dol op.' Ze pakte een glas uit een van de kastjes, liep naar de koelkast en haalde er een pak melk uit; Helen had gezegd dat ze een of twee dagen alleen licht verteerbaar voedsel mocht nemen en ze hoopte dat een glas melk haar zou helpen weer in slaap te komen.

Met het glas melk in haar hand bleef ze aarzelend staan, want ze wist niet of Kate soms liever alleen was, maar toen die een uitnodigend gebaar maakte, ging ze tegenover haar aan tafel zitten. Interessant, dacht ze. Kate had zich de afgelopen dagen juist bijzonder kil tegenover haar gedragen.

'Zo te zien voel je je een stuk beter,' zei Kate.

Amanda knikte. 'Ja.' Ze nam een slokje melk en wachtte, toch nog op haar hoede.

Kate keek naar de mok waar ze haar vingers omheen had geklemd en zei toen: 'Ik vond het heel naar voor je, wat er op het feest is gebeurd.'

'Daar kon jij niets aan doen,' zei Amanda neutraal.

'Toch vind ik het vervelend.' Kate zweeg even. Toen zei ze, hakkelend: 'Het spijt me, Amanda. De manier waarop ik me heb gedragen en zo.'

Jesse's testament kon je dus wel degelijk iets schelen. Tenzij... Tenzij ze zelf was geschrokken van wat een snuifje gif kon bewerkstelligen? Hoe dan ook, Kate scheen vrede te willen sluiten.

Amanda glimlachte ontwapenend. 'Kate, ik ben voor jou een vreemdeling. Sterker nog, ik ben een vreemdeling die – zonder dat het mijn bedoeling is geweest, dat moet je echt van me aannemen – tussen jou en je vader is gekomen. Eerlijk ge-

170

zegd valt het me mee dat je het al die tijd hebt kunnen opbrengen zo beleefd te zijn.'

Kate keek haar een ogenblik aan en zei toen met zichtbare moeite: 'Je bent niet tussen ons gekomen. Dat wílde ik geloven en ik heb geprobeerd mezelf daarvan te overtuigen, maar...' Ze schudde haar hoofd. 'Je komst heeft geen enkel verschil gemaakt, niet voor mij. En misschien is het tijd dat ik dat leer inzien.'

Amanda wist niet goed wat ze daarop moest zeggen, maar ze deed een aarzelende poging. 'Ik heb een kennis die een erg nare jeugd heeft gehad. Haar vader... het was beter geweest als hij nooit een kind had gehad. Hij sloeg haar niet of zo, maar haar hele leven lang heeft ze niets kunnen doen wat goed genoeg voor hem was. Ze is opgegroeid met het idee dat ze niets waard was. Pas toen hij was gestorven en ze zichzelf niet meer door zijn ogen zag, begon ze haar ware ik te ontdekken. Het heeft lang geduurd voordat ze was genezen van wat hij haar heeft aangedaan, maar het is haar wel gelukt.'

Op Kates gezicht verscheen een aarzelende glimlach. 'We zijn allemaal zo aan onze vaders... gebonden, vind je ook niet?'

'Of we het willen of niet.' Amanda glimlachte terug. Ze luisterde naar een rollende donderslag en zei toen: 'Ik kan me mijn vader helemaal nict herinneren.'

'Brian leek erg op Jesse,' zei Kate.

'Ja?'

'In alle opzichten.'

Amanda wachtte, een beetje gespannen, en haar geduld werd beloond toen Kate op peinzende toon doorvertelde.

'Het zou een wonder zijn geweest als hij níet precies zoals Jesse was geworden; Jesse leerde hem dat wat híj dacht en wilde belangrijker was dan de opinies en wensen van andere mensen. En omdat hij het temperament en de trots van de Daultons had, was dat eens zo erg. Daardoor werd hij nog... arroganter.

Hij was dertien jaar ouder dan ik en tegen de tijd dat ik naar school kon, was hij al beroemd, een ruiter van olympisch niveau. Hij reed toen veel, het hele jaar door, zodat hij niet vaak thuis was. Maar wanneer hij thuiskwam, liet hij zijn aanwezigheid goed merken. Hij was verwend, zoals ik al zei. Jesse gaf

171

hem altijd zijn zin, en hij heeft nooit hoeven te werken. Maar tegen mij was hij aardig, op zijn manier. Misschien had hij medelijden met me.'

'Of misschien,' vulde Amanda aan, 'vond hij je gewoon aardig.'

Kate glimlachte. 'Wie weet?'

'Hoe oud was je toen hij voor het eerst samen met mijn moeder naar Glory kwam? Een jaar of zeven, acht?'

'Zeven. Ik weet nog dat ik dacht dat Christine de mooiste vrouw in de hele wereld was.'

Na een korte pauze zei Amanda: 'Ik kan me vaag herinneren dat ze – we – een huis in Kentucky hadden. Daar ging ik het grootste deel van het jaar op school.'

'Ja, Christine wilde graag een eigen huis,' zei Kate. 'Misschien heeft ze wat dat betreft alleen maar voet bij stuk gehouden, omdat ze privacy wilde en Brian een deel van het jaar weg wilde houden bij de springwedstrijden. Ik weet het niet. Maar ik weet wel dat Jesse dat huis én de ruitersportwinkels alleen maar voor Brian heeft gekocht omdat Christine wilde dat ze op zichzelf gingen wonen. Maar ze moesten van Jesse ieder jaar van de lente tot de herfst hier komen wonen, en aangezien Brian graag wilde blijven rijden en het liefst voor Glory wilde uitkomen, omdat hem dat nog meer cachet gaf, voldeed hij maar al te graag aan die wens. Christine was... minder enthousiast.'

'Ik weet dat ze nooit met hem meeging wanneer hij wedstrijden reed.'

'Dat klopt. Ze bleef dan hier. Achteraf gezien neem ik aan dat ze zich danig verveeld moet hebben, hoewel ik destijds de indruk had dat ze altijd wel wat te doen had. Ze zat graag in de tuin. Ze las veel. Ze reed ook, hoewel ze daar niet echt verzot op was. En ze bracht veel tijd door met mij.'

'Ja, dat zei Maggie al.'

'Christine was erg lief voor me, vooral die eerste jaren.' Kate aarzelde en zei toen: 'Tijdens hun tweede zomer hier heb ik haar zelfs een keer met Jesse horen ruziën vanwege mij. Ze maakte hem uit voor een monster, omdat hij me altijd links liet liggen.'

172

'Hoe is dat afgelopen?' vroeg Amanda nieuwsgierig.

Een vluchtige glimlach gleed over Kates gezicht. 'Het gevolg was dat ik tot mijn achttiende iedere zomer een paar weken naar een zomerkamp werd gestuurd. Soms ging ik zelfs naar twee of drie verschillende kampen.'

Amanda's gezicht betrok. Jesse's methoden om kritiek de kop in te drukken waren op z'n zachtst gezegd fors. 'Dat heeft mijn moeder vast niet zo bedoeld...'

'Dat weet ik wel. Ik heb het haar ook nooit kwalijk genomen.'

Daarop volgde een korte stilte, terwijl beide vrouwen naar het wegtrekkende onweer luisterden en hun thee en melk dronken. Amanda wist niet of het verstandig was om nog verder door te vragen, vooral omdat dit de eerste keer was dat Kate haar tegemoet was gekomen, maar aan de andere kant begon de tijd te dringen en zou het jammer zijn om deze gelegenheid voorbij te laten gaan.

'Kate... jij was hier op de avond dat mijn moeder is weggegaan.'

'Ja, dat klopt.' Kate fronste licht en keek neer op haar mok thee.

'Weet je soms waarom ze weg is gegaan?'

De donder gromde nog wat na, een onweer dat uitgeput was door zijn eigen geweld. Kate hief haar hoofd op en keek Amanda met een ernstig gezicht aan. 'Nee,' zei ze. 'Ik heb er geen idee van waarom ze is weggegaan.'

Net zoals bij Sully het geval was geweest, kreeg Amanda sterk de indruk dat Kate loog. Maar voordat ze kon besluiten of ze zou proberen nog verder te gaan, ging Kate op kalme toon door.

'Is het echt zo belangrijk antwoorden op je vragen te vinden, Amanda? Het is zo lang geleden. Brian en Christine zijn er niet meer. Wat maakt het nu nog uit waardoor hun huwelijk precies is gestrand?'

'Voor mij is dat belangrijk.'

'Waarom?' Kate schudde haar hoofd. 'Je was een klein meisje; wat er is gebeurd, kan niets met jou te maken hebben gehad. Je hoeft jezelf niets kwalijk te nemen.'

Amanda fronste. 'Weet je, het is heel gek, maar... dat heb ik nooit gedaan. Mezelf de schuld geven, bedoel ik. Ik weet dat kinderen dat vaak doen, maar dat is bij mij niet het geval. Ik wil alleen weten wat er is gebeurd. Omdat ze zo... abrupt is vertrokken.'

Kate aarzelde en zuchtte toen. 'Dat is niet helemaal waar. Ze was niet gelukkig, Amanda, dat wisten we allemaal. Dat kwam gedeeltelijk door Jesse, al zou hij dat nooit toegeven. Hij wilde per se dat ze ieder jaar bijna zes maanden hierheen kwamen en vond het heel gewoon dat Christine hier dan in haar eentje achterbleef, terwijl haar man de hort opging vanwege een sport waar ze niets om gaf. Dat oefende een enorme druk uit op het huwelijk dat van het begin af aan niet erg sterk was geweest.'

'Had Jesse dat dan niet door?' vroeg Amanda. 'En zag mijn vader dat niet in?'

Kate glimlachte dunnetjes. 'Ik zei al dat Brian en Jesse erg op elkaar leken. Ze weigerden te geloven dat Christine in staat was op te stappen. Ze wisten dat ze veel van Glory hield. Jij vond het hier ook fijn en jouw welzijn was heel belangrijk voor haar. Bovendien was ze door haar huwelijk met Brian een Daulton geworden. Er werd van haar verwacht dat ze zich naar het leven en de wensen van haar man schikte.'

Amanda trok een gezicht. 'Dat is... belachelijk.'

'Dat vind ik ook,' zei Kate, die meteen besefte dat Amanda het woord *belachelijk* had gekozen in plaats van een minder beleefde term. 'Maar vergeet niet dat de wereld de afgelopen dertig jaar sterk is veranderd. Brian en Christine zijn in 1962 getrouwd; de seksuele revolutie was nog maar net op gang gekomen en voor de meeste mensen was de vrouwenemancipatie niet meer dan een vonk in hoopvolle ogen. De Daulton-mannen waren grote chauvinisten, maar als je kijkt naar wat ze van hun vrouwen verwachtten, verschilden ze in wezen niet veel van de meeste mannen.'

'Ja, maar evengoed.'

'Ik weet het.' Kate schudde peinzend haar hoofd. 'Ze hadden eigenlijk geen goed excuus. Je zou denken dat ze als intelligente, wereldwijze mannen de ontwikkelingen hadden moeten zien aankomen, hadden moeten beseffen dat de vrouwen aan het veranderen waren. Aan de andere kant leven we hier in veel opzichten geïsoleerd en heeft de mens over het algemeen de neiging zich vast te houden aan wat hem bekend is. De jongere generaties veranderen wel, maar de ouderen zitten hier mentaal nog in de buurt van 1950.'

Amanda dronk haar glas leeg en draaide het afwezig rond. 'Jij denkt dus dat het alleen maar een kwestie van tijd is geweest, dat het er allang inzat dat mijn moeder weg zou gaan?'

'Ja. Ik weet dat ze geprobeerd heeft Brian duidelijk te maken dat ze niet gelukkig was, maar Brian wilde niet luisteren, of dacht misschien dat het iets van voorbijgaande aard was.'

Amanda dacht aan de romance die mogelijk had plaatsgevonden in de weken voordat Christine van Glory was gevlucht en zei voorzichtig: 'Maar die laatste zomer voelde ze zich toch redelijk gelukkig. Ik kan me herinneren dat ze gelukkig was. Of heb ik dat mis?'

Kate keek haar even aan. 'Ze was juist nog nerveuzer dan anders. Ik geloof dat ze het wel heeft geprobeerd. Ze ging die zomer vaker paardrijden en ze had het erover dat ze een cursus wilde gaan doen aan het plaatselijke college. Maar ze was erg rusteloos. Bijna kribbig.'

Amanda slaagde erin weer te glimlachen. 'Alweer een teken dat ik niet echt op mijn geheugen kan vertrouwen. Ik was ook pas negen.'

'Het is logisch dat die zomer voor jou erg belangrijk is,' zei Kate, 'maar het is nu eenmaal erg lang geleden, Amanda. Misschien kun je het er beter gewoon bij laten zitten.' Ze stond op en zette haar beker in de gootsteen. Toen zei ze: 'En nu het onweer is weggetrokken, ga ik maar weer naar bed. Welterusten.'

'Welterusten, Kate.' Amanda bleef nog een poosje aan tafel zitten nadat Kate was vertrokken. Ze dacht niet dat Kate haar alles had verteld wat ze wist over die laatste zomer, maar ze had in ieder geval iets meer informatie over Brian en Christine Daulton losgekregen. En Kate begon te ontdooien.

Toch zou Amanda het fijner hebben gevonden als die dooi had ingezet *voordat* ze van die bosbessentaart had gegeten.

Kate liet de teugels wat vieren. Sebastian, die goed getraind was en na tien jaar haar stijl door en door kende, ging meteen van een lichte draf over op stapvoets. Het was hier op het pad prettig rijden op deze vroege maandagochtend. De lucht was nog vochtig koel en door de onweersbui van de afgelopen nacht zag alles er zo fris en helder uit dat het alle krakende donderslagen bijna waard was.

Ik lijk wel gek. Wat doe ik hier?

Hij was waarschijnlijk niet eens bij de waterval. Omdat hij nou toevallig deze kant op was gereden... En stel dat hij er wél was, wat verwachtte ze dan eigenlijk van hem?

De bittere woorden die Ben haar meer dan een week geleden naar het hoofd had geslingerd, schrijnden nog steeds in haar binnenste. Nog urenlang nadat hij haar in de tuin had achtergelaten, was ze er zeker van geweest dat ze hem haatte. Toen had Jesse diezelfde avond opeens aangekondigd dat hij zijn testament ging veranderen, en had Kate het gevoel gekregen dat haar hele wereld op losse schroeven was komen te staan.

En de situatie was er sindsdien niet op vooruitgegaan.

Het enige in haar leven waar ze nooit problemen mee had gehad, was seks. Daarom verlangde ze natuurlijk zo naar Ben. Hij was in staat haar al het andere te doen vergeten. Hij gaf haar het gevoel dat ze een vrouw was die iets waard was, een vrouw die voor een man iets betekende, al was het alleen maar als partner in bed.

Althans, dat deed hij wanneer hij dat wilde.

Kate snapte zelf niet waarom ze haar relatie met Ben zo graag wilde herstellen. Er waren mannen genoeg die graag met haar naar bed zouden gaan, mannen wie het alleen om de seks te doen zou zijn. Waarom zocht ze niet een andere minnaar? Kate was niet ijdel, maar ze had er nooit moeite mee gehad een partner te vinden en kon ook nu makkelijk een ander krijgen. Wat weerhield haar daar dan van?

Ze had zich nog nooit zozeer aan een man gehecht dat het haar pijn deed hem te verliezen. Dat had haar nooit iets kunnen schelen. Ze had tot nu toe zelfs niet veel van haar minnaars af geweten, behalve hoe goed ze in bed waren en hoe hun lichamen aanvoelden. Ze had nooit meer wíllen weten. Ze waren niet meer geweest dan namen, verbonden aan gezichten en bedreven handen en mannenlichamen. Ze waren voor haar niet echt mensen geweest. Ze had nooit belangstelling gehad voor wat ze dachten of voelden, alleen voor de fysieke sensaties die ze in hun lichaam kon opwekken en zij in het hare.

Ze had zichzelf nooit toegestaan seks als iets... persoonlijks te beschouwen.

Maar Ben... Met Ben was er iets gebeurd. Iets dat haar angst aanjoeg en haar tegelijkertijd onweerstaanbaar aantrok. Ben was bij machte haar net zo makkelijk te kwetsen als te bevredigen. Ben had haar zwakste plek ontdekt en niet geaarzeld haar daar te raken toen ze hem had beledigd en gekleineerd.

Het was niet makkelijk te accepteren, dat verlangen naar Ben. Het was geen verlangen naar een mannenlichaam of een paar bedreven handen of de eenvoudige uitlaatklep van een orgasme, maar naar *Ben*. Een verlangen naar de manier waarop zijn spieren onder haar handen bewogen, naar zijn zijdezachte haar dat door haar vingers gleed, naar zijn harde heupen tussen haar dijen. Naar de klank van zijn hese stem wanneer hij haar begeerde, de manier waarop hij haar naam fluisterde, en zijn diepe grom wanneer hij klaarkwam. Naar zijn ogen die haar bekeken met een glimlach waarin zoveel begrip lag dat het haar pijn deed...

Wat ze voelde, was méér geworden dan begeerte. Het was nu een soort kracht geworden, een ding dat een eigen wil had, dat haar lichaam teisterde en haar gedachten geheel in beslag nam, zodat de rest als het ware niet bestond. Ze had geprobeerd het te weerstaan, zichzelf voorgehouden dat het een tijdelijke verstandsverbijstering moest zijn. Dagenlang was ze weggebleven bij de stallen. Ze had alle mogelijke moeite gedaan te voorkomen dat ze hem ergens tegen het lijf zou lopen, en zichzelf ervan overtuigd dat ze hem niet miste.

Helemaal niet.

En toch... reed ze hier bij het krieken van de dag over het noordelijke ruiterpad in de richting van de waterval. Omdat ze Ben daarstraks op een van de jonge paarden dit pad had zien inslaan. Ze reed schaamteloos achter hem aan, nerveus en met branderige ogen vanwege een vrijwel slapeloze nacht en een eenzame, door de storm aangezette, aarzelende poging om met Amanda vrede te sluiten, ook al was ze het daar met zichzelf nog niet helemaal over eens.

Daar reed ze nu, met een akelig wankele vesting om zich achter te verschuilen.

Kate keerde bijna om toen dat beangstigende feit tot haar doordrong; haar paard, dat prompt op haar bewegingen reageerde, bleef zelfs al stilstaan. Maar ze hief de teugels op en zei zachtjes: 'Nee, ga maar door.' En Sebastian liep gehoorzaam verder.

Na een flauwe bocht kwamen ze bij de open plek waar een van de vele riviertjes die door de bergen van Glory stroomden, over een granieten uitstulping in een vijf meter lager gelegen, stenig meertje stortte. Het gekletter van de waterval klonk helder in de stilte van de vroege ochtend en deed erg vreedzaam aan.

Kate hoorde het niet echt en ze zag het ook niet. Ze zag alleen Ben.

Hij was van zijn paard afgestegen, had de teugels om een lage boomtak geslagen en het zadel afgenomen om het dier na de steile klim wat rust te geven. Nu zat hij op een brede, platte rots aan de rand van het meertje en staarde hij met een somber gezicht naar de waterval.

Kate bekeek hem hongerig. In plaats van een rijbroek droeg hij zijn vertrouwde spijkerbroek, en hij had oude, kniehoge, zwarte rijlaarzen aan. Het bovenste knoopje van zijn witte overhemd stond open en hij had de mouwen opgerold over zijn gebruinde onderarmen. Een lok van zijn dikke, blonde haar viel over zijn voorhoofd. Ze was dol op zijn haar. Het voelde aan als zijde.

Ze had tot in de eeuwigheid op haar kalme paard kunnen blijven zitten om alleen maar naar hem te kijken, als Bens jonge paard Sebastian niet enthousiast had begroet. Toen het begon te hinniken, keek Ben met een ruk om.

Kate aarzelde, onzeker, verdomd onzeker. Stel dat ze afsteeg en haar paard vastbond en naar hem toeliep – en dat hij dan op zijn paard steeg en wegreed? Stel dat hij haar negeerde? Dat zou nog erger zijn, omdat hij maar al te goed wist hoe erg het voor haar was om genegeerd te worden. Dan had ze nog liever dat hij iets wreeds tegen haar zei, of haar uitlachte om haar wanhopige, meelijwekkende behoefte aan hem. Dat had ze veel liever.

Dat ze zo naar hem toe was gegaan. Hem had *gevolgd*. Jezus.

Hoe had ze zo stom kunnen zijn.

Ze nam een besluit, ook al beefde ze vanbinnen. Ze steeg af, bond Sebastian vast naast Bens paard en liep langzaam naar Ben toe. Ze was vrijwel op dezelfde manier gekleed als hij, behalve dat zij wel een rijbroek aan had en dat haar blouse lichtblauw was. Haar haren hingen, geheel tegen haar gewoonte in, los rond haar schouders en werden uit haar gezicht gehouden door een baret.

Ben keek naar haar toen ze op hem toeliep, maar zei niets.

Ze zocht tevergeefs naar iets nonchalants, iets alledaags om tegen hem te zeggen. Dat zou het beste zijn, als ze zou doen alsof hun laatste samenzijn in de tuin niet was geëindigd zoals dat was geëindigd, of alsof het haar niets kon schelen hoe dat was geëindigd. Dat wilde ze eigenlijk. Omdat het tussen hen alleen om de seks ging, was gegaan, en gevoelens er dus niets mee te maken hadden.

'Is er iets, Kate?'

Ze kon hem wel slaan.

'Je bent niet van plan het me makkelijk te maken, hè?' zei ze met een plotseling opkomende afkeer.

'Wat moet ik je makkelijk maken?'

'Dit. Dat ik hierheen ben gekomen.'

Ben keerde zich wat naar haar toe en sloeg zijn armen om zijn knieën. Op zijn gezicht stond nog steeds niets te lezen. 'Ben je dan met opzet naar me toegekomen? Waarom? Ik had de indruk dat het uit was tussen ons.'

'Dat is het ook!' Maar ze bewoog zich niet, liep niet weg.

Ben keek naar haar en wachtte. Geduldig.

'Wat ben je toch een klootzak, Ben.'

Hij glimlachte vaag. 'Je vervalt in herhalingen, Kate.'

'Ik haat je.'

'Je blijft in herhalingen vervallen.'

'Je had het recht niet om... om dat te zeggen.'

'Wat niet? Dat ik niet snap waarom ik 's nachts niet bij je kan blijven? Dat ik meer wil? Of dat het Jesse niets kan schelen met hoeveel mannen je al hebt geslapen?'

'Dat allemaal. Je... je had er niet het recht toe.'

'Dan is het inderdaad uit tussen ons.' Zijn ogen kregen een

harde blik. 'Ik zal het nog één keer zeggen, Kate. Ik ben geen speelgoed. Ik ben nu al ruim zes maanden je minnaar. Daardoor heb ik bepaalde rechten. Het recht om af en toe in jouw bed te slapen en te verwachten dat je ook bij mij wilt slapen. Het recht om in het openbaar naast jc te lopen. Het recht te verwachten als een mens behandeld te worden. En het recht je de waarheid te vertellen, ook al wil je die niet horen.'

Ze schudde een beetje verward haar hoofd. 'Je vraagt te veel.'

'Ik vraag nergens om, Kate. Ik eis. Je hebt de keus: of je gaat van nu af aan openlijk met me om, of het is uit tussen ons.'

Kate rechtte haar schouders. 'En als ik... ja zeg?'

'Dan zal zich tussen ons een normale, gezonde relatie ontwikkelen. Dan kunnen we elkaar leren kennen. Met elkaar omgaan terwijl we onze kleren nog aan hebben. Misschien zelfs uit eten gaan of een biscoopje pakken. Het zal niet meer *alleen* om de seks gaan. Nooit meer.'

'Dat kan ik niet,' zei ze met brekende stem.

'Ga dan maar weg.' Zijn ogen behielden de harde uitdrukking en zijn gezicht was uitdrukkingsloos. 'Stijg op je paard en maak dat je wegkomt. Ga maar een ander speeltje zoeken.'

Ze wilde zich omdraaien. Ze wilde het echt.

Ze kon het niet.

Haar schouders zakten en ze voelde hete tranen in haar ogen branden. 'Ellendeling,' zei ze. 'Ellendige schoft die je bent.'

Ze zag hem niet bewegen, maar opeens was hij bij haar en sloeg hij zijn armen om haar heen. Ze hoorde een kreun van ongelooflijke opluchting aan haar keel ontsnappen, maar trok zich daar niets van aan.

'God, wat ben je een stijfkop,' zei hij zachtjes en kuste haar hartstochtelijk. 'Ik zit al dagen op hete kolen.'

Ze voelde zijn vingers door haar haren glijden en begon bijna te spinnen. 'Je had ook bij míj kunnen komen.'

'Nee. Jij moest bij mij komen. Jij was aan zet.' Hij kuste haar weer, nam toen haar gezicht in zijn handen en keek naar haar met ogen die niet vlak meer waren, maar sprankelden. 'Katie, het spijt me dat ik het je op die manier heb verteld, van Jesse. Het was nodig het je te vertellen, maar niet op die manier.'

180

'Misschien is het juist goed dat ik het zo heb gehoord.' Ze streek met haar vingers over zijn onderlip, verrukt over de textuur daarvan. Dat een zo stoere man zoiets zachts had; niet te geloven. Het was zo opwindend. 'Wat je zei was zo... naakt dat ik niet meer kon doen alsof. Ik moest het onder ogen zien. Ik had Jesse niet. Ik heb hem nooit gehad.'

'Je kunt het best zonder hem redden,' verzekerde Ben haar met hese stem. 'Makkelijk zelfs.'

Ze kuste hem spontaan. 'Het spijt me dat ik je gekwetst heb. Ik dacht niet echt dat het je om geld te doen was.'

'Ik wil alleen jou,' zei hij. 'Al mag Joost weten waarom ik juist voor een vrouw ben gevallen die je nog tureluurser kan maken dan een Chinese puzzel. Ik lijk wel gek.'

'Ik ben te oud voor je,' fluisterde ze.

'Hou toch je mond, domoor. Ik hou van je.'

Kate zou niet geweten hebben wat ze op die verbijsterende verklaring had moeten antwoorden, als hij haar de kans had gegeven erop te reageren. Maar die kans gaf hij haar niet. Ze werd opgetild door armen die zo sterk waren dat ze zelfs een vrouw van haar postuur moeiteloos konden dragen en even later lag ze op een redelijk comfortabel bed van gras op een zonnig plekje naast het water.

Hoewel het niet bepaald een beschutte plek was (er kwamen minstens twee keer per dag ruiters over dit pad) en ze niet van tevoren gewaarschuwd zouden worden als er iemand aankwam, namen ze er dit keer geen genoegen mee alleen die kleren uit te trekken die hen in de weg zaten om de liefde te kunnen bedrijven. Het was niet iets dat ze met zoveel woorden zeiden, het was iets dat ze allebei automatisch wilden.

Voor het eerst werd hun begeerte getemperd door humor en een speelsheid die ze nooit eerder hadden gekend. En ze deden alles op hun gemak, alsof ze alle tijd van de wereld hadden. Iedere kus en streling leek een eeuwigheid te duren, was vervuld van begeerte, maar tegelijkertijd loom, zoet. Hardnekkige knopen en ritssluitingen maakten klokkende lachjes los en onder het uittrekken van de lastige rijlaarzen schaterden ze het uit.

Toen ze eindelijk samen naakt in het zonlicht lagen, verdwenen de humor en de speelsheid snel. Zoals altijd barstte hun begeerte los, te krachtig om beteugeld te kunnen worden. Wat dat betreft kenden ze elkaar goed, heel goed. Er was geen sprake van een aarzeling, een vragende blik, of een onhandige zet. Alleen van een hartstocht die als een wervelwind oprees, hoger en hoger, tot ver boven henzelf uit.

'We zullen nog verbranden,' zei Kate dromerig.

'Welnee, jij verbrandt nooit en ik ook niet,' antwoordde Ben. Hij liet zijn ene hand over haar heup glijden en streelde haar dij. Die lag over de zijne. Ze kroop nog dichter tegen hem aan. 'Maar het kan gênant worden als we hier zo blijven liggen,' voegde hij er droogjes aan toe. 'Er staat vanochtend een trainingsroute over dit pad op het programma.'

Ze hief haar hoofd op en keek op hem neer. 'En dat vertel je me nu.'

Hij glimlachte toen ze geen aanstalten maakte om overeind te komen, en zei toen: 'Ik heb het weer vergeten.'

Ze wist dat hij bedoelde, dat hij vergeten had een condoom te gebruiken. Kate vroeg hem met een ernstig gezicht: 'Had je dat de vorige keer ook gewoon vergeten? In de tuin? Dat vroeg ik me af.'

Na een korte aarzeling schudde Ben zijn hoofd. 'Dat weet ik niet. Misschien. Misschien mocht ik het van mezelf vergeten omdat jij daar zo streng in bent. Misschien wilde ik dat het één keertje anders zou zijn tussen ons.'

Ze legde haar hand tegen zijn gezicht. 'Misschien had ik er daarom ook niet aan gedacht.'

'Het was niettemin onverstandig.'

'Dat weet ik. Maar ik ben aan de pil, zodat we ons daarover geen zorgen hoeven te maken. En we zijn allebei gezond.'

Hij drukte haar geruststellend nog wat dichter tegen zich aan. 'Volkomen gezond. Wil je kinderen, Katie?'

Ze schrok een beetje van die onverwachte vraag, maar antwoordde heel serieus. 'Dat weet ik niet. Het is... wat aan de late kant voor mij. Ik ben al veertig, Ben.'

'Domoor,' zei hij weer. 'Tegenwoordig kunnen vrouwen zelfs op hun vijftigste nog een baby krijgen. Wat maakt dat uit? Waar het om gaat, is of je het kind wilt.'

'Dat weet ik niet.'

Hij glimlachte en trok haar hoofd achterover zodat hij haar kon kussen. 'Ik ook niet. Maar we kunnen er in ieder geval over nadenken.'

Behoedzaam zei ze: 'Gaan we... die kant uit?'

'Daar moeten we over nadenken,' herhaalde hij.

Ze zweeg een poosje, terwijl ze naar hem keek. Toen zei ze onzeker: 'Dit is iets heel nieuws. Ik zal eraan moeten wennen.'

Ben keek geamuseerd. 'Een minnaar die echt om je geeft, bedoel je?'

'Ja.'

'Maak je geen zorgen, ik zal je de tijd geven eraan te wennen. Ik hoef heus niet vanavond al in jouw bed te slapen, of morgenavond bij jullie te komen eten.' Hij streek een lok glanzend zwart haar weg van haar gezicht en keek nu erg serieus. 'Die beslissingen laat ik aan jou over, net zoals je naar mij toe moest komen en niet omgekeerd. Dit is jouw thuis, Katie, jouw familie. Als je het langzaam aan wilt doen, dan vind ik dat best. Vandaag gaan we samen terug naar de stallen. We zullen de paarden borstelen en met elkaar praten, en niet doen alsof we vreemden voor elkaar zijn als er iemand kijkt. En als je wilt kunnen we morgen een tochtje maken. Misschien zelfs ergens picknicken. En in het weekend kunnen we naar de film gaan.'

'Zul je echt zo geduldig zijn?' vroeg ze.

'Nou, een poosje.' Ben glimlachte naar haar. 'Zolang wij – jij en ik – weten dat we bij elkaar horen, wil ik wel wachten tot de anderen het vanzelf doorkrijgen.'

Kate boog zich over hem heen en kuste hem langdurig. Ze glimlachte een beetje, want ze kon zich niet herinneren dat ze zich ooit van haar leven zo tevreden had gevoeld en tegelijkertijd nog steeds een beetje opgelaten. Hij was zo dicht bij haar, ze had niets meer om zich achter te verschuilen, en dat joeg haar toch nog angst aan.

Hij had gezegd dat hij van haar hield.

'Ben...'

'Raak nu alsjeblieft niet in paniek.'

'Nee, nee, dat zal ik niet doen. Maar ik moet je nog iets zeggen. Ik weet nog niet precies wat ik voor je voel. Niet echt.'

183

'Dat geeft niets, want dat weet ik.'

'O ja? Weet jij wat ik voor jou voel?'

'Ja.'

Kate keek hem aan. Ze was opeens weer achterdochtig. 'Wat dan?'

'Je houdt van me.'

Het begon haar een beetje te ergeren. 'O ja?'

'Natuurlijk.' Ben glimlachte breeduit. 'Ik heb je Katie genoemd en daar heb je niets van gezegd. Als dat geen liefde is, zit het er verdraaid dicht bij in de buurt.'

Opeens merkte Kate dat ze glimlachte.

Op nonchalante toon zei Ben: 'Ik geloof dat we ons nu maar eens moeten aankleden. Want naar de vage trilling van de grond te oordelen, krijgen we zo dadelijk gezelschap.'

'O, *leuk...*'

Ze waren bijna aangekleed toen vier ruiters in korte galop langs de waterval reden. De ruiters stopten niet, maar staken alleen groetend hun hand op. Voor het geval het hun was opgevallen dat Ben zijn laars aan het aantrekken was, lieten hun neutrale gezichten niets anders zien dan dat ze dachten dat hij hem even had uitgetrokken om er een steentje uit te schudden. En als ze hadden gezien dat er wat grassprietjes in Kates losse haar zaten, vonden ze dat blijkbaar geen commentaar waard.

'Erg tactvol van ze,' zei Ben, aan zijn laars trekkend.

'Ik geloof waarachtig dat ik bloos,' zei Kate verbaasd.

Hij grijnsde naar haar.

Een paar minuten later reden Ben en Kate terug in de richting van de stallen. Het pad was net breed genoeg om naast elkaar te kunnen rijden en ze praatten op hun gemak over van alles en nog wat – wat voor hen ook iets nieuws was. Pas toen ze bijna in het dal waren aangekomen, stelde Ben haar een ernstige vraag.

'Hoe staat het tussen jou en Amanda?'

'We staan op neutraal. Geloof ik.' Ze zuchtte. 'Heb je gehoord wat er op het feest is gebeurd?'

'Ja.' Ben bekeek haar aandachtig. 'Hebben die twee dingen iets met elkaar te maken?'

'In zekere zin. Ze was er belabberd aan toe. Het had niet

veel gescheeld of ze was eraan doodgegaan. Urenlang wisten we niet of ze het zou halen. Het enige waar ik aan kon denken, was dat ik tegenover haar erg oneerlijk ben geweest. Ik bedoel... zij kan het ook niet helpen dat Jesse... dat hij zich tegenover mij zo gedraagt. Dat deed hij ook toen ze er niet was. Het feit dat ze naar Glory is gekomen, heeft daar niets aan veranderd. En toch gaf ik haar de schuld.'

'Heb je het nu goedgemaakt?'

'Ik heb het geprobeerd. We zullen zien.'

'Was ze ontvankelijk?'

Kate knikte. 'Dat geloof ik wel. Argwanend... maar dat ligt natuurlijk voor de hand.'

Na een ogenblik van stilte vroeg Ben langzaam: 'Katie, geloof jij dat ze de echte Amanda Daulton is?'

Kate gaf niet meteen antwoord, maar toen ze dat deed, klonk haar stem vast. 'Ja. Ze is het.'

'Hoe weet je dat zo zeker?' vroeg hij nieuwsgierig.

Ja, waarom? Kate aarzelde, want ze was niet gewend dingen over zichzelf en haar familie met buitenstaanders te bespreken. Maar toen bedacht ze dat Ben geen buitenstaander was. Niet nu. Niet meer. Ze keek hem aan, zag de warmte en het intelligente begrip in zijn ogen en voelde zich alsof een gewicht dat ze ontzettend lang had meegedragen, van haar schouders werd genomen.

Terwijl hun paarden langzaam langs de omheining van een van de weiden naar de stallen liepen, vertelde ze aan Ben waarom ze er zo zeker van was dat Amanda thuis was gekomen.

Na het feest voelde Amanda zich nog dagenlang slecht op haar gemak. Ondanks haar zelfverzekerde houding tegenover Helen wist ze dat het wel degelijk mogelijk was dat iemand op Glory geprobeerd had zich van haar te ontdoen, en ook al had die onbekende misschien van zijn of haar plannen afgezien nu Jesse openlijk had verklaard dat hij wat zijn testament betrof weer van gedachten was veranderd, dat wilde nog niet zeggen dat Amanda geen gevaar meer liep.

Zelfs Helen had gezegd dat zolang Jesse nog leefde, de mogelijkheid bestond dat hij nogmaals van gedachten zou veranderen en besluiten alsnog al zijn bezittingen aan Amanda na te laten. Dus was het ook mogelijk dat de onbekende niet het risico wilde nemen daarop te wachten.

In de eerste week na het feest voelde Amanda zich bijna verlamd door dat denkbeeld. Soms werd ze zo door paniek bevangen dat ze bijna haar koffers pakte, maar iedere keer herinnerde ze zichzelf aan wat er op het spel stond. Ze was ervan overtuigd dat na Jesse's dood alles op Glory zou veranderen en dat de kans dat ze erachter kon komen wat er twintig jaar geleden was gebeurd, dan tot het nulpunt zou dalen.

Nee, ze moest blijven. En dat hield in dat ze erg goed moest oppassen. Als ze ervan uitging dat iemand inderdaad gif in haar taartpunt had gespoten, leek het duidelijk dat de dader – aangenomen dat die persoon het inderdaad op háár voorzien had – een moord voor ogen had die eruit moest zien als een ongeluk. Dat wilde zeggen dat ze niet bang hoefde te zijn voor een frontale aanval. Ze geloofde ook niet dat de persoon in kwestie zo wanhopig was dat hij of zij een dergelijk risico zou nemen. Althans, nog niet.

Dus hoefde ze alleen maar op te passen voor ongelukjes.

Maar naarmate de dagen verstreken, begonnen Amanda's bange vermoedens te vervagen. Het leven op Glory ging gewoon door en voor zover ze kon zien had niemand plannen om zich van haar te ontdoen. Maggie was aardig tegen haar en leek haar neutrale houding teruggevonden te hebben; Kate was helemaal ontdooid en gedroeg zich zelfs erg vriendelijk; Reece was zo opgelucht dat Jesse zich had bedacht over het testament, dat hij straalde; en zelfs Sully leek in een beter humeur te verkeren.

Walker was weer teruggevallen in zijn gewoonte bijna iedere avond op Glory te komen eten. Zijn gesprekken met Amanda hield hij beperkt tot de meest alledaagse dingen, maar hij hield haar in de gaten. Hij hield haar heel goed in de gaten.

Hij had met geen woord over de barbecue gerept; je zou bijna denken dat hij haar niet had ondersteund toen ze had staan braken, dat hij haar gezicht niet had gestreeld, en helemaal niet dat hij de man was geweest die haar naar binnen had gedragen. Het enige wat enig verband met het feest had, was dat hij He-

186

len had gevraagd of je aan een gebroken arm blijvende beschadiging van de zenuwen kon overhouden.

'En wat zei ze?' vroeg Amanda. Ze stonden in de deuropening van de eetkamer, waar ze die avond als laatsten waren aangekomen en spraken allebei op zachte toon.

'Ze zei dat het mogelijk was.'

'Stelt dat je teleur, Walker?' vroeg Amanda meesmuilend.

Hij klemde zijn kaken op elkaar en er vlamde iets op in zijn groene ogen. 'Een dezer dagen,' zei hij, 'zal ik je een vraag stellen waar je geen antwoord op hebt.'

Amanda voelde dat Jesse naar hen keek, maar bleef nog een ogenblik op de drempel staan en glimlachte tegen Walker. 'Reken daar maar niet op,' adviseerde ze hem liefjes en liep naar haar plaats aan de tafel.

'Is er iets?'

'Helemaal niet, Jesse. Helemaal niet.'

Daarna had Walker niets bijzonders meer gezegd, maar hij hield haar in de gaten. Hij hield haar goed in de gaten.

Jesse was uiteraard weer helemaal de oude. Nadat hij zich eenmaal had hersteld van de schrik dat hij haar bijna was kwijtgeraakt, had hij al twee keer geprobeerd haar van gedachten te laten veranderen wat Glory betrof.

'Het is je geboorterecht, Amanda!'

'Mijn enige geboorterecht is mijn naam; de rest moet ik verdienen. Ik heb helemaal niets gedaan om aanspraak te kunnen maken op een deel van Glory.'

'Maar...'

'Mat.'

Jesse keek naar het spelbord van zijn favoriete spel en fronste. 'Die zet heb je niet van mij geleerd.'

'Jawel,' zei ze en glimlachte tegen hem.

Toen had hij dat toegegeven, met een korte lach, maar hij bleef proberen haar over te halen de erfenis te aanvaarden. Gelukkig sneed hij dat onderwerp alleen aan wanneer ze samen alleen waren. Het was echt iets voor hem om publiek te mijden wanneer hij er niet zeker van was dat hij een zaak zou winnen.

Ze hoopte dan ook dat dat inhield, dat de anderen niet wisten dat hij er nog steeds op gebrand was het grootste deel van zijn erfenis aan haar na te laten, al kenden ze hem zo goed, dat ze waarschijnlijk wel vermoedden dat hij de strijd niet zomaar had opgegeven.

Maar voorlopig was het rustig en begon Amanda zich langzaam maar zeker af te vragen of ze zichzelf niet onnodig had bang gemaakt. Opzettelijke vergiftiging? Misschien was het dat uiteindelijk helemaal niet. Misschien had ze gewoon een uitzonderlijk sterke reactie gehad op de wolfsbessen die per ongeluk in de bosbessentaart terecht waren gekomen.

Dat kon toch best?

De maand juni, die zo zacht als een lammetje was begonnen, kreeg halverwege een heel wat wilder karakter. Het werd hoe langer hoe warmer. Bijna iedere dag begon het in de namiddag te onweren en hoewel de overwegend regenloze stormen boos tussen de bergen raasden en de nacht verlichtten met grillige bliksemschichten, hadden ze op Glory geen last van het natuurgeweld.

Alleen van de hitte.

Ongeveer drie weken nadat Amanda was aangekomen, begon de temperatuur aanmerkelijk te stijgen, wat haar eraan herinnerde dat ofschoon Glory temidden van de bergen lag, dit evengoed het zuiden was. Een zuiden waar de lange dagen warm en drukkend en opvallend stil waren. Een zuiden waar de temperatuur 's nachts rond de dertig graden schommelde, terwijl er amper wind was.

Het huis, dat 's ochtends relatief koel was, werd in de loop van de dag allengs warmer en tegen de avond was het vooral boven onaangenaam benauwd.

Amanda slaagde er redelijk goed in zich aan te passen aan de hitte en het ontbreken van airconditioning, maar vaak kon ze de slaap niet vatten of werd ze midden in de nacht wakker vanwege de drukkende hitte. Soms liet ze 's avonds de deuren van haar privé-balkon open. Ze had liever een paar muggen op haar kamer (al hadden ze daar bijna geen last van dankzij het grondige werk van de tuinmannen) dan de hitte van een gesloten kamer te moeten dulden.

Ze liet de deuren natuurlijk nooit open wanneer ze eenmaal

naar bed ging, want afgezien van de onzekerheid of er nog steeds een vijand op haar loerde, had ze te lang in de stad gewoond om open deuren te vertrouwen, maar zo kwam ze de uren van slapeloosheid tenminste wat beter door. Het gebeurde ook vaak dat ze een korte broek en een T-shirt aantrok en naar buiten glipte om over het gazon of door de tuinen te slenteren tot ze moe genoeg was om de slaap te kunnen vatten.

Ze merkte algauw dat de honden het niet leuk vonden wanneer ze 's nachts het huis verliet. Ze waren weer naar de gang verbannen, waar ze voor haar deur de wacht hielden, en begonnen meteen te janken wanneer ze hoorden (en dat hoorden ze altijd) dat ze het balkon op stapte, zodat ze ze maar binnenhaalde en mee de tuin in nam, opdat ze niet het hele huis op stelten zouden zetten. Bovendien voelde ze zich veiliger wanneer ze bij haar waren en wist ze dat de nachtelijke wandelingen niet in strijd waren met hun taak.

Die wandelingen hielpen echter niet tegen haar groeiende rusteloosheid.

Het was een drukkend hete donderdagavond – vrijdagochtend eigenlijk, omdat het al na twaalven was – toen Amanda eindelijk toegaf aan het verlangen waar ze zich nu al dagen van bewust was en dat ze tot nu toe had weten te weerstaan.

In haar donkere slaapkamer trok ze haar nachtjapon uit, deed snel een dunne blouse en een korte broek aan en pakte een paar linnen schoenen uit de kast.

'Stil,' zei ze tegen de honden die voor de deur begonnen te piepen. 'Vanavond blijven jullie hier. Is dat duidelijk? Blijf!'

Het janken hield op.

Amanda was er vrijwel zeker van dat ze inmiddels gewend waren aan haar nachtelijke omzwervingen. Ze liep het balkon op, liet de deuren openstaan en daalde de trap af naar het gazon.

Zonder aarzeling liep ze naar het pad dat naar King High voerde.

9

Ik trap vast op een slang.

Het was een griezelige gedachte, maar Amanda liet zich er niet door weerhouden. Ze vervolgde haar weg over het pad dat door het bos westwaarts voerde.

Het was een smal voetpad, niet geschikt voor paarden. Het slingerde tussen de bomen door, langs uitgebloeide azalea's en nog steeds sterk geurende kamperfoeliestruiken. Op een gegeven moment maakte het een scherpe bocht om een groot granieten rotsblok heen en liep toen steil een stenige helling op.

Een rustige avondwandeling om koelte te zoeken.

Het was in het bos weliswaar koeler dan in huis, maar... Hijgend bleef ze boven aan de helling staan om op adem te komen, een beetje gepikeerd over de mensen die in deze streken geboren en getogen waren en wandelingen van minder dan vijftien kilometer blijkbaar kinderspel vonden. Geen wonder dat Walker zo'n goede conditie had; zo'n dagelijks tochtje heen en weer naar Glory zou als training voor een marathonloper niet misstaan.

Ze tilde het haar uit haar nek en zuchtte.

Waarom doe ik dit? Dit is waanzin.

Het is waanzin, herhaalde ze in zichzelf toen ze doorliep. Als ze King High wilde zien, waarom ging ze er dan niet op klaarlichte dag naar toe, zodat ze ook werkelijk iets kon zien? En als ze iets anders wilde zien... dan gold hetzelfde.

'Je bent stapelgek, Amanda,' zei ze tegen een wilde-rozenstruik die zich aan een esdoorn had gehecht.

Ja, ze was stapelgek.

Na een bocht in het pad stond ze opeens voor een kalm riviertje met een smalle brug erover. Ze liep naar het midden van de brug en keek op het water neer. Hier in het bos drong weinig maanlicht door, waardoor het water eruitzag als een traag stromende, donkere massa.

Amanda huiverde zonder te weten waarom en liep snel de brug af.

Een paar meter verderop zag ze, een stukje van het pad af en verheven boven de uit de grond gegroeide wortels van een dikke eikenboom, de achthoekige vorm van een prieel. Amanda durfde het pad niet te verlaten om er een kijkje te nemen, maar bleef staan om het kleine houten bouwsel te bestuderen. Ze zag vier halfhoge, van latwerk vervaardigde muren met ruimte ertussen waardoor je naar binnen kon, en de vloer was, net als de rest, van hout. Tegen minstens twee van de muurtjes stonden ingebouwde banken.

De omtrekken van het prieel kon ze duidelijk onderscheiden, omdat het op een open plek tussen de bomen stond, zodat het licht van de maan het houtwerk diepe schaduwen gaf.

Amanda keek over haar schouder de rest van het pad af. In de verte schemerde iets wits tussen de bomen. Ze was dus blijkbaar dicht bij King High, maar toch leek het een vreemde plek om een prieel neer te zetten, zo ver van het huis.

Vreemd, maar leuk. Het ontlokte haar een glimlach. Ze liep door over het pad tot het bos abrupt eindigde bij een prachtig gazon.

King High. Badend in het maanlicht. Het paste, op zijn eigen manier, net zo perfect in zijn omgeving als Glory, maar maakte in plaats van een overweldigende, juist een rustige indruk; het sprong niet naar voren om bezoekers binnen te halen, maar wenkte hen; het steigerde niet opdringerig, maar wachtte rustig tot iemand keek.

Amanda kreeg een vreemd gevoel vanbinnen toen ze naar het huis keek, een soort empathie die ze op Glory niet had ervaren.

Het grote, twee verdiepingen hoge huis had de bouwstijl van de meeste oude huizen hier in het zuiden, met zowel aan de voor- als aan de achterkant over de hele lengte van het huis

191

een breed, overdekt balkon, dat tevens als overkapping diende voor het betegelde terras op de begane grond, en aan beide uiteinden een buitentrap had. Alle slaapkamers op de bovenverdieping kwamen uit op het balkon, waar witte plafondventilatoren loom draaiden om de lucht in beweging te houden en gerieflijke zitjes van witte bamboe tuinmeubelen stonden.

Deze vorm van architectuur was inmiddels uit de mode geraakt, vooral omdat balkons in deze tijd van airconditioning een zeldzaamheid waren geworden, maar de ouderwetse stijl paste perfect bij de massieve, eeuwenoude eikenbomen die het huis omringden en was bij uitstek geschikt voor de vochtige hitte van de zomers hier in Carolina.

Amanda was niet van plan geweest nog verder te gaan toen ze eenmaal bij de rand van het bos was gekomen, maar liep als vanzelf door over het zachte, vochtige gras van het gladde gazon, onder de grote eikenboom door die halverwege het bos en het huis stond. Ook hier moest ergens kamperfoelie groeien, want ze rook de zoete geur. Vuurvliegjes dansten in het rond, maar ze had alleen maar oog voor het huis dat King High was genoemd naar de troefkaarten waarmee de familie McLellan een deel van het land van de Daultons had gewonnen.

Het was een groot huis, veel te groot voor een rustige jurist alleen. Een witte olifant, had Walker het genoemd, maar hij scheen geenszins van plan te zijn zich ervan te ontdoen. Hij leek er juist veel meer om te geven dan hij voorgaf, of moest een sterk ontwikkeld gevoel van verantwoordelijkheid ten opzichte van zijn erfenis hebben, want het huis en de tuin leken goed onderhouden en daarvoor was veel tijd en geld nodig.

Ze bleef abrupt staan en staarde naar het balkon, naar het gedeelte dat het dichtst bij haar was. Een lucifer vlamde op en verlichtte zijn stugge gezicht, toen hij uit de schaduw naar voren kwam en bij de leuning van het balkon bleef staan. Hij stak een pijp op, maar zijn ogen waren op iets gericht dat verder van hem verwijderd was. Zelfs van deze afstand wist ze waar hij naar keek. Hij keek naar haar.

Hij zag haar, wist dat ze er was. En hij wilde haar laten weten dat hij keek, dat hij afwachtend toekeek. Ze voelde instinctief aan dat hij haar de gelegenheid gaf zich terug te trekken, de opgebouwde afstand tussen hen intact te laten, en dat hij, als ze nu wegging, er nooit met een woord over zou reppen dat hij haar had gezien.

Net zoals hij er niets over had gezegd dat hij haar liefdevol had gesteund toen ze ziek was geweest en pijn had geleden. Noch dat hij haar had opgetild en naar binnen gedragen.

Alles zou bij hetzelfde blijven.

Amanda bleef staan kijken en wachten, tot zijn pijp goed brandde, tot de lucifer was opgebrand. Toen haalde ze diep adem en liep door.

Bij de trap aangekomen, klom ze met vaste tred naar boven en toen ze over de houten vloer van het balkon naar hem toe-liep, kon ze hem in het heldere licht van de maan duidelijk on-derscheiden. Hij had alleen een spijkerbroek aan. Zijn bovenli-chaam was ontbloot. Hij leunde met zijn schouder tegen een van de pilaren van het balkon en nam methodisch trekjes van zijn pijp terwijl hij naar haar keek.

En wachtte.

Zoals altijd zag hij er kalm uit en verried zijn knappe gezicht geen enkele emotie, omdat hij zich dat beroepshalve had aange-leerd. Ze wist dat als er meer licht was geweest, ze had kunnen zien dat zijn ogen gesluierd waren, om zijn gedachten verbor-gen te houden en niets van wat hij voelde prijs te geven. Behal-ve wanneer ze hem ergerde. Dan vonkten de groene ogen.

Hij weigerde te geloven dat ze Amanda Daulton was en ze dacht niet dat hij daar ooit van overtuigd zou kunnen worden zonder wetenschappelijk bewijs. Maar dat kon haar nu niets schelen. Ze wilde dat het vanavond niets uitmaakte wie ze was.

Ze wilde dat dat háár niets uitmaakte.

En vooral, dat het hém niets uitmaakte.

Ze keek langs hem heen en zag op de grond naast een paar openstaande schuifdeuren, die blijkbaar toegang gaven tot zijn slaapkamer, een matras van een eenpersoonsbed of een logeer-bed, bedekt met een wit laken. Net zoals de mensen vroeger sliep hij blijkbaar op het balkon wanneer het erg heet was, waar de ventilatoren de lucht in beweging hielden, zodat de hitte enigszins draaglijk werd.

Geen wonder dat het hem niets kon schelen dat Jesse op

Glory geen airconditioning wilde, dacht ze; hij was dat thuis ook niet gewend. Maar ze vroeg het niettemin, al was het alleen maar als openingszin van het gesprek dat naar haar gevoel heel moeilijk zou worden.

'Geen airco?'

Hij schudde zijn hoofd. Zijn ene hand hield hij om de kop van de pijp geklemd, de andere rustte op de leuning van het balkon. Tussen twee lome trekjes door zei hij op zijn gebruikelijke bedaarde manier: 'Geen airco. Hoe kun je van de verandering van de seizoenen genieten als je voortdurend opgesloten zit in kamers waar de temperatuur het hele jaar door constant wordt gehouden? Ik hou van de zomer. Ik hou ervan hoe de zomer ruikt en aanvoelt en eruitziet. En zweet hindert me niet.'

De rook uit zijn pijp dreef naar haar toe, een rijk, zoet aroma. Amanda snoof het onbewust op. Ze rook Walker ook, kruidige zeep als blijk dat hij net onder de douche vandaan kwam, met een onderliggende mannelijke muskusgeur. Een geslaagde combinatie. 'In de stad zijn de mensen eraan gewend om het grootste deel van de tijd binnen te zitten. Je kunt moeilijk anders, met al die luchtvervuiling en het lawaai. Maar hier... is het net een heel andere wereld.'

'Een nieuwe wereld? Of een wereld waar je naar bent teruggekeerd?'

Ze glimlachte onwillekeurig, niet in het minst verbaasd. 'Neem je nooit eens pauze? Vragen, vragen en nog eens vragen, altijd speurend en zoekend. Waarom sloof je je zo uit, Walker? Je gelooft toch geen woord van wat ik zeg.'

'Misschien blijf ik hopen dat je iets zult zeggen waardoor ik ervan overtuigd raak dat je bent wie je beweert te zijn.' Hij nam de pijp uit zijn mond, keek ernaar en legde hem toen voorzichtig op de leuning.

Amanda wachtte tot hij haar weer aankeek en zei toen met nadruk: 'Is het echt zo belangrijk wie ik ben?'

'Dat weet je best. Nog afgezien van de kwestie van de erfenis verdient Jesse het om zijn ware kleindochter terug te krijgen...'

'Nee, dat bedoel ik niet. Ik heb het niet over de anderen en wat die denken of geloven. Ik bedoel, maakt het iets uit voor óns? Op dit moment, nu er niemand anders in de buurt is. Kan het je op dit moment iets schelen of ik Amanda Daulton ben?'

'Is het belangrijk of mij dat iets kan schelen?'

'Beantwoord nooit een vraag met een tegenvraag.'

Hij haalde zijn schouders op. 'Zoals je wilt. Als er midden in de nacht opeens een mooie vrouw mijn slaapkamer binnen-komt – bij wijze van spreken – dan maakt het in zeker opzicht inderdaad niet uit wie ze is.'

'Nog steeds op je hoede,' zei Amanda zachtjes. 'Ontspan je je nooit, Walker?'

In plaats van daar antwoord op te geven, zei Walker: 'Het is warm en ik heb geen zin in spelletjes.'

'Heb ik iets gezegd over spelletjes?'

'Je bent toch hier? Wat doe je hier, Amanda?'

'Ik kon de slaap niet vatten. Ik hoopte dat een wandeling zou helpen.'

'Een wandeling van bijna twee kilometer? Door het bos?' Hij legde een spottende klank in zijn stem. 'Verveel je je, Amanda? Zoek je wat actie? Na Boston vind je het hier natuurlijk ver-schrikkelijk saai en het zal niet meevallen om voor Jesse aldoor de brave Amanda te moeten spelen. En aangezien de meeste van de mannelijke huisgenoten zogenaamd familie van je zijn, is het natuurlijk een heel probleem om een partner te vinden met wie je tussen de lakens kunt duiken zonder dat het incest is.'

Een dergelijke wreedheid was ze van hem niet gewend en een ogenblik lang was ze met stomheid geslagen over zijn woorden. Toen liet ze sidderend haar adem ontsnappen en zei ze op een even spottende toon, terwijl ze haar gezicht nog net in de plooi wist te houden: 'Ik wist niet dat je zo'n schoft was, Walker. Haat je me echt zo, of doe je maar alsof?'

'Ik speel geen spelletjes.'

'Dat is gelul. We spelen allemaal een spelletje. En jij en ik hebben dit spel gespeeld vanaf die eerste dag dat ik jouw kan-toor ben binnengewandeld.'

'Dit is geen spel. Ik wil de waarheid.'

'De waarheid?' Ze slaagde erin te lachen en het klonk zelfs geamuseerd. 'Wat heeft de waarheid hiermee te maken?'

'Alles.'

195

Ze schudde haar hoofd. 'Dat zou je misschien graag willen, maar je weet wel beter, Walker. Ik heb je daarnet een vraag gesteld en ik zou daar graag een – eerlijk – antwoord op willen. Maakt het nu, op dit moment, iets uit of ik Amanda Daulton ben?'

'Nee.' Het klonk alsof hij het woord amper over zijn lippen kon krijgen. Walker voelde de spanning in zijn binnenste nog meer stijgen.

Verdomme. Hoe kreeg ze dat toch voor elkaar?

Amanda lachte niet meer; ze glimlachte niet eens. Ze zei heel rustig: 'Misschien zie je liever een cobra voor je opduiken dan mij, maar dat kan me niets schelen. Je wilt met me naar bed, Walker, en dat weet je net zo goed als ik.'

'Zelfs als dat waar mocht zijn, ben ik oud genoeg om me te kunnen beheersen.' Zijn stem klonk zo bars dat het hem pijn deed in zijn keel. Ze had zijn geheime verlangen ontdekt en blootgelegd, en het maakte niets uit, dat hij wist dat hij het zelf had uitgelokt.

'O ja? En wat gebeurt er als ik dat níet kan?'

Hij bewoog zich niet. Hij bleef met opzet roerloos staan. 'Wat wil je daarmee zeggen, Amanda?'

'Daar heb je de advocaat weer,' zei ze zachtjes. 'Alles moet tot in de details worden beschreven. Ik dacht dat je al wist waarom ik hierheen was gekomen. Zei je dat niet? Zei je niet dat ik me verveelde en uit was op seks? Of iets van die strekking?'

'Amanda...'

Ze onderbrak hem, nu niet meer op kalme toon, maar effen en sarcastisch. 'Ik ben omringd door familieleden en de zomer begint al aardig... zwoel te worden. De nachten zijn lang. En heet. Wat moet je dan, als meisje alleen? Ik kan natuurlijk wachten tot Victor terugkomt, die heeft al laten merken dat hij belangstelling voor me heeft, maar eerlijk gezegd heb ik geen zin om zijn opgeblazen ego nog meer voedsel te geven. Bovendien zijn juist de mannen die zelf denken dat ze de beste minnaars ter wereld zijn, in bed vaak niet veel waard.'

Hij voelde in zijn binnenste iets bewegen, traag en massief en onstuitbaar, en vroeg zich vaag af of ze er enig idee van had wat deze nacht zou losmaken. 'Dat zou dan zonde van je tijd zijn.'

196

'Erger nog. Ik heb het sterke vermoeden dat Victor er on-aangename gewoonten op na houdt wat seks betreft, dus waag ik me liever niet aan wat hij van plan mocht zijn.'

'Dus heb je alleen mij nog over.'

Ze glimlachte. 'Precies. Zullen we deze scène dus maar gewoon even afronden? Dan kunnen we het doek stijlvol neerlaten.'

Dwars door zijn eigen verwarde emoties heen besefte Walker opeens dat hij erin was geslaagd haar kalme façade te doorbreken. Ze was boos, beledigd en misschien ook gekwetst. Ze glimlachte op een overdreven en gemaakte manier, haar stem trilde bij haar spottende woorden, en ze beefde zichtbaar. Voor hij iets kon zeggen, ging ze door op die mierzoete, honende toon.

'Weet je wat? Ik zal het je makkelijk maken. Ik zal tegen jou zeggen dat aangezien jij de enige interessante en beschikbare man in de nabije omgeving bent, ik vanavond speciaal hierheen ben gekomen om een partijtje te neuken. Terwijl ik dus verwachtingsvol afwacht, kun jij de vloer met me aanvegen door je minachting en hoon over me uit te storten en me te vertellen dat ik een slet ben. En als je daar nog geen flink meerderwaardigheidsgevoel van krijgt, kun je er een paar goedgekozen beledigingen aan toevoegen, bijvoorbeeld dat je me helemaal niet aantrekkelijk en begerenswaardig vindt.'

'Amanda...'

'Toe maar, Walker, ga je gang. Is je dat niet geleerd? Om je tegenstander met alle beschikbare middelen te kleineren? Ben je daar niet al die tijd mee bezig geweest? Wie er niet in slaagt de situatie naar zijn hand te zetten, kan zich altijd beroepen op een oude, beproefde methode, namelijk zijn tegenstander vernederen en beledigen. Zou dat niet een goed lesje voor me zijn? Ik zou nooit meer hierheen komen om me te laten neuken, ongeacht hoe zwoel de nachten worden.'

'Nee, wacht...' Hij deed een stap naar voren en greep haar arm toen ze zich omdraaide. Ze verstijfde, haar ogen schitterden zo fel als die van een kat in het donker.

'Krijg de klere.' Ze rukte haar arm los uit zijn greep en holde naar de trap.

Walker aarzelde slechts een seconde, vloekte toen en ging achter haar aan. Hij haalde haar in onder de grote eikenboom halverwege het huis en het bos. Hij was zich maar half bewust van het zachte, bedauwde gras onder zijn blote voeten. Toen hij haar arm weer vastgreep, maakte ze een kermend geluid en probeerde ze met haar andere hand naar hem te klauwen, maar hij klemde zijn hand om haar pols voordat haar nagels zijn gezicht raakten.

'Het spijt me, Amanda,' zei hij kortaf. Haar pols voelde verbazend smal aan in zijn greep en hij was zich er plotseling scherp van bewust dat ze in de greep van een man, van welke man ook, machteloos was.

Ze spartelde niet meer tegen, maar haar stem was vervuld met hoon. 'Nee, het spijt je helemaal niet. En mij ook niet. Het is een hele opluchting dat ik eindelijk weet hoe je over me denkt. Ik wist al dat je me als een bedriegster beschouwt, en nu weet ik wat je nog meer over me denkt.'

'Je weet dat ik naar je verlang.' Hij legde zijn handen op haar schouders en schudde haar zachtjes door elkaar, zich ervan bewust dat hij zijn zelfbeheersing begon te verliezen zonder dat hij er iets tegen kon doen. Ze hadden alle barrières opzij gegooid, stuk voor stuk, en het enige dat nu nog tussen hen in stond, was de waarheid. Deze waarheid. 'Daar had je gelijk in. Dat weten we allebei. En het maakt inderdaad niets uit wie je bent.'

Ze duwde zijn handen weg. 'Laat me los...'

'Nee, eerst moet je naar me luisteren. Je hebt gelijk, ik heb de situatie niet in de hand en daar word ik gek van. Daarom heb ik geprobeerd je te kwetsen. En daarom zal ik je waarschijnlijk blijven kwetsen.' Hij greep haar nog steviger vast, zijn vingers beten in haar schouders. Hij wilde dit allemaal niet zeggen, maar de naakte woorden rolden uit zijn mond, snel en scherp van wanhoop. *Jezus, waarom kon hij zich niet beheersen?*

'Ik denk de hele tijd aan je, dag en nacht, op kantoor en op de rechtbank en hier en op Glory, ik word er gek van. Ik ben er al gek van geworden. Wanneer ik slaap, droom ik dat je bij me bent en dan word ik zo gefrustreerd wakker dat ik door de kamer ga ijsberen als een dier in een kooi.'

Hij schudde haar weer door elkaar en zijn felle stem had het effect van een zweep. 'Snap je het nu? *Verlangen* is een veel te zwak woord voor wat ik voor je voel, en *begeerte* komt er niet

198

eens bij in de buurt. Het is een obsessie voor me, ik kan alleen nog maar aan jóu denken.'

Ze keek roerloos naar hem op, maar probeerde zich toen weer van hem los te rukken. 'Hou op! Laat me los, Walker!'

Hij lachte wrang. 'Niet wat je in gedachten had, hè? Te intens, te onromantisch, te abrupt... te veel. Maar ook dat maakt niet uit. Want jij begeert mij net zo als ik jou, Amanda. Daarom ben je hierheen gekomen.'

Ze stond weer stil, haar grote, donkere ogen op zijn gezicht gericht. Ze maakte haar lippen nat in een gebaar dat eerder nerveus dan provocerend was. 'Ik... ik weet het niet... ik was helemaal niet van plan om hierheen te komen, niet helemaal tot het huis. Ik was gewoon gaan lopen, over het pad, en toen ik je zag...'

'Dacht je dat het bij een beleefd gesprek kon blijven, gevolgd door wat onschuldig vrijen?'

Dit keer had ze geen erg in de scherpe hoon, omdat ze helemaal opging in de verbijsterende verandering die hij had ondergaan. Ze stond er versteld van dat de gesoigneerde, koele en vrijwel emotieloze man van de afgelopen weken zulke intense, geheime, wervelende gedachten in zich had meegedragen en wist niet goed wat ze nu van hem moest denken. Hij had gelijk, ze was in gedachten niet verder gegaan dan wat vrijen en misschien een al dan niet diepgaande romance. Ze had geweigerd door te denken en haar script bleek erg tam vergeleken bij het obsessieve verlangen dat hij zo fel had beschreven.

Hij had er ook gelijk in, dat ze dit niet wilde. Niet nu. Haar leven was al zo ingewikkeld. Ze had te kampen met zoveel spanningen en stress-situaties en verborgen invloeden en vraagstukken, dat het laatste waar ze naar op zoek was, iets was dat meer van haar eiste dan ze bereid was te geven.

'Het maakt niet uit wat ik had verwacht,' wist ze kalm uit te brengen, zich scherp bewust van zijn nabijheid, zijn verrassend gespierde borst en sterke armen, en de manier waarop zijn vingers haar schouders kneedden met krachtige, rusteloze bewegingen waarvan hij zich waarschijnlijk niet eens bewust was. 'Jij moet niets van je eigen gevoelens hebben en het ontbreekt mij aan emotionele energie om...' Ze vertrok haar mond in een

199

scheve glimlach, '... het hoofd te bieden aan iets ingewikkelders dan alleen maar neuken.'

'Dan zal ik daar genoegen mee moeten nemen.'

Zelfs in het schemerige licht was de uitdrukking op zijn gezicht zo intens dat het beangstigend was en Amanda voelde een vreemd schokje vanbinnen, alsof al haar zintuigen een diepgaande, bijna primitieve dreun hadden gekregen. Ze wilde achteruitdeinzen – nee, *vluchten* – maar kon zich niet bewegen. Haar hart ging als een razende tekeer en opeens had ze moeite met ademhalen en voelde ze diep binnen in zich een hitte die ze nog nooit eerder had gevoeld.

'Nee.' Ze slikte moeizaam, maar kon niet van hem wegkijken. 'Ik kan niet. Je wilt te veel. Je...'

Met een abrupte beweging boog hij zijn hoofd naar haar toe en vond zijn mond hongerig de hare. Amanda vergat wat ze had willen zeggen. Haar handen lagen op zijn naakte borst, haar vingertoppen voelden het dikke, zachte haar en de harde spieren eronder. Hij voelde niet aan als een man die de hele dag achter zijn bureau zat. Hij voelde aan als een bouwvakker of een boer, een man die met zijn handen werkte om in de felle strijd van het dagelijkse leven het hoofd boven water te houden.

En hij was heet, nog heter dan de nacht. Zijn huid brandde alsof het de koorts die in hem woedde, nauwelijks kon bevatten. Haar onderlichaam voegde zich als vanzelf naar het zijne en toen ze zijn erectie voelde, sloeg er een nieuwe golf van hitte door haar heen. Als vanzelf beantwoordde ze zijn kussen, haar mond even fel en blindelings veeleisend als de zijne, en het bijna rauwe verlangen was zo overweldigend en zo onverwacht dat ze er duizelig van werd.

Toen hief Walker zijn hoofd op en voelde ze haar hart kloppen in haar gezwollen, bijna gekneusde lippen. Hij haalde zo rauw adem dat het bijna als een gegrom klonk. 'Ik verlang zo naar je.' Zijn stem klonk raspend. *'Ik verlang zo verschrikkelijk naar je. Ik had gehoopt dat het vanzelf weg zou gaan, maar dat is niet zo, het wordt alleen maar erger.'*

Amanda staarde als betoverd naar hem op. Ze besefte vaag dat ze zich nog van hem had kunnen losmaken als hij niet méér had getoond dan de wellustige maar beheerste begeerte die ze eerder had gezien en gevoeld, en begrepen. Een hartstocht die alleen het vlees raakte, over de emoties heen gleed en de ziel intact liet. Als het zo was geweest, had ze zich ervan los kunnen maken, of zonder angst kunnen blijven en het gebodene als zodanig accepteren: wederzijds genot met wederzijds begrip. Dat zou... beschaafd zijn geweest.

Hier was niets beschaafds aan. Zijn begeerte was losgebroken als vloedwater over een dam en sleepte haar mee in een stroom waar ze niet tegenop kon. Ze werd er willoos door meegesleurd, maar het besef dat hij zich er evenmin tegen kon verzetten, was ongelooflijk opwindend. Nog nooit van haar leven had een man haar het gevoel gegeven dat hij niet zonder haar kon.

'Godverdomme, Amanda.' Hij pakte haar gezicht in zijn handen, die trilden, en kuste haar weer, zijn mond even hard en fel als zijn stem. 'Zeg ja of zeg dat ik naar de hel kan lopen, maar laat me niet langer in het ongewisse.'

Ergens in haar achterhoofd fluisterde een waarschuwend stemmetje dat ze het rustig aan moest doen en erover nadenken, incalculeren wat het haar zou kosten als hij ontdekte hoe kwetsbaar ze was, maar alle verstandige gedachten werden opzij gegooid door een wilde emotie. Trillend over haar hele lichaam hoorde ze een sensueel gekreun aan zich ontsnappen, een reactie op hem en op haar eigen brandende verlangen. Haar armen gleden om hem heen tot haar nagels in de bewegende spieren van zijn rug drongen. Haar harde tepels, die zich tegen het dunne katoen van haar blouse persten, raakten zijn borst.

Walker hield zijn adem in. 'Ja?' vroeg hij met dikke stem.

'Ja.' Ze wist niet dat ze het zou zeggen tot het woord eruit was, maar alle onzekerheid loste op in een lawine van prikkelingen toen hij haar weer met die koortsachtige, overweldigende honger kuste.

Zijn vingers gleden naar haar keel en volgden het smalle kraagje van haar blouse tot het bovenste knoopje. Voordat Amanda iets kon doen om hem te helpen werd de blouse opengerukt en over haar armen naar beneden getrokken, waardoor ze haar rug moest krommen en haar naakte borsten hard tegen zijn borst gedrukt werden.

201

Hij maakte een primitief geluid, zijn tanden en tong speelden met haar lippen, beten en streelden op een manier die veel opwindender was dan gewone kussen, en zijn armen gleden om haar heen om haar dicht tegen zich aan te drukken. Hij wreef zijn bovenlichaam tegen haar zwellende borsten.

Amanda hoorde zichzelf kreunen, voelde haar borsten zwellen en haar tepels branden. Begeerte maakte zich zo snel van haar meester dat het leek alsof ze bezeten was. Wild nam ze zijn onderlip tussen haar tanden en hij maakte een zacht, grommend geluid toen hun adem zich vermengde. Hij stak zijn vingers onder de elastieken band van haar korte broek en duwde die over haar heupen naar beneden, en pas toen ze het natte gras onder haar blote voeten voelde, besefte ze dat ze haar schoenen had uitgeschopt.

Met krampachtige vingers van ongeduld worstelde ze met de knoop van zijn spijkerbroek en toen ze die eindelijk open had, trok ze de rits naar beneden. Hij greep haar hand toen ze hem wilde pakken, en zijn stem klonk hees.

'Nee, als je me aanraakt...'

'Snel,' fluisterde ze, niet verbaasd meer hoe fel ze hem begeerde.

Walker huiverde en gromde weer, diep in zijn keel. Toen duwde hij zijn spijkerbroek en zijn ondergoed naar beneden en schopte die uit, zoals Amanda haar korte broek had uitgeschopt. Hij trok haar met zich mee op de grond en duwde haar op haar rug in het met dauw bedekte gras en ze kreunde toen hij haar slipje van haar lijf rukte.

'Ik kan niet wachten,' fluisterde hij. Hij streelde haar borsten en buik, liet toen zijn hand tussen haar trillende dijen glijden en vouwde hem om haar schaamheuvel.

Amanda kreunde en tilde begerig haar heupen op toen zijn lange vingers haar betastten en streelden. Ze kreeg een brandend, pijnlijk, leeg gevoel dat ze nog nooit eerder had ervaren. Niets was belangrijk meer, alleen dat ze hem binnen in zich wilde voelen. 'Je hoeft niet te wachten,' zei ze met een hese stem die als gebroken klonk.

'Ik moet wel. Ik moet het langzaam aan doen. Jezus, ik hunker gewoon naar je...'

Zijn mond greep haar borst en hij liet haar zijn tanden voelen terwijl hij beurtelings met zijn tong rond haar tepel speelde en er hard aan zoog. Zijn verlangen was zo intens dat het zijn strelingen wild en primitief maakte en hij haar bijna pijn deed. Maar zijn gebrek aan zelfbeheersing was juist opwindend, een bewijs hoezeer hij haar begeerde, en Amanda was opeens in staat zich helemaal te laten gaan en zonder terughoudendheid van haar eigen hartstochtelijke begeerte te genieten.

Ze rukte aan zijn schouders en tilde haar lichaam van de natte grond, naar zijn mond en vingers, die haar wild van verlangen maakten. Nu gleed zijn hete mond over haar trillende buik naar beneden. Ze stootte een lage, woordeloze kreet van genot uit toen zijn tong het allergevoeligste plekje van haar lichaam vond.

Ze hapte naar adem, probeerde zich nog in te houden, maar was de beheersing over haar lichaam volkomen kwijt. Ze was zich tot dan toe nog duizelig bewust geweest van de geur van het gras en de kamperfoelie en de zeep die hij gebruikte, van de vochtige hitte van de nacht en het getjirp van de krekels, van het verre gerommel van onweer in de bergen en van hun ademhaling, maar nu waren al haar zintuigen alleen nog maar op hem geconcentreerd en op de brandende behoeften van haar lichaam.

'Walker... ik kan het niet meer harden... alsjeblieft...'

Hij gleed tergend langzaam over haar lichaam naar boven, terwijl zijn mond de zijdeachtige huid van haar buik en ribbenkast, borsten en keel streelde. Zijn heupen spreidden haar dijen nog verder, zijn erectie drukte tegen haar aan. Amanda kreunde.

'Toe nou...!'

'Rustig aan,' fluisterde hij, maar hij scheen dat tegen zichzelf te zeggen want alles wat hij deed, iedere streling, liet hij pijnlijk lang duren. Toen hij zijn hoofd ophief stond zijn gezicht strak en keken zijn ogen op haar neer met de bijna blinde blik van hevige lust. 'Ik wilde... het nog rekken... maar...'

Amanda voelde hem, hard en veeleisend, en er ontsnapte haar een verstikte kreun toen haar lichaam hem in zich opnam. Het was lang geleden voor haar, en zijn trage penetratie ontnam haar het resterende beetje adem. Ze opende zich voor hem, spreidde haar benen tot het haar pijn deed en klemde zich aan hem vast. Hij vulde haar, vulde haar volkomen en toen hij zich abrupt terugtrok en weer hard stootte, kronkelde ze zich met een snik, omdat ze nog nooit iets zo perfects had ervaren.

'Jezus...' gromde hij diep in zijn keel. Hij stootte door alsof hij een hevige behoefte voelde nog dieper in haar binnen te dringen, en er ontsnapte hem weer een hees, primitief geluid toen ze kreunde en met haar nagels over zijn rug kraste. 'Ik moet...'

'Ja, Walker, doe het,' smeekte ze. Ze klemde haar benen om zijn heupen en kruiste haar enkels op zijn rug.

Zijn onderarmen gleden onder haar lichaam en zijn handen grepen haar schouders. Felle stoten, diep en hard, volgden elkaar steeds sneller op tot hij een soort ongetemd wezen was dat gehoorzaamde aan een oerinstinct om de geslachtsdrift te bevredigen. Amanda voelde zich onderworpen, als bezeten door een oermens en haar lichaam reageerde gretig. Ze hief haar heupen nog hoger om hem te ontvangen, haar handen gleden op en neer over de rollende spieren van zijn rug in een koortsachtige behoefte hem te voelen en op te eisen en vast te houden, en haar lichaam beefde door het geweld van zijn hartstocht.

Plotseling knapte de opgehoopte spanning in haar binnenste en ze slaakte een kreet toen golven van intens genot door haar heen joegen en over haar heen spoelden. Hij bleef zwaar hijgend stoten, terwijl hij haar onder zich geklemd hield, zodat ze geen kans kreeg te verslappen. Bedwelmd, al haar zintuigen gesmoord, voelde ze haar lichaam beantwoorden aan zijn begeerte. Een nieuwe spanning kwam snel en fel in haar op, en toen die het hoogtepunt bereikte, was het gevoel zo overweldigend dat haar kreet van genot geluidloos bleef.

Ze sidderde toen ze hem voelde schokken en de hese kreet hoorde, die diep uit zijn borst scheen te komen. Toen stortte hij zijn zaad in haar en werd ze door zijn gewicht diep in het gras gedrukt.

Amanda wist niet hoeveel tijd er voorbij was gegaan toen ze zich langzaam aan weer bewust werd van haar omgeving. Het

204

gras was zo dik dat het een redelijk gerieflijk bed vormde en ze voelde de natte dauw niet meer – waarschijnlijk omdat hun lichamen bedekt waren met zweet. Niet dat dat haar iets kon schelen. De stille nacht was nog steeds vochtig warm en toen ze haar ogen opendeed, zag ze vuurvliegjes hoog in de wijde takken van de oude eikenboom. Ze hoorde krekels en het gerommel van een onweersbui ergens in de verte. Ze hoorde ook haar nog steeds onregelmatige ademhaling, en de zijne.

Walker hief zijn hoofd op en kwam tot op zijn ellebogen overeind. Er lag een ondefinieerbare, mannelijke blik van bevrediging op zijn knappe gezicht, maar het was geen uitdrukking van triomf, alsof hij wist dat dit meer een uitstel was dan een oplossing. Hij kuste haar loom en langdurig en hief toen zijn hoofd weer op.

'Dat was... opmerkelijk,' zei hij op een zachte, nonchalante toon.

Amanda wist dat het absoluut geen zin had te proberen voor hem te verbergen hoe volkomen overweldigd ze was geweest en zei daarom: 'Ik geloof dat ik een ander woord zou kiezen. Een woord als... uitzinnig.'

'Heb ik je pijn gedaan?'

'Nee.' Ze liet haar handpalmen langzaam over zijn rug glijden en herinnerde zich dat ze meer dan eens haar nagels in zijn vlees had gezet. 'Maar ik jóu misschien wel.'

Hij grinnikte op een lome, geamuseerde manier. 'Ik geloof niet dat ik bloed.'

Amanda zei niets toen hij van haar afrolde en naast haar bleef liggen, maar toen hij zijn ene hand vlak onder haar borsten liet liggen, was ze heimelijk blij dat hij zich niet meteen helemaal van haar losmaakte. Ze zou zich gegeneerd moeten voelen dat ze er zomaar helemaal naakt bij lag, maar alhoewel het haarzelf nog steeds een beetje verbaasde dat ze in de open lucht onder een boom in het maanlicht de liefde had bedreven, voelde ze zich allerminst gegeneerd.

Een zachte windvlaag deed de blaadjes van de boom ritselen en streek over haar vochtige lichaam, waardoor haar hete huid werd afgekoeld en gedroogd. Het was een verrukkelijk gevoel. Ze wilde het liefst eeuwig zo blijven liggen.

205

Walker kwam op zijn elleboog overeind, keek op haar neer en begon toen met een luie belangstelling haar borsten te betasten, heen en weer te rollen en op te duwen. Het leek alsof hij haar móest aanraken, alsof zijn begeerte niet echt was bevredigd maar slechts tijdelijk gesust.

'Ik vind dat je een perfect figuur hebt,' zei hij, nog steeds nonchalant.

Ze bekeek zijn aandachtige gezicht en voelde dat haar hart weer sneller begon te kloppen en dat haar lichaam reageerde op zijn strelingen. Ze probeerde haar stem niet te laten trillen toen ze zachtjes antwoordde: 'Dank je. Dat zit in de familie.'

Zijn hand kwam prompt tot stilstand en Amanda kon zichzelf wel voor het hoofd slaan dat ze hem daaraan had herinnerd. Dat ze hen beiden daaraan had herinnerd.

Maar hij ging verder met strelen. Zijn vingers tekenden cirkeltjes rond haar hard geworden tepels. 'Je bent verbazend weelderig voor zo'n klein ding,' zei hij zachtjes. 'Naar het schilderij te oordelen was je moeder dat niet.'

Aangenomen dat ze je moeder was, natuurlijk.

Hij hoefde dat niet hardop te zeggen. Amanda voelde een ergernis opkomen, die ze slechts met moeite uit haar stem wist te houden. 'Dat is waar. Ze heeft het altijd jammer gevonden dat ze het figuur van een jong meisje had. Iedere keer dat we samen ondergoed kochten, zei ze dat het haar erg deprimeerde dat ik een grotere maat beha had dan zij.'

Walker trok zachtjes aan een stijve tepel, boog zijn hoofd er toen naar toe en likte eraan op een vluchtige, maar vreselijk opwindende manier. Toen hij zijn hoofd ophief, glimlachte hij. 'Mooi detail.'

Omdat ze donders goed wist dat hij daarmee niet haar borsten bedoelde, duwde ze zijn hand weg. Ze ging rechtop zitten en pakte haar kleren.

Hij ging ook zitten en legde zijn handen op haar schouders om haar tegen te houden. 'Sorry. Het spijt me.'

Nu voelde Amanda zich wél naakt en dat gaf haar een heel onaangenaam gevoel. Ze trok met een ruk haar schouders uit zijn greep, trok haar knieën op tot aan haar borst en sloeg haar armen eromheen. 'We weten allebei dat het je helemaal niet spijt, dus doe maar geen moeite,' zei ze geïrriteerd. 'Het maakt trouwens niets uit.'

'Voor mij wel,' zei hij kortaf. 'Het spijt me echt, Amanda. Ik wil niet dat wat er tussen ons is ontstaan, bedorven wordt door mijn... achterdocht.'

Dat verbaasde haar niet echt en in haar stem lag een ironische klank toen ze lachte. 'Wat er tussen ons is ontstaan? Bedoel je daarmee de seks? God, mannen zijn ook allemaal hetzelfde. Jullie onderdrukken iedere vorm van twijfel en negeren iedere redelijke gedachte die in jullie hoofd speelt om een vrouw in bed te krijgen.'

'Deel me niet bij de grote massa in.' Hij glimlachte, meer geamuseerd dan beledigd. 'Ik onderdruk en negeer niets en ik verwacht echt niet van je dat je met me naar bed gaat opdat ik mijn vragen zal vergeten; aangezien Jesse al overtuigd is, doet mijn mening er weinig toe. Ben ik ervan overtuigd dat je Amanda Daulton bent? Nee. Maar dat maakt weinig uit, zoals je zelf al hebt gezegd. Ik wil *jou*, wie of wat je ook bent, en als je dat nu nog niet gelooft, dan is er met een van ons tweeën iets mis.'

Daar gaf Amanda niet meteen antwoord op. Ze worstelde in stilte met de keus die ze moest maken. Ze kon haar kleren pakken en zo waardig mogelijk weggaan en weigeren een seksuele relatie met hem aan te gaan zolang hij nog achterdocht koesterde, maar ze kon zijn wantrouwen ook opvatten als iets dat apart stond van de explosieve hartstocht die ze hadden ervaren en zorgen dat die niet nu al een eind zou maken aan wat een stormachtige affaire beloofde te worden.

'Amanda?'

Ze haalde diep adem. 'Je moet me iets beloven.'

Met de automatische behoedzaamheid van een advocaat vroeg hij: 'Wat dan?'

'Je moet me beloven dat wanneer we zo samen zijn als nu, de kwestie of ik al dan niet Amanda Daulton ben, taboe is. Daar wordt niet over gesproken. Geen sluwe vraagjes of subtiele benaderingen. Geen trucjes om me ergens op te vangen. Geen uitzonderingen.'

Hij knikte meteen. 'Goed, dat beloof ik. Maar dat geldt alleen voor wanneer we zo samen zijn als nu. Voor de rest van de tijd kan ik je niets garanderen.'

'Dat hoeft ook niet.' Ze bekeek hem wat achterdochtig. 'Dit kan interessant worden.'

'Dát ben ik in ieder geval met je eens.' Hij boog zich naar voren en kuste haar terwijl zijn handen zachtjes haar benen naar beneden duwden zodat hij haar borsten weer kon strelen.

Amanda wist niet of ze het hem kwalijk moest nemen of zichzelf, dat hij in staat was de felle emotie van haar woede zo snel en zo volkomen om te zetten in een heel ander soort emotie. Voor de tweede keer die avond had hij haar eerst kwaad gemaakt om haar daarna te verleiden.

'Ik word gek van jou,' zei ze toen hij haar tegen de grond duwde.

'Maar je verlangt net zo naar me als ik naar jou.' Zijn lippen gleden over haar keel naar haar borsten. 'Waar of niet?'

'Ja, ellendeling.' Haar adem stokte en ze deed haar ogen dicht toen golven van genot haar duizelig maakten. De gevoelens die hij in haar opwekte, waren zo overweldigend en ontwikkelden zich zo snel dat ze haar angst zouden hebben aangejaagd, als hij haar de kans had gegeven na te denken. Maar dat deed hij niet. Hoe bevredigend de seks ook was geweest, het was duidelijk dat zijn begeerte naar haar alweer even groot was als de eerste keer.

En hetzelfde gold voor haar.

'Mooi zo,' mompelde hij met zijn mond op haar huid. Toen maakte hij een vreemd geluid en er lag een ondertoon van wrange humor in zijn hese stem toen hij eraan toevoegde: 'Als dit eenzijdig was gebleven, zou ik zelfmoord plegen.'

Ze stak haar vingers in zijn dikke haar en hield haar ogen dicht terwijl ze genoot van de heerlijke dingen die zijn mond met haar borsten deed. Hees zei ze: 'Praat niet zoveel, Walker.'

Hij zweeg.

Van haar slipje was bijna niets meer over. Amanda schudde haar hoofd toen ze de gescheurde lapjes zag en stak ze in de zak van haar short, die ze zonder op te staan aantrok door haar achterste van de grond te tillen. Ze schudde haar blouse uit en toen ze hem aantrok, merkte ze dat er twee knopen ontbraken.

'Ben je van plan om met al mijn kleren zo ruig om te gaan?' vroeg ze.

Walker, die met tegenzin was opgestaan en zijn spijkerbroek had opgeraapt, stak lachend zijn handen naar haar uit om haar overeind te trekken. 'Dat zou best kunnen. Niet met opzet natuurlijk, maar ze zitten me gewoon in de weg.'

'Mmmm.' Amanda keek neer op haar blouse, zuchtte en knoopte de punten vast onder haar borsten. Het was niet waarschijnlijk dat ze op de terugweg naar Glory iemand tegen zou komen, maar als er toevallig wél iemand buiten rondzwierf, op zoek naar koelte, was ze tenminste naar behoren gekleed en zou niemand er erg in hebben dat de knopen ontbraken.

'Je kunt ook hier blijven,' zei Walker.

Ze keek naar hem op en vroeg zich af of ze de uitdrukking op zijn gezicht beter had kunnen ontcijferen als het licht was geweest. De hartstochtelijke, felle minnaar van een paar minuten geleden was weer in zijn bedrieglijke huid gekropen en stond er kalm en loom bij.

'Nee,' zei ze, 'ik kan beter teruggaan. Over een paar uur is het licht.'

'En dan moet je netjes in je eigen bed liggen?'

Amanda aarzelde slechts een ogenblik voordat ze nadrukkelijk zei: 'Natuurlijk. Het zou immers mijn hele brave-Amanda-imago bederven als bekend werd dat ik de halve nacht onder een eikenboom in jouw tuin had liggen rollebollen.'

'Hoe weet je dat ík dat niet zal rondvertellen?' vroeg hij haar met evenveel nadruk.

Ze wist zelf niet waarom ze daar zo zeker van was. 'Misschien omdat je méér wilt?'

Hij liet een gemaakt lachje horen. 'Wie weet? Jij hebt niet veel illusies, merk ik.'

'Dat klopt.' Ze stapte in haar schoenen en keek weer naar hem op toen hij dicht bij haar kwam staan. 'Voor alle duidelijkheid, ik was niet van plan dit met opzet geheim te houden, maar aan de andere kant geloof ik niet dat het verstandig is om het meteen te gaan rondbazuinen. Ik ben hier nog steeds een bezienswaardigheid en zit bovendien in een soort proeftijd totdat iedereen ervan overtuigd is dat ik Amanda Daulton ben –

of niet natuurlijk – en ik geef ze liever niet nog méér voer voor roddelpraatjes. Bovendien hebben de bewoners van kleine provinciestadjes, als ik me niet vergis, de neiging om bepaalde... zonden nogal streng te veroordelen.'

'Dat is waar,' stemde hij na een korte aarzeling in. 'Het lijkt je dus beter om de zaak in het midden te laten en geen bewijzen te leveren?'

'Precies.'

'En de familie? Jesse?'

Nu aarzelde Amanda. 'Laten we gewoon afwachten hoe alles loopt.'

Hij knikte zo'n beetje, stak toen zijn hand uit en kamde een paar keer traag met zijn vingers door haar haar. 'Je hebt gras in je haar.'

Amanda was er zo goed als zeker van dat er ook op andere plaatsen gras aan haar kleefde en dat iedereen die haar goed bekeek meteen zou zien, dat ze de afgelopen paar uur had besteed aan bijzonder sensuele activiteiten. Haar lippen voelden heet en gezwollen aan, haar kleren waren helemaal verkreukeld (om over de ontbrekende knopen nog maar te zwijgen) en ze had het onaangename vermoeden dat Walker in zijn hartstocht een paar blauwe plekken in haar nek had achtergelaten. Maar daar zei ze niets over. Ze genoot alleen van wat zijn hand met haar haren deed.

'We zijn onvoorzichtig geweest,' zei hij zachtjes terwijl zijn vingers over haar schedel gleden.

Weer zou ze een sterker woord hebben gekozen. *Waanzinnig* was de term die in haar opkwam. Maar ze antwoordde rustig en eerlijk: 'Ik ben al een paar jaar aan de pil, omdat ik aan onregelmatige menstruatie leed. Wat de andere... gevaren betreft weet jij beter dan wie ook dat ik volkomen gezond ben. Als ik me niet vergis, is dat eerste buisje bloed die je van me geëist hebt, op alle aan de mensheid bekende manieren geanalyseerd.'

Walker knikte langzaam. Ze had dat bloedonderzoek op zijn aandringen ondergaan, als een eerste stap in haar poging te bewijzen dat ze aanspraak kon maken op het land van de Daultons, want een jaar geleden had een andere jonge vrouw zichzelf meteen al buitenspel gezet toen was gebleken dat ze de verkeerde bloedgroep had.

Deze vrouw had echter de juiste bloedgroep.

Walker zei: 'Het bloedmonster waarmee je bloedgroep is vastgesteld, is inderdaad meteen onderzocht. Er zijn geen besmettelijke ziekten aangetroffen. Ook geen geslachtsziekten. Net zo min als het HIV-virus.' Hij zweeg, en toen ze niets zei, voegde hij eraan toe: 'Ik heb me een paar maanden geleden laten onderzoeken. Dat doe ik regelmatig. Je hoeft je nergens zorgen over te maken.'

'Dat weet ik.'

Hij keek haar verbaasd aan. 'Hoe weet je dat?'

Amanda glimlachte. 'Ik ken je nog niet erg goed, Walker, maar ik weet wel dat je een voorzichtig mens bent. Een heel voorzichtig mens.'

Hij keek naar het geplette gras van hun natuurlijke bed en kwam sterk in de verleiding haar oordeel te weerleggen. Een voorzichtige man, wilde hij zeggen, zou niet wellustig onder een eikenboom de liefde hebben bedreven met een vrouw die hij op zijn minst gezegd nog niet vertrouwde en zelfs wantrouwde. En nu hij eenmaal zo onverstandig was gebleken, moest hij het niet nog erger maken door – met onverminderde honger – nu al uit te kijken naar een herhaling daarvan.

Walker zette die gedachten van zich af, boog zich naar haar toe en kuste haar zonder een poging te doen zijn begeerte te verbergen. Dat had trouwens geen zin, want haar reactie kwam prompt en was als olie op het vuur. Hij had haar het liefst weer op de grond getrokken om zich nogmaals in haar te verliezen. Zijn verlangen naar haar was zo intens en veeleisend, dat het iets leek dat helemaal op zichzelf stond en waar hij amper controle over had.

Haar mond was ongelooflijk erotisch, zacht en warm en zoet...

Hij wilde haar niet laten gaan, hij wilde haar niet loslaten en zien weglopen. *Jezus, stel je niet zo aan! Laat haar los!* Met veel moeite slaagde hij erin zijn hoofd op te heffen en haar los te laten, en hij was helemaal niet verbaasd dat zijn stem hees klonk.

'Kom je morgenavond bij me eten? Ik bedoel vanavond?'

211

Amanda aarzelde en knikte toen. 'Goed. Jesse heeft morgenochtend in Asheville een of andere bespreking en gaat dan meteen door naar het ziekenhuis voor zijn wekelijkse behandeling. Ik heb gevraagd of ik mee mocht, maar dat wil hij niet hebben.'

Walker hoorde in haar zwoele stem iets waar hij niet precies de vinger op kon leggen en dat zat hem niet lekker. 'Dan heb je dus de hele dag niets bijzonders te doen. Kom dan naar de stad, dan gaan we samen lunchen.'

'Ga je vandaag dan naar je werk?'

Hij begreep waarom ze zich daarover verbaasde en zei: 'Ik slaap 's zomers altijd weinig. Dat stoort me helemaal niet. Gelukkig hoef ik morgen niet naar de rechtbank, maar ik heb op kantoor een hoop werk liggen. Kom je dus tussen de middag?'

Haar antwoord was ontwijkend. 'Misschien. Ik zou meteen wat boodschappen kunnen doen... Ik bel je nog wel.'

Hij was er zeker van dat ze niet voor de lunch zou komen, maar wilde niet aandringen. 'Goed. In ieder geval wacht ik je 's avonds rond zeven uur halverwege het pad op, goed?'

Ze keek verbaasd. 'Het pad? Zit er dan ergens in het bos een hamburgertent verscholen?'

'Nee, maar ik heb een rieten mand en mijn huishoudster maakt een prima huzarensalade.'

Een picknick. Amanda knikte. 'Goed. Moet ik iets meebrengen?'

'Nee, ik zorg overal voor.'

'Goed.' Ze leek even wat onzeker, draaide zich toen om en liep naar het begin van het pad tussen de bomen.

Walker wist dat hij nog iets moest zeggen, maar hij wist niet wat. Hij was er redelijk zeker van dat ze hem iets naar zijn hoofd zou gooien als hij haar bedankte voor de avond, en haar 'welterusten' naroepen vond hij ook niets.

Bovendien had hij het gevoel dat als hij zijn mond opendeed, hij zou gaan brabbelen als een idioot en haar smeken hem niet de hele nacht alleen te laten. En dan zou hij zich wel erg laten kennen.

10

Amanda verscheen op vrijdagochtend ongewoon vroeg aan het ontbijt. Eerlijk gezegd had ze amper geslapen nadat ze naar Glory was teruggekeerd; ze vond dat haar gloednieuwe romance met Walker veel weg had van koorddansen zonder net. Walker was nog steeds achterdochtig en weigerde haar te vertrouwen, en toch maakte de begeerte die ze voor elkaar voelden normaal denken vrijwel onmogelijk.

De combinatie van wantrouwen en lust leverde een bijzonder explosief goedje op, vond ze, dat heel goed op het verkeerde moment kon ontploffen. Dat was zelfs bijna zeker. En ze was bang dat zij er dan de dupe van zou worden.

Tegen de tijd dat de zon opkwam, had ze geen geduld meer om nog langer in bed te blijven. Ze was niet eens moe, wat ze een beetje vreemd vond, gezien hoe actief ze die nacht was geweest, maar ze schreef dat toe aan haar gedwongen rust van de afgelopen week.

Toen ze zich aankleedde, merkte ze dat er op haar gevoelige huid inderdaad bewijzen te zien waren van Walkers hartstocht, en dat verbaasde haar helemaal niet, omdat ze altijd van het minste of geringste blauwe plekken kreeg. Gelukkig bedekte de kraag van haar blouse twee van de blauwe plekken en verdwenen er nog meer onder de blouse zelf. Maar de verkleuring op haar linkerpols...

Die moest ze overgehouden hebben aan de scène vóór ze de liefde hadden bedreven. Toen hij haar onder de grote eikenboom te pakken had gekregen en ze had geprobeerd hem te krabben.

Amanda schudde haar hoofd een beetje toen ze naar de blauwe plekken keek die zijn vingers hadden veroorzaakt. Gek – ze was zich helemaal niet van pijn bewust geweest toen hij haar pols had gepakt. Maar ze was dan ook zo kwaad geweest dat ze misschien zelfs een messteek niet zou hebben gevoeld.

Haar horloge, dat ze altijd om haar linkerpols droeg, verborg niet meer dan een deel van de verkleuring, maar Amanda haalde haar schouders op toen ze haar kamer verliet. Meer kon ze er niet van maken. Als iemand het zag en er zijn of haar conclusies uit trok, dan moest dat maar zo zijn. De verandering in haar relatie met Walker zou waarschijnlijk toch niet erg lang onopgemerkt blijven.

Wat seks betrof, schenen er op Glory bitter weinig geheimen te bestaan.

De honden lagen niet voor haar deur. Dat was vreemd, maar Amanda stond er niet lang bij stil. Ze daalde de trap af en liep naar de keuken, waar Earlene bezig was Jesse's lievelingsbrood te bakken.

'Goeiemorgen. Wat zie jij er wakker uit vandaag.'

'Goeiemorgen. Meen je dat?' Amanda schonk een kopje thee in; dat had ze liever dan koffie en Earlene had 's ochtends altijd een pot klaarstaan. 'Ik... ik heb een goede nacht gehad.'

'Dan begin je blijkbaar aan de hitte gewend te raken,' zei Earlene.

'Mmmm.' Amanda onderdrukte een plotselinge, belachelijke neiging om te gaan giechelen.

'Wil je weer alleen fruit, of nog iets erbij?'

'Nee, alleen fruit, graag.' Ondanks de bosbessen-wolfsbessentaart was ze nog steeds dol op fruit, hoewel ze zich voortaan twee keer zou bedenken voordat ze een punt vruchtentaart nam. 'Staat de schaal op de tafel?'

Earlene knikte. 'Waarom eet je niet wat steviger kost?' klaagde ze, zoals iedere ochtend. 'Eieren, spek, pannenkoeken, je zegt het maar en ik maak het voor je klaar...'

Amanda legde haar hand op Earlenes arm. 'Dank je, Earlene, maar ik hou het toch maar op fruit.' En om een eind aan de discussie te maken, vroeg ze: 'Is er verder al iemand wakker?'

214

'Ja, ze zijn toevallig allemaal al op. Zelfs Reece. En Jesse ook, omdat hij vanochtend naar Asheville gaat.'

Het gebeurde zelden dat ze allemaal tegelijk ontbeten en Amanda hoopte onwillekeurig dat het ontbijt rustiger zou verlopen dan het met het avondeten meestal het geval was.

Bij de deur van de keuken keek ze nog even om. 'Earlene, heb jij vanochtend de honden ergens gezien?'

'Nee. Ik laat ze meestal naar buiten wanneer ik naar beneden kom, maar vandaag heb ik ze niet gezien,' antwoordde de kokkin. Earlene woonde ook op Glory; ze had een zitkamer en slaapkamer in het achterste deel van het huis, waar ook de kamers van Sully, Kate en Maggie waren.

'Dan heeft iemand anders ze zeker uitgelaten.'

'Dat zal wel.'

Amanda keek op haar horloge toen ze naar de serre liep; het was bijna zeven uur, erg vroeg voor haar doen. Waarschijnlijk was dat de reden waarom ze zich niet helemaal op haar gemak voelde, dacht ze. Normaal gesproken sliep ze op dit uur nog. Het kon natuurlijk ook te wijten zijn aan haar veelbewogen nacht.

Jesse zat samen met Maggie, Kate, Sully en Reece aan tafel. De deuren naar het terras stonden open, maar de honden waren nergens te bekennen.

Amanda begroette de anderen beleefd en liep naar haar plaats aan de glazen tafel. Tot haar opluchting merkte ze meteen dat iedereen in een goed humeur verkeerde; zelfs Sully knikte hoffelijk toen ze hem goedemorgen wenste, waarna hij zich weer op zijn ontbijt concentreerde.

'Goed geslapen, meisje?' vroeg Jesse toen ze was gaan zitten.

'Uitstekend. Mag ik echt niet met je mee vandaag?'

'Die vergadering loopt vast uit tot na het middaguur, Amanda. Je zou je maar vervelen.'

'Maar dan zou ik in het ziekenhuis in ieder geval bij je kunnen zitten.'

In tegenstelling tot de anderen, die erg op hun woorden pasten wat Jesse's medische behandeling betrof, had Amanda zich in dat opzicht sinds hun eerste conflict over het testament openhartig opgesteld. Omdat ze net als Walker van mening was

215

dat de oude man geen medelijden wenste, had ze hem ronduit verteld dat ze wist hoe ziek hij was en dat ze niet van plan was het onderwerp angstvallig te vermijden.

Ze had de indruk gekregen dat haar houding Jesse wel was bevallen.

Nu verzachtte zijn strenge gezicht toen hij haar aankeek en Amanda dacht, niet voor het eerst, dat niemand in dit huis die blik verkeerd kon uitleggen. Ze had macht. Zolang Jesse nog leefde, had ze heel veel macht.

'Liever niet, lieve kind, maar evengoed bedankt.'

Amanda sloeg even haar ogen ten hemel, maar aanvaardde zijn weigering en nam wat fruit van de schaal. 'Zoals je wilt. Heeft iemand de honden gezien?'

Ze schudden allemaal hun hoofd en Jesse zei: 'Vanochtend niet. Ik denk dat Earlene ze naar buiten heeft gelaten en dat ze gewoon nog niet terug zijn.'

Het lag op het puntje van Amanda's tong te zeggen dat de kokkin dat had ontkend, maar ze besloot er geen punt van te maken. De deuren van het terras stonden open – zoals iedere ochtend bij het ontbijt – en het was heel goed mogelijk dat de honden er een poosje op uit waren gegaan.

De oude man richtte zijn aandacht nu op zijn jongste kleinzoon en zijn stem klonk onverwacht vriendelijk toen hij zei: 'Sully, zodra Victor terugkomt...'

Sully onderbrak hem. 'Hij is al terug. Hij is gisteravond laat aangekomen. Althans, de wagen is er. Die heb ik voor stal 2 zien staan toen ik vanochtend uit het raam keek.'

'Het zal tijd worden,' zei Jesse, maar op een milde manier en niet alsof hij het Sully kwalijk nam dat Victor zo lang was weggebleven. 'Wil je dan even tegen hem zeggen dat ik de papieren over de nieuwe paarden morgenmiddag op mijn bureau wil hebben?'

'Ik zal het doorgeven.' Sully wierp een achterdochtige blik op zijn grootvader en voegde er, blijkbaar aangemoedigd door diens ongewoon goede humeur, aan toe: 'Tussen haakjes, die nieuwe jockey die ik vorige week heb aangenomen, doet het erg goed. Ze kan zelfs al aan wedstrijden meedoen.'

'Ik ben blij dat we eindelijk een goeie hebben gevonden.'

Jesse's stem klonk nog steeds mild. 'Ze is zomaar aan komen waaien, op zoek naar een baan, zei je?'

'Ja. Met haar hele hebben en houwen in een oude jeep. Maar haar rijlaarzen zijn van eersteklas kwaliteit, net als haar zadel. Ze schijnt haar hele leven tussen de paarden te hebben gezeten. Ik heb haar de kamer boven stal 1 gegeven. Die stond leeg en er waren geen andere belangstellenden voor.'

'Wat is het voor iemand, Sully?' vroeg Maggie nieuwsgierig.

Hij haalde haar schouders op. 'Ze heet Leslie Kidd. Ik had nog nooit van haar gehoord; ze zegt dat ze hoofdzakelijk in het westen heeft gereden. Ik heb haar op een paar van onze lastigste paarden gezet om haar uit te proberen, en ze heeft zich uitstekend geweerd.'

Uit Sully's mond was dat een enorm compliment; met woorden als *uitstekend* was hij niet scheutig.

'Ben zegt ook dat ze veel talent heeft,' zei Kate.

'Rijdt ze dan ook voor hem?' vroeg Amanda, wie het was opgevallen dat Kate haar verhouding met de trainer langzaam aan bekend begon te maken; ze brachten tegenwoordig veel tijd samen door en dit was niet de eerste keer dat ze iets over hem zei waar de hele familie bij was.

'Hij heeft me verteld, dat hij haar een keer bij Sully heeft weggelokt om een van zijn paarden uit te proberen,' antwoordde Kate glimlachend, 'omdat ze op een bijna mysterieuze manier met de moeilijkste paarden schijnt te kunnen omgaan.'

'Ik geloof dat ze telepathisch is wat paarden betreft,' zei Sully volkomen serieus. 'En als jij Ben vandaag eerder ziet dan ik, Kate, mag je hem van mij doorgeven dat hij met zijn vingers van mijn ruiters moet afblijven. Hij heeft zijn eigen mensen.' Maar hij zei het eerder geamuseerd dan geïrriteerd.

Sully en Ben hadden, net als de andere twee trainers van Glory, ieder hun eigen paarden en ruiters, maar soms hadden ze de speciale talenten van een ruiter van een van hun collega's nodig. Aangezien Sully de leiding had over het hele trainingsprogramma, kon hij in feite op ieder van de ruiters beslag leggen; het gebeurde daarentegen zelden dat iemand er een van hém leende.

'Ik zal het zeggen,' antwoordde Kate. 'Maar hij zal zijn best doen haar voor zich te winnen, Sully. Hij is erg van haar onder de indruk.'

Sully gromde en at weer door. Reece duwde zijn stoel achteruit. Hij zag er wat afwezig en moe uit.

'Ik ga ervandoor. Wil er iemand een lift naar de stad?'

Kate zei: 'Maggie en ik gaan vandaag naar de stad om boodschappen te doen, maar het is nu nog te vroeg voor ons. Bedankt in ieder geval, Reece.'

Hij stak als groet zijn hand op en liep de serre uit.

'Wil je soms met ons mee, Amanda?' vroeg Kate uitnodigend.

'Dank je, maar ik blijf vandaag liever hier.' Amanda glimlachte tegen haar.

'Weet je het zeker?'

'Heel zeker.' Victor was terug en Amanda had zich voorgenomen zo snel mogelijk met hem te gaan praten, zelfs als ze daarvoor naar de stallen moest. Ze huiverde bij die gedachte, maar ze had weinig keus. Als ze wachtte tot Victor morgen naar het huis kwam voor zijn bespreking met Jesse, kon ze hem misschien niet onder vier ogen te spreken krijgen, en aangezien ze niet wist wat hij haar te vertellen had, leek discretie haar wenselijk.

Zelfs noodzakelijk.

Nog steeds zonder haar escorte, maar in de wetenschap dat het alleen maar moeilijker zou worden als ze het uitstelde, ging Amanda na het ontbijt op pad naar de stallen. Maggie en Kate maakten zich gereed voor hun uitstapje naar de stad, Jesse was in zijn Cadillac naar Asheville vertrokken en Sully was tien minuten eerder dan Amanda naar de stallen gegaan.

Ze keek dus verbaasd op toen ze hem halverwege het huis en de stallen met grote stappen terug zag komen. Ze bleef staan om te vragen wat er aan de hand was en hoe dichter hij bij haar kwam, hoe ongeruster ze zich begon te voelen.

'Wat is er aan de hand, Sully?'

Zijn norse gezicht stond erg grimmig en toen hij sprak was dat ook op grimmige toon. 'Is Jesse al vertrokken?'

'Ja, een paar minuten geleden.'

'Verdomme. Waar ga je naar toe, Amanda?'

218

Ze wees in de verte. 'Naar de stallen. Het zit me dwars dat ik zo bang ben voor paarden en ik heb besloten het nog een keer te proberen.'

'Dat kun je dan beter een andere keer doen.'

'Waarom? Ik zal jullie heus niet in de weg lopen.'

Sully aarzelde en zei toen: 'Daar gaat het niet om... Doe me een plezier en blijf uit de buurt van stal 2, goed? Dat is de tweede van rechts.'

'Waarom?'

'Omdat er een ongeluk is gebeurd en het er nogal onaangenaam uitziet. Ik heb de sheriff al gebeld en ik had gehoopt dat Jesse er nog was...'

Amanda had het opeens erg koud. Ze durfde niet te denken, durfde niet eens te raden. 'Een ongeluk? Met een van de paarden, bedoel je?'

'Nee. Met Victor. Hij is dood.'

Het was duidelijk dat het een dom ongeluk was geweest. De grote paardenwagen was oud en de hydraulische klep had al vaker gehaperd en had allang gerepareerd of vervangen moeten worden; dat viel niet te ontkennen. Victor had daarvoor moeten zorgen, want de auto viel onder zijn verantwoordelijkheid. Victor had bovendien iemand wakker moeten maken om hem te helpen de paarden uit te laden toen hij 's nachts op Glory was aangekomen, in plaats van dat helemaal in zijn eentje te doen.

Hij had de grote wagen op zijn vaste plek voor stal 2 geparkeerd, de paarden veilig en wel uitgeladen en ze alle zes in de grote trainingspiste gezet zodat ze na de lange reis hun benen konden strekken, zoals op Glory de gewoonte was. Toen moest hij teruggekeerd zijn naar de auto om de laadklep omhoog te zetten.

Hij moest onder de klep zijn doorgelopen, al had hij daarmee de belangrijkste regel van het werken met mechanische apparatuur overtreden. Precies op dat moment had die mechanische apparatuur gefaald en was de laadklep boven op hem terechtgekomen. Het was een erg zware klep en hij was hard neergekomen.

Van Victors schedel was niet veel over.

Dat had Amanda niet gezien en ze wilde het ook niet zien. Ze was echter ook niet naar het huis teruggekeerd, ondanks Sully's waarschuwing. In plaats daarvan stond ze tegen het witte hek van de voorste weide geleund, die tussen de stallen en de hoofdweg lag en waarvandaan ze kon zien wat er op het terrein rond stal 1 en stal 2 allemaal gebeurde zonder dat ze in de weg liep of dingen zag die ze niet wilde zien.

De enige reden dat ze zo dicht bij de stallen kon blijven was dat er geen paarden in deze wei stonden en een bestendige wind over haar schouder in de richting van de stallen waaide, zodat de geur van de paarden in de stallen haar niet kon bereiken. Maar wind was een veranderlijk iets en als hij mocht draaien, zou Amanda moeten maken dat ze wegkwam.

Daarom was ze natuurlijk zo gespannen. Daarom stond ze op haar benen te trillen.

De sheriff was inmiddels gearriveerd, evenals Helen, die optrad als lijkschouwer. Maggie en Kate hadden hun uitstapje naar de stad uitgesteld en waren er ook. Iedereen die iets met de stallen te maken had, was komen kijken, evenals een paar van de tuinmannen.

Amanda keek om toen ze weer een auto over de asfaltweg naar de stallen hoorde aankomen. Ze zag Walker uit zijn glanzende Lincoln komen, om zich heen kijken en regelrecht op haar aflopen.

'Wat doe jij hier?' vroeg ze toen hij bij haar was.

'Ze waarschuwen me altijd als er op Glory iets gebeurt.' Hij legde zijn hand op haar schouder. 'Gaat het een beetje?'

Amanda was zich ervan bewust dat er mensen naar hen keken, maar dat kon haar niet veel schelen. 'Ja, natuurlijk. Ik ben niet degene geweest die het... lijk heeft gevonden. Dat was Sully.'

Walker fronste, maar zei niets van haar wat opstandige toon. In plaats daarvan zei hij: 'Je staat te trillen op je benen.'

'Meen je dat?' Ze wist een glimlachje te voorschijn te toveren en hoopte dat dat er niet zo gespannen uitzag als het aanvoelde.

Hij nam haar in zijn armen.

Amanda zuchtte en deed even haar ogen dicht toen ze zich tegen hem aan vlijde, met haar armen onder zijn jasje om zijn slanke middel. Heel even maar, zei ze tegen zichzelf, ze wilde heel even tegen hem aan leunen en putten uit de troost die hij bood. Daar had ze recht op.

'Ons geheimpje kunnen we wel vergeten,' zei ze zachtjes.

'Moest het geheim blijven?' Hij wreef zijn kin in haar haar.

'Nou, een poosje. In ieder geval een dag of twee.' Ze hief, met een nogal verontrustende tegenzin, haar hoofd op van zijn borst en keek hem aan. 'Het gaat alweer.'

Walker kuste haar langdurig, waarmee hij mogelijke twijfels van de toeschouwers over hun omhelzing meteen wegnam.

'Dat heb je met opzet gedaan,' zei Amanda, toen ze weer kon praten. Ze registreerde verstrooid dat ze zijn overhemd had vastgegrepen en streek het dure linnen weer glad.

'Natuurlijk.' Hij glimlachte en zijn groene ogen vonkten. 'Ik kus altijd met opzet.'

'Je weet best wat ik bedoel.'

'Ik hou niet van geheimen,' zei hij en liet haar los. 'Ik moet even met de sheriff gaan praten. Wacht je hier op me?'

'Tenzij de wind draait.'

'Wat?'

Ze hoorde een kort lachje aan haar keel ontsnappen. 'Ik ben alleen bang voor paarden wanneer ik ze ruik. Zodra de wind draait, ben ik weg.'

Walker keek haar een ogenblik aan, schudde toen zijn hoofd en ging op zoek naar de lange, magere gestalte van sheriff J.T. Hamilton.

Amanda leunde weer tegen het hek en stopte haar bevende handen in de zakken van haar spijkerbroek. Hij hield niet van geheimen. Kijk eens aan. Niet dat ze dat niet had geweten, maar het maakte haar nerveus dat hij haar eraan had herinnerd.

Deze hele ochtend was zenuwslopend geweest, al vanaf middernacht.

Ze bleef peinzend staan zonder echt te letten op de mensen bij de stallen. Op een gegeven moment zag ze Sully haar richting uit komen, vergezeld van een vrij kleine, slanke, jonge vrouw met vuurrood haar dat ze kortgeknipt droeg.

'Leslie wil graag met je kennismaken,' zei Sully op zijn gebruikelijke abrupte manier.

221

Amanda keek Sully verrast aan en wendde haar blik toen naar Glory's nieuwste aanwinst. Ze glimlachte. 'Dag, Leslie.'

'Mijn vrienden noemen me Les.' Haar ogen hadden een zachtbruine kleur en vielen aangenaam op in haar gezicht; ze was niet mooi, zelfs niet knap om te zien, maar die ogen hadden iets dwingends. En haar stem klonk zacht en prettig zonder kinderlijk te zijn. 'Jij dan? Noemen ze jou ook wel Mandy?'

'Dat heeft één keer iemand gedaan.'

'Ik snap het, Amanda.' Toen verdween Leslies glimlach en zei ze: 'Wat vreselijk, hè?'

'Ja.' Amanda keek naar Sully. 'Wat doen ze daar allemaal?'

'Helen is het lijk aan het onderzoeken en J.T. bekijkt de laadklep,' antwoordde Sully. 'Wie heeft Walker gebeld?'

'Hij zei dat hij er altijd bij wordt geroepen als er iets op Glory gebeurt. Ik heb niet gevraagd wíe hem heeft gewaarschuwd.'

Sully bromde: 'Dat zal J.T. dan wel geweest zijn.' Toen bekeek hij Amanda met duivelse pretlichtjes in zijn ogen. 'Gefeliciteerd, trouwens. Ik heb wel eens iets horen zeggen over met de oppositie in bed kruipen, maar jij bent de enige die ik ken, die dat letterlijk heeft opgevat.'

De omhelzing en de kus van Walker waren dus ook hem opgevallen. Zich bewust van Leslies zwijgende aanwezigheid zei Amanda alleen: 'Ik vind het altijd verstandig om alle opties te dekken.'

'Opties zijn blijkbaar niet het enige wat jij dekt.' Sully wachtte even om te zien of ze daar een antwoord op had. Toen draaide hij zich om en liep terug naar de anderen.

Amanda maakte een gefrustreerd geluid dat bijna als een grom klonk en zei zachtjes: 'Ik wist wel dat het te mooi was om waar te zijn.'

'Wat bedoel je?' vroeg Leslie nieuwsgierig.

'Dat hij vanochtend zo aardig tegen me deed. Dat moet veel van zijn zenuwen gevergd hebben.'

'Ja, hoor eens,' zei Leslie eerlijk, 'toen jij en die – Walker, heet hij? – elkaar begroetten, konden we de hitte daarginds helemaal voelen. Een man als Sully kan het natuurlijk niet nalaten daar iets over te zeggen.'

Amanda bekeek haar aandachtig. 'Heb je hem zo snel al zo goed leren kennen?'

'Sully?' Leslies bruine ogen stonden volkomen onschuldig. 'Ach, hij zit niet erg ingewikkeld in elkaar.'

'Nee?'

'Welnee. Waar het allemaal om draait, is dat hij bereid zou zijn voor Glory te sterven en dat hij bang is dat hij het niet zal krijgen.'

'Daar hoeft hij niet bang voor te zijn. Niet als het aan mij ligt.'

Leslie knikte langzaam en zei toen: 'Je keek verrast toen we bij je kwamen. Waarom was dat?'

'Omdat hij me introduceerde als Amanda Daulton, alsof hij dat echt geloofde.'

'Misschien gelooft hij dat ook echt.'

'Misschien.' Amanda keek weer naar de stallen en zag dat het lijk in een zwarte plastic zak was gestopt en op een brancard naar de wachtende ambulance werd gereden. Ze werd er een beetje wee van en stelde zichzelf in gedachten voor de zoveelste keer sinds Sully haar had verteld wat er was gebeurd, dezelfde vraag.

Stel dat het geen ongeluk was?

Leslie Kidd zei zachtjes, alsof ze inderdaad telepathische gaven had, en niet alleen wat paarden betrof: 'Ik heb niets gehoord en niets gezien. En ik woon nog wel boven de stal ernaast.'

Amanda keek haar aan, maar voordat ze iets kon zeggen kwam er een andere vrouw naderbij en mompelde Leslie: 'Ik ga maar. Dokter Chantry wil je vast onder vier ogen spreken.' Ze zweeg even en voegde er toen snel aan toe: 'Wees voorzichtig, Amanda.'

'Dat zal ik doen.' Terwijl Amanda Leslie Kidd nakeek en Helen zag aankomen, begon ze zich ongerust te maken over de wind, die was afgezwakt en van richting begon te veranderen. 'Hoe zou het toch komen, dat ik zo'n angst voel wanneer ik paarden ruik?' vroeg ze aan Helen toen de arts bij haar stond.

'Angst?' Uit Helens onverstoorbare reactie bleek dat ze eraan gewend was onverwachte vragen te beantwoorden.

'Ja, maar alleen wanneer ik ze ruik. Hoe zou dat komen?'

'Waarschijnlijk door een trauma. Je associeert de geur van paarden met een angstige of pijnlijke ervaring, waarschijnlijk uit je kinderjaren, waardoor die geur angstgevoelens bij je opwekt.'

'Ik kan me helemaal geen traumatische ervaring herinneren.'

Helen bekeek haar peinzend. 'Is je reactie op de geur van paarden de laatste tijd sterker geworden?'

Amanda knikte. 'Ja, sinds ik op Glory ben aangekomen. Veel sterker. Vooral de afgelopen twee weken. En... soms word ik doodsbang wakker en kan ik me alleen herinneren dat in mijn droom alles naar paarden rook.'

'Dan is er misschien nog maar één droom nodig om de herinnering aan datgene waar je zo bang voor bent, los te maken. Zo te horen bereidt je geest je voor op een schok, op een... revelatie van iets wat je je niet hebt willen herinneren.'

'Is zoiets mogelijk?'

'Natuurlijk. Het brein is een goede waakhond, Amanda; het beschermt ons vaak, zo lang als nodig is, tegen schokken die we niet kunnen overleven of waardoor we helemaal in de vernieling zouden raken. De herinnering komt pas weer boven wanneer we er gereed voor zijn, wanneer we sterk genoeg zijn om de schok op te vangen. En wat de geur van paarden betreft, die bij jou angstgevoelens opwekt – geur is bij de mens een van de sterkste prikkelingen om herinneringen op te roepen.'

'Dat bevalt me niets.' Amanda voelde zich bijzonder slecht op haar gemak.

Helen glimlachte tegen haar. 'Ga er nu niet over zitten piekeren. Wanneer je er gereed voor bent, komt alles vanzelf los. Het heeft geen zin dat af te dwingen, noch te proberen eraan te ontkomen.'

Amanda knikte, hoewel ze allerminst gerustgesteld was. Ze besloot op iets anders over te gaan. 'Wat Victor betreft... dat is toch een ongeluk geweest? Een fatale vergissing?'

'Daar ziet het naar uit.' Helen haalde haar schouders op. 'Er is geen bewijs dat het niet zo is, althans, ik heb niets kunnen vinden. Het is heel goed mogelijk, dat de hydraulische pomp heeft gehaperd en dat de laadklep opeens is neergevallen toen

Victor er net onder stond. Aan de andere kant,' voegde ze er nadrukkelijk aan toe, 'kan het ook zijn dat iemand op de noodknop heeft gedrukt. Dat is een knop die de laadklep van de rem haalt en alleen in noodgevallen wordt gebruikt. Dan zou er sprake zijn van moord.'

'Maar waarom zou iemand hem willen vermoorden?' vroeg Amanda snel.

'Dat weet ik niet. Jij?'

Amanda aarzelde heel even en schudde toen haar hoofd. Niemand kon immers weten, hield ze zichzelf opnieuw voor, dat Victor tegen haar iets had gezegd over wat er twintig jaar geleden hier op Glory was gebeurd, en zelfs als iemand dat *wel* wist of als Victor het zelf aan iemand anders had verteld, wat maakte dat dan uit? Christine was dood, Matt Darnell verdwenen; wie kon het nog iets schelen of ze een romance hadden gehad?

'Hij was mijn type niet,' zei ze tegen Helen, 'maar hij heeft meer dan twintig jaar op Glory gewerkt en als iemand hem uit de weg had willen ruimen, had hij dat al veel eerder kunnen doen.'

'Daar had ik ook al aan gedacht.'

Amanda sprong op iets anders over. 'Je hebt zeker nog geen nieuws over waardoor ik op de barbecue zo ziek ben geworden?'

'Nog niet.' Helen zuchtte. 'Dat verdraaide laboratorium schijnt niets te kunnen vinden. Maar ze sturen hun bevindingen in ieder geval rechtstreeks naar mij en dan bel ik je wel.'

'Sturen ze je de uitslag van mijn DNA-onderzoek ook?'

Helen keek verbaasd. 'Nee, die gaat naar Jesse. Dat wilde hij per se en aangezien hij de rekening betaalt, doen ze natuurlijk wat hij wil.'

Nu keek Amanda verbaasd, maar dat was maar even, want op hetzelfde moment begreep ze waarom Jesse dat zo had geregeld. Als de uitslag onbeslist mocht blijken, zou die meesterlijke manipulator doodgewoon aan de familie vertellen dat de uitslag positief was. Hij was daartoe waarschijnlijk zelfs in staat als de uitslag negatief mocht blijken; Jesse was er niet de man naar om ongelijk te bekennen.

'Dat wist ik niet,' zei Amanda. Maar voor ze er nog iets aan kon toevoegen, draaide de wind en dreef de warme geur van paarden langs hen heen.

'Amanda?'

Ze slikte krampachtig en probeerde het paniekgevoel te onderdrukken. 'Ik... ik moet nu gaan, Helen. Eh... wil je even tegen Walker zeggen dat ik niet langer kon wachten? Ik... ik spreek je straks nog wel.'

Zonder op antwoord te wachten en zonder zich er iets van aan te trekken wat de anderen ervan dachten, holde Amanda weg in de richting van het huis.

'Het lijkt me nogal duidelijk,' zei sheriff Hamilton met zijn lijzige stem. 'De klep is gevallen en Vic stond er toevallig net onder.'

Walker knikte. 'Dat lijkt mij ook. Maar wij weten geen van tweeën veel over hydraulica, J.T. Jesse wil natuurlijk dat dit van top tot teen wordt onderzocht. Laat jij een sleepwagen komen om de auto naar de stad te brengen, of zal ik dat doen?'

'Een sleepwagen?' De sheriff klonk een beetje nors. 'Jezus, Walker, aan de motor mankeert toch niks? De laadklep is alleen maar gevallen.'

'Het is een oude wagen en er zitten ook hydraulische remmen in. Wil *jij* daarmee vijftien kilometer door de bergen rijden?'

Hamilton duwde de gleufhoed, die zijn handelsmerk was, wat naar achteren op zijn hoofd en zuchtte. 'Goed, goed, ik laat wel een sleepwagen komen.'

Walker knikte, maar leek wat afwezig. Hij keek naar de laadklep van de wagen, die nu omhoog was gedraaid en stevig vastgezet, en bekeek toen het nu vertrapte zand waarop Victors lichaam een aantal uren had gelegen voordat het was ontdekt.

'Zit je ergens mee?' vroeg de sheriff, nog steeds op een lijzige toon, maar met een scherpe blik in zijn lichtblauwe ogen.

'Ik weet het niet. Ik heb het eigenaardige gevoel dat er iets niet in orde is.' Walker fronste en zei toen: 'Kun je de klep nog even laten zakken? Ik wil de wagen vanbinnen bekijken.'

J.T. gaf de hulpsheriff een wenk. Ze stelden zich aan weerskanten van de auto op om de klep met een hendel te laten zakken.

226

Sully kwam aangelopen. 'Wat is er aan de hand?' vroeg hij. Walker was recht achter de wagen gaan staan zodat hij erin kon kijken toen de laadklep werd neergelaten. Hij tuurde een poosje in de auto voordat hij antwoord gaf. Uiteindelijk zei hij langzaam: 'Waarom denk je dat hij de klep eigenlijk omhoog heeft gedaan, Sully?'

'Hoe bedoel je?'

'Wat had dat voor zin? Waarom wilde hij de bak dichtdoen nadat hij de paarden had uitgeladen? Iedere keer dat ik deze wagen hier heb zien staan, stond de klep open.'

De sheriff kwam wat dichterbij om niets te missen en vroeg aan Sully: 'Is dat waar?'

'Ja.' Sully fronste. 'Hier tussen de stallen staat hij niemand in de weg en het is nooit nodig hem dicht te doen. En als de klep openstaat, wordt de auto meteen gelucht.'

'Dat is nóg een reden,' zei Walker, 'waarom Victor de wagen niet zou hebben dichtgedaan. Na een lange reis met zes paarden stinkt het daarbinnen natuurlijk aardig. Kijk eens om je heen. Zie jij ergens een schop of een mestvork, of een kruiwagen? Ik geloof dat Victor van plan was eerst te gaan slapen en daarna de wagen pas uit te mesten.'

'Dat was zijn taak niet eens,' zei Sully. 'Daar hebben we stalknechten voor. Je hebt gelijk, Walker. Ik kan geen enkele reden bedenken waarom hij die klep dicht wilde hebben.'

De drie mannen keken elkaar aan en toen zei de sheriff korzelig: 'Potverdomme.'

'En mogelijk bewijsmateriaal kunnen we natuurlijk wel vergeten,' zei Walker. 'Hoeveel mensen hebben hier vanochtend wel niet rondgelopen? Als er al bewijs mocht zijn geweest dat het geen ongeluk was, is dat allang verdwenen.'

'Maar wie wilde hem dood hebben?' vroeg Sully op gedempte toon. 'Ik weet dat hij nogal een etter was, vooral wat vrouwen betrof, maar dat kun je van de helft van de mannen in dit land zeggen. Hij lag vaak met mensen overhoop en was zo sarcastisch als de pest, maar wat dan nog? Dat is toch geen reden om hem de hersens in te slaan?'

'En wie zou er zoiets weten te bedenken?' viel de sheriff hem bij, nog steeds slecht op zijn gemak. 'Een pistool of een mes, daar kan ik inkomen. Zelfs een stok of een ijzeren stang. Maar een laadklep? Hoe wist de dader dat hij onder dat ding door zou lopen?'

'Het lijkt inderdaad een omslachtige manier om iemand te vermoorden,' zei Walker langzaam. 'Aan de andere kant kan het juist de gemakkelijkste manier zijn geweest. Stel dat iemand de klep omhoog heeft gezet toen Victor het zesde paard naar de trainingspiste bracht. Dan heeft Victor dat waarschijnlijk helemaal niet in de gaten gehad omdat de auto met zijn neus naar de piste stond. Hij moet aan deze kant langs de auto naar achteren zijn gelopen en ontdekte daar dat de klep omhoog stond. Zonder erbij stil te staan dat er iets niet klopte, is hij achter de wagen langsgelopen naar de bedieningsknoppen die aan de andere kant zitten. Op hetzelfde moment heeft iemand op de noodknop gedrukt en is de klep boven op hem gevallen.'

Sully schudde zijn hoofd. Hij wilde er nog steeds niet aan. 'Maar waarom? Ik snap hier niks van.'

'Aan moord valt soms niets te snappen,' zei Walker afwezig en voegde eraan toe: 'Het kan trouwens ook veel eenvoudiger zijn gegaan. Iemand kan hem met een stok of een steen een klap op zijn hoofd hebben gegeven en daarna pas de laadklep op hem hebben laten vallen, zodat het net leek alsof het een ongeluk was.'

'Waarom?' herhaalde Sully.

'Dat weet ik niet. Ik mocht Victor niet erg, maar ik heb nooit de neiging gehad hem te vermoorden. Iemand anders blijkbaar wel.'

'Niemand heeft iets gezien en niemand heeft iets gehoord,' zei sheriff Hamilton vermoeid. 'Tenzij Helen bij de lijkschouwing iets vindt, hebben we niets om op af te gaan. Ondanks jouw theorieën, Walker, zal dit waarschijnlijk worden afgedaan als een ongeluk.'

'Ja.' Sully klonk somber. 'Maar stel dat hij gelijk heeft, J.T.? Stel dat er op Glory een moordenaar rondloopt?'

Daarop had de sheriff geen antwoord.

Walker ontdekte haar bijna een halfuur later in de tuin. Ze zat op een stenen bank in de schaduw en staarde schijnbaar nietsziend naar een klimroos waar nog maar één rode roos aan zat.

'Amanda?'

Ze schrok op, maar toen ze naar hem opkeek stond er tenminste geen angst in haar ogen. Helen had gezegd dat ze bij de stallen was weggevlucht met angst in haar ogen. Grote angst.

Hij ging naast haar zitten. 'Was de wind gedraaid?'

Amanda trok haar mondhoeken naar beneden en knikte. 'Heeft Helen je verteld dat ik in paniek ben gevlucht?'

'Ze zei dat je bang was.' Walker ging schuin zitten, zodat hij haar goed kon bekijken. 'Zo te horen is je angst groter dan ik had gedacht. Hoe komt dat, Amanda?'

'Dat weet ik niet. Helen zegt dat er iets met me gebeurd moet zijn, iets dat ik associeer met de geur van paarden, maar ik weet zelf niet wat het is.'

'Je zei dat je van een paard was gevallen,' zei hij langzaam.

Amanda schudde haar hoofd. 'Dat heb ik alleen gezegd om Jesse een concrete reden te geven waarom ik bang ben voor paarden. Ik weet namelijk zelf niet waarom ik zo bang voor ze ben.' Ze keek hem aan met een humorloos lachje rond haar lippen. 'Waarom ga je daar niet op door, Walker? Ik heb toch toegegeven dat ik heb gelogen?'

Walker kon aan de spanning in haar stem horen dat ze erg nerveus was. Zo nerveus dat ze ieder moment kon doorslaan. Vanwege die toenemende angst voor paarden? Of kwam het door Victors dood?

'Nee,' zei hij, 'ik ga je nu niet het vuur aan de schenen leggen. Je angst is oprecht, dat kan ik wel zien, ongeacht wat er de oorzaak van is.'

'Vind je het dan niet erg dat ik heb gelogen?'

Droogjes zei hij: 'Ach, een leugentje meer of minder maakt niet uit.'

Weer keek ze naar hem opzij, dit keer met een glimlach waar een glimp van humor in lag. 'Ellendeling,' zei ze.

'Je vroeg het zelf,' zei hij glimlachend. 'En wat de oorzaak van die angst ook mag zijn, het komt allemaal vanzelf wel boven wanneer je er gereed voor bent.'

'Dat is precies wat Helen zei.'

Walker bekeek haar even en pakte toen haar hand. 'Weet je

wat? Ga met me mee naar de stad om een hapje te eten. Het zal je goeddoen om een paar uur van Glory weg te zijn.'

'Ik moet de honden nog zoeken.'

Hij fronste. 'Ik dacht dat die binnen zaten...'

'Nee, ze zijn de hele ochtend al onvindbaar. Ik heb ze geroepen, maar ze zijn niet gekomen.' Ze haalde schokkerig haar schouders op. 'Ik moet ze echt gaan zoeken.'

'Misschien zitten ze achter konijnen aan.'

'Dat denk ik niet.'

Na alles wat er was gebeurd, kon het Walker weinig schelen dat de honden er een poosje tussenuit waren geknepen, maar Amanda's nervositeit zat hem des te meer dwars. Hij kreeg de indruk dat ze slechts met de grootste moeite haar kalmte wist te bewaren, dat ze ieder ogenblik overeind kon springen om te vluchten – en veel verder dan naar het huis.

'Amanda, kijk me eens aan.'

Na een aarzeling deed ze dat. Haar ogen stonden dof van de spanning.

Hij streelde haar wang met zijn vrije hand en vroeg rustig: 'Wat is er? Wat voel je?'

In haar glimlach lag net zoveel spanning als in haar ogen. 'Het is een veelbewogen ochtend geweest, voor het geval je dat nog niet had gemerkt.'

'Je probeert mijn vraag te omzeilen.'

Ze zuchtte. 'En jij speelt de advocaat. Het enige wat ik op dit moment voel, is een restantje paniek. Ik raak altijd in paniek wanneer ik paarden ruik. Ik wilde... weg. Ik wilde dáár weg. Het gaat wel over.'

'Amanda...'

'Wie moet het Jesse vertellen, van Victor?' vroeg ze snel.

'Ik zal hem bellen zodra ik op kantoor ben. Ik hoop dat ik hem nog voor het einde van zijn bespreking te pakken kan krijgen.' Walker keek haar aan met een frons op zijn voorhoofd. 'Ga met me mee naar de stad. Ik zal je na de lunch terugbrengen en als de honden dan nog niet terecht zijn, kun je ze alsnog gaan zoeken. Een paar uur maakt niets uit.'

Ze aarzelde, maar knikte toen. 'Goed. Maar dan moet ik me even verkleden.'

'Dan ga ik onderhand mijn auto halen.' Hij glimlachte tegen haar. 'Ik kan het je echt niet aandoen je nog een keer mee te nemen naar de stallen.'

'Ik vind het vreselijk dat ik zo'n bangerd ben,' bekende ze, toen ze door de tuin naar het huis liepen.

'Zo te horen kun je er niets aan doen,' zei Walker.

'Dat kan best zijn, maar ik vind het toch vervelend. Het is al erg genoeg wanneer je ergens bang voor bent; bang zijn zonder te weten waarom, daar kun je gek van worden.'

Walker dacht ook dat zoiets veel erger moest zijn, maar zei alleen: 'Wees niet zo streng voor jezelf. En gun jezelf wat tijd.' Hij kreeg de indruk dat ze zich iets ontspande en haar hand voelde niet meer zo stram aan in de zijne.

'Ik kan over een kwartiertje klaar zijn. Zal ik hier dan op je wachten?' vroeg ze toen ze bij de veranda waren aangekomen.

'Goed.' Walker liet haar hand los en keek haar na toen ze het huis binnenging. Toen draaide hij zich om en liep hij terug naar de stallen.

Het was bijna twee uur toen ze weer op de stoep stonden, knipperend tegen het felle zonlicht en de intense hitte, na de schemerige koelte van het Chinese restaurant de Gouden Draak. Amanda schudde meewarig haar hoofd toen ze naar de twee grote draken aan weerskanten van de deur keek. Ze leken uit steen te zijn gehouwen, maar wogen ongetwijfeld heel wat minder.

'Ik kan maar niet aan ze wennen. Waarom vind ik het zo vreemd dat er in Daulton een Chinees restaurant is?' vroeg ze aan Walker.

'Waarschijnlijk omdat draken nogal uit de toon vallen in zo'n slaperig provinciestadje als dit,' antwoordde Walker met een knikje naar het centrum van de stad.

Dat centrum zag eruit als een plaatje, vond Amanda. Een groot plein met een grasveld in het midden, compleet met twee magnoliabomen en een fontein. Een raadhuis met een klokkentoren. Een kapperszaak met een roodwit gestreepte draaizuil aan de gevel. Een aantal kledingzaken die zichzelf nooit boetieks zouden noemen, maar niettemin hogere prijzen vroegen dan die in het winkelcentrum aan de snelweg.

Er was een kerk met een carillon aan het ene eind van de Main Street en een showroom van Ford aan het andere eind; daartussenin zaten twee banken, een postkantoor, een politiebureau en een brandweerkazerne. En een ouderwetse ijssalon.

Nog steeds onder de luifel van de Gouden Draak keek Amanda naar Daulton en glimlachte.

'Ik geloof dat je nu al van dit stadje houdt,' zei Walker. Hij nam haar hand in de zijne.

'Dat geloof ik ook.' Ze klemde haar tas onder haar vrije arm en voegde eraan toe: 'Je hoeft me niet terug te brengen naar Glory. Ik heb met Kate en Maggie bij Conner's afgesproken en rij met hen mee terug.'

'Ik kan je best wegbrengen, hoor.'

Ze glimlachte naar hem op. 'Ik moet echt wat boodschappen doen. Maar als je wilt kun je met me meelopen tot aan Conner's, dat ligt op je weg.'

Ze had zich redelijk ontspannen, dacht Walker, toen ze op weg gingen. Hij had haar zelfs een paar keer aan het lachen gekregen. Ze hadden alleen over alledaagse dingen gepraat en stilzwijgend alle gevoelige onderwerpen vermeden.

Walker was niet in staat geweest haar iets over zijn vermoedens omtrent Victors dood te vertellen, al wist hij zelf niet waarom. Misschien omdat het alleen vermoedens waren en hij geen bewijs had, of misschien omdat ze zo ontdaan was over de dood van de trainer, al was het maar vanwege de gewelddadige manier waarop hij aan zijn eind was gekomen.

Niet dat het haar persoonlijk had getroffen. Te oordelen naar wat ze gisteravond had gezegd – ook al was dat in een opwelling van woede geweest – had Victor in de gauwigheid al geprobeerd haar te versieren. Maar aangezien Victor een paar dagen na Amanda's aankomst op Glory al was vertrokken, nam Walker aan dat ze elkaar hooguit een of twee keer gesproken konden hebben.

'Verveel ik je?' vroeg Amanda beleefd.

Walker antwoordde zonder enige aarzeling: 'Je bent in staat me stapeldol te maken en me tegen de muren te doen opvliegen van woede, om nog maar te zwijgen over de slapeloze nachten die je me hebt bezorgd, maar je hebt me nog nooit verveeld.'

'Het was maar een vraag,' mompelde ze.

Hij keek glimlachend op haar neer toen ze op een hoek bleven staan tot het voetgangerslicht op groen zou springen. 'En ben je nu tevreden?' wilde hij weten.

'Ach, als vrouw wil je graag weten of je een man iets doet.' Een vluchtige glimlach gleed over haar gezicht.

'Je doet me wel degelijk iets. Ik ben voor altijd veranderd.' Hij hief de hand die hij vasthield, haar linker, op en vroeg met een ernstig gezicht: 'Tussen haakjes, heb *ik* dit gedaan?'

Amanda hoefde niet te kijken om te weten dat hij doelde op de blauwe plekken op haar pols, die sinds die ochtend iets donkerder waren geworden. 'Ik heb een gevoelige huid,' antwoordde ze. 'Het minste of geringste stootje wordt bij mij een blauwe plek. En als ik me goed herinner, stond ik op het punt je ogen uit te krabben.'

'Heb ik je pijn gedaan? Je moet het eerlijk zeggen.'

'Nee, helemaal niet.' Ze keek hem recht in de ogen. 'Ik weet dat ik eruitzie als een teer bloemetje, Walker, maar ik ben niet van glas. Ik zal heus niet breken.'

'Beloof je dat?' vroeg hij een beetje plagerig.

'Dat beloof ik.'

Hij knikte, hief toen haar hand weer op en drukte zijn lippen op haar pols.

Amanda schraapte haar keel. 'Zulke dingen moet je niet midden op straat doen,' zei ze zachtjes.

'Waarom niet?' Zijn groene ogen flonkerden.

Omdat het erg ongepast zou zijn als ik aan je voeten in zwijm viel!

'Omdat... o, verdorie, daar heb je dominee Bliss. Walker, kunnen we soms...'

Maar dat konden ze natuurlijk niet. En aangezien Walker haar hand niet wilde loslaten, moest Amanda zich staande zien te houden in een gesprek met een bezorgde dominee die, zonder ronduit vragen te stellen, probeerde te ontdekken of ze iets had gedaan waardoor haar onsterfelijke ziel in gevaar was gekomen.

233

Walker, die niet erg godsdienstig was, stond er zwijgend bij met een coulante glimlach rond zijn lippen.

'Aan jou heb ik ook niks,' verweet Amanda hem toen de dominee eindelijk doorliep.

'Ik wilde jullie niet storen,' zei Walker onschuldig. 'Bovendien kon je het best alleen af. Vooral omdat hij niet voldoende moed had om je ronduit te vragen of je je wel kuis gedraagt.'

Amanda grinnikte. 'En dat is maar goed ook.' Toen keek ze opeens weer ernstig. 'Hij heeft het blijkbaar nog niet gehoord, van Victor.'

'Nee, het nieuws is nog niet bekend geworden.'

Toen ze vlak bij de winkel waren, waar Amanda met Kate en Maggie had afgesproken, zei ze: 'Kate zei nog tegen Maggie dat ze het eigenlijk niet gepast vond om vandaag te gaan winkelen, maar Maggie vond dat overdreven.'

'Maggie heeft gelijk,' zei Walker.

'Misschien.'

'We vinden het allemaal erg, maar ik ken niemand die Victor echt graag mocht, dus... vinden we het erg en bemoeien we ons weer met onze eigen zaken.'

Amanda keek naar hem op. 'Je klinkt precies als een nogal kribbige filosofieleraar van wie ik ooit les heb gehad.'

'Heeft hij je het leven zuur gemaakt?'

'Hij snapte niet wat iemand die bedrijfseconomie studeerde, in zijn klas deed, vooral niet omdat ze als tweede vak computerkunde had gekozen.'

'Wat deed je dan in zijn klas?'

'Proberen iets meer van het leven te begrijpen, denk ik. En om je verdere vragen te besparen, ik snap er nog steeds niet veel van, en heb in die klas dus blijkbaar weinig geleerd.'

Ze stonden nu onder de luifel van Conner's. Walker keek glimlachend op haar neer. 'Weet je nog wat er op het briefje in je gelukskoekje stond? "Vandaag zult u een grote waarheid ontdekken." Volgens mij heb je dat zojuist gedaan.'

'Dat het leven moeilijk te doorgronden is?'

'Dat vind ik tenminste.' Hij bukte zich en kuste haar, kort maar niet vluchtig, en zei toen: 'Vergeet niet dat we om zeven uur op het pad hebben afgesproken.'

Amanda knikte. 'Dat ben ik niet vergeten. Bedankt voor de lunch, Walker.'

'Graag gedaan.' Hij wachtte tot ze de koele winkel was binnengegaan en liep toen door naar zijn kantoor.

Zijn glimlach was al verdwenen voor hij drie stappen had genomen. Hij had helemaal geen erg in de kennis die hem voor de ingang van het kantoorgebouw groette, net zo min als hij de postbode zag die op de trap snel een stap opzij deed, omdat Walker hem anders omver zou zijn gelopen. En toen hij langs het bureau van zijn secretaresse liep, was één blik op zijn gezicht voor haar voldoende om helemaal niets te zeggen.

Walker ging zijn stille kantoor binnen en deed de deur achter zich dicht. Hij liep naar het grote, eikenhouten bureau waar al drie generaties McLellan gebruik van hadden gemaakt en ging in de ruime leren stoel zitten die hij meestal zo comfortabel vond.

Hij haalde zijn sleutels te voorschijn, maakte de middelste la open, haalde er een dossier uit, legde het op het vloeiblad en sloeg het open.

Hij had het snel gevonden. Een keurige en volledige lijst van de vakken die Amanda Grant op de universiteit had gekozen. Daar zat geen filosofie bij. Ook geen bedrijfseconomie, noch computerkunde. Amanda Grant had industriële vormgeving gestudeerd, met als bijvak architectuur.

Walker leunde achterover in zijn comfortabele stoel en staarde nietsziend naar het dossier. Hij schrok toen hij zijn eigen stem hoorde, zwaar en streng in de stilte.

'Godverdomme, Amanda... wat voor spelletje speel je met me?'

11

Toen Amanda tegen zevenen die avond over het pad richting King High liep, begon de lange dag die op een vrijwel slapeloze nacht was gevolgd, haar op te breken. Ze voelde zich eerder *beurs* dan moe, om zo te zeggen, en was zich ervan bewust dat ze er niet meer helemaal zeker van was hoe goed ze haar gedachten en gevoelens zou kunnen verbergen.

Vooral wat Walker aanging.

Hij stond halverwege op haar te wachten, geleund tegen het grote rotsblok waar het pad zich omheen vlijde. De zon was nog niet onder en haar schuine stralen wierpen tussen het gebladerte door bewegende schaduwplekjes op zijn witte overhemd en zijn gezicht.

Heel even kreeg ze de indruk dat Walker even grimmig keek als in die eerste dagen, toen ze pas op Glory was aangekomen, maar toen glimlachte hij en was het stuurse verdwenen.

'Hoi,' zei ze luchtig toen ze bij hem was.

'Hoi,' zei hij even luchtig. Toen legde hij zijn handen op haar schouders, trok haar tegen zich aan en kuste haar met een intensiteit die niets luchtigs had.

Amanda probeerde zichzelf wijs te maken dat zijn kus zo'n overweldigend effect had omdat ze erg moe was, maar ze wist wel beter. Haar lichaam reageerde alsof ze een spuitje energie had gekregen, het kwam weer tot leven en sidderde van begeerte, en haar gedachten kwamen niet verder dan het besef dat hij bij haar was en dat ze de hele dag naar hem had verlangd.

236

Het was alsof ze de avond daarvoor een kampvuur hadden ge-stookt dat nog steeds smeulde, heter dan tevoren.

Ze beefde vanbinnen toen hij na een poosje zijn hoofd op-hief en ze wist dat hij dat aanvoelde.

'Hier heb ik de hele dag naar verlangd,' zei hij hees.

Het enige dat Amanda daarop wist te verzinnen was: 'Het is maar goed dat dominee Bliss het niet heeft gezien. Anders had hij geen vraagtekens meer gehad over mijn maagdelijkheid.'

Walker kuste haar weer, kort dit keer, en zei: 'Bliss mag denken wat hij wil. Dit gaat hem niets aan.' Hij hield zijn arm om haar heen geslagen toen ze zich omdraaiden en doorliepen in de richting van King High.

Amanda had er de grootste moeite mee de orkaan van emo-ties en gevoelens die hij als een goochelaar in haar wist op te wekken, te beheersen, en zei afwezig: 'Er is storm op komst. Hoor je het onweer in de verte?'

'Het onweer zit in de bergen,' zei Walker. 'Hier krijgen we waarschijnlijk alleen regen.'

'Ik heb vanochtend iemand horen zeggen, een van de tuin-mannen geloof ik, dat we hard aan regen toe zijn. Hij klonk nogal... ongerust.'

'Het had ook allang moeten regenen,' legde Walker uit. 'De-ze droogte kan twee dingen betekenen. Dat het een kurkdroge zomer wordt met ondraaglijke hitte en het gevaar van bosbran-den, of dat we in juli en augustus voortdurend zware onweers-buien krijgen.'

'Geen wonder dat hij zo bedrukt klonk. Dat klinkt niet erg gunstig.'

Ze liepen een poosje zwijgend door. Op een gegeven mo-ment vroeg Walker: 'Zijn de honden al terug?'

'Nee.' Amanda zuchtte, maar probeerde minder ongerust over te komen dan ze zich voelde. 'Vanmiddag heeft Maggie geprobeerd ze met het hondenfluitje terug te roepen, dat inder-tijd voor hun training is gebruikt, en hebben we het hele terrein afgezocht. Kate heeft haar vrijwilligerswerk er zelfs voor ver-zuimd; zij en Ben zijn met een paar van de ruiters alle ruiterpa-den afgegaan. Maar we hebben ze niet gevonden.'

'Die honden zijn veel geld waard,' zei Walker bedachtzaam.

'Er worden iedere dag waardevolle honden gestolen. Maar je zou toch denken dat ze zo goed zijn getraind dat ze zich niet door vreemdelingen laten meelokken.'

'Dat vind ik ook. Het zijn per slot van rekening waakhonden. Maggie zei dat Jesse ze altijd officieel laat kennismaken met nieuwe tuinmannen en andere mensen die rond het huis werken, omdat ze erop getraind zijn vreemdelingen uit het huis en de tuin te weren. Buiten de tuin zullen ze een onbekende niet zomaar aanvallen, maar ze zullen ook nooit uit zichzelf toe gaan naar iemand die ze niet kennen.'

'Misschien zijn ze in een val gelokt,' zei Walker.

Amanda knikte, maar zei: 'Wie zou zoiets wagen? Dit is privé-terrein, het land van de *Daultons* nota bene; wie zou die honden zo graag willen hebben dat hij bereid is Jesse's wraak te riskeren?'

'Alleen iemand die zo dom is als het achtereind van een varken,' moest Walker toegeven. 'Jesse moet je niet als vijand hebben, dat weet iedereen hier.'

'Ik ben echt bang dat hun iets is overkomen. Ze hadden allang terug moeten zijn. Ze hadden bij het ontbijt al terug moeten zijn.'

Hij klemde zijn arm wat steviger rond haar schouders en zei: 'Jesse krijgt vandaag dus nog meer slecht nieuws te verwerken.'

'Hij komt vanavond laat pas uit Asheville terug. Hoe heeft hij trouwens gereageerd op het nieuws over Victor?'

'Hij vond het heel erg. Niet zozeer omdat hij Victor nu zo graag mocht, maar omdat zo'n dom ongeluk op Glory heeft kunnen gebeuren.'

'Was het een ongeluk?'

Walker keek op haar neer. 'Heb je reden om aan te nemen dat het geen ongeluk was?'

Amanda kwam heel even in de verleiding om ja te zeggen. Maar dat kon ze niet doen, want dan moest ze aan hem uitleggen dat Victor haar iets had willen vertellen over wat er twintig jaar geleden op Glory was gebeurd, en dat ze bang was dat dit 'ongeluk' was geënsceneerd om hem de mond te snoeren.

Niet dat ze daar bewijs van had. Ze had niets om haar vermoedens mee te staven. Maar dát was niet de reden waarom ze haar theorie niet aan Walker wilde vertellen.

Zolang Walker haar wantrouwde – en dat deed hij nog steeds – zou het dom en misschien gevaarlijk zijn als ze hem in vertrouwen nam. Hij was de advocaat van de Daultons, van Jesse, en was op de eerste plaats de familie trouw verschuldigd; als ze hem vertelde waarom ze hierheen was gekomen, zou hij dat zo goed als zeker aan Jesse doorvertellen, ongeacht of hij haar geloofde.

En dan zou Amanda heel wat meer moeten uitleggen dan ze wilde.

'Nee,' zei ze na een korte aarzeling, 'ik heb geen reden om aan te nemen dat het geen ongeluk was. Het is alleen zo bizar. Maar bizarre ongelukken gebeuren nu eenmaal als mensen onoplettend zijn.'

Walker bleef nog even op haar neerkijken en knikte toen, ten teken dat hij haar antwoord aanvaardde.

Ze waren inmiddels bij de brug gekomen en toen ze eroverheen liepen, keek Amanda naar het zacht stromende water, helder en flonkerend in het namiddaglicht. Er was niets sinisters aan, niets om haar zo'n onaangenaam gevoel te geven als gisteravond...

Fel licht dat schitterde op water... een rivier – nee, een beek die er niet eerder was geweest, een door regenwater gevulde greppel... kleine, blote voeten met modderig water tussen de tenen, en in de verte een licht...

'Amanda?'

Ze knipperde en keek naar hem op. Toen besefte ze pas dat ze midden op de brug was blijven staan, en aan de frons op Walkers voorhoofd te oordelen, moest er een eigenaardige uitdrukking op haar gezicht liggen.

'Sorry.' Ze stak bijna instinctief haar hand uit en legde die op zijn borst. 'Ik was aan het... dagdromen.'

Walker schudde zijn hoofd. 'Dan was het zeker geen leuke droom. Je keek vreselijk benauwd.'

'Meen je dat?' Ze lachte kort en haalde haar schouders op. 'Het is al over.'

'Zeker weten?'

'Heel zeker.' Ze keek langs hem heen naar het prieel dat vanaf de brug te zien was en vroeg: 'Gaan we daar picknicken?'

Walker aarzelde een ogenblik, knikte toen en pakte haar hand. Samen liepen ze naar het prieel. 'Dat leek me wel leuk. Als jij het ook wilt, tenminste.'

'Prima.' Amanda vond het jammer dat hij haar uit haar herinneringen had losgemaakt, want ze wist zeker dat ze op het punt had gestaan iets heel belangrijks te ontdekken. Althans... ze had het gevoel dat het iets belangrijks was, maar nu waren de flarden van de herinneringen alweer als een wolkensluier weggeblazen.

Als rook tussen haar vingers. Verdomme, verdomme, *verdomme*.

'Kijk goed waar je je voeten neerzet,' waarschuwde Walker toen ze het pad verlieten en over de wortels van een dikke eik naar het prieel liepen.

Amanda keek om zich heen en zag iets dat leek op de verbrokkelde fundering van een klein gebouw. Ze vroeg: 'Heeft hier vroeger een huis gestaan?'

'Ja, een portiershuis. Heel lang geleden. Toen mijn vader nog klein was, is deze rivier van koers veranderd, waardoor de oprit naar King High verlegd moest worden. Het portiershuis is toen in verval geraakt. Ik heb het prieel een paar jaar geleden laten bouwen.'

'Waarom zo ver van het huis?'

'Omdat ik dit zo'n mooi plekje vind.'

Op de houten vloer van het prieel lag een dikke quilt, die samen met een paar dikke kussens een gerieflijk zitje bood. Een grote rieten mand stond op hen te wachten, met ernaast een grote thermosfles waarin, naar Amanda aannam, iets kouds te drinken zat.

'Thee,' zei Walker toen ze ernaar vroeg. 'Ik had ook wijn mee kunnen brengen, maar aangezien je zelden drinkt...'

'Thee is beter, vooral in deze hitte.'

'Je schijnt anders niet veel last te hebben van de warmte,' zei Walker toen ze op de quilt waren gaan zitten en hij de mand opendeed om er glazen uit te pakken. 'Je ziet er altijd zo koel en... ongekreukt uit.'

Amanda lachte. 'Ongekreukt?'

'Als advocaat moet ik altijd proberen me zo nauwkeurig mogelijk uit te drukken. Heb je me daar zelf niet eens van be-

240

schuldigd? Ik bedoel dat veel mensen er verkreukeld en verlept uitzien in de hitte, maar dat jij altijd de indruk geeft dat je net onder een koele douche vandaan komt en schone kleren hebt aangetrokken.'

Amanda pakte een glas ijsthee van hem aan en zei luchtig: 'Dat zal me dan goed van pas komen als ik besluit hier in het zuiden te blijven.'

'Ben je dat van plan? Hier te blijven, bedoel ik? Je hebt tegen Jesse gezegd dat je Glory niet wilde.'

'Wil ik ook niet. Glory is prachtig, maar...'

'Maar...?'

Ze schudde haar hoofd en glimlachte. 'Glory is zo overweldigend. Vooral voor mij. Ik heb niet het gevoel dat ik er echt thuishoor. Ik vind dat de Daultons van Glory altijd grote, gebruinde types moeten blijven, barstend van energie en temperament. Zo ben ik niet. Het is een schitterend huis, maar het zal nooit mijn thuis zijn.'

Walker bekeek haar aandachtig en haalde toen de rest van de spullen uit de mand. 'Maar het zuiden staat je wel aan?'

'Jazeker, ondanks de zomerse hitte. Maar ik heb nog niet echt nagedacht over de toekomst.' En omdat ze niet verder op het onderwerp wilde doorgaan, zei ze: 'Wat eten we? Ik val om van de honger.'

'Dat komt dan goed uit,' zei Walker, 'want we hebben genoeg voor een heel leger...'

Hoewel er regenwolken voor de ondergaande zon waren getrokken, was het nog steeds licht toen ze klaar waren met eten en de spullen weer hadden ingepakt. Het was erg vredig daar in het prieeltje. Ze praatten zachtjes, tegen de kussens geleund, terwijl ze van hun ijsthee genoten en af en toe een poosje zwegen om naar de vogels en de krekels te luisteren.

'Zei je niet dat Reece een keer bijna getrouwd was?' vroeg Amanda loom.

'Ja.'

'Sully niet?'

'Om Sully te strikken zal iemand hem eerst zwanger moeten maken.'

Amanda glimlachte, maar zei toen op peinzende toon: 'Toen ik nog studeerde, ben ik een jaar verloofd geweest.'

Walker wilde al vragen waarom ze het had uitgemaakt, toen hij met een schok bedacht dat de verloving misschien nooit was afgeraakt. Ze kon net zo goed getrouwd zijn. Dat was tijdens de officiële gesprekken bij hem op kantoor nooit ter sprake gekomen, omdat het niet van belang was wat de kwestie van haar identiteit betrof, en het was geen moment in hem opgekomen ernaar te vragen.

Jezus, stel dat ze getrouwd was? Stel dat ze een echtgenoot had die ergens in het noorden geduldig wachtte tot ze contact met hem opnam om hem te vertellen dat ze door de Daultons was geaccepteerd? Met verbijstering en onrust voelde hij dat zich in zijn binnenste een opeenhoping van primitieve emoties vormde, die hem een onaangenaam beklemmend gevoel gaf.

Voor het eerst werden zijn gevoelens ondermijnd door iets anders dan de leugens die ze volgens hem had verteld.

Er kan geen andere man in haar leven zijn. Geen echtgenoot, geen vaste vriend – geen andere man. Hij kon niet geloven, dat ze zich zo ongeremd aan hem had kunnen geven als er een andere man op haar wachtte. Dat bestond niet. Zelfs zíj was daartoe niet in staat.

'Hoe is dat afgelopen?' Hij hoorde zelf dat zijn stem te bars, te intens klonk, en haar verbaasde blik was daar het bewijs van.

'Niet wereldschokkend.' Ze lachte kort. 'Het was... ik wist opeens dat hij niet de ware Jozef was. Ik geloof dat hij het min of meer had zien aankomen, toen ik het uitmaakte. We zijn zonder ruzie uit elkaar gegaan.' Ze haalde haar schouders op en glimlachte.

Walker keek haar een ogenblik aan, nam toen het glas uit haar hand en zette dat weg. Hij legde zijn handen op haar schouders en duwde haar achterover op de quilt, waarna hij, steunend op zijn elleboog, naast haar ging liggen.

'Goh, wat heb ik gezegd?' mompelde ze.

Je hebt gezegd dat je bent opgegroeid als Amanda Grant en ik geloof niet dat dat waar is. Waarom vertel je leugens, Amanda? Waarom?

Hij zag haar oogleden half dichtzakken met een sensuele

blik waarin hij zich helemaal kon verliezen en die hij zo ongelooflijk opwindend vond dat al het andere onbelangrijk leek,
zelfs de leugens. Wat maakte het uit? Niets maakte nog iets uit,
behalve dat hij zo naar haar verlangde, dat hij er gek van werd.
Hij wist dat haar onschuldige vraag niet serieus was bedoeld,
maar gaf niettemin antwoord.

'Als ik me goed herinner,' zei hij terwijl hij de onderste
knoop van haar blouse losmaakte, 'heb je mijn naam gezegd,
heel beleefd en ingehouden. Meneer McLellan. Met een knikje.'

'Je bedoelt... op de dag dat ik voor het eerst bij je op kantoor ben gekomen,' begreep ze. Ze keek toe toen hij de tweede
knoop losmaakte.

'Ja, de eerste keer dat we elkaar hebben ontmoet. De dag
waarop ik naar je begon te verlangen.' Hij maakte nog een
knoop los en liet zijn vingers onder de witte blouse glijden om
de warme, zijdeachtige huid van haar buik te kunnen voelen.
Hij voelde haar sidderen toen iedere zenuw in haar lichaam reageerde op zijn aanraking, en die onmiddellijke reactie raakte
hem diep in zijn binnenste. Hitte joeg door hem heen en iedere
spier van zijn lichaam scheen zich te spannen in een stuiptrek-
king van pure wellust.

Jezus, waarom had ze zo'n uitwerking op hem?

Haar ogen zakten nog iets meer dicht, het rookgrijs veranderde in de kleur van leisteen en haar stem klonk schor. 'Toen
al? Dan heeft het wel erg lang geduurd voordat je er iets aan
hebt gedaan. Zelfs voor een zo behoedzame man als jij.'

'Dat weet ik.' Hij hoorde het hese geluid van zijn eigen
stem, maar het kon hem niets schelen dat hij haar liet merken
wat voor effect ze op hem had. Haar liet merken? Alsof hij er
iets tegen kon doen. Hij maakte het laatste knoopje los en
schoof de panden van de blouse opzij. Ze droeg een beha, tere
lapjes huidkleurige zijde en kant die haar volle, stevige borsten
liefdevol omvatten en maar net tot over haar tepels reikten. Hij
staarde er als betoverd naar en zag haar borsten steeds sneller
stijgen en dalen. Haar tepels werden hard en persten zich tegen
het dunne materiaal dat ze voor hem verborgen hield.

Hijgend zei ze: 'Walker, het is nog licht. Stel dat er iemand
langskomt...'

243

'Er komt hier nooit iemand, behalve ik. Hou me niet tegen, Amanda. Ik moet je zien.' Hij boog zijn hoofd en liet zijn lippen over de bovenkant van een van haar borsten glijden. 'Gisteravond in het maanlicht heb ik je niet zo goed kunnen zien als ik wilde.' Zijn tong gleed door het dal tussen haar borsten en streek toen langs het kanten randje van de beha naar een van de uitstulpende pieken.

'Je hebt dit zo gepland,' zei ze beschuldigend.

'Klopt.' Hij hief met een ruk zijn hoofd op en keek haar aan terwijl zijn hand over haar buik omhooggleed tot zijn vingers het haakje van de beha raakten. Hij frunnikte eraan, zich scherp bewust van haar bonkende hart onder zijn knokkels. 'Wil je dat ik ermee ophou?'

Zonder naar het pad te kijken schudde ze zwijgend haar hoofd.

Tegen de tijd dat ze allebei naakt waren, was het begonnen te regenen en werden ze door het ritme van de druppels op het dak van het prieel afgesloten van de rest van de wereld als door een gordijn van geluid. Een door de regen gekoeld briesje gleed strelend over hen heen.

Een deel van Walker, de gereserveerde man die had geleerd logisch te denken, wilde van haar eisen dat ze hem de waarheid vertelde over wie ze was en waarom ze naar Glory was gekomen; wilde misbruik maken van de kwetsbaarheid van haar naakt-zijn en haar blinde hartstocht, om die antwoorden te bemachtigen.

Maar hij was zelf ook blind.

De man van de rede werd overstemd door een andere man, een man van gevoelens en emoties, een man in wie de lust met zo'n primitieve furie was opgewekt dat hij alleen nog maar geïnteresseerd was in de paringsdaad. En die man gaf er geen donder om wat de waarheid was.

Hij zag op haar bleke huid nog meer tekenen van de hartstocht van de avond daarvoor, maar toen hij zich daarvoor stuntelig verontschuldigde, zei ze alleen dat hij haar geen pijn had gedaan en trok ze zijn hoofd naar zich toe om een eind te maken de discussie. En haar reactie op zijn strelingen was zo fel, zo snel en zo ongekunsteld dat hij niet in staat was zich hoe dan ook nog in te houden.

Ze paste zo perfect bij hem alsof ze voor elkaar geschapen waren.

Hij plaatste zijn handen onder haar borsten, hief die op en sloot zijn mond om een van de harde tepels. Hij voelde haar hart kloppen, even wild en snel als het zijne, en haar ademhaling klonk net zo hijgend als die van hem. Hij liet zijn lippen over haar zijdeachtige huid glijden, pauzeerde even bij de kleine moedervlek, die de vorm van een omgekeerd hartje had en vlak onder haar borst zat, en stopte vlak boven haar navel, waar ze een erg gevoelig plekje had.

Het zachte geluid dat ze maakte, was als een streling en haar lippen drukten zich onverdraaglijk zoet tegen de zijne, en toen hun lichamen zich in elkaar voegden, was dat zo ongelooflijk perfect dat Walker zich volkomen stilhield, zich er diep van bewust dat het zo goed was.

Amanda scheen dat ook te voelen; haar ogen vonden de zijne, die grijze ogen met hun even geheimzinnige schoonheid als mist tussen de bergen, en ze fluisterde zijn naam alsof het een antwoord was op een vraag die hij had gesteld.

Toen werd hij meegesleurd door de kracht van haar begeerte, die een primitiever antwoord eiste, en was hij zich alleen nog maar bewust van de gebiedende noodzaak om de stijgende, dolmakende spanning in zijn binnenste te lozen. Hij begon te bewegen, diep doorstotend, koortsachtig, opgezweept door haar kreunende kreetjes en de sensuele vibraties van haar lichaam.

Tot ze het uitschreeuwde van vervoering en de sidderingen van haar orgasme hem over de rand duwden naar een onvoorstelbaar, uitputtend hoogtepunt.

'Blijf vannacht bij me,' zei hij.

'Ik kan niet,' antwoordde ze.

De duisternis had ingezet en de regen trok langzaam weg. Ze lagen al heel lang zwijgend naast elkaar.

Walker, een man van de rede, was zich bewust van de noodzaak voorzichtig te werk te gaan, het onbeschrijflijke maar ontegenzeglijk machtige wat er tussen hen was voorgevallen niet kapot te maken, dus sprak hij op zachte, terloopse toon.

245

'Waarom niet?'

Ze hief haar hoofd van zijn schouder en keek hem met een ernstig gezicht aan. 'Tenzij jij het hem hebt verteld, weet Jesse het nog niet van ons. Ik had liever niet dat hij daarachter kwam doordat ik morgenochtend bij het ontbijt ontbreek.'

'Er is vast wel iemand die vindt dat hij het moet weten,' zei Walker.

'Daarom vertel ik het hem liever zelf.'

Hij knikte berustend.

'Het is al laat.' Amanda ging met tegenzin rechtop zitten en zocht haar kleren bij elkaar.

Walker deed hetzelfde en zei op ernstige toon: 'Kun je proberen het hem zo gauw mogelijk te vertellen?'

'Goed.'

Nadat ze zich hadden aangekleed, zei Walker dat hij met haar mee zou lopen tot aan Glory en gingen ze samen op pad. De dorstige grond had de regen gulzig opgeslokt en alleen vochtige aarde achtergelaten, zonder modderige plassen, zodat ze gewoon over het pad konden lopen, en aangezien de temperatuur door de regen aanzienlijk was gedaald, was het een prettige wandeling.

Vanaf het punt waar het pad uitkwam bij de rand van het gazon, tegenover de zijkant van het huis, konden ze de garage zien. Jesse's Cadillac was er.

'Ik ga met je mee naar binnen,' zei Walker.

Ze keek geamuseerd naar hem op. 'Waarom? Om uit te leggen waarom er aan mijn blouse een knoop ontbreekt?'

Hij keek een ogenblik verward. 'Heb ik er alweer eentje afgetrokken?'

'Ja.' Ze ging op haar tenen staan om hem te kussen. 'Ik kan Jesse best alleen aan, hoor.'

'Amanda...'

'Welterusten, Walker.'

Hij keek haar na toen ze over het natte gras naar het huis liep en het kostte hem verbazend veel moeite haar niet terug te roepen of achter haar aan te gaan. Hij wist niet of dat kwam doordat er in het prieel iets opmerkelijks met hen was gebeurd, of gewoon omdat er op Glory vreemde dingen gaande waren, die hem een onaangenaam gevoel gaven. Hoe dan ook, het stond hem helemaal niet aan dat ze zonder hem naar dat huis ging.

Nee, dat beviel hem helemaal niet.

'Amanda?'

Ze liep Jesse's studeerkamer binnen. Hij zat aan zijn bureau te werken, ofschoon het al laat was en hij een lange en ongetwijfeld uitputtende dag achter de rug had. 'Kan dit niet tot morgen wachten?' vroeg ze met een gebaar naar de paperassen waar hij mee bezig was. 'Het is al over negenen, Jesse.'

'Ik weet hoe laat het is.' Hij keek haar met een ongewoon streng gezicht aan. 'Ik ben al meer dan een uur thuis. Waar heb je al die tijd gezeten?'

'Bij Walker,' antwoordde Amanda prompt, want ze kon aan de frustratie op zijn gezicht zien, dat iemand hem al op de hoogte had gebracht van de manier waarop Walker die ochtend zijn genegenheid voor haar had getoond.

Een poosje zei Jesse niets. Hij staarde alleen maar naar haar, misschien om te zien of ze nerveus met haar ogen zou knipperen, of stotteren of schuldig haar hoofd buigen. Als hij daarop wachtte, was zijn moeite tevergeefs. Amanda stond er kalmpjes bij en keek hem met een vage glimlach rond haar lippen aan.

Uiteindelijk zei Jesse: 'Moet ik daaruit concluderen dat jij en Walker...'

'Allebei meerderjarig zijn,' maakte Amanda zijn zin behulpzaam af.

'En sinds wanneer zijn jullie...?'

'Nog niet zo lang.'

'En het kan je zeker niets schelen wat ik ervan vind?'

Amanda schudde haar hoofd. 'Ik vind het altijd belangrijk wat jij ergens van vindt, Jesse, maar ik ben een volwassen vrouw en wat mijn liefdesleven betreft, neem ik zelf de beslissingen.'

Op een nu meer geïrriteerde dan boze toon zei Jesse: 'En als ik er iets van zeg, dreig je zeker weer met weggaan?'

Haar glimlach verbreedde zich. 'Ik geef toe dat het een handige troefkaart is, maar waarom zou je er iets op tegen hebben? Als advocaat vertrouw je Walker volkomen. Hij is hier kind aan huis. Waarom zou je hem dan niet vertrouwen als het om je kleindochter gaat?'

'Ga je met hem trouwen?'

'Jesse, ik heb iedere dag al moeite te besluiten wat ik aan zal trekken; voor belangrijke beslissingen heb ik over het algemeen veel tijd nodig. Mijn affaire met Walker is kersvers en ik denk er zelf niet eens serieus aan.'

Na een lange pauze veranderde Jesse bijna zichtbaar van een beledigde in een meelijwekkende grootvader. 'Ik zou je graag getrouwd zien voor ik mijn ogen sluit,' zei hij.

Allerminst onder de indruk van die deerniswekkende woorden legde Amanda haar handen op het bureau en leunde naar voren. 'Als,' zei ze, 'je tegen Walker ook maar íets over een huwelijk met mij durft te zeggen, of daar zelfs maar zijdelings over begint, ben ik weg. Dan verdwijn ik voorgoed. Hou je erbuiten, Jesse.'

Gefrustreerd beet de oude man haar toe: 'Brutaal nest!'

Ze richtte zich weer op en glimlachte. 'Vergeet niet dat ik een Daulton ben. Wij zijn gewend onze eigen zaakjes op te knappen.'

Jesse bleef haar nog even nors aankijken, maar lachte toen kort. 'Goed, goed, ik zal me er niet mee bemoeien. Wat is er trouwens met de honden? Ik heb gehoord dat ze vermist worden.'

Het verbaasde Amanda helemaal niet dat hij niet eerst naar Victor vroeg, maar naar de honden. Jesse's prioriteiten waren vreemd, maar in ieder geval beginselvast; zijn persoonlijke bezittingen kwamen altijd voorop.

'Ik heb ze de hele dag niet gezien,' antwoordde ze. Ze ging in een van de stoelen voor zijn bureau zitten. 'Ik heb samen met Maggie en Kate naar ze gezocht, maar we hebben ze niet gevonden. We hebben het met het fluitje geprobeerd en het hele terrein uitgekamd, maar dat heeft allemaal niets uitgehaald. Denk je dat iemand ze heeft gestolen?'

'Nee, dat lijkt me niet. En vergiftiging kunnen we uitsluiten, want ze pakken geen voedsel van vreemden aan en weten dat ze geen dingen mogen eten die zomaar ergens buiten liggen.'

Aan een dergelijke fatale mogelijkheid had Amanda nog niet eens gedacht en ze wilde daar nu ook niet aan denken. 'Waar zouden ze dan zitten?'

'Dat weet ik niet. We zullen morgen een grondige zoekactie organiseren. En voor het geval een of andere idioot de honden onschadelijk heeft gemaakt om op Glory te kunnen inbreken, heb ik J.T. verzocht vannacht wat mannen rond het huis te laten patrouilleren.'

Amanda knikte. Ze dacht niet dat diefstal het doel was als iemand de honden inderdaad had gedood, maar de enige andere reden die ze wist te bedenken, was zo angstaanjagend dat ze die tot nu toe uit haar gedachten had geweerd.

Nadat ze op de barbecue schijnbaar per ongeluk was vergiftigd, had ze gedacht dat *als* er iemand was die geprobeerd had haar onschadelijk te maken, die persoon waarschijnlijk van verdere pogingen had afgezien nadat Jesse had aangekondigd dat hij zijn testament uiteindelijk *níet* zou veranderen. Maar stel dat die onbekende niet het risico wilde nemen dat de oude man nogmaals van gedachten zou veranderen? Stel dat hij of zij alleen maar een poosje had gewacht opdat het niet verdacht zou lijken als Amanda twee keer achter elkaar iets overkwam?

Het was iedereen opgevallen dat de honden voortdurend bij haar in de buurt bleven en iedereen wist dat de dobermanns haar tegen iedere vorm van bedreiging zouden beschermen. Dus was het onschadelijk maken van de honden een eerste logische stap voor de enscenering van een tweede 'ongeluk'.

'Amanda?'

Ze knipperde en keek Jesse aan. 'O, sorry. Ik ben toch wel moe, geloof ik. Wat zei je?'

'Ik vroeg of je nog met Victor hebt gesproken voordat hij is omgekomen.'

Amanda knipperde weer. 'Of ik met hem heb gesproken?'

Een beetje ongeduldig zei Jesse: 'Nadat hij was vertrokken, zei Maggie dat je met hem had willen praten over de gebeurtenissen van twintig jaar geleden, omdat hij hier toen ook al werkte. Ik vroeg me af of je daartoe de gelegenheid hebt gehad.'

'Nee.' Ze aarzelde en vroeg toen zo nonchalant mogelijk: 'Heeft Maggie aan nog meer mensen verteld dat ik Victor wilde spreken?'

Jesse had een brief van zijn bureau gepakt en antwoordde afwezig: 'Wat? O, ja, we waren er allemaal bij. Ze zei het op een avond toen jij vroeg naar bed was gegaan en we nog in de zitkamer bij elkaar zaten.'

Amanda keek naar de frons van concentratie waarmee hij de brief las en vroeg zich voor het eerst af of het mogelijk was dat de dreiging die ze vormde voor degene die Glory wilde hebben, niet half zo groot was als de dreiging die ze vormde voor degene die de gebeurtenissen van twintig jaar geleden geheim wilde houden.

Maar waarom? *Wat was er gebeurd?*

Wie kon zich nu nog bedreigd voelen door ontdekking? Reece en Sully waren nog vrij jong geweest, zodat het niet waarschijnlijk leek dat zij er iets mee te maken hadden gehad. Niet onmogelijk, dacht Amanda, maar niet waarschijnlijk. Kate was amper twintig geweest, en waar kon een jonge vrouw in verwikkeld zijn geraakt, dat er twintig jaar later een moord nodig was om het geheim bewaard te houden?

Jesse? Maggie? Ze waren allebei oud genoeg; ze waren twintig jaar geleden mensen van middelbare leeftijd geweest. Maar was Jesse echt in staat de kleindochter van wie hij zoveel hield – en Amanda was ervan overtuigd dat zijn liefde oprecht was – kwaad te doen? En kon er in Maggies praktische manier van doen een dergelijk kwaad opgesloten liggen?

Of ging het om iemand die helemaal niet bij Glory hoorde, iemand die op een zo ongrijpbare manier bij de nog onbekende gebeurtenissen van die laatste nacht betrokken was geweest, dat Amanda daar nog niets over had ontdekt? En daar misschien ook nooit iets over te weten zou komen, nu Victor was vermoord?

Verdomme, wat was er die avond gebeurd?

'Erg, hè, van Victor?' hoorde ze zichzelf zeggen.

'Hij had beter moeten oppassen,' antwoordde Jesse op onverbiddelijke toon. 'Het was zijn eigen schuld.'

Ze keek in die dynamische matzilveren ogen en voelde zich een beetje koud worden. Aan de andere kant... misschien was Jesse meedogenloos genoeg om iets waar hij van hield te vernietigen teneinde iets waar hij meer waarde aan hechtte, te beschermen. Maar wat? Wat kon zo belangrijk zijn voor een man die stervende was?

'Je ziet er moe uit, liefje.' Hij glimlachte nu. 'Waarom ga je niet lekker naar bed?'

'Dat zou jij ook moeten doen,' zei ze.

'Zo dadelijk. Welterusten, Amanda.'

Amanda stond langzaam op. 'Welterusten, Jesse.' Ze liep de studeerkamer uit en de trap op. Ze kwam onderweg niemand tegen, zodat ze geen spelletjes hoefde te spelen; geen glimlach te voorschijn te toveren en net doen alsof alles piekfijn in orde was; niet te doen alsof het niet waar was dat ze voor het eerst sinds ze naar Glory was gekomen, heel erg bang was.

Leslie Kidd hield haar paard in en zei tegen Sully: 'We hebben een enorm stuk terrein afgezocht en ze nog steeds nergens gezien. Denk je echt dat ze zo ver van huis kunnen zitten?'

Sully hield eveneens zijn paard in, streelde Beau's glanzende zwarte nek en schudde zijn hoofd. 'Nee. Alleen als iemand ze heeft meegelokt.'

'Maar wie dan?' Leslie zat in het zadel met het gemak van een ervaren ruiter en keek hem peinzend aan.

Ze bevonden zich op een van de ruiterpaden die kriskras door het bergachtige terrein rond Glory liepen, helemaal aan het eind van het dal ten noorden van het huis, zodat ze kilometers ver van de stallen waren. Het was zaterdagochtend en bijna iedereen die op Glory woonde of werkte was naar de honden aan het zoeken, te voet of te paard.

De ruiters werkten in paren en Sully had Leslie als zijn partner gekozen, hoewel hij normaal gesproken liever in zijn eentje reed. Als Leslie verwacht had tijdens de rit met Sully te kunnen praten over paarden of andere dingen, was ze daarin teleurgesteld. Hij had nauwelijks een woord gezegd.

In antwoord op haar vraag keek Sully haar nu aan met een frons op zijn voorhoofd. 'Hoor je me niet? Ik zei dat ze hier alleen kunnen zitten, als iemand ze heeft meegelokt.'

Leslie glimlachte. Met haar zachte stem, die helemaal niet bij haar kordate optreden paste, zei ze: 'Je bent wel snel aangebrand, zeg.'

Tot zijn verbazing voelde Sully dat hij een kleur kreeg. 'Snauwde ik tegen je? Sorry.'

'Je snauwde, ja, maar niet per se tegen mij. Het zit je hele-maal niet lekker, hè, dat de honden worden vermist?'

Weer voelde Sully zich verrast. Hij wist maar al te goed dat hij net zoveel kans maakte om zijn gevoelens verborgen te houden als de zon had om zich aan een wolkeloze hemel te verschuilen, maar het gebeurde niet vaak dat iemand zo precies de vingers wist te leggen op de oorzaak van zijn nervositeit. Hij keek naar haar alledaagse gezicht met de opmerkelijke ogen en hoorde zichzelf iets zeggen, dat hij juist voor zich had willen houden.

'Nee, dat bevalt me niets. Waakhonden verdwijnen niet zo-maar om op konijnen te jagen.'

'Denk je dat iemand ze heeft gestolen? Dat ze zijn ontvoerd, misschien om verkocht te worden, omdat ze zoveel geld waard zijn?'

'Waakhonden laten zich niet vangen. Daar zijn ze op ge-traind. Bovendien staan ze geregistreerd en hebben ze een ge-tatoeëerd nummer in hun oor, zodat een eerzame handelaar ze nooit zou kopen zonder de bijbehorende papieren.'

Na een ogenblik van stilte zei Leslie: 'Je denkt niet dat we ze levend zullen vinden, hè?'

'Nee.'

Na dat korte antwoord zette hij zijn paard weer aan. Leslie deed hetzelfde, maar nog lange tijd bleef haar peinzende blik gericht op Sully's brede, sterke rug.

De speurtocht naar de honden nam bijna de hele zaterdag in beslag en tegen het eind van de middag wist iedereen dat de dieren spoorloos waren verdwenen. Jesse was eerder kwaad dan ontdaan en zei dat hij maandag nieuwe zou bestellen, alsof hij het over schoenen of andere levenloze voorwerpen had waarvan hij een nieuw paar moest aanschaffen, omdat hij de oude was kwijtgeraakt.

Die botte houding zat Amanda danig dwars, vooral omdat ze genegenheid had opgevat voor de zwijgzame dieren die haar een gevoel van veiligheid hadden gegeven, dat ze pas echt was gaan waarderen nu ze verdwenen waren. Maar ze zei niets.

Walker kwam tegen het middaguur naar Glory, ogenschijn-

lijk om te helpen zoeken. Tegen Amanda zei hij dat hij hoofdzakelijk uit nieuwsgierigheid was gekomen: hij wilde weten
hoe Jesse op hem zou reageren.

'En wat zei hij?' vroeg Amanda.

'Wat dacht je? Dat als ik het waagde een haar op je hoofd te
krenken, hij me met teer en veren zou laten bedekken en aan
de schandpaal hangen.'

Amanda glimlachte. 'Nu weet je tenminste welke prijs je
moet betalen om met de kleindochter van de baas naar bed te
mogen.'

'Dat wist ik evengoed wel.' Zonder die abrupte verklaring
uit te leggen, voegde Walker er op luchtiger toon aan toe: 'Ik
heb tegen hem gezegd dat je vanavond bij me komt eten, en
dat je het hele weekend blijft.'

Ze keek hem geamuseerd aan. 'Nogal vrijpostig, moet ik
zeggen.'

'Zo ben ik nu eenmaal.' Hij legde zijn handen op haar
schouders, trok haar tegen zich aan en kuste haar.

Ze stonden in de hal bij de voet van de trap, omdat ze net de
zitkamer uit waren gekomen, waar Jesse de speurmethoden van
de anderen aan een kritische analyse onderwierp, en Walker
scheen zich er niets van aan te trekken dat iedereen die de kamer uitkwam, hen zou zien.

En dat kan mij ook niets schelen, dacht Amanda bedwelmd.

'Ga met me mee, Amanda,' zei hij zachtjes. Hij nam haar
gezicht in zijn handen en keek op haar neer. 'Ik wil jou naast
me zien wanneer ik morgenochtend wakker word.'

'Dan ga ik me even verkleden,' zei ze meteen. Ze moest zich
inhouden om hem niet meteen mee te nemen naar haar kamer.

Ze probeerde zichzelf wijs te maken dat ze alleen met hem
meeging, omdat ze een poosje van Glory weg wilde, maar ze
wist best dat dat slechts gedeeltelijk waar was. Ze wilde gewoon bij hem zijn, vooral nu ze zoveel dingen had om over na
te denken, zoveel dingen om af te wegen.

Ze wilde bij hem zijn, omdat hij al het andere onbelangrijk
maakte en ze er grote behoefte aan had alle vragen en zorgen
die in haar hoofd rondspookten, een poosje opzij te zetten.

Aangezien Walker al met Jesse had gesproken, namen ze

niet de moeite de anderen te vertellen dat Amanda die avond op King High zou blijven. Toen ze weer naar beneden kwam, liepen ze gewoon de voordeur uit.

Het was nog erg warm, maar het bospad bood schaduw tegen de sterke namiddagzon. Toen ze over de brug liepen, keek Amanda argwanend naar het water, maar er kwamen geen herinneringen bij haar boven, geen storende beelden.

King High zag er in het daglicht even charmant en uitnodigend uit als in het schijnsel van de maan en Amanda kreeg weer het gevoel dat ze een vredige haven had gevonden. Dat werd zelfs nog sterker toen ze naar binnen gingen en ze in de koele stilte van de hal om zich heen keek.

In tegenstelling tot Jesse hield Walker van antiek; de ruime kamers die Amanda vanuit de hal kon zien, waren smaakvol ingericht met antieke meubelen, en de glans van oud, goed onderhouden hout maakte het gevoel van koele rust nog sterker.

Walker nam haar mee naar een zitkamer rechts van de hal en zei: 'Wil je iets fris drinken? Daarna zal ik je het huis laten zien.'

'Graag.'

'Ga maar lekker zitten, dan haal ik iets te drinken.'

In plaats van te gaan zitten slenterde Amanda door de grote kamer. Ze keek naar de boeken op de planken en de schilderijen aan de muren. Uiteindelijk bleef ze voor de schouw staan waarboven een schilderij hing van een mooie, donkerharige vrouw met prettige, groene ogen. Rond haar glimlachende mond lag een onweerstaanbaar geamuseerd trekje en de gelijkenis met Walker was onmiskenbaar. Het moest zijn moeder zijn.

'A-man-*da*.'

De kreet klonk hoog, bijna kinderlijk en ze draaide zich met een ruk om. Verbaasd keek ze in het rond en zag toen bij het raam een vogelstok met daarop een grote, Afrikaanse, grijze papegaai die met heldere oogjes naar haar keek.

Amanda liep langzaam naar de vogel toe. Allerlei gedachten vlogen door haar hoofd. Op zachte toon zei ze: 'Heeft hij iets over mij gezegd, vogeltje?'

De papegaai hield zijn kop schuin. 'Aman*da*. Zeg eens dag.'

Ze glimlachte, stak voorzichtig haar hand uit en streelde de glanzende borstveren. 'Dag. Hoe heet je?'

'Bailey zegt dag,' antwoordde de papegaai meteen.

'Dag Bailey.' Ze dacht even na, terwijl ze de papegaai bleef strelen en toen ze bij de deur voetstappen hoorde, verhief ze haar stem en zei: 'Zeg mijn naam. Zeg Amanda.'

'Aman*da*. Mooi meisje. Aman*da*.'

'Die vogel heeft een betere smaak dan ik dacht,' zei Walker toen hij de kamer binnenkwam en bij haar bleef staan. Hij gaf haar een glas ijsthee en glimlachte. 'Soms word ik knettergek van hem, want hij heeft overal iets over te zeggen.'

'Warm vandaag,' verklaarde de papegaai met uitgekiende timing. 'Onweer vanavond? Hallo, Walker.'

'Dag, Bailey,' zei Walker gelaten. 'Geen onweer vanavond. Hij heeft een hekel aan onweer,' legde hij zachtjes aan Amanda uit.

'Heb jij hem leren praten?' vroeg Amanda.

Walker leek te aarzelen en schudde toen zijn hoofd. 'Nee, hij is ouder dan ik. Mijn moeder heeft hem grootgebracht. De meeste woorden die hij kent, heeft hij van haar. Hij leert snel. En hij kan goed namen onthouden, zelfs als hij iemand maar één keer heeft gezien.'

Amanda keek naar Walker, nam een slokje van haar thee en glimlachte. 'Ik vind het wel leuk dat hij bij mijn naam de klemtoon op de laatste lettergreep legt.'

'Aman*da*,' zei Bailey prompt. 'Mooi meisje. Kom bij me. Ik hou van je.'

Amanda lachte onthutst. 'Je bent wel een gevederde charmeur, zeg.'

'Hij is een geboren versierder,' waarschuwde Walker haar met een grijns.

Ze keek lachend naar hem op en zei toen: 'Je zei dat je me het huis zou laten zien.'

'Klopt. Komt u maar mee, mevrouw...'

Het was erg laat toen Amanda wakker werd. Ze bleef een paar minuten liggen luisteren naar de geluiden van de nacht en glipte toen heel voorzichtig uit Walkers bed. Hij sliep zo vast dat hij het niet merkte. Hoewel het een beetje benauwd was in de kamer, hadden ze die toch verkozen boven het balkon, omdat de matras daar smal was en Walker de ruimte wilde.

Ze bekeek hem in het licht van de maan. Zelfs in rust zag zijn lichaam er krachtig en boeiend uit. Zonder haar aan te raken, zelfs zonder zich te bewegen, zonder zich ervan bewust te zijn dat ze er was, wekte hij de begeerte diep in haar buik weer op, zodat ze zichzelf moest dwingen zich van hem af te wenden. Ze raapte hun kleren van de vloer, gooide ze op een stoel en trok toen zijn overhemd aan. Het rook naar hem, een geur die haar inmiddels bekend was en bij machte was haar verlangen naar hem weer op te wekken.

Amanda bleef met gebogen hoofd staan terwijl ze de kruidige, mannelijke geur van haar minnaar opsnoof. Toen deed ze een paar knopen van het overhemd dicht en liep ze naar de schuifdeuren die toegang gaven tot het balkon. De deuren stonden open om ieder windvlaagje de gelegenheid te geven binnen te komen, maar het was een warme, windstille nacht en alleen de langzaam draaiende ventilatoren aan het plafond van het overdekte balkon deden de lucht bewegen.

Ze liep naar de reling, legde haar handen op de rand en keek om zich heen. Hoog aan de hemel, waar wind was, gleden wolken snel voorbij. Van tijd tot tijd trokken ze voor de maan en werd King High in duisternis gehuld. Het rook naar gemaaid gras en kamperfoelie en ze bespeurde zelfs de zwakke geur van wilde rozen. Krekels en sabelsprinkhanen vulden de zwoele nacht met hun muziek, af en toe begeleid door een kikker en een keer door een uil.

Ik voel me hier veilig.

Gek, dacht ze, dat ze zich hier zo thuis voelde, zo op haar gemak, terwijl Glory nog geen twee kilometer verderop lag. Maar aan de andere kant was dat misschien niet zo vreemd, omdat ze op Glory voortdurend met negatieve emoties te kampen had, hoewel ze eerlijk gezegd niet dacht dat ze zich zonder die stress anders gevoeld zou hebben; Glory was nu eenmaal imposant en hoe mooi ze het huis en de omgeving ook vond, ze voelde zich er nooit op haar gemak.

Ze keek naar het land rond King High, luisterde naar de vredige nachtgeluiden en kon het laatste restantje spanning bijna uit zich weg voelen stromen. Achter haar, ergens in Walkers huis, sloeg een oude klok met sonore precisie twee uur. En op dat moment, toen haar lichaam volkomen ontspannen was en haar geest tot rust was gekomen, stapte ze weer in een andere tijd.

De klok... heel stilletjes langs de klok... het is al over twaalven, dat zal mama niet leuk vinden... wat waait het hard en – o! – wat een bliksemschichten! Maar in ieder geval regent het nog niet. Ik kan misschien net heen en weer voordat het gaat regenen. Ik wil even naar Gypsy en haar baby, ik wil ze de appel geven die ik na het eten heb bewaard...

Zachte modder tussen mijn tenen... de afvoergeul, daar moet ik overheen springen... goh, wat staat het water hoog! Het regent zeker heel hard in de bergen... Daar heb je de stal – hé, waarom brandt er licht? En wat is dat voor een geluid... wat een naar geluid...

Het schorre kwaken van een kikker deed Amanda opschrikken. Ze knipperde en keek om zich heen, zich bewust van haar onregelmatige ademhaling en van haar hart, dat bonkte als dat van een doodsbang kind.

Het duurde een paar minuten tot het angstgevoel wegtrok en daarmee de herinneringen. Verdwenen, als rook door haar vingers...

Ze herinnerde zich wat ze had *gedaan*, hoewel de omgeving vaag en voor het grootste deel onherkenbaar was. Ze herinnerde zich dat ze naar een klok had gekeken. Dat ze de trap af was geslopen en naar buiten was gegaan. Door een weide geveld. Over een geul gesprongen, die gevuld was met modderig water. Maar nu had ze het gevoel dat het iemand anders was, die die dingen had gedaan; er waren geen emoties bij betrokken, niets van de gedachten en gevoelens als die ze vluchtig had ervaren.

Amanda probeerde de ijle herinnering terug te halen. Ze deed haar best zich te ontspannen, nergens aan te denken. Ze staarde naar de bossen van King High – maar het hielp allemaal niets. Als ze inderdaad op het punt stond zich te herinneren waarom ze bang was voor paarden of iets anders dat belangrijk was, kon ze dat blijkbaar niet dwingen, zoals Helen al had gezegd.

Het moest zijn eigen loop hebben.

Verdomme.

Een hele tijd later werd Amanda zich bewust van zachte geluiden in de slaapkamer achter haar. Ze aarzelde, maar besloot bij de reling van het balkon te blijven staan.

'Amanda?' zei hij zachtjes.

'Sorry dat ik je wakker heb gemaakt.'

Hij sloeg zijn armen om haar heen en trok haar tegen zich aan. 'Kun je de slaap niet vatten?'

Ze liet haar hoofd achterover tegen zijn schouder rusten. 'Ik ben naar buiten gegaan om naar de nacht te luisteren. Die zit vol leven en is toch erg vredig.'

Walker klemde zijn armen wat strakker om haar heen. 'Als je vredige dingen wilt,' zei hij zachtjes, 'moet je hier niet gaan staan met alleen mijn overhemd aan.'

Amanda glimlachte. Ze kon zijn erectie voelen.

Zijn hand gleed tussen twee knopen van het overhemd naar binnen om haar te strelen. 'Nee, dat had je niet moeten doen. Kom weer naar bed, Amanda.'

Haar benen werden meteen slap, haar ademhaling versnelde en ze zei een beetje hulpeloos: 'Hoe *doe* je dat toch... zo snel?'

'Hoe doe ik wat zo snel?' Zijn mond vlinderde langs haar oor naar haar nek. Hij trok de kraag van het overhemd opzij zodat hij met zijn lippen bij haar schouder kon.

'Je weet wel.'

'Nee, dat weet ik niet.'

'Je weet het best,' zei ze en hield haar adem in toen zijn hand zich om een van haar borsten sloot. De hitte die in haar opvlamde had niets te maken met de zwoele zomernacht. Ze wilde zich omdraaien en haar armen om hem heen slaan, zich nog dichter tegen hem aandrukken, zich naar zijn lichaam voegen, maar hij hield haar vast en ze kon niets anders doen dan de duizeligmakende prikkelingen over zich heen laten gaan.

'Kijk ernaar,' fluisterde hij. 'Kijk naar wat ik doe.'

Amanda gehoorzaamde als in een droom en keek naar beneden, naar het ongelooflijk erotisch bewegen van zijn strelende hand onder het witte overhemd. Ze voelde zijn vingers aan haar tepel trekken en die langzaam heen en weer rollen, en het brandende genot ontlokte een sidderende kreun aan haar keel.

'Wil je me?' vroeg hij hees.

'Ja.'

Zijn tanden speelden zachtjes met haar oorlelletje, terwijl zijn vrije hand over haar heup gleed, onder het overhemd naar haar buik. Loom streelde hij haar zachte huid, toen zakten zijn vingers verder naar beneden en begon hij met de zijdeachtige krullen te spelen. Hij streelde haar bijna zonder haar aan te raken, tot ze smekend met haar heupen draaide. Toen liet hij zijn vingers iets hardere druk uitoefenen en begon hij haar gerichter te strelen.

'Zeg dat je me wilt.'

'Ik wil je. Walker...'

Amanda kreunde weer. De adem stokte in haar keel. Ze wilde hem smeken haar niet zo te kwellen, maar had er geen lucht voor. Ze gaf zich over aan de ongelooflijk erotische prikkelingen van haar eigen seksualiteit, het overweldigende bewustzijn van het genot dat haar lichaam kon ervaren. Maar nog groter dan dat was een honger die dieper zat dan haar botten, dieper dan rede of gedachten, dieper zelfs dan instinct.

Een honger naar hem.

'Walker... alsjeblieft...'

Walker maakte abrupt een eind aan de marteling en tilde haar met een onduidelijke grom van de grond. Hij droeg haar de slaapkamer weer in en legde haar midden op het grote hemelbed. Ook nu had hij geen geduld voor knopen en rukte hij het overhemd gewoon open om haar bloot te stellen aan zijn intense blik. Toen liet hij zich op haar neerzakken.

Amanda schreeuwde het uit toen hij bij haar binnendrong en klemde haar benen strak om hem heen. Een onbeschrijflijk gevoel golfde over haar heen met de kracht van een storm en in het midden van die storm, terwijl ze heen en weer werd geslingerd door rauwe prikkelingen en chaotische emoties waar ze geen controle meer over had, hoorde ze zichzelf nog iets anders schreeuwen, een verborgen waarheid die zo enorm was geworden dat ze haar niet meer binnen kon houden.

Walker hield zich opeens volkomen stil, zijn groene ogen keken brandend op haar neer, zijn gezicht was in het licht van de maan een primitief masker van begeerte. Nee – meer dan begeerte. Het was een... hunkeren. Een rauwe noodzakelijkheid. Hij hijgde zwaar en zijn spieren trilden van inspanning.

'Zeg dat nog een keer,' beval hij met dikke stem.

Ze wilde het niet, wilde het hem niet zomaar geven nu ze niet goed kon denken, maar kon de nu gefluisterde woorden niet tegenhouden.

'Ik hou van je.'

Hij bleef nog heel even roerloos, bijna stram, boven haar hangen, toen kwam hij weer in beweging en stootte diep bij haar binnen, keer op keer, alsof hij probeerde haar ziel te doorboren. Amanda vergat haar woorden, vergat alles behalve het hete genot dat hij in haar lichaam opwekte. Ze kon zich niet stilhouden, kon geen adem krijgen, kon niets anders doen dan voelen.

Haar climax kwam op een overdonderend intense manier, als golven van hete, kloppende extase die op haar neerbeukten. Ze was zich er amper van bewust dat ze jammerende geluidjes maakte, dat ze Walker met het laatste restje van haar kracht vastklemde, terwijl hij zelf ook begon te schokken en een hese kreet slaakte.

Het was bijna licht toen het begon te regenen. Amanda lag opgekruld naast Walker en voelde een vochtige, heerlijk koele bries de slaapkamer binnenkomen en over hun naakte lichamen glijden. Hij sliep. Dat kon ze aan zijn regelmatige ademhaling horen. Maar zij was klaarwakker.

Ze had niet van hem verwacht dat hij zou zeggen dat hij ook van haar hield. Nee, dat niet. Maar hij had, dacht ze weemoedig, toch wel *iets* kunnen zeggen. Dat hij er blij om was – of juist niet. Hij had kunnen zeggen dat ze niet zo dwaas moest doen en vragen of ze het verschil niet wist tussen seks en liefde. Hij had zelfs triomfantelijk kunnen glimlachen, zoals mannen vaak deden wanneer ze een verovering hadden gemaakt.

Hij had toch wel iets kunnen zeggen?

Het gaf niet wat.

Iets waaruit ze had kunnen opmaken of het hem iets uitmaakte dat ze van hem hield.

12

Amanda hing op en bleef fronsend naar de telefoon zitten staren. Ze had gedacht dat ze iedere variatie van Walkers stem inmiddels kende, maar ze had hem nog nooit zo... emotieloos meegemaakt. Alsof alle gevoelens uit hem waren geknepen.

'Amanda? Is er iets?' Kate kwam de zitkamer binnen waar Amanda Walkers telefoontje had beantwoord en keek haar vragend aan.

Het was maandagmiddag en het regende pijpenstelen. De twee vrouwen waren alleen thuis, want Maggie was met Jesse naar het kantoor van Daulton Industries, een paar kilometer buiten Daulton.

'Wat? O, nee, niets. Walker vroeg of ik even bij hem op kantoor kon komen.'

'Austin kan je wel wegbrengen,' zei Kate. 'Druk maar gewoon op de knop voor de garage en vertel hem wanneer je weg wilt.'

'Dank je, dat zal ik doen.' Amanda keek naar Kate en wenste dat ze iedereen niet zo verdacht vond. 'Het is anders geen lekker weer om erop uit te gaan.'

'Dit zijn wat je noemt verlate lenteregens. De grond is al zo verzadigd dat we van geluk mogen spreken als we van de week geen overstromingen krijgen.' Kates perfecte gelaatstrekken vertrokken van pijn.

'Kate, wat is er?' vroeg Amanda meteen.

'Mmmm.' Even later lachte Kate flauwtjes. 'Menstruatiepijn. Daar kan zelfs de pil niets tegen doen.'

'Heb jij daar ook last van?' Amanda schudde meelevend

haar hoofd. 'Toen mijn dokter me aanraadde aan de pil te gaan, omdat mijn menstruatie zo onregelmatig was, dacht ik dat daarmee meteen alle problemen opgelost zouden zijn, maar het enige verschil is dat die ellende nu met de regelmaat van de klok komt.'

Kate ging achter het bureautje bij het raam zitten waar ze de boekhouding van Glory bijhield. 'Alle Daulton-vrouwen lijden eraan,' zei ze afwezig, terwijl ze een boek opensloeg en een kolom cijfers begon te vergelijken met een stapeltje bonnetjes.

'Onregelmatige menstruatie, storingen in de hormonenbalans en iedere maand een week lang de neiging een carrière als wurgmoordenaar te overwegen.'

Amanda moest zich eigenlijk gaan verkleden en Austin bellen om haar naar de stad te brengen, maar ze werd tegengehouden door een zeldzaam gevoel van verwantschap. 'Heb je al eens een vitamine B-kuur geprobeerd? Dat helpt bij mij heel aardig. Nu kom ik niet meer elke maand, maar slechts eens in de zoveel tijd in de verleiding iedereen in mijn omgeving te verminken, en kijk ik ook niet meer met moordlust in mijn ogen naar volkomen vreemden in de rij voor de kassa van de supermarkt.'

Kate lachte. 'Ja, op aanraden van Helen slik ik ook vitaminen, en die schijnen inderdaad te helpen.'

Amanda ging op de leuning van een van de banken zitten en vroeg: 'Is dat inderdaad typerend voor de Daulton-vrouwen? Problemen met de hormoonproductie, bedoel ik?'

'Volgens Helen wel. Ze heeft medische dossiers over de Daultons die meer dan honderdvijftig jaar teruggaan. De vrouwen zijn altijd overgeleverd geweest aan de genade van hun hormonen. Tegenwoordig is dat dankzij de medische wetenschap gelukkig niet zo erg meer, maar honderd jaar geleden moet het een doffe ellende zijn geweest. Stel je eens voor: hormonen die op een bloedhete dag in juli overuren maken.'

Amanda rilde. 'Die arme vrouwen.'

'Zeg dat wel.' Kate knikte en kreeg toen een peinzende blik in haar ogen. 'Weet je, het is geen wonder dat veel mensen ervan overtuigd waren dat er waanzinnigheid in onze familie zat. Door die depressieve buien van de vrouwen en de obsessies van de mannen moeten we een nogal verdachte indruk hebben gemaakt.'

'De obsessies van de mannen?'

Kate keek haar lange tijd aan en zei toen langzaam: 'Er staat niets over geschreven in al die tijdschriften en krantenartikelen, maar de Daulton-mannen hébben een vreemd trekje, Amanda. Het gaat meestal om iets wat hun maar één keer in hun leven gebeurt, heel soms twee keer, maar het overkomt ze allemaal. Wanneer ze hun hart eenmaal hebben verpand aan iemand of iets waar ze echt van houden, wordt dat een obsessie. Als het om een vrouw gaat, beminnen ze haar met een intense bezittersdrang. In het verleden hielden ze die vrouwen meestal hier op Glory, geïsoleerd en zwanger.'

'Net zoals mijn moeder?' vroeg Amanda.

Weer aarzelde Kate. Maar toen kwam haar antwoord snel. 'Ja. Brian had twee liefdes, Amanda. Christine en paardrijden. Hij gaf het rijden ieder jaar ongeveer zes maanden lang op om bij haar te zijn; de rest van de tijd móest hij wel rijden. En dan liet hij haar hier achter om zich ervan te verzekeren dat ze... geen belangstelling voor iemand anders zou kunnen krijgen.'

'Wat zou hij gedaan hebben als dat toch gebeurde? Hoe... manifesteerde die waanzinnigheid zich?'

Met een afstandelijkheid die haar woorden des te gruwelijker deed klinken, zei Kate: 'De Daulton-mannen hebben door de eeuwen heen heel wat rivalen vermoord. Dergelijke zaken werden uiteraard meestal in de doofpot gestopt, als zelfverdediging afgedaan, of als iets anders, iets waarmee ze nieuwsgierige vragen in de kiem smoorden en bij de verkiezingen wat extra stemmen voor de sheriff wisten te krijgen.'

'Dat meen je niet.'

Kate glimlachte. 'Nou en of. Zoals ik al zei, de Daulton-mannen raken geobsedeerd als het de liefde aangaat. Het zit in de familie, net als zwart haar en grijze ogen. Een soort razernij die zich van hen meester maakt wanneer ze een bedreiging bespeuren voor datgene dat ze liefhebben. Volgens de legendes raakt een Daulton-man in dergelijke gevallen bijna letterlijk buiten zichzelf en dat blijft zo tot hij zijn rivaal heeft vermorzeld; hij ziet of hoort niets anders en herinnert zich achteraf vaak niet wat hij heeft gedaan. Eén ding is zeker: er moet bloed vloeien om zijn woede te koelen.'

Is het dat, wat er die nacht is gebeurd? vroeg Amanda zich af. *Is dat de reden waarom Christine Daulton Glory heeft verlaten – omdat ze bang was dat haar man erachter zou komen dat ze een verhouding had met een ander? Of omdat hij erachter* was *gekomen en ze wist wat hij zou doen?*

'God, wat erg,' zei ze hardop.

Kate knikte, maar haalde toen haar schouders op. 'Dat is natuurlijk allemaal verleden tijd. De Daulton-mannen zijn tegenwoordig redelijk beschaafd. Neem Sully, bijvoorbeeld. Een pure Daulton, maar... zijn obsessie geldt Glory; als die nog eens verliefd wordt op een vrouw, hoeft ze zich geen zorgen te maken dat hij vanwege haar iets waanzinnigs zal doen. Sully kan de vrouw van zijn keuze met zijn hele hart en zonder enige wrok liefhebben.'

Maar wat zou hij doen als iemand probeerde hem Glory af te nemen? vroeg Amanda zich onwillekeurig af.

'En Reece?' vroeg ze in plaats daarvan.

'Reece is geen Daulton,' antwoordde Kate met onverwachte botheid.

'Genetisch natuurlijk wel, maar in alle andere opzichten niet.'

Aangezien Amanda dat ook al had aangevoeld, had ze er niets tegenin te brengen. Ze had er graag nog een poosje over doorgepraat, maar werd daar door een blik op haar horloge van weerhouden.

'Ik moet me nodig gaan verkleden.'

'Ik bel Austin wel even voor je,' bood Kate aan. 'Wanneer wil je weg?'

'Over tien minuten. Bedankt, Kate.' Amanda liep snel de kamer uit en dacht weer aan Walker en de vreemde toonloze manier waarop hij had gevraagd of ze naar zijn kantoor kon komen.

Wat zou er aan de hand zijn?

De hele weg naar de stad zat Amanda erover in. Er was niets aan Walker te merken geweest toen hij haar zondagavond had teruggebracht naar Glory, met de auto, omdat het nog steeds had geregend. Ze hadden bijna de hele dag in zijn bed doorgebracht en ook al had hij niets over haar liefdesverklaring gezegd, hij had haar duidelijk laten merken dat hij haar meer dan ooit begeerde.

Wat kon er tussen gisteravond en vanmiddag gebeurd zijn? Waardoor was alle gevoel uit zijn stem verdwenen? En waarom had hij haar gevraagd naar zijn kantoor te komen in plaats van tot vanavond te wachten, wanneer ze elkaar ongetwijfeld weer zouden zien?

Het stadje zag er in de regen troosteloos uit en was op deze maandagmiddag vrijwel uitgestorven. Amanda stapte voor het gebouw waar Walker zijn kantoor had uit en zei tegen Austin dat hij terug kon gaan naar Glory. Toen ging ze snel naar binnen. In de lobby en op de trap kwam ze niemand tegen en toen ze op de tweede verdieping het voorkantoor binnenliep, bleek Walkers secretaresse er niet te zijn.

Ze aarzelde en liep toen door naar de deur van Walkers kantoor. Ze klopte zachtjes aan, deed de deur open en keek met een glimlach om het hoekje. 'Daar ben ik,' zei ze tegen Walker, die achter zijn bureau zat.

'Kom binnen,' zei hij, 'en doe de deur achter je dicht.'

Amanda wist bij het eerste woord dat uit zijn mond kwam al dat er iets vreselijk mis was. Zijn stem klonk niet alleen emotieloos, maar zelfs doods.

Ze stapte met trage bewegingen naar binnen, deed de deur achter zich dicht en liep het vertrek door naar zijn bureau. Dat oude eikenhouten bureau, dat ze bij hun eerste ontmoeting al zo groot had gevonden, en nu een kilometer breed leek te zijn. Hij zat er roerloos achter.

'Wat is er aan de hand, Walker?'

'Ga zitten.'

Na een korte aarzeling deed ze dat. Ze zette zich schrap en liet een masker van kalmte over haar gezicht zakken. Als hij het zo wilde, dat ze als twee vreemdelingen aan weerskanten van het bureau zaten, dan moest dat maar. Dat kon ze wel aan. Het deed pijn, maar ze kon het aan.

Hij sloeg een dikke map open en haalde er een foto uit. Toen deed hij de map weer dicht en duwde hij de foto over het bureau naar haar toe. 'Kijk daar eens naar.'

Ze leunde naar voren, pakte de foto van het bureau en bekeek hem. Het was een schoolfoto, hoofd en schouders, wazige achtergrond. Een jonge vrouw met lichtblond haar en donkere ogen, wat ongebruikelijk voor een blondine. Leuk om te zien, met een gulle lach.

'Herken je haar?' vroeg Walker.

Amanda keek hem over het imponerende bureau heen aan en zag het kille licht in zijn ogen. 'Moet dat dan?'

'Dat vraag ik aan jou.'

Amanda haalde haar schouders op. 'Nee.'

Walker haalde diep adem en sprak met een eerste teken van emotie in zijn stem. De emotie was woede. 'Dat is een foto van Amanda Grant. Zogenaamd van jou. Genomen tijdens haar laatste studiejaar. Volgens de gegevens die ik eindelijk te pakken heb gekregen, had je zeven jaar geleden blond haar en bruine ogen, was je twaalf centimeter langer dan nu en meer dan vijftien kilo zwaarder.' Hij wachtte even en zei toen: 'Een wonderbaarlijke transformatie.'

Amanda legde de foto op het bureau, leunde achterover in haar stoel en kon alleen maar hopen dat hij niet in de gaten had hoeveel moeite het haar kostte te blijven glimlachen. 'Ik dacht echt dat ik dat probleem had opgelost. Er waren van haar geen foto's beschikbaar. Dat was een van de redenen waarom ik haar heb gekozen. Hoe kom je hieraan?'

Walkers gezicht leek uit graniet gehouwen. Erg koud graniet. 'Ik heb vrijdag contact opgenomen met een privé-detective in Boston en hem de weinige informatie die ik had, doorgegeven, met het verzoek een foto van Amanda Grant te zoeken. Ik heb geboft; hij is snel en goed te werk gegaan. Omdat ze niet in het jaarboek stond, heeft hij bij de school geïnformeerd. Daar hoorde hij dat Amanda Grant haar portretfoto niet in het boek had willen hebben – er zijn wel meer studenten die dat om persoonlijke redenen niet willen – maar dat ze wel op de klassenfoto stond. De school heeft de detective de naam van de fotograaf gegeven. En ik bofte alweer; de fotograaf was vandaag op zijn werk en hij had de negatieven van dat jaar nog. Ik heb deze foto daarstraks per fax ontvangen.'

Walker glimlachte dunnetjes, een glimlach die hij beter achterwege had kunnen laten. 'Dit is Amanda Grant.'

Amanda schudde haar hoofd, maar bleef glimlachen. 'En ze lijkt helemaal niet op mij. En dat vind jij natuurlijk... verdacht.'

'Verdacht? Ik vind het verachtelijk. Je hebt ons niets dan leugens verteld, dame, en dat kan ik nu bewijzen.'

Ze liet zich niet door zijn scherpe toon uit het veld slaan. 'Het enige wat je met die foto kunt bewijzen, is dat ik niet ben opgegroeid als Amanda Grant. Het bewijst geenszins dat ik niet Amanda Daulton ben.'

'Waarom heb je gelogen?'

'Daar heb ik mijn redenen voor.'

Walker maakte een rukkerige, ontkennende beweging met zijn hoofd. 'Dat is niet goed genoeg. Je hebt je veel moeite getroost om me om de tuin te leiden...'

Koeltjes zei ze: 'Ik wilde niet dat iemand in mijn verleden ging spitten. Ben ik een misdadigster? Nee. Als je wilt kun je zelfs mijn vingerafdrukken krijgen, zodat de politie dat kan onderzoeken. Mijn vingerafdrukken zijn bij de politie niet bekend, omdat ik geen strafblad heb. Maar dat bewijst natuurlijk alleen dat ik nooit op iets strafbaars ben betrapt, nietwaar, Walker?'

'Dat klopt,' zei hij kortaf.

'Dus staan we pat. Je kunt natuurlijk aan Jesse vertellen wat je hebt ontdekt. En nu je me hebt gewaarschuwd, heb ik tijd om een aannemelijk verhaal te verzinnen, waarmee ik hem ervan kan overtuigen dat wat je ontdekt hebt, van geen enkel belang is. Hij zal me geloven, Walker. Dat weet jij net zo goed als ik.'

Walker schudde weer zijn hoofd. 'Wees daar maar niet zo zeker van. Je weet niet hoe overtuigend ik kan zijn wanneer ik bewijsmateriaal in handen heb. Ik kan nu bewijzen dat je hebt gelogen. Tegen *Jesse*. Dat zal hij niet leuk vinden.'

Amanda keek naar hem, naar zijn kille ogen en strakke gezicht, en voelde een steek van pijn waarvan ze zelf wist dat die volkomen irrationeel was. Hij had immers meer dan genoeg reden om haar te wantrouwen. Zelfs een hartstochtelijke minnaar kon in een wantrouwige vreemdeling veranderen wanneer hij erachter kwam dat hem iets was voorgelogen.

Misschien *juist* een hartstochtelijke minnaar.

Het bleef lang stil terwijl Amanda nadacht over de wegen

die voor haar openstonden. Die bevielen haar geen van alle. Ze wist alleen dat ze Walker zover moest zien te krijgen dat hij niet aan Jesse zou vertellen dat hij nu zeker wist dat ze had gelogen. Ze wilde niet van Glory weggestuurd worden, niet nu. Niet nu ze er zo zeker van was dat ze op het punt stond de waarheid te ontdekken.

'Goed,' zei ze langzaam. 'Ik ben inderdaad niet opgegroeid als Amanda Grant. En ik had liever dat Jesse daar niet achterkwam... nog niet. Daar heb ik mijn redenen voor. Kun je niet gewoon aanvaarden...'

'Vergeet het maar. Zelfs als ik dat zou willen – en ik wil dat níet – zou het niet eerlijk zijn tegenover Jesse als ik dit achterhield. Om nog maar te zwijgen over het feit dat ik daardoor geroyeerd zou kunnen worden.'

Amanda wist dat het geen zin had een beroep te doen op Walkers gevoelens voor haar – als hij die nog had. Het vraagstuk van haar identiteit had vanaf de eerste keer dat ze zijn kantoor binnen was gekomen, tussen hen in gestaan, en tot het moment waarop Walker die vraag naar tevredenheid beantwoord wist, was hij niet in staat haar op haar woord te geloven.

'Ik heb goede redenen om mijn verleden geheim te houden,' zei ze, om het toch maar te proberen.

'Goede redenen om je verleden geheim te houden? Jezus, je beweert dat je Amanda Daulton bent en dat je daarom hierheen bent gekomen. Je verleden heeft daar juist álles mee te maken.'

'Nee, mijn verleden niet. Alleen mijn identiteit. Wat ik de afgelopen twintig jaar heb gedaan, heeft niets te maken met de vraag of ik Amanda Daulton ben. Het enige waar het om gaat – althans, dat zou zo móeten zijn – is of ik geboren ben als Amanda Daulton, de dochter van Brian en Christine Daulton. En dat *is* zo.'

'Bewijs het,' zei Walker op koele toon.

'Dat kan ik niet en dat weet je best.' Ze sloeg haar ogen niet neer voor zijn kille blik. 'Ik heb geen papieren die jij bereid bent als bewijs te beschouwen, niets wat ik niet had kunnen vervalsen of stelen. Geen getuige die kan zweren dat hij zeker weet dat ik het ben. En ik kan me ook niets herinneren wat zo specifiek is dat alleen Amanda Daulton het kan weten. Het is twintig jaar geleden dat ik hier ben geweest, en iedere keer dat er flarden van herinneringen bovenkomen, voel ik alleen maar angst...'

Een frons verbrak de winterse kilte van zijn gezicht. Amanda besefte met een schokje dat ze één zin te veel had gezegd en zweeg abrupt. Hij was te intelligent en oplettend om dat gemist te hebben en te nieuwsgierig om niet te willen weten wat ze daar precies mee bedoelde.

Voor hij iets kon zeggen stond Amanda op en liep naar het raam aan de zijkant van zijn bureau. Ze keek neer op het uitgestorven, verregende anachronisme dat de Main Street van Daulton was geworden.

'Stel,' zei ze op een peinzende toon, 'dat ik besloot te verdwijnen. Dat ik je kantoor uitliep, een bus of trein naar Asheville nam en daar op een vliegtuig stapte. Stel dat ik niet gevonden wilde worden. Stel dat ik weer... diegene wilde zijn die ik de afgelopen twintig jaar ben geweest. Dat ik de draad van dat leven weer oppakte en ophield Amanda Daulton te zijn.' Ze leunde met haar schouder tegen het raamkozijn en keek hem aan. 'Zou je me kunnen vinden als ik dat deed, Walker? Zou iemand me kunnen vinden?'

Hij had zijn stoel gedraaid en keek naar haar, met zijn ene arm op het bureau. Er lag nog steeds een frons op zijn knappe gezicht en alhoewel een dergelijke frons bij een man als hij gevaarlijk was, vond ze hem minder pijnlijk dan de kille uitdrukking van daarstraks.

'Nee,' antwoordde hij na een pauze. Zijn stem klonk niet scherp meer, maar peinzend. 'Aangezien we niet weten wat je sinds die fatale zomer hebt gedaan, zou het vrijwel onmogelijk zijn je te vinden.'

Ze keek hem rustig aan en wachtte.

'Is dat de reden waarom je hebt gelogen? Om eventueel weer te kunnen verdwijnen? Waarom is een dergelijke... ontsnappingsroute zo belangrijk voor je?' vroeg hij. 'Wilde je die achter de hand houden voor het geval je er niet in zou slagen de Daultons te overtuigen? Dat slaat nergens op. We weten allebei dat Jesse, al was het maar vanwege de publiciteit, je nooit zou aanklagen als werd bewezen dat je valselijk had beweerd

269

zijn kleindochter te zijn. Waarom heb je dan een achterdeurtje nodig?'

Amanda moest onwillekeurig een beetje lachen, ook al was er niets van plezier in het gedempte geluid te bespeuren. 'Vanaf het begin heb ik het... eigenaardig gevonden dat jullie geen van allen ook maar een zweem van achterdocht koesteren over wat er twintig jaar geleden is gebeurd.'

Walkers frons verdiepte zich. 'Christine Daulton is er met haar dochter vandoor gegaan. En wat dan nog? Ze was niet de eerste vrouw die zoiets deed en zal ook niet de laatste zijn. Wat heeft dat te maken met jouw volharding je verleden geheim te houden?'

Ze aarzelde en keek weer uit het raam. 'Als je het zo stelt, heb je gelijk. Misschien is het niet zo eigenaardig.'

'Maar jij vindt van wel. Waarom vind je dat?'

Ze aarzelde weer en opeens zakte de moed haar in de schoenen. Al was Walker McLellan ook haar minnaar – en misschien was hij dat al niet meer – hij was vanuit legaal en moreel oogpunt gezien op de eerste plaats trouw schuldig aan Jesse Daulton, niet aan haar. Ze was niet zijn cliënte en kon daarom geen aanspraak maken op het recht dat vertrouwelijke opmerkingen niet bekend zouden worden gemaakt. Hij had juist het recht om alles wat ze tegen hem zei, bekend te maken. En voorlopig leek dat haar een groter gevaar.

'Het maakt niet uit.' Ze sprak met opzet op een droge, nonchalante toon. 'Je gelooft sowieso niets van wat ik zeg. Doe dus gerust je werk, Walker. Ga maar aan Jesse vertellen wat je hebt ontdekt. Als hij me dan van Glory wegstuurt, zal ik gaan.'

Er bleef een lange stilte hangen en toen hij weer sprak, klonk zijn stem scherp.

'Vind je het zo vreemd dat ik er moeite mee heb je te geloven? Je wilt me immers niets vertellen.'

'Je bent mijn advocaat niet,' wees ze hem terecht.

'Je *advocaat*? Jezus, Amanda, je hebt gisteren de hele dag in mijn bed gelegen.'

Ze voelde weer een steek van pijn, dit keer bitterzoet. Het was de eerste keer dat hij haar bij haar naam had genoemd sinds ze was binnengekomen. Niet dat het iets uitmaakte, natuurlijk.

270

'Dat is waar.' Ze draaide haar hoofd naar hem toe en glimlachte flauwtjes. 'Maar nu zijn we hier. Je hebt me hierheen laten komen, een kilometer breed bureau en een ijzig koudefront tussen ons in gezet en bewijs overlegd dat ik over mijn verleden heb gelogen. Bewijs waarnaar je bent gaan zoeken *nadat* we voor het eerst met elkaar naar bed waren geweest. Vandaag ben je de advocaat van Jesse Daulton en Daulton Industries.'

Ze staarden elkaar zwijgend aan en toen knikte Amanda.

'Je kunt niet van beide walletjes eten, Walker. Je kunt niet van me verwachten dat ik je dingen vertel omdat we met elkaar naar bed zijn geweest – vooral omdat ik maar al te goed weet dat je zit te wachten tot ik iets zal doen of zeggen dat je tegen me kunt gebruiken.'

'Dat zou ik nooit...'

'Nee? Wat doe ik hier dan?'

'Ik heb *jou* laten komen, niet Jesse,' bracht hij haar met een strak gezicht in herinnering. 'Jou. En probeer me verdomme niet in de verdediging te drukken. Ik probeer je een kans te geven het uit te leggen, zodat ik Jesse er niet bij hoef te halen.'

Ze hoorde een onbestemd geluid aan haar keel ontsnappen, misschien een lach. Misschien ook niet. 'Wat klink je... bedrogen, Walker. Terwijl ik juist degene ben die zich zo zou moeten voelen. Je hebt me een rad voor ogen gedraaid. De afgelopen paar dagen heb ik er geen moment aan gedacht dat er achter die glimlachjes en hartstocht een Walker zat die op de loer lag. Die wachtte op het juiste moment om tot de aanval over te gaan.'

'Je weet best dat dat niet waar is.'

'O nee? Hoe moet ik dat weten? Omdat jij het zegt? Je hebt vrijdag naar Boston gebeld, Walker. Waarom heb je dat gedaan?'

Hij zei botweg: 'Omdat je me verteld had dat je bedrijfseconomie had gestudeerd, terwijl ik wist dat Amanda Grant als hoofdvak architectuur had gekozen.'

Weer bracht ze zo'n geluidje voort dat voor een lach moest doorgaan. 'Als een kat voor het muizenhol, wachtend om te kunnen toeslaan. Nou, gefeliciteerd, je hebt me op een leugen betrapt.'

Amanda wendde zich van het raam af en liep snel het kantoor door. Ze moest weg, nu meteen. Ze moest bij hem vandaan zien te komen. Ze moest nadenken, besluiten wat ze nu moest doen.

Maar voordat ze bij de deur was, stond hij voor haar en versperde hij haar de weg. Hij greep haar hard bij de schouders en dwong haar naar hem op te kijken.

'Amanda, vertel me toch wat hierachter zit!'

'Ik dacht dat je dat wel wist.' Ze zond hem een bitter glimlachje toe. 'Heb je me niet verteld dat de meeste mensen gedreven worden door hebzucht? Ik ben blijkbaar een leugenachtige, sluwe, achterbakse sloerie die op geld uit is.'

Hij schudde haar door elkaar. 'Hou op. Ik weet best dat dat niet waar is. Je had Glory kunnen krijgen, met alles erop en eraan, maar je hebt je daartegen met hand en tand verzet.' Hij hield op met haar door elkaar te schudden, maar zijn lange vingers kneedden haar schouders zonder dat hij het in de gaten had.

'Wat maakt het dan uit waarom ik hierheen ben gekomen? Je hebt je werk gedaan, Walker, je hebt de eigendommen en belangen van de Daultons beschermd. En nu je bewezen hebt dat ik een bedriegster ben, krijg je misschien ook nog een bonus...'

'Godverdomme.' Zijn handen gleden naar haar gezicht en hij boog zijn hoofd om haar mond in een bijna kneuzende kus met de zijne te bedekken. De kus was kort, maar ongelooflijk intens, en toen hij zijn hoofd ophief, hijgde hij een beetje. 'Snap je nog steeds niet dat ik dit niet voor Jesse of de anderen doe, maar voor *mezelf*?' Hij sprak op een zachte, hese, boze toon. 'Waarom vertrouw je me niet?'

'Waarom zou ik?' Haar stem klonk onzeker, hoe ze ook haar best deed kalm te blijven, en ze wist maar al te goed dat ze onmogelijk voor hem verborgen kon houden hoe snel hij haar murw kon krijgen. 'Vanaf het allereerste moment dat ik dit kantoor ben binnengekomen, heb je alleen maar aan me getwijfeld. Waarom zou ik je nu dan vertrouwen?'

'Omdat *ik* niets te verbergen heb.' Zijn handen zakten weer naar haar schouders en grepen haar stevig vast. 'Kijk eens om je heen, Amanda. De meeste mensen van deze stad kunnen je vertellen wie ik ben. Wil je de dokter ontmoeten die me ter wereld heeft geholpen? Ik wil je best aan hem voorstellen. Wil je de schoolfoto's zien die door de jaren heen van mij zijn gemaakt? Die wil ik best voor je opzoeken. Mijn moeder heeft ettelijke plakboeken met foto's van mij erin en in de kelder van King High zijn planken met de stenenverzameling waar ik als kind reuze druk mee ben geweest.'

'Walker...'

'Ik ben een open boek. Geen leugens. Geen bedrog of geheimen. Ik hou niets verborgen.' Hij haalde sidderend adem. 'Zeg het dus maar, Amanda. Wie van ons heeft het recht vertrouwen te eisen?'

Ze wist niet wat ze daarop moest zeggen.

Walker liet haar schouders los en leunde met zijn rug tegen de deur. Zijn gezicht stond strak, zijn ogen brandden. 'Ik heb de afgelopen dagen niet gedaan alsof, niet toen we bij elkaar waren. Zo goed kan ik niet toneelspelen. Wanneer ik je aanraak... wanneer we de liefde bedrijven... is er verder niets van belang. Niets. Probeer me niet wijs te maken dat je dat niet weet.'

Amanda schudde zwakjes haar hoofd, maar eerder verbijsterd dan ontkennend. 'Ik snap jou niet, Walker. Wat wil je nu eigenlijk van me?'

'De waarheid. Alleen de waarheid. Eindelijk... de waarheid.' Hij wachtte even en voegde er toen schor aan toe: 'Vertrouw me, Amanda, alsjeblieft.'

Ze draaide zich om en liep van hem weg, het kantoor door. Bijna doelloos bleef ze bij de leren bank staan en keek ze op naar het schilderij van Duncan McLellan, Walkers vader.

Die scherpe gelaatstrekken zaten in de familie, dacht ze afwezig, toen ze het knappe gezicht en de intelligente groenige ogen bekeek van de man die, samen met zijn vrouw, bijna tien jaar geleden in de regen op een glibberige, mistige bergweg om het leven was gekomen.

Walker was hier geboren en getogen. Dit was zijn leven. En het was waar dat hij niets van zijn leven voor haar verborgen hield, dat hij geen geheimen had. Het was waar dat hij er meer recht op had vertrouwen te eisen dan zij.

Ze draaide zich om en zag dat Walker zich niet had verroerd. Hij leunde tegen de deur en keek naar haar. Afwachtend.

Ze wist nog steeds niet of ze hem kon vertrouwen, of dat het de grootste fout van haar leven zou zijn als ze hem in vertrouwen nam, maar ze wist wel dat als ze nu zijn kantoor uitliep, het tussen hen uit zou zijn.

En daar ging het uiteindelijk om. Daarom was alles beter dan weggaan. Ze wilde hem niet verliezen. Niet nu. Nog niet.

Amanda ging op de bank zitten. Nu ze haar keuze had gemaakt, voelde ze zich enorm opgelucht. 'Goed. De waarheid.' Ze haalde diep adem. 'De waarheid is, dat ik wel degelijk Amanda Daulton ben. En de waarheid is, dat ik dat nog steeds niet kan bewijzen. Als je dat niet zonder meer kunt geloven, hoef ik niet eens door te gaan.'

Lange tijd zweeg Walker. Toen duwde hij zich tegen de deur af en liep de kamer door naar haar toe. Hij ging naast haar op de bank zitten, met zijn gezicht naar haar toe, en pakte haar hand. 'Goed.'

Dat ene woordje klonk zo eenvoudig, zijn stem zo overtuigd, dat ze even van haar stuk raakte. 'Geloof je me?'

'Zoals je al zei: als ik dit niet geloof, heeft het geen zin naar de rest te luisteren.'

Amanda vond dat een typisch ontwijkend juristenantwoord, maar aanvaardde het niettemin. Ze had de schepen achter zich verbrand; ze kon nu niet meer terug.

'Goed. Nadat mijn moeder vorig jaar bij een auto-ongeluk was omgekomen...'

'Waar was dat?' onderbrak hij haar.

Hij wilde dus meteen alle details hebben. Amanda haalde haar schouders op. 'In de buurt van Seattle. Ik heb op veel plaatsen gewoond, maar daar hadden we ons gevestigd nadat ik was afgestudeerd.'

'Ver van Boston,' merkte hij op.

Ze besloot daar geen commentaar op te geven en ging door: 'Na het ongeluk moest ik haar paperassen doornemen. Inclusief dingen die ze in een kluis bewaarde. Tussen de spullen zaten haar trouwakte, krantenartikelen over de dood van Brian Daulton, drie dagboeken die ze tijdens haar huwelijk had bijgehouden... en mijn geboortebewijs.'

'Het geboortebewijs dat je hebt meegebracht,' zei Walker,

'was een fotokopie waarop een datum stond van een paar da-gen vóór je moeder is omgekomen.'

Amanda knikte. 'Ik geloof dat ze besloten had me de waar-heid te vertellen. Ik heb namelijk ook een half afgemaakte brief gevonden, waarin stond dat er veel dingen waren, waar-van ze hoopte dat ik ze haar kon vergeven en dat ze niet wist hoe ze het allemaal moest uitleggen.'

'En de dagboeken?'

'Daar kon ik alleen uit opmaken dat haar huwelijk niet pro-bleemloos was verlopen en dat ze het niet leuk had gevonden om op Glory opgesloten te zitten, ook al hield ze nog zoveel van het huis en de omgeving. Het zijn eigenlijk geen echte dag-boeken, maar verslagen over haar dagelijkse leven. Haar emo-ties staan er nogal abstract in opgetekend. Als een beschrijving van dagdromen. Ik denk dat iedereen hier op Glory die dagboe-ken had kunnen lezen, en dat mijn moeder er daarom bewust of onbewust niets specifieks in heeft gezet. Sommige passages hadden veel weg van een inwendige monoloog, met een soort persoonlijke code, maar die heb ik niet kunnen ontcijferen.'

'Wat heb je toen gedaan?'

'Nadat ik was uitgehuild, bedoel je?'

Walker keek haar aan, tilde de hand die hij vasthield op en wreef hem tegen zijn wang. 'Sorry. Dit is niet zomaar een op-somming van feiten, hè? Niet voor jou. Wat zul je het moeilijk hebben gehad.'

Amanda schudde verwonderd haar hoofd. 'Opeens was ik niet meer wie ik dacht dat ik was. Ze had me verteld dat we Reed heetten en dat mijn vader was verongelukt toen ik nog maar een baby was. Ik had zelfs een geboortebewijs waar Amanda Reed op stond, maar toen ik dat natrok, bleek het vals te zijn.

In eerste instantie was ik zo overdonderd dat ik helemaal niets kon doen. Ik kon me niet herinneren ooit iemand anders dan Amanda Reed te zijn geweest. Toen ik erover begon na te denken, besefte ik dat ik me bijna niets herinnerde van vóór mijn tiende verjaardag.'

'Was je dat nooit eerder opgevallen?'

'Nee. En toen ik probeerde dat te forceren, herinneringen

naar boven te halen, werd ik bevangen door een misselijkmakend gevoel van angst. Het was net alsof ik... voor de gesloten deur van een kamer stond en wist dat er binnen iets afgrijselijks wachtte. Ik wilde de deur dan ook helemaal niet opendoen.'

Amanda haalde diep adem. 'Nadat mijn moeder was verongelukt, heb ik wekenlang helemaal niets gedaan. Ik had een baan – bij een uitgeverij van gespecialiseerde tijdschrijften – en dat hielp me de tijd door te komen. Maar toen het verdoofde gevoel begon weg te trekken, besefte ik dat ik niet kon blijven doen alsof ik het niet wist en doorgaan alsof er niets was gebeurd. Afgezien van al het andere, wilde ik weten wie ik in werkelijkheid was. Maar die angst... en het besef dat mijn moeder bang was geweest, dat haar nervositeit in feite angst was geweest...'

'Hoe wist je dat?'

'Ik wist het gewoon. Het was alsof haar dood en de schok van de ontdekking wie ik in werkelijkheid was, een sluier voor mijn ogen hadden weggetrokken. Ik wist dat ze bang was geweest. Ik wist dat ze van Glory was gevlucht.' Voordat hij kon vragen hoe ze dat wist, vertelde ze hem over de laatste aantekening in Christine Daultons dagboek, waarin stond dat Amanda aan een shock leed en hoe opgelucht Christine zelf was dat ze 'veilig' van Glory waren weggekomen.

'Maar ze heeft er niet bij gezet waarom?'

'Nee. Ik wist alleen dat ze bang was geweest en dat ik zelf bang werd wanneer ik probeerde me iets te herinneren.' Amanda zweeg even en sprak toen langzaam door. 'Uit de krantenartikelen en de dagboeken had ik begrepen dat de Daultons een machtige en rijke familie vormden. Het leek me daarom niet... verstandig om zomaar bij ze binnen te vallen, vooral omdat ik er geen idee van had hoe de zaken hier stonden. Dus heb ik een privé-detective in de arm genomen. We hebben onze koppen bij elkaar gestoken en besloten dat we het beste eerst zoveel mogelijk informatie over de familie konden verzamelen.'

'Heel verstandig,' zei Walker. 'En toen?'

'Het eerste wat me opviel,' zei Amanda, 'was dat in geen van de kranten iets stond over die bewuste nacht. Pas in het artikel over de dood van Brian Daulton werd vermeld dat zijn vrouw hem had verlaten en hun kind had meegenomen.'

'Dat wilde Jesse natuurlijk stil houden, vooral als hij dacht dat Christine op een gegeven moment wel terug zou komen.'

'Wat het weglopen betreft, dacht ik dat ook. Maar ik wist dat er iets specifieks was gebeurd, iets waardoor ze in angst was gevlucht, iets waar geen ruchtbaarheid aan was gegeven.'

'Iets dat je je niet kunt herinneren, maar waar je bang voor bent.'

Amanda liet zich niet ontmoedigen door de twijfel in zijn stem en sprak op vaste toon door. 'Ik wist dat er iets was gebeurd. Maar ik wist inmiddels ook dat er minstens twee andere vrouwen waren geweest die geprobeerd hadden zich voor Amanda Daulton uit te geven, en dat niemand me zou geloven als ik geen bewijsmateriaal kon overleggen.'

'En dat kon je niet.'

'Nee, maar ik had geen keus; ik móest hierheen komen om uit te zoeken wie ik was en meer te weten te komen over de familie waaruit ik was voortgekomen. Zelfs als ik er nooit achter zou komen waarom mijn moeder van Glory was gevlucht, hoopte ik in ieder geval iets meer over mezelf te weten te komen. Maar iedere keer dat ik serieus overwoog hierheen te komen, zag ik die deur voor me met het angstaanjagende ding erachter, het ding waar ik zo bang voor was.

Aangezien mijn moeder zich zoveel moeite had getroost om ons onder een valse naam schuil te houden, leek het me verstandig hetzelfde te doen. Dus heeft die privé-detective me geholpen een vals verleden te creëren voor het geval ik me snel uit de voeten zou moeten maken. Ik wist dat het verhaal niet waterdicht was, maar ik hoopte dat ik er niet langer dan een maand of twee mee zou hoeven te doen. Als ik er dan nog niet achter was gekomen wat er die bewuste nacht was gebeurd, zou het waarschijnlijk niets meer uitmaken.'

'Was je van plan om dan weer te verdwijnen?'

Amanda liet haar hoofd tegen de leuning van de bank rusten en keek hem aan met een ernstige blik in haar ogen. 'Dat zat er wel in. Vanaf het moment dat ik op dat heuveltje in de weide stond en naar Glory keek, op de dag dat je me er voor het eerst naar toe hebt gebracht, wist ik dat ik nooit in dat huis zou kunnen wonen.'

'Waarom niet? Omdat je bang was?'

Ze glimlachte kort. 'Omdat ik wist dat ik er niet thuishoorde. Niet dat het me niet bekend voorkwam. Toen ik het huis zag, kwamen er meteen al flarden van herinneringen aan mijn kinderjaren boven.'

Hij zweeg even en vroeg toen: 'En die bewuste nacht? Kun je je al iets herinneren over wat er toen is gebeurd?'

'Ik heb een paar flashbacks gehad, haarscherp maar erg kort. Ik herinner me, bijvoorbeeld, dat ik de trap afliep, langs de klok. Toen de voordeur uit en door de weide. Ik herinner me dat ik over een greppel met modderig water ben gesprongen en naar de stallen ben gegaan. Dat ik daar licht zag. En iets hoorde... iets afschuwelijks.'

'Wat dan?'

'Dat weet ik niet. Daar houden de herinneringen... en de nachtmerries... altijd op.'

Na een ogenblik van stilte vroeg Walker: 'Heeft die nacht iets te maken met je angst voor paarden?'

'Dat geloof ik wel. Tot die avond was ik dol op paarden, maar daarna niet meer. Er moet dus iets gebeurd zijn, waardoor ik bang ben geworden voor paarden. Ik geloof dat ik die avond stiekem naar de stallen was gegaan om te zien hoe de merrie het maakte, die een paar weken daarvoor een veulen had gekregen, maar ik kan me niet herinneren of ik inderdaad bij haar ben geweest. Er zit gewoon een gat in mijn geheugen.'

Walker schudde zijn hoofd. 'Heeft Christine je helemaal niets verteld over wat er die avond is gebeurd?'

'Nee. Ik kan me niet herinneren, dat ze er ooit iets over heeft gezegd. Maar ik weet dat ze bang was.' Amanda keek Walker recht in de ogen, hem dwingend haar te geloven. 'Nadat we waren vertrokken, heeft ze voortdurend in angst geleefd. Maar ik weet niet waarom.'

Walker fronste en zei: 'Heb je de anderen gevraagd of ze zich iets herinneren?'

'Ja.'

'En?'

'Voor iedereen was het een doodgewone avond. Maggie en Kate zeiden weliswaar dat mijn moeder niet erg gelukkig was, maar ze hadden die avond geen van beiden iets bijzonders aan haar gemerkt. Jesse ook niet. Maar...'

'Iemand anders wel?'

'Ja. Victor.'

'Wat?' Walker kneep zijn ogen iets toe.

Amanda knikte. 'Vlak voordat hij op reis ging, hebben we elkaar bij het zwembad gesproken. Hij zei dat mijn moeder die zomer een verhouding had met een van de paardentrainers, ene Matt Darnell.'

'En denk je dat dat zo is?'

Ze aarzelde en knikte toen weer. 'Hij zei dat hij het kon bewijzen, maar voordat ik erover kon doorvragen, werd hij weggeroepen en daarna heb ik hem niet meer gesproken. Toen ik de dagboeken er nog eens op nakeek, vond ik aantekeningen die erop kunnen wijzen dat er die zomer iets... hartstochtelijks is gebeurd. Victor zei ook nog dat die Darnell samen met mijn moeder en mij vertrokken was. Hij scheen daar erg zeker van te zijn.'

'Dan is dat misschien het antwoord,' zei Walker. 'Misschien is die angstaanjagende kamer, waarvan je de deur niet durft open te doen, gecreëerd toen je midden in de nacht niet alleen bent weggerukt uit een omgeving waar je van hield, maar ook bent weggehaald bij je vader.'

'Maar wat heeft dat met mijn angst voor paarden te maken?'

'Dat kan aan een afzonderlijk incident liggen, iets dat vlak voor of na die nacht is gebeurd. Je zei zelf dat je alleen maar flarden van herinneringen hebt, te vluchtig voor houvast. Misschien is het in je geheugen een ratjetoe.'

'Maar waarom was mijn moeder zo bang?'

'Ze was van huis weggelopen, en de Daultons hadden en hebben veel macht. Ze had de voogdij over jou kunnen verliezen. Ze moet hebben geweten dat Jesse na Brians dood naar haar zou blijven zoeken en dat hij haar, áls hij jullie had gevonden, voor de rechter zou hebben gesleept.'

'Misschien.' De verklaringen die hij opperde waren aannemelijk, maar gaven geen oplossing voor de vraag waarom Christine Daulton zelfs bang was gebleven toen Amanda al volwassen was. Noch waarom Amanda zich niets van Matt

279

Darnell herinnerde en waarom ze er steeds zekerder van was dat haar angst voor paarden wel degelijk iets te maken had met wat er die avond was gebeurd.

Maar nu wilde ze er niet meer over nadenken, ze had genoeg van alle vragen en problemen die in haar hoofd hun eigen staart achternazaten. Helen had gezegd dat de herinneringen vanzelf boven zouden komen wanneer de tijd daarvoor rijp was, en daar hield ze zich aan vast.

Ze stond op het punt Walker te vertellen dat ze tijdens het tuinfeest waarschijnlijk met opzet was vergiftigd, dat ze bang was dat Victor was vermoord om datgene wat hij haar niet had kunnen vertellen, en dat ze vermoedde dat iemand de honden had weggelokt om bij haar te kunnen komen... maar opeens leken die verdenkingen haar allemaal zo vaag. Haar theorieën hingen van de 'misschiens' aan elkaar. Walker zou nog gaan denken dat ze aan vervolgingswaanzin leed en daar begon ze zelf zo langzamerhand ook aan te geloven.

'Zo,' zei ze dus in plaats daarvan en keek hem weer aan. 'Nu weet je alles. Mijn levensverhaal, keurig gedetailleerd, zoals juristen dat graag hebben.'

Hij glimlachte vluchtig. 'Dank je.'

Ze keek een beetje verbaasd. 'Waarvoor?'

'Voor je vertrouwen.'

Amanda keek neer op zijn hand, die de hare nog steeds vasthield en zag dat hij met zijn duim zachtjes over haar huid wreef. 'Ga je dit aan Jesse vertellen?' vroeg ze, als terloops.

'Niet, als je dat niet wilt.'

'Ik vertel het hem liever zelf,' zei ze. 'Dat van de vervalste achtergrond, bedoel ik. Maar daar wil ik nog even mee wachten.'

'Tot je je de rest herinnert?' Hij lachte toen ze hem geschrokken aankeek. 'Rustig maar. Ik weet dat je niets moet hebben van mijn logische theorieën over wat er twintig jaar geleden kan zijn gebeurd. Eerlijk gezegd ben ik er ook niet meer zo zeker van. Het is dus verstandig om jezelf nog wat tijd te gunnen en te zien of er nog iets bij je bovenkomt.'

'En in de tussentijd?'

'In de tussentijd hebben we dit gerieflijke privé-kantoor helemaal voor onszelf. Het was je misschien al opgevallen dat ik mijn secretaresse een vrije middag heb gegeven en dat alle telefoontjes automatisch naar mijn antwoordapparaat thuis worden doorgestuurd.'

'Ik vroeg me al af waarom de telefoon niet één keer was gegaan,' zei ze zachtjes.

'Nu weet je het. Omdat ik een vooruitdenkend mens ben.'

Amanda bekeek hem keurend. 'Als je denkt wat ik denk dat je denkt... hoe kon je weten dat deze kleine confrontatie uiteindelijk gunstig zou uitvallen? Ik stond op het punt weg te gaan, weet je. Ik was al bijna de deur uit.'

'Welnee.'

'Nee?'

'Nee.' Zijn vrije hand begon aan de knopen van haar blouse te frunniken.

'Je bent erg zeker van jezelf,' zei ze, een tikje geprikkeld.

Hij boog zich naar haar toe en kuste haar langdurig. Toen glimlachte hij tegen haar. 'Waar ik zeker van ben, is van een fluistering in de nacht.'

Amanda wilde hem uitdagend aankijken en hem vragen waar hij het over had, maar wist dat haar stem haar zou verraden, net zoals haar lichaam haar verraadde. Ze keek toe hoe zijn behendige vingers de knopen losmaakten en haar adem stokte toen zijn hand in haar blouse gleed en haar gevoelige huid raakte.

Zijn groene ogen glansden. Waarschijnlijk vanwege een mannelijk gevoel van triomf.

'Ik heb die fluistering toch gehoord, Amanda?' Zijn lippen gleden vederlicht over haar wang en haar keel.

'Ik weet niet waar je het over hebt,' wist ze uit te brengen.

'Nee?' Hij maakte het haakje aan de voorkant van haar beha los en drukte zijn lippen tegen haar borstbeen.

'Nou... misschien.' Ze probeerde verontwaardigd te kijken toen hij zijn hoofd ophief. 'Ga je me pal onder het portret van je vader verleiden?'

'Dat was ik van plan, ja.'

Ze knipperde met haar ogen. 'O.'

'Zeg dat je van me houdt, Amanda.'

'Je speelt vals.'

'Dat weet ik.' Hij boog zijn hoofd weer en duwde de kanten cups van haar beha opzij zodat hij een van de harde tepels in zijn mond kon nemen. 'Maar zeg het toch maar.'

Amanda kamde met haar vingers door zijn haar. 'Ellendeling. Ik hou van je.'

Ze zag zijn groene ogen flonkeren en bedacht wazig dat daar beslist iets van mannelijke triomf in lag. Hij vond het dus wel belangrijk...

Het liep tegen etenstijd toen Walker haar eindelijk terugbracht naar Glory, dus bleef hij meteen voor het diner. Hij had misschien de hele nacht willen blijven, maar Amanda raapte de restanten van haar waardigheid bij elkaar en weigerde hem daartoe uit te nodigen.

Het regende de hele nacht.

Het regende ook de hele dinsdag en op de radio werd gewaarschuwd dat de kans bestond dat de rivieren in de bergen buiten hun oevers zouden treden. Walker belde 's avonds om Amanda te vertellen dat het water in het riviertje dat langs hun prieel liep, zo hoog stond, dat de brug dreigde te worden weggeslagen en dat het pad de komende dagen door een dikke modderlaag bedekt zou zijn als het zo doorging. Maar hij kon altijd met de auto komen, zei hij, als ze zin had in gezelschap.

Amanda was nog steeds een beetje boos op hem en antwoordde vinnig dat hij in dit weer beter thuis kon blijven, en dat ze liever met een goed boek in bed kroop.

Het regende de hele nacht.

Reece kon zonder problemen naar kantoor en Sully liet zich nooit door de weersomstandigheden bij de stallen weghouden, maar Jesse, Amanda, Kate en Maggie zaten min of meer gevangen in het huis en dat begon ze zo langzamerhand op hun zenuwen te werken. Toen de zon dan ook op woensdagochtend aarzelend te voorschijn kwam, was iedereen zo opgetogen dat ze het huis uit stoven als kinderen uit school.

Kate haastte zich naar de stallen en naar Ben. Maggie haalde Jesse over een wandeling door de tuin te maken. Amanda probeerde het pad naar King High uit, maar zag algauw dat Walker gelijk had: er lag een dikke laag modder op, waardoor het onbegaanbaar was. En omdat hij niet eens thuis was, nam ze genoegen met een fikse wandeling langs de weiden, de frisse geur opsnuivend.

Het weer speelde kat en muis met hen. Om de haverklap verdween de zon achter dreigende wolken en twee keer werden ze door een regenbui weer naar binnen gejaagd, maar tegen de middag schenen ze het ergste achter de rug te hebben.

'Helaas niet,' zei Kate, toen Amanda dat hoopvol opmerkte. 'Ik heb daarnet het weerbericht gehoord; er is voor vannacht onweer op komst.'

Amanda kreunde. 'Ik dacht dat dit het zonnige zuiden was. Als het zo doorgaat, moeten we een ark bouwen.'

'Wie weet. Sully zegt dat minstens twee rivieren al van koers zijn veranderd, zodat we op sommige van de ruiterpaden met overstromingen te kampen hebben. Het is een puinhoop.'

Dat was het zeker.

Tijdens de tweede regenbui van die dag doolde Amanda ongedurig door het huis, tot ze het niet meer volhield en Walker belde. Hij toonde gelukkig geen leedvermaak, hoewel hij grinnikte toen hij zei dat hij om een uur of vier klaar zou zijn met zijn werk en dan naar Glory kon komen, als ze dat wilde.

Om de tijd te doden en omdat er nog meer slecht weer op komst scheen te zijn, besloot ze, toen het weer even droog was, nog wat te gaan wandelen, in de tuin dit keer. Het huis leek uitgestorven, maar toen ze langs Jesse's studeerkamer liep, kwam hij net naar buiten.

'Walker komt straks,' vertelde ze hem.

'O ja?' Jesse keek haar op een bevreemde manier aan en legde toen tot haar verbazing zijn grote, verweerde hand heel even tegen haar wang. 'Ik ben heel blij dat je hier bent, liefje. Dat weet je toch wel, hè?'

Ze knikte. 'Je... hebt me het gevoel gegeven dat ik hier echt thuishoor.' Dat was gelogen, maar Amanda zei het met een stalen gezicht.

Een glimlach verzachtte zijn strenge uiterlijk. 'Mooi zo. Dat vind ik fijn.'

Er lag iets bijna fels in zijn zilveren ogen en ze voelde zich niet erg op haar gemak, omdat ze niet begreep waarom. Ze maakte zich zo zachtjes mogelijk van hem los en liep de hal door terwijl ze over haar schouder zei: 'Ik wil nog wat van de zon genieten voordat die weer verdwijnt.'

'Doe dat,' riep hij haar na.

Amanda slenterde doelloos door de tuin, over de grindpaden die er ondanks de regen nog netjes bij lagen. Sommige van de bloemen waren doorgebogen van de regen, andere hadden een deel van hun blaadjes over het gras verspreid, maar al met al had de tuin de martelingen van moeder natuur moedig doorstaan.

Ze was niet van plan geweest de tuin te verlaten, maar op een gegeven moment dacht ze dat ze een hond hoorde blaffen. Ze liep naar de noordwestelijke hoek van de tuin en bleef aandachtig staan luisteren, een vogel vervloekend die in een nabije boom vrolijk zat te fluiten. Had ze zich vergist?

Nee. Daar hoorde ze het weer, zwak en ver weg, maar het was beslist het geblaf van een hond. Zonder na te denken holde ze het grasveld over in de richting van de bergen.

Als ze even had nagedacht, zou ze gewacht hebben tot Walker er was; paranoïde of niet, ze was tot nu toe dicht bij het huis gebleven wanneer ze alleen was, en was zelfs overdreven voorzichtig geworden wanneer ze de trap afliep. Maar het enige waar ze nu aan dacht, was dat de honden misschien na al die tijd toch terug waren gekomen.

Toen ze een heel eind had gelopen, bleef ze staan om zich te oriënteren; ze riep de namen van de honden en luisterde tot ze het geblaf hoorde, dat nog steeds ver weg klonk. Ze verlegde haar koers een tikje en klom een heuveltje op waarachter een rivier bleek te stromen, die er een paar dagen geleden nog niet was geweest. Voorzichtig waadde ze door het water naar de overkant en liep ze weer door, weg van het geluid van het water.

Boven op een andere heuvel riep ze de namen van de honden weer en ze fronste toen ze besefte dat het geblaf nog steeds van ver scheen te komen. Ze had gedacht dat ze nu al een stuk dichter bij ze was. En het geblaf was... weinig expressief, nu ze erover nadacht. Het klonk vlak, mechanisch, helemaal niet als het opgetogen geblaf van twee honden die een bekende menselijke stem hoorden. Niet dat ze de dobermanns ooit had horen blaffen, maar toch...

Er gleed een rilling over haar rug en toen ze om zich heen keek, merkte ze dat ze helemaal van de bekende paden was afgedwaald. *Geen paniek! Draai je om en neem dezelfde weg terug. Door al die modder moet je je eigen voetstappen goed kunnen zien...*

Ze zag haar voetstappen inderdaad duidelijk, maar even later verdween haar opluchting, omdat ze het gevoel kreeg dat ze gevolgd werd. Ze bleef twee keer staan om om zich heen te kijken, maar de bomen stonden in dit deel van het bos zo dicht op elkaar dat er zelfs op zonnige dagen weinig daglicht doorheen kwam. Alles was donker, nat en onbekend, en Amanda hoorde haar hart bonken.

Bevangen door paniek gleed ze uit en dribbelde ze met dwaze pasjes de helling af, naar takken graaiend om haar evenwicht te bewaren. Ze maakte daarbij zoveel lawaai dat haar achtervolger meteen wist dat ze doorhad dat ze gevolgd werd en dat ze probeerde zich in veiligheid te stellen. Ze worstelde door de modder die soms spiegelglad was, en dan weer zo kleverig dat haar schoenen eraan bleven plakken, en ze wist dat haar gehijg net zo luid klonk als de wind.

Ze zou die laatste keer niet eens hebben omgekeken als ze niet was uitgegleden en de soepele stam van een jonge eikenboom had vastgegrepen om niet te vallen, waarbij ze vanzelf een draai maakte en hem zag. Hij kwam met een grimmig gezicht op haar af... en hij had een geweer in zijn handen.

Alles ging zo snel, dat het als in een flits gebeurde. Amanda hoorde een gesmoord geluid dat uit haar eigen toegeknepen keel scheen te komen en probeerde wanhopig zich aan de boom op te trekken om weg te komen, weg van Sully. Maar ze verloor haar evenwicht en gleed over een tapijt van slijmerige bladeren die zich vanaf de vorige herfst hadden opgehoopt, een stinkende greppel in.

Een afvoergeul, dacht ze vaag, of de bedding van een opgedroogde beek. Toen keek ze naar de harde ring van stenen rond haar vingers... en begon ze te gillen.

Half begraven in de soppende modder keek een grijnzende menselijke schedel haar aan.

13

'Ik zeg het nog één keer.' Sully's stem klonk vlak. 'Ik was het bos ingegaan, omdat ik dacht dat ik een hond hoorde blaffen en ik had mijn geweer bij me, omdat ik van plan was wat schiet-oefeningen te doen. Toen ik Amanda als een haas door het bos zag rennen, ben ik achter haar aangegaan. Het was niet mijn bedoeling haar aan het schrikken te maken. Ik weet dat ik beter iets tegen haar had kunnen roepen, maar daar heb ik op het moment zelf niet aan gedacht.' Zijn frons verdiepte zich. 'Als je de behoefte voelt om me een opstopper te geven, Walker, ga gerust je gang.'

'Breng me niet in de verleiding,' beet Walker hem toe.

'Wie heeft het skelet gevonden?' wilde sheriff Hamilton, die aantekeningen zat te maken, nu weten.

'Amanda.' Sully lachte kort. 'Ze is erbovenop gevallen. Daarom is ze ook van haar stokje gegaan. Het is niet erg pret-tig als je opeens met je vingers in een gat zit dat ooit iemands mond is geweest.'

Alsof die opmerking iets in de sheriff losmaakte, likte die aan zijn potlood. 'En toen heb je haar naar huis gedragen, Sully?'

'Ja. Kate heeft zich over haar ontfermd, haar onder de dou-che gestopt en dat soort dingen. De rest van het skelet lag zo'n vijftien centimeter onder de modder. Amanda was stinkend smerig.' Hij keek naar zijn kleren. 'En ik nu dus ook.'

'Past wel bij je,' zei een nieuwe stem.

De drie mannen keken gelijktijdig om en zagen dat er op nog geen twee meter afstand een slanke jonge vrouw met rood haar naar hen stond te kijken. Ze had haar handen in de achterzakken van haar spijkerbroek gestoken en stond er nonchalant bij met een vage glimlach rond haar lippen.

'Je zou altijd modder moeten dragen,' zei ze tegen Sully.

Niemand durfde te vragen wat ze daarmee bedoelde.

'Wat doe je hier?' vroeg Sully in plaats daarvan.

Geamuseerd zei Leslie Kidd: 'Als je het struikgewas eens goed zou bekijken, zou je zien dat de meeste van je ruiters zich daar verdekt opgesteld hebben. Het gebeurt niet iedere dag dat iemand in het bos een skelet vindt; we zijn nieuwsgierig. En omdat ik nog nieuwsgieriger ben dan de anderen, ben ik ook moediger.'

'Moediger?' vroeg de sheriff verward.

'Dat ik hier open en bloot durf te staan, in plaats van in de bosjes te kruipen,' legde ze met een ernstig gezicht uit. 'Dat ik het risico durf te nemen dat iemand me een kopje kleiner maakt. Daar is Sully goed in, weet u. Hij is nog erger dan de Red Queen.'

Sheriff Hamilton scheen met die uitleg niet veel te kunnen beginnen en bekeek haar wantrouwig.

Met een grom die ook als een grinnik kon worden uitgelegd, stelde Sully haar voor aan de sheriff en Walker, die nog niet officieel met haar hadden kennisgemaakt. Toen vroeg hij, zonder hun de tijd te geven beleefdheden uit te wisselen: 'Wie rijdt er?'

'Niemand.' Ze zette grote ogen op en trok een gezicht alsof ze er zelf versteld over stond: 'Zelf bedacht. Vind je dat niet moedig van me?'

'Bedoel je dat je de anderen zomaar vrijaf hebt gegeven?'

'Precies.'

Sully, die erom bekendstond dat hij mensen die zijn autoriteit ook maar in de minste of geringste zin ondermijnden, de huid vol schold, zei rustig: 'Dat had je me eerst moeten vragen, Leslie.'

Ze knikte ernstig. 'De volgende keer zal ik dat doen.'

Voor ze nog iets konden zeggen, kwam Helen het bos uit. Ze liep over het gazon naar de grote magnoliaboom waar de anderen onder stonden. Aan haar rubberlaarzen kleefde een dikke laag modder en ze had een paar plastic handschoenen in haar hand. Ze zag er moe uit.

'Waar is Jesse?' vroeg ze.

'Binnen,' zei de sheriff. 'Maar als je het niet erg vindt, had ik graag dat je eerst mij verslag uitbracht.'

'Dat was ik ook van plan. Het gaat om een skelet dat door een overstroming bloot is komen te liggen, J.T.,' deelde Helen hem emotieloos mede. 'Ik kan je niet veel méér vertellen zolang de beenderen nog in de grond zitten. Wanneer krijg ik ze?'

Hamilton schudde weifelend zijn hoofd. 'Ik heb al naar Asheville gebeld en om een team van het laboratorium gevraagd; we mogen nergens aankomen tot die lui er zijn, en dat wordt waarschijnlijk morgen.'

'Waar is dat voor nodig?' wilde Sully weten.

Een beetje beledigd zei de sheriff: 'Dat is de normale procedure wanneer er een lijk wordt gevonden. Er lopen tegenwoordig zoveel meervoudige moordenaars en andere waanzinnigen rond, dat je altijd kans hebt dat een bot dat een hond heeft opgegraven, van de onderwijzeres van Charlie Manson is, of Ted Bundy's linkerteen!'

Sully keek hem nors aan, zag toen de pretlichtjes in Leslies ogen en kon opeens nauwelijks zijn lachen inhouden. 'Het was maar een vraag,' mompelde hij.

Sheriff Hamilton zette zijn hoed recht en trok zijn schouders naar achteren. 'Ga door, Helen.'

Helen, die geduldig had staan wachten, zei: 'Ik kan je alleen vertellen dat het om het skelet van een man gaat, die waarschijnlijk rond de dertig was toen hij is gestorven, en dat hij daar net zo goed tien als veertig jaar kan hebben gelegen. De jongens van het lab kunnen je daar straks meer over vertellen.'

'Is hij vermoord?' vroeg Walker abrupt.

Helen tuitte haar lippen. 'Daar kan ik alleen maar naar raden... maar het is heel goed mogelijk. Op het tijdstip waarop de dood is ingetreden, was een groot aantal van zijn botten gebroken, vooral die in zijn bovenlichaam, en in zijn schedel zit een deuk die me niet postmortaal lijkt.'

'Hij kan gevallen zijn,' wierp de sheriff tegen op een toon van iemand die zich aan een strohalm vastklampt.

'Natuurlijk. Hij kan zichzelf ook hebben begraven. Je krijgt morgen een rapport van me over mijn summiere onderzoek,

J.T.' Helen knikte kort tegen hen en liep naar het huis om aan Jesse verslag uit te brengen.

'Ze denkt niet dat hij is gevallen,' zei Hamilton, min of meer tegen zichzelf. Hij zuchtte. 'Nou, ik ga maar eens kijken of mijn jongens dat zeildoek behoorlijk over het skelet hebben gespannen. Sully, wil je even aan Jesse doorgeven, dat ik een mannetje bij het lijk op wacht zet tot de jongens van het lab er zijn?'

'Zal ik doen.'

Toen de sheriff wegsjokte, zei Walker: 'Je hebt dus een hond horen blaffen?'

'Dat dacht ik.' Sully keek Walker recht in de ogen.

'Maar je hebt geen hond gezien?'

'Nee.'

'Misschien kun je dan beter nog een kijkje in het bos gaan nemen, Sully.'

'Misschien kun jij...' begon Sully op grimmige toon, maar hij werd onderbroken door Leslies zachte stem.

'Misschien kunnen we beter met ons allen gaan. Ik bied me vrijwillig aan. We kunnen weer in ploegen werken en ons dit keer concentreren op het gebied waar je het blaffen hebt gehoord.'

Even leek het alsof Sully het liefst met Walker op de vuist was gegaan. Hij zag eruit als een man die zin heeft in een flinke knokpartij om stoom af te blazen. Maar uiteindelijk keerde hij de advocaat de rug toe en liep hij terug naar het bos, zij het niet met zijn gebruikelijke zevenmijlspassen, omdat Leslie Kidd het rustig aan deed.

Toen Walker de onstuimige Sully zijn tempo zag aanpassen aan dat van Leslie, begon er opeens iets bij hem te dagen.

'Asjemenou,' zei hij zachtjes.

'Ik voel me prima,' zei Amanda.

Ze voelde zich helemaal niet prima, dacht Walker, maar ze zag er iets beter uit dan voorheen. De shock sluimerde nog in haar ogen, maar haar gezicht had weer wat kleur en haar stem klonk vast.

Jesse zei: 'Ik weet dat het een afschuwelijke ervaring voor je is geweest, liefje. Je kunt het beste proberen het te vergeten.'

'Dat zal ik doen.'

Dat zou ze niet doen, wist Walker, maar voor hij iets kon zeggen, stelde Kate een verbijsterde vraag.

'Een lijk dat op Glory begraven is? Van wie kan dat nu zijn?' 'Hoeveel mensen zijn hier de afgelopen veertig jaar geweest?' vroeg Walker. 'Hoeveel werknemers hebben ontslag genomen of gekregen, of zijn gewoon op een gegeven moment niet komen opdagen? Dat moeten er honderden zijn.'

'Kan het lijk, ik bedoel het skelet, na al die jaren nog worden geïdentificeerd?' vroeg Reece.

Walker haalde zijn schouders op. 'De ontwikkeling van de gerechtelijke geneeskunde gaat met sprongen vooruit, maar het hangt ervanaf of de man ooit als vermist is opgegeven. Zo niet, dan hebben ze geen medische dossiers en geen röntgenfoto's om zijn gebit mee te vergelijken.'

'We brengen Amanda helemaal van streek,' zei Jesse.

'Welnee,' zei Amanda.

Ze zat in een hoekje van de bank en zag er eigenaardig eenzaam en verlaten uit, ook al zat Kate naast haar. De modder had ze uren geleden onder de douche van zich afgeschrobd en ze zag er weer onberispelijk en koel uit in haar witte spijkerbroek en lichtblauwe poloshirt.

Het was bijna negen uur en buiten was het nog niet helemaal donker. In het bos zat een eenzame politieagent bij het nu met een stuk zeildoek bedekte skelet. Zijn collega's waren een uur geleden haastig opgestapt, toen een korte onweersbui was losgebarsten. De zoekploegen hadden het bijna allemaal opgegeven en waren naar huis gegaan, hoewel Sully nog niet binnen was.

De andere Daultons – plus Walker en Ben – zaten in de zitkamer, waar ze waren neergestreken na een nogal sombere maaltijd welke ze geen van allen veel eer hadden aangedaan. En hoewel duidelijk was dat iedereen erg nieuwsgierig was naar het skelet, was het even duidelijk dat ze allemaal hun woorden met zorg kozen.

Amanda was erg stil.

Walker had haar nog niet onder vier ogen kunnen spreken sinds hij was aangekomen; hoewel hij haar zo graag in zijn armen wilde sluiten dat het hem pijn deed, en het hem niets kon schelen als de anderen het zouden zien, had ze hem met een korte blik te kennen gegeven dat hij bij haar vandaan moest blijven. Het leek alsof ze zich van hen allen had teruggetrokken, alsof ze zich noodzakelijkerwijs op een afstand hield.

'Kun je niet beter vroeg naar bed gaan, meisje?' vroeg Jesse bezorgd.

Ze keek hem aan en glimlachte. 'Nee, ik wil pas gaan slapen wanneer ik mijn ogen dicht kan doen zonder... die schedel te zien. Bovendien word ik vast en zeker wakker als het begint te onweren.'

'Ik hou je wel gezelschap,' zei Walker meteen.

'Daar had ik al op gehoopt.' Ze wierp hem weer een korte blik toe, waar dit keer meer in lag dan een waarschuwing, en keek toen met opgetrokken wenkbrauwen naar Jesse. 'Het is toch wel goed dat Walker blijft?'

Het geluid van de telefoon die in zijn studeerkamer begon te rinkelen, gaf Jesse de gelegenheid zijn antwoord even uit te stellen. Hij keek naar Maggie, die meteen opstond en de kamer uitliep om de telefoon te beantwoorden, en glimlachte toen ietwat weemoedig tegen Amanda.

'Natuurlijk vind ik dat goed.' En toen keek hij, tot ieders verrassing, naar Ben en voegde er kalmpjes aan toe: 'Jij mag ook blijven, Ben. Als Kate dat wil, natuurlijk. Ik heb er in ieder geval geen bezwaar tegen.'

Ben, die achter Kate schuin op de rugleuning van de bank zat, zei alleen maar: 'Dank je.'

Er gleed een ietwat wrange uitdrukking over Kates mooie gezicht en Walker wist precies waarom. Jesse had erkend – en blijkbaar geaccepteerd – dat Ben de minnaar van zijn dochter was, maar zelfs dát had hij niet rechtstreeks tegen Kate gezegd, maar haar via Ben duidelijk gemaakt.

Maggie kwam de zitkamer weer binnen. 'Het is voor jou, Amanda. Helen.'

'Ze wil zeker weten hoe het met me is,' zei Amanda terwijl ze opstond. 'Ik snap niet waar iedereen zich zo druk over maakt. Ik voel me echt uitstekend.'

'Als je dat maar vaak genoeg zegt,' zei Reece, 'geloven we het misschien.'

Amanda glimlachte naar hem, verliet de zitkamer en liep de gang door naar Jesse's studeerkamer. Toen ze daar naar binnen ging, was ze zich er vaag van bewust dat er een geur van rook in de kamer hing, maar ze stond er verder niet bij stil en pakte de telefoon op.

'Helen?'

'Amanda, ben je alleen?' vroeg de arts zonder inleiding.

'Op dit moment?' Amanda keek om zich heen. 'Ja. Ik ben in Jesse's studeerkamer. Hoezo?'

'Luister. Een bode heeft me daarnet het rapport van het laboratorium gebracht over de taarten van de barbecue.'

Zoals de hele avond voelde Amanda zich eigenaardig onverschillig. 'En?' vroeg ze.

'Het staat onomstotelijk vast dat de anderen allemaal ziek zijn geworden vanwege wolfsbesvergiftiging. Maar uit jouw bloedmonster en de inhoud van je maag is gebleken dat jij daarnaast ook monnikskap naar binnen hebt gekregen. Dat kan onmogelijk een ongeluk zijn geweest. Iemand heeft geprobeerd je te vermoorden, Amanda.'

Iemand heeft geprobeerd je te vermoorden, Amanda.

De woorden echoden in haar hoofd en toch deed het haar weinig. Ze voelde zich ver van de hele zaak verwijderd, een toeschouwer die de gebeurtenissen met slechts matige interesse bekeek.

'Amanda?'

'Ik hoor je wel, Helen.'

'Amanda, ik moet dit aan J.T. rapporteren. Dat ben ik verplicht. Snap je dat?'

'Ja, maar kun je daarmee tot morgen wachten?'

'Waarom? Wat maakt één nacht nu uit?'

'Misschien... heel veel.' Amanda zweeg en luisterde even naar het gerommel van het onweer in de verte. 'Helen... ik geloof dat ik weet van wie dat skelet is. Maar ik heb tijd nodig.'

'Amanda...'

'Vraag alsjeblieft niets. Niet nu. Ik moet iets doen. Je hoeft je geen zorgen te maken. Walker blijft bij me.'

Helen Chantry klonk erg gefrustreerd toen ze zei: 'Dit bevalt me niets. Iemand in dat huis heeft geprobeerd je te ver-

moorden, Amanda! En nu zeg je dat je het skelet van een man die al jaren dood en begraven is, kunt identificeren...'
'Ik geloof niet dat die twee dingen iets met elkaar te maken hebben.' Amanda fronste toen ze daarover nadacht. 'Nee, volgens mij niet. Ik vormde voor iemand een bedreiging omdat het erop leek dat ik Jesse's erfenis zou krijgen, vandaar het gif. Maar het skelet... dat is iets heel anders. En iedereen is nu dood, zodat ik de enige ben wie het iets zou kunnen schelen. Tenzij hij familie had, natuurlijk.'
'Waar heb je het over?'
'Ik kan het je niet uitleggen, Helen. Doe me alleen een plezier en bel de sheriff morgen pas. Hij zou waarschijnlijk evengoed niet vanavond nog eens extra hiernaar toe komen, denk je ook niet?'
'Nee, dat zal wel niet, maar...'
'Dan is het dus geen probleem. En maak je nu maar geen zorgen.'
Na een lange stilte hoorde ze de arts een diepe zucht slaken. 'Vooruit dan maar. Ik doe het tegen beter weten in, maar ik zal je je zin geven. Maar pas alsjeblieft goed op.'
'Dat zal ik doen. Welterusten, Helen.'
'Welterusten.'
Amanda hing op en bleef even in het niets staan staren. Toen werd ze zich weer van haar omgeving bewust en merkte ze dat ze naar een grote, kristallen asbak op Jesse's bureau staarde. Er lag een bergje zachte, witte as in, en dat was vreemd, want Jesse rookte niet.
Het was de as van papier, besefte ze opeens. Ze schoof het bergje met haar wijsvinger opzij en zag op de bodem van de asbak de harde punt van een envelop. Die was alleen maar geschroeid en een deel van het adres van de afzender was nog zichtbaar. Amanda herkende het meteen. Het was het adres van het laboratorium waar haar bloedmonster naar toe was gestuurd voor het DNA-onderzoek.
Helen was dus niet de enige die vandaag post van het laboratorium had gekregen.
'Uitslag... onbeslist,' hoorde Amanda zichzelf fluisteren. Want als de uitslag positief was geweest, zou Jesse dat meteen

aan de hele familie hebben verkondigd. 'Liters Daulton-bloed... en evengoed geen bewijs.' Ze hoorde een ander geluid uit haar keel komen, een geluid dat veel weg had van een lach.

Ze duwde de punt van de envelop weer onder de as, verliet het vertrek en keerde terug naar de zitkamer.

'Hoi,' zei Walker. Hij was als enige overgebleven.

'Waar is iedereen?'

'Weg. Jesse heeft besloten om vroeg naar bed te gaan, Reece wilde een basketbalwedstrijd op de televisie zien, en Maggie zei dat ze dingen te doen had op haar kamer. Kate en Ben hebben niet gezegd waar ze naar toe gingen en daar heb ik ook maar niet naar gevraagd.'

'En Sully?'

'Die heb ik niet gezien.' Walker was met twee stappen bij haar, nam haar in zijn armen en drukte haar tegen zich aan. Toen ze haar hoofd van zijn borst tilde, kuste hij haar.

'Ik was bang dat je dat zou doen waar Jesse bij was,' zei ze toen haar mond weer vrij was.

'Dat had ik ook bijna gedaan. Tot je zo venijnig naar me keek.'

'Ik keek niet venijnig.'

'Je glimlachte ook niet.'

Ze glimlachte nu wel en keek naar hem op. 'Sorry. Dat komt zeker omdat ik zo'n veelbewogen dag achter de rug heb.'

Hij kuste haar weer en zei: 'Je hebt niet aan Jesse en de anderen verteld dat je evenzeer van Sully was geschrokken als van dat skelet.'

'Dat heb ik jou ook niet verteld,' zei ze.

'Nee, dat heb ik van Sully zelf.' Walker vertelde haar wat Sully naar zijn eigen zeggen in het bos te zoeken had gehad en voegde eraan toe: 'Hij zei dat het niet zijn bedoeling was geweest je aan het schrikken te maken.'

Amanda maakte zich van hem los en ging op de armleuning van een stoel zitten. Een nieuwe donderslag rolde door de hemel, dit keer wat dichterbij en ze luisterde ernaar tot het geluid was vervaagd. 'Ik was gewoon... schrikkerig.'

'Amanda, hou je iets voor me achter?'

Ze dacht even na voordat ze antwoord gaf en toen ze begon te praten klonk haar stem weifelend. 'Er is iets gebeurd, toen ik die schedel zag. Er flitste weer een herinnering door mijn hoofd en dit keer zag ik iets... afgrijselijks. Ik hoorde ook geluiden. En er was... bloed. Walker, ik geloof dat het zover is, dat de herinnering aan wat hier die laatste nacht is gebeurd, ieder moment bij me boven kan komen. Maar ik moet iets doen om die herinnering los te maken. Ben je bereid me daarbij te helpen?'

'Natuurlijk,' zei hij prompt, op kalme toon. 'Wat had je in gedachten?'

Amanda haalde diep adem en voelde, voor het eerst die avond, iets van ongerustheid in haar binnenste. 'Ik moet naar de stallen.'

'Nu?'

Ze knikte. 'De omstandigheden lijken erg veel op die van díe avond. Het is warm en het heeft geregend, maar het regent nu niet meer, en er dreigt onweer.'

Hij fronste. 'Denk je dat die overeenkomsten genoeg zijn om herinneringen op te wekken?'

'Dat weet ik niet, maar ik moet het proberen.'

Walker bleef fronsen. 'Helen zei dat je het niet moest forceren.'

'Dat weet ik.' *Maar ik zit in tijdnood.*

'Nou, vooruit dan maar. Laten we het proberen.'

Ze kon aan hem zien dat hij er weinig fiducie in had, maar dat hij zou meewerken, omdat dit iets was dat voor haar absolute noodzaak was. Ze stond op het punt hem te vertellen wat Helen had gezegd over de vergiftiging, maar besloot dat ze daarmee net zo goed tot morgen kon wachten. Het allerbelangrijkste was op dit moment dat ze zich bepaalde dingen zou herinneren.

Omdat Amanda die avond van twintig jaar geleden zo getrouw mogelijk wilde nabootsen, verlieten ze het huis via de voordeur, in plaats van via de serre die rechtstreeks op de achtertuin uitkwam. Op de veranda bleven ze even staan. Er stond een warme wind die een voorbode was van het onweer.

Het duurde even tot hun ogen aan het donker gewend waren. Walker nam Amanda's hand in de zijne en keek bezorgd op haar neer. 'Je hand is ijskoud.'

'O ja?' Ze had het over haar hele lichaam koud, en diep in haar maag brandde iets. Ze kon het onweer ruiken, heet en vochtig, en er trok een siddering door haar heen.

'Amanda, misschien kunnen we dit beter niet doen...'

'Jawel. Ik móet ernaar toe. Ik moet weten wat er is gebeurd.'

'Goed, maar dan moeten we nu meteen gaan, voor het onweer losbarst.'

Hij liet haar het tempo bepalen en de weg kiezen. Ze staken de oprit over en liepen onder de magnoliaboom aan de oostkant van het huis door. Bij het weiland aangekomen, zagen ze de donkere stallen in de verte. Toen ze even later bij een greppel kwamen, bleef Amanda staan en Walker voelde haar hand trillen toen ze naar het snelstromende, modderige water keek, maar ze sprong met zijn hulp over de minirivier heen en liep door.

'Welke stal?' vroeg hij zachtjes toen ze de stallen naderden.

'Nummer 2.' Haar stem klonk gespannen. 'Het was nummer 2.'

'De kamers van Victor zijn – waren – boven nummer 2,' zei Walker.

'Toen niet. Toen... woonde daar iemand anders.' Ze bleef abrupt staan.

De wind was gedraaid. Walker rook de paarden. Het gerommel van de donder kwam steeds dichterbij en een bliksemschicht spleet de nachtelijke hemel met draden van withete energie. In de korte lichtflits kon hij haar gezicht zien en in zijn borst kneep zich iets pijnlijk samen.

'Lieveling,' zei hij. 'Laten we teruggaan. Je hoeft dit niet te doen...'

'Er brandde licht.' Ze liep met schokkerige stappen in de richting van stal 2. 'Het was... Er brandde binnen licht.'

De stallen hadden aan weerskanten schuifdeuren, die 's zomers altijd openstonden; toen ze stal 2 naderden, konden ze zien dat de deuren aan het andere uiteinde, zo'n honderd meter verderop, ook nu openstonden.

'Waar was het licht?' vroeg Walker op gedempte toon om de bijna ongrijpbare herinnering die ze scheen te volgen, niet te verstoren.

'Tegenover de zadelkamer. Waar het hooi lag opgestapeld. In het begin... in het begin kon ik niets zien. Alleen het hooi.'

Ze waren nu in de stal, nog vele meters verwijderd van de ruimte tegenover de zadelkamer. Walker aarzelde, maar de logica van de jurist in hem vertelde hem dat een scène zo waarheidsgetrouw mogelijk moest worden nagebootst om ware betekenis te hebben.

'Amanda, blijf even staan en doe je ogen dicht.'

'Waarom?' Haar stem klonk als die van een kind.

'Doe nu maar gewoon wat ik zeg. Je vertrouwt me toch?'

'Ja.'

'Doe het dan. Blijf staan en doe je ogen dicht. Je mag ze pas opendoen als ik het zeg.'

'Goed.' Maar toen hij haar hand losliet, zei ze meteen, met paniek in haar stem: 'Walker?'

'Rustig maar, lieveling. Ik ben er nog. Blijf nu maar gewoon staan en wacht op me.'

Walker kende de stallen goed en kon in het schemerdonker moeiteloos de weg vinden. Hij liep snel naar de ruimte tegenover de zadelkamer. Daar waren ook nu balen hooi opgestapeld en er stonden tonnen met haver. In een hoek zag hij schoppen, hooivorken en harken. Het was eigenlijk een soort opslagruimte, ingesloten door balen hooi die tot boven zijn hoofd waren opgestapeld. De ruimte in het midden was ongeveer zeven meter breed en iets meer dan zeven meter diep.

Walker wist dat er aan beide uiteinden van de stal lichtschakelaars waren waarmee de streng lampjes die door de hele stal liep, kon worden aangedaan, en dat er in de zadelkamer en de opslagruimte aparte schakelaars waren om alleen die ruimten te verlichten. Het duurde niet lang voordat hij de schakelaar van de opslagruimte had gevonden, en hij moest eerlijk zeggen dat het licht hem welkom was. Snel liep hij terug naar Amanda.

De paarden reageerden met zacht gesnuif en geschuifel op hun aanwezigheid, maar de meeste geluiden die ze hoorden, kwamen van buiten de stal. Harde windvlagen joegen de vochtige geur van regen de stal in en boven de bergen onweerde het nu hevig.

'Amanda?' Hij pakte haar stramme hand in de zijne en kneep er bemoedigend in.

Ze zuchtte sidderend. 'Je... bleef zo lang weg.'

'Het spijt me, lieveling, maar ik moest even iets doen. Hou je ogen dicht. Goed – je was dus de stal binnengegaan.'

'Ja, ik liep dicht langs de muur naar de hooibalen.' Ze voegde de daad bij het woord en tastte met haar vrije hand naar de muur, omdat ze haar ogen nog steeds dicht had. Een paar meter bij de hooistapel vandaan bleef ze staan.

'Is dit de plek waar je iets zag?' vroeg Walker.

'Er was... ik hoorde geluiden. Afschuwelijke geluiden.'

'Hoe klonken die geluiden, Amanda? Waar deden ze je aan denken?'

Ze huiverde. 'Aan... pijn. Iemand leed pijn. Iemand werd... geslagen. Zware, natte geluiden. En... en die geur. Van paarden en... en van bloed.'

Walker aarzelde en wenste dat hij hier een eind aan kon maken, voordat Amanda datgene zou zien dat haar zo'n angst had aangejaagd dat het alle herinneringen aan de eerste negen jaar van haar leven had uitgewist. Maar hij kon niets doen.

'Doe je ogen open, Amanda. Vertel me wat je ziet.'

Van waar ze stonden, zagen ze alleen de gloed van het licht op het gele hooi en even leek het alsof Amanda alleen dat zag.

'Het licht. En iemand... ik geloof dat er iemand is...' Ze liep langzaam naar voren, verstijfd, haar ene hand nog tegen de muur. Ze moesten om het opgestapelde hooi heen lopen om de ruimte in het midden te kunnen zien; om de lamp te kunnen zien die de door hooibalen omgeven 'kamer' van zeven bij zeven verlichtte; om de werktuigen in de hoek te kunnen zien, en de rechtopstaande kruiwagen en strengen touw die aan een haak hingen.

Amanda kreunde. Ze zag blijkbaar wat ze twintig jaar geleden had gezien, en zakte op haar knieën op de grond alsof alle kracht uit haar was weggezogen. 'Nee. O... *nee...*'

Walker knielde naast haar neer. Hij hield nog steeds haar hand vast, die aanvoelde als een klomp ijs. Ze hijgde met horten en stoten en beefde onbedaarlijk, en hij wist niet of ze wel iets zou kunnen zeggen. Maar hij moest het haar vragen.

'Wat is er, Amanda? Wat gebeurt er?'

'Hij zit onder het bloed,' fluisterde ze. Ze staarde met wijd open ogen naar de lege lichtcirkel. 'Zijn ogen zijn open... hij kijkt naar me... ziet me... en hij... zit onder het bloed.'

'Wie, Amanda? Wie zie je?'

'Matt. Hij is... *o, neeeee*...' Afschuw sprak uit haar stem, en pijn. 'Stop... sla hem niet meer... alsjeblieft, papa, sla hem niet meer...'

Walker voelde nu zelf een schok door zijn lichaam trekken en gedachten flitsten zo snel door zijn hoofd dat hij ze bijna niet kon bevatten. Herinnerde ze zich de avond dat Christine met haar van Glory was gevlucht? Zo ja...

'Amanda.' Walker pakte haar bij de schouders en draaide haar naar zich toe. '*Amanda*. Kijk naar me.'

Haar ogen stonden glazig, maar toen kwam ze tot zichzelf en knipperde ze. 'Walker?'

'Herinner je je wat je hebt gezien, lieveling?' vroeg hij zachtjes.

'Ik zag... papa...'

'Amanda, weet je zeker dat wat je je nu herinnert, is gebeurd op de avond dat Christine je van Glory heeft weggehaald?'

Ze knikte schokkend, tranen stroomden over haar witte gezicht.

'Ze... moet het ook hebben gezien, want toen ik achteruitdeinsde, stond ze achter me. Ze pakte me bij de hand en... en toen zijn we weggehold.'

'En dat was midden in de nacht?'

'Na... na middernacht. Ik had de klok gezien toen ik stiekem naar buiten was gegaan.'

Walker legde zijn handen om haar gezicht. 'Lieveling, luister naar me. Het is Brian niet geweest. Je hebt die avond niet Brian een andere man in elkaar zien slaan.'

'Jawel. Ik zag...'

'Ik weet niet wie je hebt gezien, maar het kan Brian niet geweest zijn. Want die was die avond op King High.'

De regen kwam letterlijk met bakken neer en Leslie was al doorweekt voor ze naar een schuilplaats kon zoeken. Binnens-

299

monds vloekend veegde ze het water uit haar gezicht en nam ze het pistool wat steviger in haar hand.

Ik kan me hier nergens verstoppen, verdomme!
Ze moest bij de buitentrap zien te komen. Dan via Victors kamer en de binnentrap naar de stal. Dat was de enige manier om dicht bij ze te komen, zonder dat ze haar in de gaten kregen. Het onweerde nu zo hevig, dat ze niet bang hoefde te zijn dat ze haar zouden horen, maar omdat de bliksem steeds opvlamde als een flitslamp, kon ze onmogelijk van buitenaf de stal binnensluipen zonder gezien te worden.

Ze schuifelde achteruit weg bij de deuropening, met de bedoeling achterom te gaan naar de buitentrap.

Hij greep haar toen ze de hoek omging.

Leslie slaagde erin een kreet van pijn te onderdrukken toen Sully het pistool uit haar hand rukte, en stribbelde niet tegen toen hij haar andere hand in een ijzeren greep vatte en haar tegen zijn sterke lichaam aantrok.

'Wat moet dat voorstellen?' beet hij haar toe.

't Is maar goed dat het onweert. Ze keek op naar zijn knappe, verbeten gezicht, druipend van de regen en met tussenpozen verlicht door de bliksemschichten, en fluisterde indringend: 'Je breekt mijn arm zowat, stommeling!'

'Ik zal je nek breken als je me niet vertelt...'

'Sssst! Moeten ze ons soms horen?'

'Wie?' Zijn ogen leken in het licht van de bliksem puur zilver en de donder scheen in zijn woedende stem opgesloten te liggen. 'Zij daar. Laat me los, Sully. Ik moet...'

Met het pistool in zijn hand greep hij haar bij de schouders en schudde haar stevig door elkaar.

'Je gaat nergens naar toe tot je me vertelt wie je bent en wat je hier doet,' zei hij scherp. 'Ik meen het, Leslie. Ik wil de waarheid weten en wel nu meteen!'

Leslie had hem de afgelopen weken goed genoeg leren kennen om één ding zeker te weten: ze kon nog beter proberen met haar blote handen een eeuwenoude eik uit de grond te trekken dan Sully iets te laten doen wat hij niet wilde.

'In boeken neemt de heldin altijd de verkeerde man in vertrouwen,' zei ze plechtig.

Als het mogelijk was om woedend en verbijsterd tegelijk te kijken, dan deed Sully dat nu. Hij schudde haar weer door elkaar. 'Godverdomme, als je me niet vertelt...'

Leslies innerlijke klok vertelde haar dat er kostbare seconden verloren gingen, en ze liet daarom haar grapjes varen. 'Goed, goed, ik zal je vertellen wie ik ben. Maar we moeten hier weg.'

En terwijl ze zich terugtrokken, vertelde ze het hem.

'Hij was er wel,' zei Amanda. Ze maakte zich van Walker los, kwam wankelend overeind en deed een paar stappen. Ze wees naar de balen hooi. 'Hij was hier. Ik heb hem zelf gezien.'

Walker stond ook op, maar liep niet naar haar toe. 'Het is onmogelijk dat je Brian die avond na negenen hebt gezien, Amanda. Ik heb me namelijk opeens iets herinnerd. Een van Brians favoriete merries moest die nacht werpen, bij ons in de stal, en ze had het erg moeilijk. Mijn vader had Brian erbij geroepen en die kwam om even voor negenen op King High aan. Samen met de dierenarts zijn we de hele nacht in de stal gebleven. Brian is pas naar huis gegaan toen het weer licht was.'

Amanda leunde tegen de hooibalen en staarde hem aan. 'Was hij niet hier?'

'Nee, niet op de avond dat jij en Christine zijn weggegaan.'

'Dan...' Ze sloot haar ogen, deed ze weer open en keek Walker onzeker aan. 'Dan moet het...'

'Jesse zijn geweest. Je verkeerde in een shocktoestand en het licht was zwak; je hebt Jesse voor Brian aangezien.'

'Maar waarom?' vroeg Amanda volkomen verbijsterd. 'Waarom heeft Jesse Matt in elkaar geslagen?'

'Vanwege je moeder, vanwege die sloerie.'

De nieuwe stem, rauw van emotie, deed Amanda en Walker met een ruk omkijken. Maggie kwam uit de schaduw van een de hokken naar voren. Ze had een pistool in haar hand en hield dat op hen gericht met de nonchalance van iemand die met vuurwapens vertrouwd is.

Ze glimlachte.

Amanda werd koud tot op het bot. 'Maggie? Ik begrijp er niets van.'

'Dat is je aan te zien. *Verroer je niet*, Walker.'

Hij had zich instinctief bewogen; hij stond een paar passen bij Amanda vandaan en voelde een overweldigende behoefte haar te beschermen tegen Maggies pistool en haar haatgevoelens. Maar hij bleef staan, er zeker van dat Maggie hen beiden kon en zou neerschieten als hij haar provoceerde.

'Je haat me.' Amanda keek Maggie met grote ogen aan. 'Waarom?'

'Ik dacht dat je daar inmiddels wel achter was, Amanda,' zei Maggie, met die lege, huiveringwekkende glimlach op haar gezicht. 'Ik bedoel, het ligt zo voor de hand. Denk eens aan wat je hebt gezien.'

'Dat... dat Jesse Matt Darnell in elkaar heeft geslagen?'

Maggie knikte. 'En waarom denk je dat hij dat heeft gedaan? Victor heeft je verteld dat Christine een verhouding had met Matt. En jij hebt gezien dat Jesse Matt heeft doodgeslagen.'

Amanda maakte een kreunend geluidje. 'Het... het skelet...'

'Is van Matt. Ik heb hem zelf begraven. Die nacht. En ik heb al zijn spullen ingepakt en weggedaan. Ik moest Jesse beschermen. Anders hadden ze hem bij me weggehaald.' Haar mond kreeg een bittere trek. 'Niet dat hij ooit... maar ik wilde hem niet kwijt.'

'Ik snap niet...'

'Je moeder was een slet. Ze probeerde hem van me af te troggelen. O, ze deed net alsof dat niet zo was, maar ik zag best dat ze haar ogen niet van hem af kon houden. Ze wist dat hij nog steeds naar haar verlangde, dat wist ze donders goed. Dus legde ze het met Matt aan en liep ze met haar armzalige romance te koop om hem te treiteren. Om hem te straffen. Ze heeft hem tot moord gedreven.'

Nu daagde het besef in Amanda's ogen. 'Je bedoelt toch niet dat hij... dat Jesse en mijn moeder...'

'God, je bent wel traag van begrip, zeg. Moet ik het voor je uittekenen? Je bent Brians dochter helemaal niet, Amanda. *Jesse* is je vader.'

'*Maggie!*'

Het klonk als een kreet van pijn en ze schrokken er allemaal van, maar niemand bewoog zich toen Jesse in de lichtcirkel van de eenzame lamp boven de hooibalen stapte. Hij was doorweekt en zag er voor het eerst zwaar ziek uit, met een hol gezicht.

Hij keek naar Amanda met een smekende blik waar ze voor terugdeinsde en richtte zijn gekwelde ogen toen op Maggie. 'Doe dit niet,' zei hij tegen haar.

Maggie lachte schril. 'Dacht je echt dat ik het niet te weten zou komen, Jesse? Van jou en Christine? Ik wist die zomer al dat er iets aan de hand was. De zomer vóór Amanda's geboorte. Je raakte me nauwelijks meer aan. Toen wist ik al dat je een ander had. Maar wie had ooit kunnen denken... Ze was de vrouw van je eigen zoon, Jesse!'

'Ik weet het.' Zijn stem klonk zwak, gefolterd. 'Denk je dat ik dat niet weet? Denk je dat ik toen al niet wist dat ik mezelf tot de hel veroordeelde?'

'Waarom heb je het dan gedaan?' wilde Maggie weten. 'Wat had zij, dat ik je niet kon geven?'

'Maggie, daar ging het helemaal niet om, snap je dat niet?' Jesse wierp een vluchtige, gekwelde blik op Amanda en keek toen weer naar de vrouw die hij had verraden. 'Het was niet iets dat ik *wilde*. Het gebeurde gewoon. We waren die dag samen alleen thuis en toen... is het gewoon gebeurd.'

Maggie trok haar mondhoeken naar beneden. 'In jouw bed?'

'Nee. Maggie...'

'In *haar* bed? In het bed van haar en haar man?'

'Maakt dat iets uit?' Het was duidelijk dat Jesse er niet over wilde praten, en dat hij onder geen voorwaarde intieme details wilde onthullen, maar aan de andere kant moest hij proberen Maggie te kalmeren en de gevolgen van zijn verraad te minimaliseren. 'Maggie, het is bij die ene keer gebleven, dat zweer ik je. Eén keer maar.'

'En die ene keer ben je erin geslaagd iets te doen wat Brian in drie huwelijksjaren niet was gelukt,' zei ze rauw. 'Je zaad heeft zich in haar vastgezet. Godver*domme*, Jesse!'

'Ik wist niet dat het mijn kind was! Daar ben ik pas achter gekomen toen Amanda al een kleuter was... Toen wist ik het pas.'

Maggies lach klonk hoog, bevend, eerder een uiting van lijden dan van vermaak. 'En toen? Heeft je begeerte naar Christine toen opnieuw de kop opgestoken, Jesse? Heb je haar toen weer naar je bed gelokt?'

'Nee! Dat zweer ik, Maggie, ik ben nooit meer met haar naar bed geweest. Ze was... ik wilde Brians huwelijk niet kapotmaken.'

Maggie staarde hem ongelovig aan. 'Ellendige schoft die je bent! Jij wilde hun huwelijk niet kapotmaken? Maar je liet je zoon rustig denken dat zijn halfzuster zijn dochter was!?'

'Maggie...' Jesse's ogen flitsten weer naar Amanda's lijkbleke gezicht.

'Wat? Moet ik door de vingers zien dat je bij je schoondochter een kind hebt verwekt? Moet ik vergeten, dat je zo bezeten was van Christine, dat je nog geen drie meter hiervandaan een man hebt doodgeslagen?'

Jesse maakte een jankend geluid. 'Ik heb hem niet doodgeslagen. Hij leefde nog toen ik wegging. Hij ademde nog.'

'Ja, maar vlak daarna niet meer,' zei Maggie kil. 'Je dacht zeker dat hij die nacht samen met Christine was vertrokken. Nee, Jesse, Matt Darnell heeft Glory nooit verlaten. Ik heb de rotzooi voor je opgeruimd, net zoals ik alle andere rotzooi altijd voor je heb opgeruimd. Ik heb je beschermd en bemind, en al die tijd was *zij* degene aan wie je dacht, degene die je niet kon vergeten.'

'Het spijt me.' Jesse deed een voorzichtige stap naar haar toe. 'Ik heb altijd van je gehouden, Maggie, dat weet je.'

Ze schudde langzaam haar hoofd, nog steeds met ongeloof in haar ogen, gemengd met pijnlijk besef. 'Nee, dat is niet waar. Je hebt alleen toegestaan dat ik van *jou* hield, omdat dat je goed uitkwam, omdat je een vrouw in je bed wilde.'

'Maggie...'

'Het is allemaal haar schuld,' mompelde Maggie, als tegen zichzelf. 'Ze heeft nog steeds macht over je, nu met het kind dat ze je heeft geschonken. Maar daar kan ik iets aan doen. Ik kan die band verbreken. Dan zul je loskomen uit haar ban. Dan zul je *echt* van mij houden, dat weet ik zeker.'

Walker wilde zijn blik afwenden van haar gezicht, van de naakte waarheid dat deze trotse vrouw zo lang en zo onvoorwaardelijk van Jesse had gehouden, dat die liefde zelfs niet door een dergelijk weerzinwekkend verraad was vernietigd. Maar zijn ogen lieten haar gezicht niet los.

De loop van het pistool, dat ze zo rustig vasthield, werd een tikje hoger gericht, op Amanda's hoofd.

'Amanda kan er niets aan doen, Maggie. Je moet haar niet straffen voor mijn zonden! Geef me dat pistool... alsjeblieft...'
Dat Jesse om het pistool smeekte, in plaats van het op te eisen, was een duidelijk bewijs van hoezeer hij van streek was. 'Nee, ik moet haar uit de weg ruimen,' zei Maggie, alsof het om iets heel redelijks ging. 'Ik was al van plan haar te vermoorden, omdat ze de dochter van die hoer is, maar nu begrijp ik pas goed hoe belangrijk het is dat ik Christine's ban van je wegneem. Ik moet de band verbreken. Dat móet ik doen. Dan kunnen we voor altijd samen zijn.'

Hij deed een stap naar haar toe. 'Maggie, luister alsjeblieft naar me.' Nog een stap. 'Ik heb me onbeschoft gedragen, dat weet ik, maar geef me een kans het goed te maken.' Nog een stap. 'Verpest onze laatste maanden samen niet door Amanda kwaad te doen.'

'Laatste maanden? Welnee, we hebben nog jaren in het verschiet, Jesse, dat weet je best. Je zult me niet verlaten. Na alles wat ik voor je heb gedaan, zul je me niet verlaten.'

'Nee, ik zal je niet verlaten,' zei hij sussend.

'Maar ik moet Amanda uit de weg ruimen. Dat snap je toch wel? Dat zie je toch wel in?' Ze was nog steeds rationeel, probeerde hem te overtuigen.

'Nee, Maggie...' En toen sprong hij op haar af.

Walker, die het had zien aankomen, stortte zich op hetzelfde moment op Amanda. Ze vielen samen tegen de hooistapel en hij voelde haar schokken toen Maggies pistool met een oorverdovende knal afging.

Hij keek om, maar bleef boven op haar liggen om haar met zijn lichaam te beschermen. Hij zag Jesse wankelen en hard tegen de grond slaan. Hij zag dat Maggie haar mond opensperde in een zwijgende kreet van wanhoop en het pistool toen op Amanda richtte.

Toen klonk er een tweede knal en vloog het pistool uit Maggies hand. Ze gilde en drukte haar bloedende hand tegen haar borst. Toen draaide ze zich met een ruk om en vluchtte ze weg, de lange stal door en het nu in alle hevigheid losgebarsten onweer in.

Amanda probeerde Walker van zich af te duwen. Hij stond op en hielp haar overeind. Toen hij weer omkeek, zag hij Sully en Leslie Kidd kleddernat en met grimmige gezichten naar hen toe komen. Sully had een pistool in zijn hand.

'Amanda...' Jesse's stem klonk zwak.

Ze ging op haar knieën naast hem zitten en greep met beide handen de grote vuist die hij naar haar uitstak. 'Stil maar,' zei ze zachtjes. 'We zullen Helen bellen. Alles komt best in orde.'

De kogel had hem midden in zijn borst geraakt en ze wisten allemaal dat Amanda het mis had. Het zou niet in orde komen. Het was een wonder dat hij nog ademhaalde, laat staan in staat was te spreken.

'Amanda... ik wilde jou... geen pijn doen. Ik hield van je moeder. Erg veel. En ik hou van jou. Vergeet dat... alsjeblieft nooit.'

'Nee, dat zal ik nooit vergeten.' Ze was in een dieper stadium dan een shock terechtgekomen en sprak als verdoofd.

Zijn hand klemde zich om de hare, ook al week het licht al uit de zilveren ogen. 'Het spijt me,' fluisterde hij. 'Het spijt me zo... Amanda...'

Het was Leslie die aan de andere kant van Jesse's roerloze lichaam knielde en naar zijn hartslag voelde. Een ogenblik later stond ze langzaam op en schudde ze haar hoofd.

Amanda maakte haar hand los uit Jesse's verslapte greep en legde zijn hand liefdevol naast zijn zij. Ze kwam langzaam en stijf overeind, alsof haar lichaam eigenlijk niet wilde bewegen.

'Heb je het gehoord?' vroeg Walker aan Sully.

'Ja.' Sully keek neer op Jesse's lichaam. 'We hebben alles gehoord.'

Amanda draaide zich om, sloeg haar armen om Walkers middel en drukte zich tegen hem aan. Hij voelde dat ze beefde, maar ze maakte geen enkel geluid.

'Hij had al een tijdlang een oogje in het zeil gehouden,' zei Leslie Kidd meer dan een uur later tegen Amanda. Ze waren in de zitkamer bijeengekomen en wachtten op bericht van de sheriff en zijn assistent, die op zoek waren gegaan naar Maggie. Ze knikte in Sully's richting. 'Hij deed eigenlijk mijn werk.'

Reece, die er nogal verbijsterd bij had gezeten, zei nu: 'Ben jij dan een privé-detective? Amanda's privé-detective? Ik dacht dat je concoursen reed.'

'Ook. Ik ben hierheen gekomen om Amanda te beschermen, want we waren er zo goed als zeker van dat iemand haar naar het leven stond.' Ze haalde haar schouders op. 'Ik was er al gauw achter dat Sully dezelfde mening was toegedaan.'

Walker keek naar Sully. 'Ik heb je blijkbaar verkeerd beoordeeld.'

'Tot vandaag waren verdenkingen het enige wat ik had. De vergiftigde taart op de barbecue kon een ongeluk zijn geweest, al vond ik het vreemd dat Amanda de enige was die er zo vreselijk ziek van was geworden. Maar ik begon me pas echt zorgen te maken toen de honden waren verdwenen.' Sully schokschouderde. 'Er kon volgens mij maar één reden zijn waarom iemand de honden uit de weg wilde hebben. Namelijk om bij Amanda te kunnen komen. Het was duidelijk dat iemand het op haar voorzien had. Toen ze vanmiddag met hondengeblaf naar het bos werd gelokt, was ik zeker van mijn zaak.'

'Naar het bos *gelokt*?' Amanda's stem klonk dof en ze zag nog steeds spierwit.

Sully keek haar aan en zijn meestal zo ruige stem kreeg een zachte klank. 'Gelokt, ja. Ze heeft waarschijnlijk een bandrecorder gebruikt. Ik heb de honden gevonden, Amanda. Ze waren al dagen dood, waarschijnlijk vergiftigd, en ze lagen op de bodem van een oude waterput waar jij waarschijnlijk ook in terecht had moeten komen.'

'Ze wilde Amanda's dood op een ongeluk laten lijken,' zei Leslie zachtjes. 'Althans... toen ze nog helder kon denken, wilde ze dat.'

Amanda zei: 'En hoe wist ze dat ik... dat ik zijn dochter was? Hij heeft de uitslag van het DNA-onderzoek verbrand.'

'Maggie is daar waarschijnlijk op dezelfde manier achter gekomen als ik,' zei Kate, wier stem ook een beetje dof klonk. 'Ze heeft je in je bikini gezien, Amanda.'

Amanda schudde niet-begrijpend haar hoofd.

'Je hebt een moedervlek op de linkerkant van je ribbenkast, vlak onder je borst. Een omgekeerd hartje.'

'Ja. En wat dan nog?'

Kate, die zich in haast scheen te hebben aangekleed en een korte broek droeg met een T-shirt eroverheen, tilde de zoom van het T-shirt op tot vlak onder haar borst. Amanda zag een kleine moedervlek aan de linkerkant van haar ribbenkast. 'Adrian en Brian hadden precies zo'n zelfde moedervlek. Net als Jesse's vader en overgrootvader. Het slaat altijd een generatie over. Toen Maggie de jouwe zag, wist ze dat je zijn dochter was.'

Verbijsterd zei Amanda: 'Maar waarom wist mijn... waarom wist Brian dat dan niet?'

'Hij was zich er waarschijnlijk niet van bewust dat je zijn moedervlek niet behoorde te hebben, Amanda,' antwoordde Kate. 'Hij interesseerde zich niet erg voor de geschiedenis van onze familie en Jesse heeft ons nooit iets over die moedervlek verteld toen we nog klein waren. Ik heb het in een dagboek van een van onze voorouders gelezen. Zo is Maggie er waarschijnlijk ook achter gekomen.'

'We zien de eenvoudigste dingen vaak over het hoofd,' merkte Leslie op. 'Zo is de mens nu eenmaal.'

'Zeg dat wel,' mompelde Amanda.

Daarna had niemand nog veel te zeggen. Ze wachtten zwijgend tot ze te horen zouden krijgen wat er van Maggie was geworden. Om even na middernacht kwam sheriff Hamilton in een geel regenpak binnen om hun mede te delen dat ze Maggie in het dal onder een grote eikenboom hadden gevonden. Erg rustig.

En erg dood.

14

Het was hoogzomer, midden juli, en de zon brandde 's ochtends om acht uur al. Het was benauwd. Walker voelde de hitte
en de hoge vochtigheidsgraad toen hij uit zijn slaapkamer
kwam. Hij liep naar het einde van het balkon en leunde op de
reling.

Hiervandaan kon hij nog net een stukje van de achterste
weide zien, omgeven door een omheining van glanzend witte
paaltjes. Zijn ouwe, trouwe paard had zijn hoofd over het hek
gestoken en hield ongetwijfeld zijn ogen gesloten om ten volle
te genieten van de zachte hand die zijn nek streelde.

Nog een week of twee, dacht Walker, dan zou Amanda ho-
pelijk zover zijn dat ze voor het eerst sinds twintig jaar weer in
het zadel kon klimmen.

De afgelopen twee weken had ze het erg moeilijk gehad.
Jesse's gewelddadige dood en Maggies zelfmoord – ironisch
genoeg met hetzelfde gif als waarmee ze had geprobeerd
Amanda te vermoorden – waren voor Amanda en de rest van
de familie al moeilijk genoeg te verwerken geweest, maar het
feit dat er twintig jaar geleden op Glory een moord was gepleegd en dat het vrijwel zeker was dat Victors dood geen ongeluk was geweest, had vele tongen losgemaakt.

En niet alleen in Daulton zelf. Het nieuws had zich door het
hele land verspreid en een tijdlang hadden er achter iedere
boom televisieploegen en fotografen van sensatiebladen op de
loer gelegen. Er werd zelfs gefluisterd, dat er al een script voor
een televisiefilm in de maak was.

Ze hadden de volledige waarheid bekendgemaakt, of in ieder geval voor zover dat mogelijk was geweest, gezien het feit dat de meeste van de hoofdrolspelers er niet meer waren om vragen te beantwoorden. Tijdens een familiebijeenkomst die ze hadden belegd om de zaak te bespreken voordat ze een verklaring aan de pers zouden afleggen, had Amanda haar gevoelens zonder aarzelen bekendgemaakt: ze moest niets meer van geheimen hebben. Geheimen konden fataal zijn. Ongeacht hoe schokkend de ontdekking over haar ware vader was geweest, wilde ze de hele zaak openbaar maken.

De anderen waren het daarmee eens geweest.

De bewoners van Daulton, die danig geschrokken waren van de onthullingen, leken Amanda's beslissing in eerste instantie te zullen veroordelen, maar toen Kate, Reece en Sully zich achter Amanda schaarden – om over Walker nog maar te zwijgen – besloten ze de zaak af te doen als een van de vele buitenissige hoofdstukken in de geschiedenis van de familie Daulton, waar niemand zich eigenlijk over hoefde te verbazen.

Bij Amanda hadden de gewelddadige gebeurtenissen van die fatale dag littekens achtergelaten die slechts langzaam heelden. Ze sliep veel, maar onrustig, al was dat volgens Helen normaal. Ze was ook stiller dan voorheen, wat eveneens te verwachten was geweest. Het was duidelijk dat ze zich schuldig voelde, omdat haar terugkeer naar Glory de katalysator was geweest van zo'n tragedie; dat was iets waarmee ze zich zou moeten verzoenen.

Maar ze was een Daulton en Walker was ervan overtuigd dat haar innerlijke kracht zou zegevieren. Hij had haar die avond meteen meegenomen naar King High, iets dat ze zonder protesteren en juist opgelucht had aanvaard. Glory zou nooit haar thuis zijn.

Ook al was het gedeeltelijk haar eigendom.

Want Jesse Daulton had, zijn karakter getrouw, nog een laatste troefkaart weten te spelen. Zijn 'zakenreis' naar Asheville op de vrijdag voor zijn dood was in feite een bezoek geweest aan een duur, efficiënt advocatenkantoor waar hij binnen een paar uur een nieuw testament had laten opmaken.

En het was, moest Walker toegeven, een opmerkelijk document. Walker was samen met Sully benoemd tot executeur-tes-
tamentair en had in die hoedanigheid het testament aan de familie voorgelezen, en hoewel er veel verrassingen in stonden,
zouden ze niet over de erfenis hoeven te vechten.

Sully, die onbetwistbaar het meeste van Glory hield, kreeg
de stallen en een kwart van het huis en het land. Reece, Kate
en Amanda kregen ieder ook een kwart. Reece had het beheer
gekregen over dat deel van Daulton Industries waar hij het
meeste gevoel voor had, namelijk de produktie, terwijl Kate
de zeggenschap had gekregen over de rest. Dat laatste was een
grote verrassing geweest, want alhoewel Kate ontegenzegge-
lijk gevoel had voor zakendoen, had niemand geweten dat Jesse zich bewust was geweest van dat talent van zijn dochter,
omdat hij haar, in ieder geval ogenschijnlijk, altijd had genegeerd.

Walker was ervan overtuigd dat Kate, zodra ze over de
schok van alle gebeurtenissen heen was, het familiebedrijf heel
goed zou beheren. Amanda had in eerste instantie niets van
haar erfenis willen accepteren, maar Walker had haar aangeraden het besluit daarover minstens een paar maanden uit te stellen. Ze was emotioneel niet in staat er logisch over na te denken, had hij tegen haar gezegd; ze moest zichzelf de tijd gunnen om te genezen en daarna pas besluiten wat ze ermee wilde
doen. Per slot van rekening had ze recht op Glory.

Walker wist niet of zijn argumenten veel gewicht in de
schaal legden, maar de brief die Jesse voor Amanda had achtergelaten, had haar in ieder geval stof tot nadenken gegeven. Ze
had hem ontvangen op dezelfde dag dat het nieuwe testament
was afgeleverd, een verzegelde brief die een van de advocaten
haar op last van Jesse onder vier ogen had overhandigd, zodat
de rest van de familie zelfs nooit van het bestaan ervan zou weten, tenzij Amanda hen daar zelf van op de hoogte bracht.

Walker dacht dat ze dat op een goede dag ook wel zou doen,
maar voorlopig had, behalve Amanda zelf, alleen híj hem gelezen. Niet dat hij daarom had gevraagd; Amanda had het hem
zelf aangeboden. Hij moest net zoveel over haar verleden weten als zij, had ze gezegd.

311

Walker had de brief slechts één keer gelezen, maar herinnerde zich hem woord voor woord, en wanneer hij eraan dacht, hoorde hij de stem van Jesse.

Mijn lieve Amanda,

Ik wou dat ik een zachtaardige manier wist om je datgene te vertellen waarvan ik vind dat je het moet weten. Ik wou dat ik sterk genoeg was geweest het je te vertellen voordat ik je moest verlaten, maar ook al wilde ik dat nog zo graag, ik heb er de moed niet toe kunnen vinden. Kun je me dat alsjeblieft vergeven?

Ik geloof dat je wel weet wat liefde is. Je weet hoe de liefde ons zonder waarschuwing kan grijpen en ons voor de keus stelt om tegen onze gevoelens te vechten of ons eraan over te geven. Ik geloof dat je dit wel weet, Amanda; ik heb gezien hoe je naar Walker kijkt.

Ik hield van Christine. Het was iets waar ik geen macht over had, waar ik niet voor had gekozen. Ik werd verliefd op de vrouw van mijn zoon en je hebt er geen idee van wat een marteling dat was. Wat er is gebeurd, Amanda, is mijn schuld. Ik had voldoende kracht moeten hebben om te vechten tegen mijn gevoelens, of in ieder geval onzelfzuchtig genoeg moeten zijn om er niet op aan te dringen dat Christine en Brian ieder jaar zoveel maanden op Glory doorbrachten, zodat ze een poging hadden kunnen doen om zonder enige tussenkomst hun problemen op te lossen.

Maar ik was zelfzuchtig. Ik wilde mijn zoon bij me in de buurt hebben, ook al was hij vaak weg om aan concoursen mee te doen en was Christine te dichtbij. Te verleidelijk.

Het is maar één keer gebeurd, Amanda. Christine was eenzaam, haar huwelijk stond op losse schroeven, vanwege Brians zelfzucht en mijn eigen egoïsme. Ze was kwetsbaar. En ik wist toen al dat ik evenveel van haar hield als ik van mijn geliefde Mary had gehouden. Misschien zelfs meer.

Ik zal je niet iets voorliegen, niet zeggen dat ik spijt heb van wat er is gebeurd. Het speet me alleen dat ze de vrouw van mijn zoon was en daarom nooit de mijne kon worden.

Ze zei dat ze van me hield. Misschien was dat zo. Ze wilde van Brian scheiden, maar dat wilde ik niet hebben. Ik kon niet het huwelijk van mijn zoon kapotmaken en vervolgens zijn vrouw voor mezelf opeisen; een dergelijk schandaal zou ik nooit te boven zijn gekomen.

Maar wat ik uiteindelijk heb gedaan, was nog veel erger.

Ik heb haar gedwongen bij hem te blijven. Met omkoperij, dreigementen, met alle middelen die ik voorhanden had. Toen ze erachter kwam dat ze zwanger was, werd Brian een tijdlang een betere echtgenoot. Dus bleef ze bij hem.

Ik zweer het je, Amanda, ik had er geen idee van dat je mijn kind was. Dat ontdekte ik pas toen je een peuter was en ik de moedervlek zag, het soort moedervlek dat alleen míjn kind kon hebben, en tegen die tijd was Christines liefde voor me omgeslagen in bitterheid.

Wat moest ik doen? De waarheid zou mijn zoon kapot hebben gemaakt, een breuk in de familie hebben veroorzaakt en jouw leven hebben vernietigd. Ik moest dus wel zwijgen.

Het was mijn straf voor wat ik had gedaan: dat ik gedwongen was je te zien opgroeien tot een mooi meisje, terwijl ik wist dat ik je nooit zou kunnen vertellen dat je mijn dochter was. Dat ik moest aanzien dat Christine ieder jaar ongelukkiger werd, verwaarloosd door Brian en tegelijkertijd gekweld door zijn bezittersdrang.

Wat er toen is gebeurd, was waarschijnlijk onvermijdelijk. Ze werd verliefd op een ander.

Ik weet niet wat je je precies van die laatste nacht herinnert, Amanda. Ik weet niet wat je hebt gezien en wat je moeder je heeft verteld. Ik weet niet hoe belangrijk je het vindt om de waarheid te weten. Maar ik vind dat ik je die verschuldigd ben.

Ik dacht dat ik geen afgunst meer voelde wat Christine betrof, maar toen ik erachter kwam dat ze van een andere man hield... ben ik, geloof ik, gek geworden. Ik kan me niet alles herinneren, maar ik weet wel dat ik haar minnaar in de stal in een hoek heb gedreven en hem te lijf ben gegaan.

313

Ik heb hem bewusteloos geslagen en hem na die avond nooit meer gezien; ik nam aan dat hij er samen met Christine vandoor was gegaan.

Want Christine was gevlucht. Ik weet niet wat ze precies heeft gezien, maar het was voldoende om haar doodsangst aan te jagen. Misschien dacht ze dat ik mijn woede ook op haar zou botvieren, of dat Brian erachter zou komen dat ze een minnaar had... ik weet het niet. Ik weet alleen dat ze er samen met jou vandoor is gegaan.

Ik wou dat ik kon zeggen dat dit het einde van het verhaal was, het einde van mijn krankzinnigheid. Maar dat is niet zo. Ik heb nóg iets onvergeeflijks gedaan, Amanda. Ik was zo kwaad, dat ik Brian heb verteld dat je niet zijn kind was. Het was mijn schuld dat hij die dag helemaal gek werd, mijn schuld dat hij een sprong durfde te wagen waar hij normaal gesproken niet over gepiekerd zou hebben, en dat hij toen is verongelukt.

Ik heb mijn zoon gedood.

Je zult me misschien nooit kunnen vergeven. Het enige wat ik ter verdediging kan aanvoeren, is dat ik alles uit liefde heb gedaan. Voor Christine, voor Brian en voor jou.

Wat de toekomst betreft, moet je zelf beslissen of je wilt accepteren en bekendmaken wie je ware vader is. Bij deze brief ingesloten zit een door mij en door getuigen ondertekende verklaring dat je mijn dochter bent. Ook op het laboratorium zijn dossiers met documenten betreffende het DNA-onderzoek waarmee is bewezen dat ik je vader ben.

Als je besluit dit alles bekend te maken, zullen er geen wettelijke problemen uit voortkomen.

Amanda, als je me niet kunt vergeven, probeer dan in ieder geval te geloven dat ik van je houd. Je bent het enige goede en waardevolle dat uit die onmogelijke situatie is voortgekomen en daar heb ik, noch Christine, ooit spijt van gehad.

Liefs,
Jesse

Walker kon zelf nog steeds nauwelijks geloven hoeveel levens Jesse had vernietigd; hij kon zich nauwelijks voorstellen hoe erg dit alles voor Amanda moest zijn. Geen wonder dat ze nog steeds zo stil was. Ze had heel veel te verwerken, te accepteren.

Ze was inmiddels bij hem ingetrokken en dat was het enige wat hij van haar verlangd had. Hij had zijn best gedaan niets van haar te eisen, geduldig te wachten en haar de tijd te gunnen, en op deze broeierige ochtend was hij er vrijwel zeker van dat ze over het ergste heen was.

Hij hoorde naast zijn knie een grom en keek naar beneden. Een breedgebouwd, zwart met bruin wezen keek, met zijn ene oor binnenstebuiten gekeerd, naar hem op.

'Je mag mijn schoenen niet,' zei Walker op strenge toon tegen het dobermannpuppy. 'Als je je verveelt, ga je je broer maar zoeken, dan kunnen jullie nog een bloemperk omspitten.'

Het hondje, dat van Amanda de naam Engel had gekregen ('omdat dat het absolute tegenovergestelde van meervoudige moordenaars is') krabde zich fanatiek achter zijn oor en maakte een *woef*-geluid, wat zijn manier van blaffen was. Toen ging hij op zoek naar zijn broer, die Gabriel heette en niets liever deed dan bloemperken omwoelen.

Walker keek weer naar Amanda, die nog steeds het paard aaide. Hij wachtte nog een paar minuten, liep toen de trap af en de hete zon in.

'Pas op dat je niet verbrandt,' zei hij toen hij bij haar was.

Ze klopte op de flank van het oude paard en draaide zich glimlachend naar Walker om. 'Ik heb me dik ingesmeerd, zoals gewoonlijk.'

'Je kunt ook een zonnesteek krijgen.' Walker boog zijn hoofd om haar te kussen.

'Dat is waar.'

Ze liepen automatisch in de richting van het pad naar Glory. Bijna iedere ochtend maakten ze vóór het ontbijt een wandeling tot aan het prieel en terug; het was een prettige wandeling, waar ze allebei van genoten.

'Les vroeg of ik van de week een keertje kom lunchen,' vertelde Amanda. 'Ik heb de indruk dat ze echt op Glory wil blijven.'

Dat dacht Walker ook. In tegenstelling tot Amanda vond de slanke, roodharige, voormalige privé-detective Glory helemaal niet imponerend. En ze leek inderdaad met een soort telepathisch gemak niet alleen met dieren te kunnen communiceren, maar ook met de grote, emotionele, temperamentvolle Daulton-mannen.

'Over blijven gesproken,' zei Walker als terloops. 'Wat zou je ervan denken om in de herfst te trouwen?'

Amanda bleef staan en keek naar hem op. Ze waren bijna bij de brug. Ze glimlachte flauwtjes. 'Wat had je in gedachten?'

'Een rustige trouwplechtigheid en een lange huwelijksreis. Verder ben ik nog niet gekomen.' Hij legde zijn hand tegen haar wang en streelde de door de zon verwarmde huid op haar jukbeen. Abrupt, en nu niet nonchalant meer, zei hij: 'Ik hou van je. Ik hou verschrikkelijk veel van je. Amanda, wil je met me trouwen?'

Ze bekeek zijn gezicht heel aandachtig. Toen, na wat hem een eeuwigheid leek, zei ze schor: 'Dat heb ik je al beloofd.'

Walker voelde dat zijn hart een slag oversloeg en toen zwaar begon te bonken. Langzaam zei hij: 'Ik... kan me niet herinneren dat ik je de afgelopen maanden ten huwelijk heb gevraagd.'

'Nee. Je hebt me nooit ten huwelijk gevraagd. Ik moest alleen van je beloven dat ik met je zou trouwen. Wanneer ik groot zou zijn.'

Hij bleef roerloos en zwijgend staan, zich nu nog sterker bewust van het bonken van zijn hart.

'Weet je,' zei ze bedachtzaam, 'in al die weken heb je niet een keer gevraagd of ik me *jou* herinner. Waarom heb je dat niet gedaan?' Ze keek hem aan en glimlachte.

'In het begin... omdat ik wilde zien of je er zelf over zou beginnen.'

'Je bedoelt dat je wilde zien of ik me zou realiseren dat ik me jou wel *moest* herinneren?'

Hij glimlachte. 'Iemand die alleen maar bewéérde Amanda te zijn, zou zich dat snel gerealiseerd hebben, nadat ze had ont-

316

dekt hoe dicht King High bij Glory ligt, en dat het pad ertussen dagelijks wordt gebruikt.'

'Mmmm. Maar uiteindelijk ben je tot de conclusie gekomen dat ik de ware Amanda was.' Ze was er opeens nieuwsgierig naar hoe hij dat te weten was gekomen en vroeg: 'Wanneer ben je daar trouwens achter gekomen?'

'Op de dag dat we in het prieel de liefde hebben bedreven,' antwoordde hij zonder aarzeling.

Amanda keek verbaasd. 'Maar... je hebt me daarna naar je kantoor laten komen om me te confronteren met het feit dat ik niet Amanda Grant was.'

Walker knikte. 'Ik wist dat je daarover had gelogen. Maar, zoals je zelf al zei, de naam waarmee je was opgegroeid had niets te maken met de vraag of je al dan niet als Amanda Daulton was geboren.'

Ze bekeek zijn gezicht aandachtig. 'Maar waarom wist je in het prieel zo zeker dat ik de ware Amanda was?'

Zijn antwoord klonk zo overtuigd, dat woorden eigenlijk overbodig waren. 'Vanwege wat ik voor je voelde. Ik had onmogelijk van een leugenaarster kunnen houden en die dag besefte ik dat ik zoveel van je hield dat ik er bang van werd.'

Amanda haalde diep adem. 'Waarom heb je me toen dan niet gevraagd of ik me jou herinnerde, Walker?'

'Misschien omdat ik het niet wilde weten.' Hij haalde zijn schouders op. 'Er was zoveel dat je je niet herinnerde. Ik denk dat ik niet wilde horen dat ik bij die ontbrekende dingen hoorde.'

Amanda pakte zijn hand en trok hem mee naar het prieel. Haar gezicht stond ernstig. 'De eerste keer dat je me hiernaar toe hebt meegenomen,' zei ze zachtjes, 'vroeg ik me al af waarom je er niets over zei. Ik wist niet of je soms wilde dat ik erover zou beginnen. Daarna begon ik te denken, dat het voor jou misschien helemaal niet belangrijk was geweest. Ik bedoel, het kon best zijn dat je hier inderdaad gewoon een prieel had gebouwd, omdat dit zo'n mooie plek is, of omdat je vond dat er dicht bij de ruïne van de oude portierswoning iets gebouwd moest worden. Dat leek me... echt iets voor jou.'

Hij wachtte zwijgend.

317

'Ik kon er natuurlijk niet naar vragen. Ik had al besloten dat het het beste was, dat ik niemand overtuigend bewijs gaf dat ik Amanda Daulton was. Ik wist dat ik veiliger zou zijn zolang de meeste mensen daar nog aan twijfelden. Dus heb ik steeds goed opgepast met wat ik vertelde. Ik heb geprobeerd me te houden aan de herinneringen die ze aan iemand anders *kon hebben* verteld, en heb mezelf gedwongen de dingen die ze nooit aan een ander zou vertellen, te negeren. Zoals deze plek, en waar die voor staat.'

Bij het prieel aangekomen liet ze zijn hand los en liep ze naar de oude eikenboom, over de wortels heen stappend om dicht bij de stam te kunnen komen. Ze duwde de zware takken van de azalea, die met zijn dichte zomerse gebladerte zoveel verborg, opzij. Toen streek ze met haar wijsvinger over het stuntelig gekerfde hart en de initialen ernaast: WM en AD.

'Zelfs een onechte Amanda,' zei ze, 'had dit kunnen vinden en er haar conclusies uit trekken.'

Walker schraapte zijn keel en zei schor: 'Ja, dat had gekund.'

Ze liet de azaleatakken weer voor het hart zakken, draaide zich om en liep naar hem toe. Op een armlengte bij hem vandaan bleef ze staan. Ze stak haar hand in de zak van haar spijkerbroek en haalde daar een klein voorwerp uit, dat ze hem op haar handpalm voorhield.

'Maar had ze dít kunnen vinden?'

Op haar hand lag een groene steen van een paar centimeter lang en ongeveer twee centimeter breed. Hij was vlak en mat, en had een diepe en nogal mysterieuze kleur. Het kon net zo goed een scherf van een fles zijn als een stuk kwarts, dat in de bergen van Carolina overal te vinden was. Het kon ook een...

'Je dacht dat het een smaragd was,' zei Amanda. Ze keek niet naar de steen maar naar zijn gezicht, toen hij langzaam zijn hand uitstak om de steen van haar over te nemen. 'Je had je grootvader horen praten over de nacht dat zijn vader King High had gewonnen en dat er in de pokerpot een paar ruwe smaragden hadden gezeten, en toen je dit hier in de beek vond, was je er zeker van dat dit er een was. Zelfs nadat je vader je had verteld dat het alleen maar kwarts was, bleef je geloven dat het een smaragd was. Net als ik.'

Hij hief zijn ogen op naar de hare en zag een zo zachte blik in het rookgrijs dat zijn hart bijna stilstond.

'Op de avond dat we zijn weggegaan,' zei ze, 'heb ik mijn moeder gedwongen te wachten en ben ik teruggegaan naar mijn kamer om deze steen te halen. Ik wist dat we nooit terug zouden komen en ik kon hem onmogelijk achterlaten.'

'Amanda...'

Zachtjes zei ze: 'Wanneer een jongen van twaalf zijn dierbaarste bezit weggeeft aan het kleine meisje dat hem adoreert, vergeet ze dat nooit en bewaart ze het haar hele leven.'

Met een rauw geluid trok Walker haar in zijn armen. Blindelings vond zijn mond de hare en Amanda voegde zich naar zijn lichaam met de intens tevreden kreun van een vrouw die eindelijk thuis was gekomen.